ORGUEILLEUSE MARGO

Du même auteur
aux Éditions J'ai lu

Les illusionnistes (n° 3608)
Un secret trop précieux (n° 3932)
L'impossible mensonge (n° 4275)
Meurtres au Montana (n° 4374)
Question de choix (n° 5053)
La rivale (n° 5438)
Ce soir et à jamais (n° 5532)
Comme une ombre dans la nuit (n° 6224)
La villa (n° 6449)
La fortune des Sullivan (n° 6664)
Bayou (n° 7394)
Un dangereux secret (n° 7808)

Les trois sœurs :
Maggie la rebelle (n° 4102), Douce Brianna (n° 4147)
Shannon apprivoisée (n° 4371)

Lieutenant Eve Dallas :
Lieutenant Eve Dallas (n° 4428), Crimes pour l'exemple (n° 4454),
Au bénéfice du crime (n°4481), Crimes en cascade (n° 4711),
Cérémonie du crime (n° 4756), Au cœur du crime (n° 4918),
Les bijoux du crime (n° 5981), Conspiration du crime (n° 6027),
Témoin du crime (n° 7323), La loi du crime (n° 7334),
Fascination du crime (n° 7575), Réunion du crime (n° 7606),
Pureté du crime (n° 7797), Portrait du crime (n° 7953)

Trois rêves :
Kate l'indomptable (n° 4584),
La blessure de Laura (n° 4585)

Magie irlandaise :
Les joyaux du soleil (n° 6144), Les larmes de la lune (n° 6232),
Le cœur de la mer (n° 6357)

L'île des trois sœurs :
Nell (n° 6533), Ripley (n° 6654), Mia (n° 6727)

Les frères Quinn :
Dans l'océan de tes yeux (n° 5106), Sables mouvants (n° 5215),
À l'abri des tempêtes (n° 5306), Les rivages de l'amour (n° 6444)

Les trois clés :
La quête de Malory (n° 7535)
La quête de Dana (n° 7617)
La quête de Zoé (n° 7855)

Nora Roberts

TROIS RÊVES - 1
ORGUEILLEUSE MARGO

Traduit de l'américain
par Pascale Haas

Grands Romans

Titre original :
DARING TO DREAM
Jove Books are published by
The Berkley Publishing Group, N.Y.

© Nora Roberts, 1996

Pour la traduction française :
© Éditions J'ai lu, 1997

PROLOGUE

Californie, 1846

Il ne reviendrait plus. La guerre le lui avait pris. Elle le ressentait à travers le vide qui avait envahi son cœur. Felipe était mort. Les Américains l'avaient tué – ou peut-être était-ce le désir de se prouver à lui-même qui il était. Là, sur les hautes falaises qui surplombaient le Pacifique déchaîné, Seraphina comprit qu'elle l'avait perdu. A tout jamais.

Des nappes de brouillard l'enveloppaient, mais elle ne referma pas son manteau. Le froid qu'elle ressentait était intérieur, lui glaçait le sang et les os, et rien ne le ferait disparaître.

Son amour était mort, malgré ses prières, malgré les innombrables heures passées à supplier à genoux la Vierge Marie de protéger Felipe lorsqu'il s'était engagé pour aller se battre contre ces Américains qui voulaient à tout prix s'emparer de la Californie.

Il était tombé à Santa Fe. Le message était arrivé chez son père, l'informant que son unité avait été décimée en combattant pour empêcher la ville de tomber aux mains de l'ennemi. Il avait été enterré là-bas. Elle ne reverrait plus jamais son visage, n'entendrait plus jamais sa voix ni ne partagerait ses rêves.

Elle ne lui avait pas obéi, et n'était pas retournée en Espagne comme il le lui avait demandé. Au licu de cela, elle avait caché sa dot, l'or devait les aider à construire leur vie ensemble – celle dont ils avaient si souvent rêvé à cet endroit même, espérant que lorsqu'il reviendrait, auréolé de gloire, son père lui accorderait sa main. C'est ce que Felipe avait promis en embrassant ses joues inondées de larmes. Ils construiraient une magnifique maison, auraient une ribambelle d'enfants, planteraient un jardin... Il reviendrait la chercher et la vie enfin commencerait.

Et aujourd'hui, il n'était plus là.

Elle avait voulu rester près de Monterey, refusant d'être séparée de lui par un océan. Et quand les Américains étaient arrivés, elle avait caché sa dot, par peur qu'ils ne s'en emparent comme ils avaient pris tant d'autres choses.

Mais ils lui avaient enlevé ce qui comptait le plus au monde pour elle. Et Seraphina ne se le pardonnait pas, certaine que Felipe était mort par sa faute. Elle avait menti à son père, pour voler quelques heures avec son amoureux, et s'était donnée à lui en dehors de Dieu et de l'Eglise. Le pire, pensa-t-elle en baissant la tête pour se protéger du vent cinglant, était qu'elle ne pouvait se repentir de ses péchés. Et ne le voulait pas.

Il ne lui restait plus rien. Plus de rêves. Plus d'espoir. Plus d'amour. Dieu lui avait repris Felipe. Alors, bravant seize années d'éducation religieuse et une vie entière de croyance, Seraphina releva la tête et maudit le ciel.

Puis se jeta dans le vide.

Cent trente années plus tard, les mêmes falaises se dressaient dans la lumière dorée de l'été. Les mouettes tourbillonnaient au-dessus de la mer, leur ventre blanc se détachant sur l'eau d'un bleu profond. Les fleurs, robustes malgré la fragilité de leurs pétales, s'épanouissaient au soleil dans les fissures de la roche, adoucissant ainsi l'austérité de la paroi. La brise était douce comme une caresse et le ciel avait l'azur parfait des rêves.

Trois jeunes filles assises sur les rochers méditaient

sur l'histoire de Seraphina en contemplant l'océan. Elles connaissaient bien la légende et chacune avait sa vision personnelle de la jeune femme dans son dernier moment de désespoir.

Pour Laura Templeton, elle était un personnage de tragédie, elle l'imaginait le visage baigné de larmes, terriblement seule sur le promontoire battu par les vents, une fleur sauvage serrée dans la main quand elle s'était précipitée dans le vide.

Ses yeux gris et tristes errant sur l'horizon, elle se demandait ce qu'elle-même aurait fait. Cette histoire lui semblait tout aussi romanesque que tragique.

Pour Kate Powell, tout cela n'était qu'un épouvantable gâchis. Eblouie par la luminosité, elle plissa les yeux et arracha un brin d'herbe de sa main menue. L'histoire la touchait sincèrement, mais cette regrettable impulsion de dernière seconde la dérangeait. Pourquoi mourir alors que la vie a tant à offrir ?

C'était au tour de Margo Sullivan d'évoquer Seraphina, ce qu'elle faisait toujours avec un grand sens dramatique, elle imaginait une nuit d'orage – avec un vent violent, une pluie diluvienne et des éclairs déchirant le ciel. Le défi de ce geste fatal l'intriguait tout autant qu'il la troublait. L'image de la jeune fille relevant fièrement la tête, reniant le ciel avant d'en finir avec la vie, l'obsédait.

– C'est vraiment stupide de faire ça pour un garçon, commenta Kate.

Ses cheveux d'ébène sagement attachés en queue-de-cheval dégageaient un visage anguleux traversé par de grands yeux bruns en amande.

– Elle l'aimait, dit simplement Laura d'une voix douce et songeuse. Il était son seul et unique amour.

– Je ne vois pas pourquoi on devrait n'en avoir qu'un seul.

Margo étira ses longues jambes. Elle et Laura avaient douze ans, Kate étant plus jeune d'une année. Le corps de Margo laissait deviner la femme qu'elle deviendrait.

Sa poitrine commençait à se dessiner, ce dont elle était extrêmement fière.

— Moi, je n'ai pas l'intention de n'avoir qu'un amoureux, déclara-t-elle d'une voix pleine d'assurance. J'en aurai des tas.

Kate pouffa en haussant les épaules. Elle était mince et parfaitement plate, ce dont elle se fichait complètement. Il y avait des choses plus intéressantes dans la vie que les garçons : l'école, le base-ball, la musique.

— Depuis que Billy Leary t'a fait des bisous dans le cou, tu es devenue bizarre.

— J'aime bien les garçons.

Sûre de sa féminité, Margo sourit d'un air malicieux en passant sa main dans ses longs cheveux blonds. Epais, ondulés et de la couleur des blés, ils lui arrivaient sous les épaules. Elle les avait libérés du ruban que sa mère l'obligeait à nouer dès qu'elle avait pu échapper au regard vigilant d'Ann Sullivan. Comme son corps, et sa voix râpeuse, sa chevelure était davantage celle d'une femme que d'une adolescente.

— Et j'aime plaire aux garçons.

Ce qui comptait, pour Margo, plus que tout.

— Mais que je sois maudite si je devais me tuer pour l'un d'eux !

Machinalement, Laura jeta un coup d'œil autour d'elle pour s'assurer que personne n'avait entendu son amie jurer. On était au cœur d'un été splendide. Le moment de l'année qu'elle préférait. Son regard s'attarda sur la maison en haut de la colline juste derrière elles. C'était son havre, sa sécurité, et le simple fait d'apercevoir les petites tourelles originales, les hautes fenêtres en arrondi et les tuiles roses du toit chauffées par le soleil californien lui fit du bien.

Parfois, elle la voyait comme un château et s'imaginait en princesse. Et elle commençait à rêver qu'un prince viendrait, un jour, la chercher pour l'aimer, l'épouser et la rendre heureuse.

— Moi, je n'en veux qu'un, murmura-t-elle. Et *s'il* lui arrive malheur, j'aurai le cœur brisé à tout jamais.

— Tu ne sauterais quand même pas du haut d'une falaise...

La nature pragmatique de Kate avait du mal à concevoir un tel geste. On pouvait se donner des claques pour avoir commis une bévue, ou raté un examen, mais pour un garçon ? C'était carrément ridicule.

A son tour, elle contempla la maison des Templeton, qui était aujourd'hui la sienne. Elle pensait être celle des trois qui comprenait le mieux ce que signifiait être confrontée au pire. Elle avait huit ans lorsqu'elle avait perdu ses parents et que la terre s'était effondrée sous ses pieds, la laissant couler à pic. Mais les Templeton l'avaient recueillie, aimée et, bien qu'elle ne fût qu'une cousine au second degré du côté des Powell, lui avaient offert une famille. Attendre était toujours plus sage.

— Je sais ce que je ferais. Je crierais et je maudirais le ciel, décida Margo.

Ce qu'elle fit aussitôt, mimant avec une surprenante facilité la souffrance aiguë.

— Et ensuite, j'irais récupérer ma dot et je ferais le tour du monde en bateau, pour tout voir, tout faire. Et tout vivre.

Elle s'étira voluptueusement, ravie de sentir la caresse du soleil sur sa peau.

Elle adorait la maison des Templeton. C'était la seule demeure dont elle se souvînt. Elle n'avait que quatre ans lorsque sa mère avait quitté l'Irlande pour venir travailler chez eux. Même si elle avait toujours été traitée comme faisant partie de la famille, elle n'oubliait jamais qu'elle était la fille d'une domestique, et nourrissait l'ambition de faire bien autre chose. Oui, tout autre chose.

Elle n'ignorait pas que sa mère souhaitait qu'elle acquière une bonne éducation, une bonne situation et un bon mari. Qu'y avait-il de plus ennuyeux ? En tout cas, pas question de devenir comme elle, desséchée et seule avant même d'avoir atteint la trentaine.

Elle était pourtant jeune et belle, songea Margo en souriant. Même si elle se refusait à l'admettre, c'était un fait. Cependant, elle ne sortait ni ne voyait jamais personne. Et puis, elle était trop stricte. *Ne fais pas ci, ne fais pas ça... Tu es trop jeune pour mettre du rouge à lèvres et te maquiller les yeux...* Elle était toujours inquiète que sa fille ne fût trop sauvage, trop têtue, trop désireuse de s'élever au-dessus de sa condition.

Elle se demanda si son père avait été rebelle lui aussi. Etait-il bel homme ? Elle avait fini par croire que sa mère avait été obligée de se marier – comme cela arrive parfois aux jeunes filles. Mais sûrement pas par amour, car si elle avait aimé son mari, pourquoi ne parlait-elle jamais de lui ? Pourquoi n'avait-elle aucune photo, ni souvenirs, pas même une anecdote à raconter sur cet homme qui avait péri en mer au cours d'une tempête ?

Tournée vers l'océan, Margo pensa que sa mère, Ann Sullivan, n'avait rien d'une Seraphina. Ni chagrin ni désespoir, simplement tourner la page et oublier.

Peut-être n'était-ce finalement pas plus mal. Ne pas laisser un homme prendre trop d'importance évitait de souffrir quand il n'était plus là, ce qui ne signifiait pas pour autant s'arrêter de vivre. Car, sans aller jusqu'au suicide, il y avait bien d'autres manières d'étouffer son existence.

Si seulement maman voulait bien comprendre ça, songea l'adolescente en secouant vigoureusement la tête. De toute façon, rien de ce qu'elle faisait ou désirait ne semblait susciter son approbation. Et cela lui serrait le cœur.

Mieux valait penser aux pays qu'elle visiterait un jour. Aux gens qu'elle rencontrerait. A force de vivre chez les Templeton et dans leur univers luxueux, elle rêvait d'une vie fastueuse. Ah ! tous ces fabuleux hôtels qu'ils possédaient dans des villes extraordinaires... Un jour, elle en serait cliente et aurait sa propre suite –

comme celle du *Templeton Hotel* de Monterey, avec ses deux niveaux prodigieux et son mobilier élégant, dont un lit digne d'une reine, avec un baldaquin et des coussins recouverts de soie épaisse.

Quand elle avait dit cela à Mr T., il avait ri, l'avait serrée dans ses bras et laissée sauter sur le lit. Elle n'avait jamais oublié l'impression ressentie en se pelotonnant sur les oreillers douillets et parfumés, semés de fleurs. Mrs T. lui avait expliqué que ce lit venait d'Espagne et qu'il était vieux de plus de deux cents ans.

Un jour, elle aurait des choses aussi belles et importantes que ce lit. Pas uniquement pour en prendre soin, comme le faisait sa mère, mais pour les posséder. Parce que, alors, on devenait beau et important à son tour.

– Quand nous aurons trouvé la dot de Seraphina, nous serons riches, clama Margo.

Une fois de plus, Kate émit un grognement.

– Laura l'est déjà, fit-elle remarquer avec logique. Et si nous la trouvions, nous serions obligées de la déposer dans une banque en attendant d'être assez vieilles pour avoir le droit d'y toucher.

– Je m'achèterai tout ce dont j'aurai envie...

Margo se redressa et entoura ses genoux repliés de ses bras.

– Des vêtements, des bijoux et plein de belles choses. Et aussi une voiture.

– Tu n'as pas l'âge de conduire, souligna Kate. Moi, je placerai ma part parce que oncle Tommy dit qu'il faut de l'argent pour faire de l'argent.

– Tu n'es vraiment pas drôle, Kate ! fit Margo en lui donnant une bourrade affectueuse sur l'épaule. Tu nous ennuies. Je vais te dire ce qu'on fera, on fera le tour du monde. Toutes les trois. Nous irons à Paris, à Londres et à Rome et nous ne descendrons que dans les hôtels *Templeton*.

– Ce sera comme une superbe soirée sans fin, dit Laura, entrant à son tour dans le jeu.

Elle était allée à Paris, à Londres et à Rome et avait

trouvé ces villes magnifiques. Mais, à ses yeux, rien n'était plus beau ni comparable à Templeton House.

– Nous resterons debout toute la nuit et nous ne danserons qu'avec les hommes les plus beaux. Puis nous reviendrons ici et nous resterons toujours ensemble.

– Bien sûr que nous serons toujours ensemble...

Margo passa un bras sur l'épaule de Laura et l'autre sur celle de Kate. Pour elle, leur amitié était tout simplement une évidence.

– Nous sommes les meilleures amies du monde, non ? Et cela ne changera jamais.

En entendant un bruit de moteur, elle se releva d'un bond, feignant aussitôt un profond mépris.

– C'est Josh et un de ses affreux camarades.

– Ne te montre pas.

Kate tira Margo par la main de toutes ses forces. Josh était le frère de Laura par le sang, mais il était dans sa façon d'être beaucoup plus proche de Kate.

– Il va venir nous enquiquiner. Il se donne de grands airs depuis qu'il sait conduire.

Laura se leva à son tour, curieuse de voir qui était avec lui dans la superbe petite décapotable. Reconnaissant la chevelure brune ébouriffée par le vent, elle fit une grimace.

– Oh ! ce n'est que ce voyou de Michael Fury. Je ne comprends pas pourquoi Josh l'a choisi comme ami.

– Parce qu'il est dangereux.

Margo avait beau n'avoir que douze ans, elle savait reconnaître un homme. Mais elle n'avait d'yeux que pour Josh, sans doute parce qu'il l'agaçait avec son air de prince héritier et passait son temps à la traiter comme une petite sœur vaguement idiote, alors que n'importe qui pouvait voir qu'elle était presque une femme.

– Salut, les gamines !

Avec la décontraction très étudiée d'un garçon de seize ans, il s'appuya contre le dossier du conducteur.

La radio diffusait *Hotel California* des Eagles dont les notes s'envolaient dans la brise d'été.

– Alors, vous cherchez toujours l'or de Seraphina ?

– On profitait seulement du soleil, et de la solitude.

Margo combla la distance qui les séparait en s'avançant d'un pas lent, les épaules rejetées en arrière. Josh lui lança un regard amusé derrière sa tignasse de cheveux décolorés par le soleil. Celui de Michael Fury était dissimulé derrière des lunettes réfléchissantes, et elle n'aurait pu dire ce qu'il regardait. Bien qu'il ne l'intéressât pas particulièrement, elle s'appuya contre la voiture et lui décocha son plus beau sourire.

– Bonjour, Michael.

–`Ouais, marmonna-t-il pour toute réponse.

– Elles passent leur temps à traîner ici, expliqua Josh à son ami. Comme si elles allaient tomber sur un paquet de louis d'or.

Il adressa un sourire railleur à Margo, ce qui était plus simple que de s'attarder, ne serait-ce qu'une seconde, sur l'allure qu'elle avait dans ce minuscule short. Diable, ce n'était qu'une enfant, et elle était pratiquement sa sœur ! Nul doute qu'il allait se retrouver à rôtir en enfer s'il continuait à avoir ces drôles de pensées à son sujet.

– Un jour, nous le trouverons.

Margo se pencha un peu plus, et Josh respira son odeur. Elle leva un sourcil, ce qui attira son attention sur le petit grain de beauté situé juste sous son sourcil gauche. Des sourcils qui étaient un ton plus foncé que ses cheveux blond pâle. Et ses seins, qui semblaient se gonfler chaque fois qu'un garçon clignait des yeux, se dessinaient clairement sous son tee-shirt moulant. La bouche sèche, Josh reprit d'un ton brusque et ironique :

– Continue à rêver, duchesse ! Et retourne donc faire joujou avec tes petites copines. Nous avons mieux à faire.

Et il démarra en trombe, l'œil rivé sur le rétroviseur.

Son cœur de femme battait d'impatience et de trouble. Margo rejeta ses cheveux en arrière en regardant le petit bolide s'éloigner à toute vitesse. Rire de la fille de la gouvernante n'avait rien de difficile, songea-t-elle avec fureur. Mais quand elle serait riche et célèbre...

— Un jour, il regrettera de s'être moqué de moi.

— Tu sais bien qu'il ne le pense pas, dit Laura pour l'apaiser.

— Non, ce n'est qu'un mâle comme les autres, renchérit Kate en haussant les épaules. C'est-à-dire un abruti.

Sa remarque fit rire Margo et, ensemble, elles traversèrent la route pour gravir la colline en direction de Templeton House. Un jour, se répéta-t-elle en silence. Un jour.

1

A dix-huit ans, Margo savait exactement ce qu'elle voulait. La même chose qu'à douze. A savoir, tout. Mais à présent, elle avait décidé comment y parvenir, en exploitant son physique, qui était à son avis son meilleur et, sans doute, son unique atout. Elle allait jouer la comédie, ou du moins apprendre. Ce devait être plus facile que l'algèbre, la littérature ou toutes ces matières enseignées à l'école. Quoi qu'il en soit, d'une manière ou d'une autre, elle deviendrait une vedette. Sans l'aide de personne.

Elle avait pris sa décision la nuit précédant les noces de Laura. Etait-ce égoïste de sa part d'être aussi affligée parce que son amie était sur le point de se marier ?

Elle l'avait été presque autant lorsque les Templeton étaient partis avec Laura, Josh et Kate, l'été dernier pendant un mois entier. Elle ne les avait pas accompagnés uniquement parce que sa mère avait refusé l'offre qu'ils avaient faite de l'emmener avec eux. Elle en mourait d'envie, mais ni ses supplications ni celles de Laura et de Kate n'avaient eu raison d'Ann Sullivan.

Ce n'est pas ta place, ni en Europe ni dans les hôtels de luxe, avait-elle décrété. *Les Templeton se sont déjà montrés suffisamment généreux avec toi.*

Aussi était-elle restée chez elle, à gagner sa vie en faisant le ménage et en apprenant à tenir une maison. Elle avait été terriblement malheureuse. Et ce n'était pas par jalousie du tout. Elle avait surtout souffert d'être séparée de ses amies.

De même qu'elle souhaitait sincèrement à Laura un mariage parfait et merveilleux. Mais elle ne supportait pas l'idée de la perdre. Etait-ce de l'égocentrisme ? Elle espérait que non, car si elle avait autant de peine, c'était aussi à l'idée que Laura se lie pour toujours à un homme avant même d'avoir commencé à vivre.

Et, Seigneur, Margo avait une telle soif de vivre !

D'ailleurs, ses bagages étaient prêts. Dès que Laura serait partie en voyage de noces, elle avait l'intention de filer vers Hollywood.

Templeton House lui manquerait. Et Mr et Mrs T., sans parler bien entendu de Kate, de Laura et de Josh. Et aussi sa mère, même si elle allait probablement lui assener des tas de choses fort désagréables d'ici son départ. Elles avaient déjà eu tellement de conflits.

L'Université était au cœur de leur différend actuel, avec le refus clair et net de Margo de poursuivre des études. Si elle devait passer encore quatre années le nez plongé dans des livres et enfermée entre quatre murs, elle en mourrait, elle en était sûre. Et qu'avait-elle besoin d'étudier puisqu'elle avait déjà décidé de son avenir ?

Mais sa mère était trop occupée pour l'instant pour en discuter avec elle. En tant que gouvernante de Templeton House, elle ne pensait qu'à une seule et unique chose : la réception qui suivrait le mariage. Après la cérémonie religieuse, toutes les limousines, tels de longs paquebots superbes et rutilants, rouleraient en convoi jusqu'à Templeton House.

La maison était impeccable. Ann devait sûrement donner ses dernières consignes au fleuriste. Pour le mariage de Laura, tout se devait d'être plus que parfait. Sa mère adorait la jeune fille, ce que Margo admettait parfaitement. Ce qu'elle lui reprochait, en revanche, c'était de vouloir qu'elle ressemble à Laura. Elle ne le pourrait jamais. Qui plus est, elle ne le voulait pas.

Son amie était chaleureuse, douce et parfaite. Margo savait pertinemment qu'elle n'était rien de tout cela. Laura ne se disputait jamais avec sa mère de la façon dont Margo et Ann s'affrontaient. Sa vie était lisse et toute tracée. Elle n'avait jamais eu à se soucier de son propre avenir. Elle connaissait toute l'Europe. Elle pourrait vivre à Templeton House aussi longtemps qu'elle le souhaiterait et, si elle désirait travailler, les hôtels Templeton se feraient un plaisir de lui offrir une place.

Elle n'était pas non plus comme Kate, studieuse et déterminée. Et elle n'allait pas s'inscrire à Harvard comme elle, dans le but de décrocher un diplôme lui permettant de gérer des portefeuilles et de comprendre les lois sur la fiscalité, quelle barbe ! Kate préférait le *Wall Street Journal* aux images de papier glacé de *Vogue* et prenait un réel plaisir à discuter de taux d'intérêt ou de revenus du capital avec Mr T., pendant des heures.

Non, elle n'avait envie d'être ni Kate ni Laura, même si elle les adorait. Seulement Margo Sullivan. Et elle avait bel et bien l'intention de faire reconnaître sa personnalité. Un jour, elle aurait une maison aussi raffinée que celle-ci, se dit-elle en descendant lentement l'escalier principal, sa main glissant sur la rampe d'acajou lustré.

Au milieu du hall étincelait un immense lustre en cristal. Combien de fois avait-elle admiré ses reflets sur les dalles en marbre bleu et blanc de l'entrée, illuminant de mille feux les invités élégants qui se pressaient aux merveilleuses et célèbres soirées des Templeton ?

Elles étaient toujours pleines de rire et de musique, que les invités soient installés autour de la longue table de la salle à manger, qu'ils circulent librement de pièce en pièce en bavardant et en buvant du champagne ou confortablement installés dans les canapés.

Un jour, elle donnerait elle aussi de merveilleuses réceptions, et espérait qu'elle serait une aussi bonne hôtesse que Mrs T. Ce talent tenait-il de famille, ou bien pouvait-on l'acquérir ? Si tel était le cas, elle ne manquerait pas de s'y entraîner.

Sa mère lui avait appris à disposer les fleurs de façon si... exactement comme l'étaient les superbes roses blanches dans le grand vase en cristal posé sur la table Pembroke. Les fleurs se reflétaient dans le miroir, longues et pures au milieu du feuillage déployé en éventail.

C'était grâce à de petites touches de ce genre qu'une maison avait une âme, pensa Margo. Les bouquets et les jolis bols, les chandeliers et le bois amoureusement ciré. Les odeurs, la façon dont la lumière pénétrait par les fenêtres, le tic-tac sourd et régulier des vieilles pendules. Elle se rappellerait tout cela lorsqu'elle serait au loin. Pas seulement les passages voûtés entre chaque pièce ou le motif complexe et magnifique des mosaïques qui ornaient la haute porte d'entrée. Elle se souviendrait aussi de l'odeur de la bibliothèque, alors que Mr T. y allumait un de ses cigares, et de son rire qui résonnait entre les murs.

De même, elle se souviendrait des soirées d'hiver, quand Laura, Kate et elle se vautraient sur le tapis devant le feu du salon. Des reflets sur le manteau de cheminée en lapis, mais aussi de la sensation de chaleur sur ses joues et du gloussement de Kate lorsqu'elle gagnait une partie.

Elle se remémorerait les senteurs du petit salon de Mrs T. Un mélange de poudres, de parfums et de bougies. Et sa manière de sourire lorsque Margo lui parlait.

Et puis, sa propre chambre. Comment les Templeton lui en avaient laissé choisir le papier peint quand elle avait eu seize ans. Même sa mère avait souri et approuvé son choix d'un fond vert pâle rehaussé d'énormes lis blancs. Et toutes ces heures qu'elle y avait passées seule ou avec ses deux amies. A parler, parler, parler. A faire des projets et rêver.

Est-ce qu'elle avait raison ? se demanda-t-elle avec un bref sursaut de panique. Comment pouvait-elle supporter de quitter tout cela et tous ceux qu'elle aimait ?

– Encore en train de prendre la pose, duchesse ? lança Josh qui était entré sans bruit.

Toujours pas habillé pour la cérémonie, il portait un pantalon et une chemise en coton. A vingt-deux ans, il avait acquis une certaine maturité et les années passées à étudier le droit à Harvard lui avaient agréablement réussi.

Margo pensa, dégoûtée, qu'il serait élégant même revêtu d'un simple sac à patates. Il avait toujours le même air d'enfant gâté, bien que son visage eût perdu de son innocence. Il avait les yeux gris de son père et la ravissante bouche de sa mère. Ses cheveux étaient de la couleur du bronze, et une dernière poussée de croissance avant son départ à l'Université lui avait fait atteindre un bon mètre quatre-vingt-sept.

Elle aurait aimé qu'il soit laid. Que son apparence n'ait pas d'importance. Qu'il la regarde, ne serait-ce qu'une seule fois, comme si elle était autre chose pour lui qu'un sujet de raillerie.

– Je réfléchissais, répondit-elle sans bouger, la main posée négligemment sur la rampe.

Elle savait qu'elle n'avait jamais été aussi à son avantage. Sa robe de demoiselle d'honneur était la parure la plus somptueuse qu'elle eût jamais portée. C'est pourquoi elle s'était habillée de bonne heure, pour en profiter le plus longtemps possible.

Laura avait choisi un bleu limpide assorti aux yeux de Margo, et la soie semblait aussi fragile et fluide que de l'eau. La longue traîne rehaussait sa silhouette provocante et les fines manches scintillantes mettaient en valeur sa peau pâle et crémeuse.

– Tu n'es pas en retard, dis-moi...

Josh parlait très vite, car chaque fois qu'il la regardait, la bouffée de désir qui le submergeait lui faisait l'effet d'un coup de poing à l'estomac.

– La cérémonie ne commence pas avant deux bonnes heures.

– Il faudra bien ça, pour que Laura soit prête. Je l'ai

laissée avec Mrs T. J'ai pensé que... qu'elles avaient besoin de quelques minutes de solitude.

– Maman pleure encore ?

– Si les mères pleurent le jour du mariage de leur fille, c'est parce qu'elles savent très bien ce qui les attend.

Avec un grand sourire il lui tendit sa main.

– Tu ferais une mariée intéressante, duchesse.

Leurs doigts s'étaient enlacés des centaines de fois depuis qu'ils étaient enfants. Et cette fois-là fut semblable à toutes les autres.

– C'est un compliment ?

– Juste une remarque.

Il l'entraîna dans le salon décoré avec de fines bougies blanches dans les chandeliers et des arrangements de fleurs somptueux. Jasmin, roses, gardénias. Rien que des bouquets blancs au parfum enivrant dans cette pièce où le soleil entrait à flots par les fenêtres arrondies.

Des photos dans des cadres en argent, dont la sienne, ornaient la cheminée, comme si elle était vraiment de la famille. Sur le piano trônait le compotier en cristal de Waterford, qu'elle avait offert aux Templeton pour leur vingt-cinquième anniversaire de mariage, et qui lui avait coûté toutes ses économies.

Elle essayait de tout enregistrer pour ne rien oublier ; les teintes subtiles de la tapisserie d'Aubusson, les pieds délicatement sculptés des chaises style Reine Anne, la marqueterie enchevêtrée du meuble à musique.

– C'est tellement beau, murmura-t-elle.

– Hein ? grommela Josh, occupé à retirer le papier d'aluminium d'une bouteille de champagne subtilisée à la cuisine.

– La maison. Elle est tellement belle.

– Annie s'est surpassée, reconnut-il, en faisant allusion à la mère de Margo. Ce devrait être un sacré mariage.

Ce fut le ton de sa voix qui la poussa à se retourner

vers lui. Elle le connaissait si bien qu'elle pouvait en interpréter la moindre nuance.

– Tu n'aimes pas Peter.

Josh haussa les épaules et fit sauter le bouchon d'un coup de pouce expert.

– C'est Laura qui épouse Ridgeway, pas moi.

Margo lui décocha un large sourire.

– Je le trouve insupportable. C'est un sale fils à papa, prétentieux et guindé.

Il lui rendit son sourire, de nouveau détendu.

– Nous sommes généralement d'accord sur les gens, c'est déjà ça.

Sachant qu'il en avait horreur, elle lui tapota la joue.

– On serait certainement d'accord sur bien d'autres points encore si tu ne prenais pas un malin plaisir à te moquer autant de moi.

– C'est mon rôle, rétorqua-t-il en tordant son poignet pour l'embêter. Si je ne le faisais pas, tu aurais l'impression que je te néglige.

– Tu es encore plus agaçant depuis que tu es diplômé d'Harvard. Tu pourrais au moins faire semblant d'être un gentleman, ajouta-t-elle en prenant un verre. Et me servir à boire.

Voyant qu'il restait planté, sans bouger, elle leva les yeux au ciel.

– Bon sang, Josh, j'ai dix-huit ans ! Si Laura est assez grande pour épouser cet imbécile, je le suis assez pour avoir du champagne !

– Une seule coupe, dit-il sur un ton de grand frère. Je ne veux pas que tu titubes en remontant l'allée de l'église.

Amusé, il nota qu'elle semblait être née avec une flûte de champagne à la main. Et tous les hommes à ses pieds.

– Je suppose que nous devrions trinquer aux futurs époux...

Margo fit la moue en regardant les bulles remonter joyeusement à la surface.

– Mais j'aurais peur de m'étouffer, et ce serait dommage de gâcher ce délicieux breuvage.

Elle lui fit un clin d'œil malicieux et ajouta :

– Je suis tellement méchante... Je déteste être méchante, mais on dirait que je ne peux pas m'en empêcher.

– Ce n'est pas de la méchanceté, c'est de la franchise, répliqua-t-il en haussant les épaules. Autant que nous soyons méchants et francs ensemble. Alors, à Laura ! J'espère sacrément qu'elle sait ce qu'elle fait.

– Elle l'aime.

Margo avala une gorgée et décida illico que, désormais, ce serait sa boisson favorite.

– Dieu sait pourquoi... ou pourquoi elle croit qu'on doit se marier pour coucher avec un homme.

– Charmante façon de parler !

– Ecoute, il faut être réaliste...

Elle s'approcha de la porte ouverte sur le jardin, en soupirant.

– Et c'est une raison vraiment stupide ! A vrai dire, je n'en trouve pas une seule valable. Bien entendu, Laura n'épouse pas Peter seulement pour ça.

Elle tambourinait nerveusement du bout des doigts contre la vitre.

– Mais elle est trop romantique. Il est plus âgé qu'elle, a plus d'expérience et n'est pas dépourvu d'un certain charme, si on aime ce genre. Et comme il est dans les affaires, il pourra bien entendu s'intégrer facilement dans l'empire Templeton et elle pourra rester ici ou trouver une maison tout à côté. Ce qui est probablement parfait pour elle.

– Tu ne vas pas te mettre à pleurer.

– Je ne pleure pas. Enfin, pas vraiment...

La main qu'il posa sur son épaule la réconforta, et elle se laissa aller contre sa poitrine.

– C'est juste qu'elle va beaucoup me manquer.

– Ils seront de retour d'ici un mois.

– Je ne serai plus là.

Elle n'avait eu aucune intention de le mettre au courant, et se retourna vivement pour ajouter :
– N'en parle surtout pas. Je veux l'annoncer moi-même.
– Quoi ? s'exclama Josh.
La façon dont son cœur se serra lui déplut.
– Où diable seras-tu ?
– A Los Angeles. Je pars ce soir.
C'était bien elle, pensa-t-il, amusé, en hochant la tête.
– Qu'est-ce que c'est que cette lubie, Margo ?
– Ce n'est pas une lubie. J'y ai longuement réfléchi.
Elle but une nouvelle gorgée et recula légèrement, être claire lui serait plus facile si elle mettait un peu de distance entre eux.
– Je ne vais pas rester ici éternellement...
– L'Université...
– Non, ce n'est pas pour moi...
Soudain, ses yeux s'animèrent, telle une flamme d'un bleu glacial au centre d'un feu.
Elle allait vivre pour elle-même. Et si c'était égoïste, tant pis.
– C'est ce que voudrait maman, mais pas moi. Et je ne peux pas continuer à habiter ici en me contentant d'être la fille de la gouvernante.
– Ne sois pas ridicule.
Il pouvait facilement rejeter son argument.
– Tu sais bien que tu fais partie de la famille.
Elle ne pouvait le nier, et cependant...
– Je veux commencer ma vie à moi, dit-elle avec entêtement. Comme toi tu l'as déjà fait. Tu es allé étudier le droit, Kate part à Harvard un an plus tôt que prévu grâce à son petit cerveau toujours en ébullition. Laura se marie...
Cette fois, il avait compris. Il lui jeta un sourire méprisant.
– Tu ne penses qu'à toi.
– Peut-être. Quel mal y a-t-il à cela ?
Elle se resservit du champagne avec un air de défi.

— En quoi est-ce un péché quand tous ceux à qui l'on tient font ce qu'ils ont envie de faire et pas soi ?
— Tu vas à Los Angeles, et ensuite ?
— Je trouverai du travail.
Elle but une nouvelle rasade, et reprit d'une voix ferme :
— Je veux être mannequin. Avoir ma photo sur la couverture des plus grands magazines.
Elle avait le visage qu'il fallait pour cela, pensa Josh. Et le corps. Elle était époustouflante. Incroyablement renversante.
— Et c'est là toute ton ambition ? fit-il avec un demi-sourire. Te faire photographier !
Redressant le menton, elle le foudroya du regard.
— Je serai riche, célèbre et heureuse. Et, sans l'aide de papa et de maman, sans compte en banque confortable sur lequel m'appuyer.
Josh plissa les yeux, l'air menaçant.
— Ne sois pas hargneuse, Margo. Tu n'as aucune idée de la force qu'il faut pour travailler, prendre ses responsabilités et les assumer.
— Oh, parce que toi, tu le sais ? Tu n'as jamais eu rien d'autre à faire que claquer des doigts pour qu'un domestique t'apporte tout ce que tu désires sur un plateau d'argent.
Se sentant aussi blessé qu'insulté, il s'avança vers elle.
— Plateau dont tu as largement profité, il me semble.
A ces mots, Margo rougit de honte.
— C'est sans doute vrai, mais à partir d'aujourd'hui je m'achèterai mes plateaux d'argent moi-même.
— Avec quoi ? fit-il en relevant son menton d'une main ferme. Ton physique ? Mais les belles filles courent les rues à Los Angeles. Tu seras dévorée toute crue avant même d'avoir compris ce qui t'arrive.
— Ça m'étonnerait, riposta la jeune fille en se libérant de son étreinte. Sache que c'est moi qui les dévorerai,

Joshua Conway Templeton. Et personne ne m'en empêchera.

– Pourquoi ne pas nous rendre à tous un service et réfléchir avant de te jeter dans une aventure d'où il faudra qu'on vienne te sortir ? Ce n'est vraiment pas le bon moment pour une décision pareille.

Il posa son verre et enfonça ses mains au fond des poches.

– Le jour où Laura se marie, où mes parents sont terrifiés à l'idée qu'elle est peut-être trop jeune pour s'engager ainsi. Et où ta mère court dans tous les sens, les yeux rougis à force d'avoir pleuré.

– Je ne vais rien gâcher du tout. J'attendrai qu'elle soit partie pour sa lune de miel.

– Oh ! c'est très délicat de ta part...

Furieux, il fit volte-face.

– Et as-tu pensé à ce qu'Annie allait ressentir ?

Margo se mordit les lèvres.

– Je ne suis pas la fille qu'elle souhaite. Pourquoi personne ne veut comprendre ça ?

– Et que crois-tu que mes parents éprouveront en te sachant seule à Los Angeles ?

– Tu n'arriveras pas à me culpabiliser, murmura-t-elle, bien qu'elle se sentît justement coupable. Ma décision est prise.

– Bon sang, Margo !

Il l'empoigna par le bras, si brutalement qu'elle bascula contre lui, visage contre visage.

Son cœur se mit à battre douloureusement. Elle murmura :

– Josh... d'une voix rauque et tremblante.

Et toute la tension qu'elle avait accumulée se transforma en un ardent désir.

Un bruit de pas dans l'escalier les fit sursauter. Margo réussit à reprendre sa respiration et Josh lui lança un regard furibond.

– Ce n'est pas possible d'être obligée de porter une

robe pareille. Je me sens complètement idiote. Ces longues jupes ne sont pas pratiques du tout.

Kate, arrêtant de tirer sur son élégante robe de soie, fronça les sourcils en apercevant Margo et Josh. Ils avaient l'air de deux chats sauvages prêts à bondir l'un sur l'autre.

— Vous n'allez pas vous disputer maintenant ? Margo, j'ai un problème. Cette robe doit-elle se porter comme ça, et si oui, pourquoi ? Oh, c'est du champagne ? Je peux en avoir ?

Le regard de Josh s'attarda un instant sur Margo.

— Je vais monter la bouteille à Laura.

— J'en voudrais une goutte avant que... Bon sang, qu'est-ce qu'il lui prend ?

Vexée, Kate regarda Josh sortir en trombe.

— Comme d'habitude, il joue les arrogants, le monsieur je-sais-tout. Je le déteste, grommela Margo entre ses dents.

— Oh ! si ce n'est que ça... Revenons plutôt à moi. Au secours ! fit-elle en écartant les bras.

— Kate...

Margo pressa ses tempes du bout des doigts, puis soupira.

— Kate, tu es superbe. A part cette épouvantable coupe de cheveux.

— Qu'est-ce que tu racontes ?

Kate se passa la main dans sa chevelure brune coupée très court.

— Ils sont ce que j'ai de mieux. Je n'ai même pas besoin de les coiffer.

— Ça se voit. Heureusement, sous le chapeau, ça ne se remarquera pas.

— Justement, je voudrais te parler de cela...

— Tu dois absolument le mettre.

Margo tendit son verre à la jeune fille.

— Il te donne un chic fou, un peu dans le style Audrey Hepburn.

— Je fais ça uniquement pour Laura, marmonna Kate.

Puis elle se laissa tomber dans un fauteuil et balança ses jambes gainées de soie par-dessus l'accoudoir.

— Margo, il faut que je te dise, Peter Ridgeway me donne des crampes d'estomac.

— Bienvenue au club !

Ses pensées revinrent un instant sur Josh. Avait-il vraiment été sur le point de l'embrasser ? Non, c'était ridicule. Sans doute comptait-il plutôt la secouer comme un prunier, tel un gamin furieux de voir son jouet ne pas fonctionner comme il l'aurait voulu.

— Kate, ne t'assieds pas comme ça, tu vas froisser ta robe.

— Oh, zut !

A contrecœur, elle se releva, l'air d'une jolie fille folâtre avec d'immenses yeux.

— Je sais qu'oncle Tommy et tante Susie ne sont pas enchantés par cette union. Ils font de leur mieux parce que Laura semble tellement heureuse. Je voudrais pouvoir me réjouir pour elle...

— Eh bien, c'est ce que nous allons faire.

Margo décida de ne plus penser ni à Josh, ni à l'avenir, ni à Los Angeles.

— Il faut soutenir les gens qu'on aime, non ?

— Même quand ils font des erreurs...

Kate soupira et rendit sa flûte de champagne à Margo.

— Par conséquent, je suppose qu'on ferait mieux de monter la rejoindre.

Devant la porte de la chambre de Laura, elles s'arrêtèrent un instant et se prirent par la main.

— Je ne sais pas pourquoi je suis aussi nerveuse, murmura Kate. J'ai l'estomac qui n'arrête pas de gargouiller.

— Parce que nous sommes dans le même bateau, rétorqua Margo en pressant affectueusement sa main. Comme toujours.

Elle ouvrit la porte. Laura, assise devant sa coiffeuse, mettait la dernière touche à son maquillage. Dans son long peignoir blanc, elle ressemblait déjà à une mariée. Ses cheveux dorés relevés en chignon d'où quelques boucles s'échappaient retombaient joliment autour de son visage. Susan se tenait derrière elle, fin prête dans une robe d'un rose profond rehaussée de dentelle.

– Ces perles sont très anciennes, dit-elle d'une voix enrouée.

Dans le miroir encadré de bois de rose sculpté, ses yeux croisèrent ceux de sa fille.

– Elles appartenaient à ta grand-mère Templeton...

Elle tendit à Laura de ravissantes boucles d'oreilles.

– ... qui me les a données le jour de mon mariage. Désormais, elles t'appartiennent.

– Oh, maman ! je vais recommencer à pleurer...

– Ah non, surtout pas !

Ann Sullivan s'approcha, charmante et réservée, dans sa plus jolie robe bleu marine, ses cheveux blond foncé coupés court et légèrement ondulés.

– Notre mariée ne doit pas avoir les yeux gonflés aujourd'hui. Comme il te faut un objet prêté, j'ai pensé que... sous ta robe tu pourrais porter mon médaillon.

– Oh, Annie ! s'écria Laura en se jetant à son cou. Merci ! Merci beaucoup. Je suis si heureuse.

– Puisses-tu être aussi heureuse le reste de ta vie.

Sentant ses yeux s'embuer, Ann s'éclaircit la gorge et lissa le couvre-lit à fleurs déjà impeccablement tiré.

– Je vais descendre voir si Mrs Williamson s'en sort avec les traiteurs.

– Mrs Williamson se débrouille sûrement très bien...

Susan retint Ann par la main, certaine que la vieille et fidèle cuisinière pouvait parfaitement y arriver toute seule.

– Ah, voilà les demoiselles d'honneur ! Juste à temps pour habiller la mariée. Comme elles sont jolies !

– C'est vrai.

Ann considéra sa fille et Kate d'un œil critique.

— Miss Kate pourrait mettre un peu plus de rouge à lèvres et Margo un peu moins.

— Nous allons commencer par boire un verre, lança Susan. Josh a eu la bonne idée de nous apporter une bouteille de champagne.

— Ma foi, je suppose que c'est le jour ou jamais. Mais rien qu'un petit peu, précisa Ann. Sinon, ces jeunes filles vont arriver à l'église en titubant.

— Je me sens déjà ivre, déclara Laura en regardant les bulles jaillir hors de son verre. S'il vous plaît, je voudrais porter un toast. Aux femmes de ma vie. A ma mère qui m'a montré que l'amour peut s'épanouir encore plus dans le mariage.

Elle se tourna vers Ann.

— A mon amie qui, toujours, toujours m'a écoutée. Et à mes sœurs qui ont été pour moi la meilleure des familles. Je vous aime toutes infiniment.

— Et voilà ! renifla Susan. Mon mascara va encore couler.

— Mrs Templeton, madame...

Une domestique venait d'entrer, elle écarquilla les yeux en apercevant Laura. Plus tard, elle dirait au personnel qu'elle avait cru avoir une vision devant toutes ces jolies femmes merveilleusement éclairées par le soleil.

— Vieux Joe le jardinier n'est pas d'accord avec l'homme qui est venu installer les tables et les chaises dans le jardin.

— Je descends m'en occuper, s'empressa Ann.

— Allons-y toutes les deux...

Susan caressa la joue de sa fille.

— Ça m'évitera de pleurer comme une Madeleine. Margo et Kate vont t'aider à finir de t'habiller, ma chérie. C'est la tradition.

— Attention à ne pas froisser vos robes, lança Ann.

Prenant Susan par l'épaule, elle lui murmura quelques mots à voix basse en quittant la chambre.

— C'est incroyable ! s'exclama Margo avec un large

sourire. Maman est si distraite qu'elle en a oublié la bouteille. Buvons, mesdames !

— Alors, juste un verre, décida Kate. J'ai l'estomac tellement sens dessus dessous que j'ai l'impression que je vais vomir.

— Si tu fais ça, je te tue.

Et sans attendre, Margo vida le sien. Elle aimait l'effet magique des bulles qui chatouillaient sa gorge et éclataient dans sa tête. C'était ainsi qu'elle voulait se sentir désormais.

— Et maintenant, Laura, tâchons de te faire entrer dans cette superbe robe.

— Cette fois, c'est pour de bon, murmura la jeune fille.

— En effet. Mais si tu veux changer d'avis...

— Changer d'avis ?

Elle se tourna vers Kate en riant tandis que Margo sortait respectueusement la robe en soie ivoire de la housse qui la protégeait.

— Tu es folle ? C'est tout ce dont j'ai toujours rêvé. Le jour de mon mariage, le début de toute une vie avec l'homme que j'aime.

Les larmes aux yeux, elle tournoya sur elle-même en retirant son peignoir.

— Il est si doux, si beau, si gentil et si patient.

— Ce qu'elle veut dire, c'est qu'il ne l'a pas forcée à passer à l'acte, commenta Margo.

— Il respecte le fait que je veuille attendre le soir de nos noces...

L'expression pincée de Laura laissa place à une jubilation non dissimulée.

— Il me tarde d'y être.

— Je te l'ai dit, ça n'a rien de si extraordinaire.

— Tu ne diras plus ça le jour où tu seras amoureuse, rétorqua Laura en se glissant délicatement dans la robe que Margo lui tendait. Tu n'étais pas amoureuse de Biff.

— Non, mais je le désirais sauvagement, ce qui n'est pas rien. Et puis je n'ai pas prétendu que ce n'était pas bien. Mais, à mon avis, ça demande un peu d'entraînement.

– J'aurai tout le temps pour cela, fit Laura, son cœur de presque jeune mariée frémissant à cette idée. Quand je serai sa femme. Oh ! regardez-moi...

Etonnée, Laura contempla son reflet dans le miroir en pied. Les mètres de soie ivoire resplendissaient de minuscules perles brodées. Les manches bouffant à l'épaule allaient en se rétrécissant, soulignant la finesse de ses bras. Quand Kate et Margo eurent fini de fixer la traîne, Kate la disposa artistiquement aux pieds de son amie en un bouillonnement de soie.

– Le voile, dit Margo en ravalant ses larmes.

Profitant de sa haute taille, elle posa délicatement la couronne de perles sur le chignon impeccable, puis répartit gracieusement les mètres de tulle. Sa plus vieille amie, songea-t-elle en versant une larme. Sa sœur de cœur. A un tournant de sa vie.

– Oh, Laura ! tu ressembles à une princesse de conte de fées.

– Je me sens belle. Je me sens absolument magnifique.

– Je sais que j'ai prétendu souvent que cette robe était trop sophistiquée, articula Kate avec un sourire ému. Mais j'avais tort. Elle est parfaite. Je vais chercher mon appareil photo.

– Comme s'il n'y allait pas y avoir des millions de photos ! s'exclama Margo quand Kate eut quitté la pièce. Je vais chercher Mr T. Je suppose que je te reverrai à l'église, ajouta-t-elle en souriant.

– Oui. Tu sais, Margo, un jour, toi et Kate serez aussi heureuses que je le suis aujourd'hui, j'en suis sûre. Il me tarde de partager ce moment avec vous.

– Occupons-nous d'abord de toi.

La main sur la poignée de la porte, elle se retourna, pour le seul plaisir de la regarder encore une fois. Rien ni personne ne parviendrait sans doute jamais à lui faire éprouver ce qui faisait briller ce doux éclat dans le regard de son amie. Aussi se contenterait-elle de devenir riche et célèbre, se dit-elle en refermant doucement derrière elle.

Elle trouva Mr T. dans sa chambre, il jurait en s'efforçant de nouer sa cravate. Vêtu d'une redingote gris perle, de la même couleur que ses yeux, il était extrêmement séduisant. Il avait de larges épaules sur lesquelles une femme pouvait s'appuyer, pensa Margo, et cette taille imposante dont Josh avait hérité. Son visage était la perfection même : nez droit et menton volontaire, avec de fines rides autour de la bouche.

Un vrai visage de père, songea-t-elle en s'approchant de lui.

– Mr T., quand apprendrez-vous à faire correctement les nœuds de cravate ?

Son visage renfrogné laissa place à un sourire radieux.

– Pas tant qu'il y aura une jolie femme pour venir à mon secours.

Obligeamment, Margo s'empressa de réparer sa maladresse.

– Vous êtes très séduisant.

– Entouré de toutes mes filles, personne ne prendra la peine de me regarder. Tu es plus belle que jamais, Margo.

– Attendez d'avoir vu Laura...

Une lueur d'inquiétude passa dans ses yeux, elle embrassa sa joue rasée de frais.

– Allons, Mr T., ne vous en faites pas.

– Je n'ai pas vu grandir ma petite fille. Voir un homme me l'enlever est difficile.

– Jamais il ne fera ça. Personne ne le pourrait. Mais je comprends ce que vous ressentez. Pour moi aussi, c'est difficile. Je me suis sentie malheureuse toute la journée, alors que je devrais me réjouir de son bonheur.

Des pas précipités résonnèrent dans le couloir. Sans doute était-ce Kate ou bien une domestique venant vérifier un détail de dernière minute. Dans la maison des

Templeton, il y avait toujours un va-et-vient qui l'emplissait de bruit et de mouvement, on ne s'y sentait jamais seul.

Son cœur se serra à l'idée qu'elle allait quitter tout cela. Cependant, une sorte de délicieux vertige se mêlait à son appréhension. Comme à la première goutte de champagne, lorsqu'on sent les bulles éclater sur la langue. Ou au premier baiser, quand des lèvres se pressent doucement et voluptueusement contre les vôtres.

Il y avait tant de premières fois qu'elle mourait d'envie d'expérimenter.

– Tout change, n'est-ce pas, Mr T. ?

– Rien ne reste jamais pareil, même quand on le désire très fort. Dans quelques semaines, Kate et toi partirez à l'Université. Josh retournera à la fac de droit, Laura sera mariée... Susie et moi allons errer dans cette maison comme deux fantômes.

Raison pour laquelle d'ailleurs ils envisageaient de s'installer en Europe.

– Sans vous, la maison ne sera plus la même.

– Elle ne changera jamais. C'est justement ce qui est merveilleux.

Comment lui annoncer son départ pour le soir même ? Elle courait vers un avenir qu'elle voyait aussi distinctement que son propre reflet dans le miroir.

– Le vieux Joe continuera à tailler ses rosiers et Mrs Williamson à houspiller tout le monde dans la cuisine, maman à astiquer l'argenterie, car elle trouve que personne ne le fait aussi bien qu'elle. Mrs T. vous traînera tous les matins sur le court de tennis et vous flanquera une raclée. Et vous passerez des coups de téléphone pour organiser des réunions ou aboyer des ordres.

– Je n'aboie jamais, se défendit-il, une lueur malicieuse dans le regard.

– Si, sans arrêt, et c'est même ce qui fait en partie votre charme.

Margo avait envie de pleurer. Sur son enfance qui

était passée si vite. Sur cette partie de sa vie qui était désormais derrière elle, bien qu'elle eût essayé si fort de la retenir. Sur sa lâcheté qui l'empêchait de révéler à Mr T. qu'elle les quittait.

– Je vous aime beaucoup, vous savez.

Interprétant cette déclaration à sa manière, il déposa un baiser sur son front.

– D'ici peu, je te conduirai à l'autel à ton tour et je donnerai ta main à je ne sais quel beau jeune homme qui ne sera certainement pas assez bien pour toi.

Elle se força à rire.

– Je n'épouserai personne, à moins de trouver un homme exactement comme vous. Venez, Laura vous attend...

Elle s'écarta brusquement, se rappelant qu'il était le père de Laura. Pas le sien. Et que cette journée était celle de Laura. Pas la sienne.

– Je vais voir si les voitures sont prêtes.

Elle se précipita en bas. Là, elle croisa Josh, il faisait les cent pas dans son costume de cérémonie et lui jeta un regard noir lorsqu'elle s'arrêta devant lui, hors d'haleine.

– Ne commence pas à me faire la morale, lança-t-elle. Laura descend dans une minute.

– Ce n'est pas mon intention, nous parlerons de tout ça plus tard.

– On verra.

Margo n'avait nullement envie de discuter avec lui. A la seconde même où serait jetée la dernière poignée de riz, elle s'éclipserait discrètement. Elle s'approcha du miroir pour mettre son chapeau, arrangeant le large bord bleu de la façon la plus flatteuse possible.

De cela dépendrait sa célébrité, se dit-elle en examinant son reflet. Ainsi que sa fortune. Et elle veillerait à ce que cela marche. Relevant fièrement le menton, elle croisa son regard brun et se promit de ne plus perdre un seul instant.

2

Dix ans plus tard

Sur les hautes falaises surplombant le Pacifique, Margo regardait la tempête se lever. De gros nuages noirs obscurcissaient le ciel sombre de leur masse menaçante. Le vent hurlait. Les éclairs, telles des lances, frappaient les rochers le long de la côte déchiquetée. Une forte odeur d'ozone emplit l'air, et un roulement de tonnerre retentit.

Si on se fiait à la nature, l'accueil qu'on lui ferait pour son retour au bercail n'aurait rien de doux ni de tendre.

Etait-ce là un présage ? se demanda-t-elle en enfonçant les mains dans ses poches pour se protéger du vent cinglant. Elle ne pouvait évidemment s'attendre à être accueillie à bras ouverts. On ne tuerait pas le veau gras pour l'enfant prodigue, songea-t-elle avec un léger sourire.

Et elle n'était pas en droit de l'exiger.

D'un air las, la jeune femme retira les épingles de ses cheveux blond pâle et les laissa retomber librement. Cela lui fit du bien, comme une petite délivrance, elle les jeta dans le vide. Tout à coup, elle se revit enfant, avec ses deux amies, lançant des fleurs du haut de ces mêmes rochers.

Des fleurs pour Seraphina, pensa-t-elle avec un vague sourire. La légende de cette jeune fille qui s'était suicidée par amour lui paraissait alors si romantique !

Laura pleurait toujours un peu, Kate regardait d'un air solennel les fleurs tomber en tourbillonnant vers l'océan, quant à elle, elle ressentait chaque fois le frisson de ce saut mortel, le défi de ce geste fatal et la fierté farouche qu'il recelait.

Margo était suffisamment mal en point et suffisamment lasse pour admettre que rechercher ce genre de sensation était probablement ce qui l'avait amenée à ce stade lamentable de son existence.

Ses yeux, d'un bleu myosotis que l'objectif adorait, s'étaient assombris. Elle avait soigneusement retouché son maquillage lorsque l'avion avait atterri à Monterey, et l'avait vérifié dans le taxi qui l'avait conduite à Big Sur. Dieu sait si elle était douée pour se faire la tête exigée pour l'image qu'on attendait d'elle ! Elle seule connaissait la pâleur de ses joues sous le fond de teint coûteux. Elles étaient sans doute un peu plus creuses qu'il n'eût fallu, mais c'étaient ses pommettes extraordinaires qui l'avaient propulsée à la une de tant de magazines.

Un bon visage commençait par une bonne ossature, se dit-elle, et elle avait cette chance, elle aussi, d'avoir hérité de la peau fine de ses ancêtres irlandais. Quant à ses yeux bleu vif et à sa chevelure blond pâle, elle les tenait vraisemblablement d'un lointain envahisseur viking.

Elle avait exactement le visage qu'il fallait ! pensa-t-elle avec ironie. Le reconnaître n'était en rien de la vanité. Après tout, c'étaient ces traits-là, ainsi qu'un corps à damner, qui lui avaient permis de se frayer un chemin vers la gloire et la fortune. Une bouche romantique aux lèvres pleines, un petit nez droit, un menton ferme et rond et des sourcils expressifs qui ne nécessitaient qu'un très léger trait de crayon.

Elle serait encore belle à quatre-vingts ans, si toutefois elle vivait jusque-là. Peu importait qu'elle fût épuisée, brisée, mêlée à un affreux scandale et malade d'amertume et de honte, elle continuerait à tourner les têtes.

Dommage que cela ne l'intéressât plus le moins du monde. De l'autre côté de la route, au sommet de la colline, elle apercevait les lumières de Templeton House, la demeure qui avait abrité tant de ses rires et de ses larmes. Il n'y avait qu'un seul endroit où se réfugier quand on était perdu, un seul endroit où fuir quand on ne savait plus que faire.

Ramassant son sac de voyage, elle se dirigea vers la maison.

Ann Sullivan était employée à Templeton depuis vingt-quatre ans. Un an de moins que le nombre d'années depuis lequel elle était veuve. Elle avait quitté l'Irlande avec sa fille de quatre ans sous le bras. A cette époque, Thomas et Susan Templeton dirigeaient leur maison de la même manière que leurs hôtels. En grande pompe. Il était rare qu'une semaine s'écoule sans que les pièces résonnent des conversations des invités et de musique. Il y avait à l'époque une équipe de dix-huit domestiques pour veiller dans les moindres détails à l'entretien de la propriété.

La perfection était la marque des Templeton, à l'instar du luxe et de la chaleur de leur accueil. Ann avait appris, et l'enseignait désormais à d'autres, qu'un lieu raffiné n'était rien si on n'y recevait pas avec charme.

Les enfants, Joshua et Laura, bénéficiaient d'une nounou qui disposait elle-même d'une femme pour la seconder. Cependant, ils avaient été élevés par leurs parents. Ann avait toujours admiré la dévotion, la discipline et l'attention avec lesquelles les Templeton s'étaient occupés de leur progéniture. L'argent n'avait jamais, comme cela arrivait souvent, remplacé l'amour.

C'est sur la suggestion de Mrs Templeton que les filles commencèrent à jouer ensemble. Après tout, elles avaient le même âge et Joshua, de quatre ans leur aîné, préférait la compagnie des autres garçons.

Ann vouait une gratitude éternelle à Mrs Templeton, non seulement pour la place qu'elle occupait et pour les innombrables gentillesses dont elle l'avait entourée, mais aussi pour tout ce qu'elle avait offert à sa fille. Margo n'avait jamais été traitée comme une enfant de domestique, mais comme l'amie chérie de la fille de la maison.

Au bout de dix ans, Ann avait été nommée gouvernante. Place qu'elle savait méritée et dont elle était extrêmement fière. Il n'y avait pas un recoin qu'elle n'eût nettoyé, pas une pièce de linge qu'elle n'eût elle-même lavée. Son attachement à cette maison était profond et durable. Peut-être plus fort que n'importe quoi d'autre dans sa vie.

Si bien que lorsque les Templeton s'étaient installés à Cannes, lorsque miss Laura s'était mariée – trop vite et sans prendre le temps de réfléchir selon elle, alors que sa propre fille était partie à Hollywood, puis en Europe, en quête de reconnaissance et de gloire – elle était restée à Templeton House.

Elle ne s'était pas remariée, et ne l'avait même jamais envisagé. La demeure imposante, solide comme le roc sur lequel elle était bâtie, lui suffisait, elle ne lui avait causé aucune déception, ne l'avait jamais défiée, ni même embarrassée, elle ne lui donnait que des satisfactions et ne lui demandait guère plus que ce qu'elle pouvait offrir.

Contrairement à sa fille.

La tempête faisait rage et la pluie frappait violemment les vitres des grandes fenêtres. Ann pénétra dans la cuisine. Les comptoirs d'ardoise bleue étaient d'une propreté irréprochable, ce qui valut à l'intention de la femme de ménage qu'elle venait d'engager un hochement de tête approbateur, elle n'oublierait pas de la féliciter.

Il était tellement plus facile de se faire respecter par le personnel que par sa propre fille. Parfois, elle se disait qu'elle avait perdu Margo le jour même de sa naissance, qu'elle était née trop belle, trop imprudente et trop fière.

Bien que follement inquiète depuis que la nouvelle avait éclaté, Ann vaquait chaque jour à ses tâches habituelles. De toute façon, elle ne pouvait en rien aider

Margo. Elle avait même l'impression amère de ne l'avoir jamais pu.

L'amour n'avait pas suffi, peut-être ne lui en avait-elle pas montré assez, par crainte de trop la gâter et de l'entraîner plus loin qu'il ne le fallait.

Et puis, elle n'était pas très démonstrative, se dit-elle en haussant les épaules. Les domestiques ne pouvaient se le permettre, si agréable que soit leur employeur. Elle savait garder sa place. Pourquoi Margo n'avait-elle jamais su où était la sienne ?

S'abandonnant à un rare moment de faiblesse, elle resta quelques instants les coudes appuyés sur le comptoir et serra les yeux de toutes ses forces pour réprimer ses larmes. Il ne fallait pas qu'elle pense à Margo. Sa fille était hors d'atteinte. Et puis elle devait encore faire un dernier tour de la maison.

Ann se redressa et respira profondément pour retrouver son équilibre. Le sol avait été lessivé et le bleu des ardoises scintillait sous la lumière. Sur la vieille cuisinière à six feux, il n'y avait plus la moindre trace du dîner. Et la jeune Jenny avait même pensé à changer l'eau des jonquilles qui égayaient le milieu de la table.

Satisfaite que son intuition en l'engageant se soit révélée bonne, elle s'approcha des pots d'herbes aromatiques alignés devant la fenêtre au-dessus de l'évier. Une pression du pouce lui confirma la sécheresse de la terre. Les arroser ne faisait pas partie des attributions de Jenny, se rappela-t-elle en s'en chargeant elle-même. C'était à la cuisinière de s'en occuper. Mais Mrs Williamson commençait à être âgée et il lui arrivait d'oublier certaines choses. Ann trouvait souvent une excuse pour rester à la cuisine pendant la préparation du repas, histoire de vérifier que Mrs Williamson n'oublie rien d'important ou ne mette le feu.

Nul doute que n'importe qui d'autre que miss Laura aurait déjà mis la cuisinière à la retraite, songea Ann avec un sourire. Mais miss Laura comprenait parfaitement que le besoin de se sentir utile ne diminuait en rien avec l'âge. Elle comprenait Templeton House et les traditions.

Il était 22 heures passées et le calme régnait. Son service étant terminé, Ann balaya la cuisine d'un dernier coup d'œil avant de se retirer dans ses appartements où elle allait se préparer une tasse de thé, et peut-être s'installerait-elle, les pieds surélevés, devant une idiotie quelconque à la télévision.

N'importe quoi pour oublier ses soucis.

Le vent qui faisait vibrer les carreaux la fit tressaillir, et elle se félicita d'être bien au sec et à l'abri. Au même instant, la porte de service s'ouvrit à toute volée, laissant s'engouffrer la pluie, le vent et l'air glacé. Mais pas seulement. Ann sentit son cœur bondir dans sa poitrine.

– Bonsoir, maman.

Arborer un sourire éclatant était chez Margo une seconde nature, et il irradia presque ses yeux lorsqu'elle passa une main dans ses longs cheveux qui descendaient jusqu'à la taille et ruisselaient tel de l'or liquide.

– J'ai vu de la lumière... Au sens propre et au sens figuré, ajouta-t-elle avec un rire nerveux.

– Tu vas faire entrer l'humidité.

Ce ne fut pas la première réflexion qui vint à l'esprit d'Ann, mais c'était la plus pratique.

– Ferme la porte et enlève ta veste, elle est trempée.

– Je n'ai pas réussi à passer entre les gouttes, fit Margo en affichant un ton léger. J'avais oublié que le mois de mars pouvait être aussi froid et aussi humide sur cette partie de la côte.

Elle posa son sac de voyage, suspendit sa veste à une patère près de la porte, puis frotta ses mains glacées l'une contre l'autre pour se donner une contenance.

– Tu as l'air en pleine forme. Tu as changé de coiffure.

Ann ne porta pas la main à ses cheveux comme l'auraient fait instinctivement la plupart des jolies femmes. N'ayant aucune vanité, elle s'était souvent demandé d'où sa fille tenait la sienne. Le père de Margo avait été un homme des plus humbles.

– Ça te va vraiment très bien, reprit Margo en souriant.

Sa mère avait toujours été séduisante. Ses cheveux clairs, courts et légèrement ondulés, avaient un peu foncé avec les années et s'étaient parsemés de quelques fils gris. Son visage n'était presque pas marqué et sa bouche était aussi pleine et sensuelle que celle de sa fille.

– Nous ne t'attendions pas, dit Ann, regrettant aussitôt la sécheresse de sa voix.

Mais son cœur était trop gonflé de joie et d'anxiété pour s'autoriser davantage.

– J'ai failli téléphoner ou envoyer un télégramme. Et puis... finalement j'y ai renoncé.

Margo soupira en se demandant pourquoi elles n'arrivaient ni l'une ni l'autre à parcourir le peu de distance qui les séparait.

– Je... je suppose que tu es au courant.
– Nous avons eu vent de certains échos.

Mal à l'aise, Ann s'approcha de la cuisinière et mit la bouilloire sur le feu.

– Je vais faire du thé. Tu dois être gelée. (Elle reprit :) J'ai appris ce qui t'était arrivé par les journaux et la télévision...

Margo avança sa main, mais devant la rigidité du dos de sa mère, elle la laissa retomber.

– Tu sais, maman, tout n'est pas vrai.

Ann attrapa la théière et l'ébouillanta. Intérieurement, elle tremblait de peine et de colère. D'amour.

– Pas tout ?

Oh ! ce n'est jamais qu'une humiliation de plus, pensa Margo. Mais c'était tout de même sa mère. Et elle avait désespérément besoin d'une personne qui la comprenne, qui soit de son côté.

– Alain a dirigé ma carrière pendant quatre ans, mais j'ignorais que c'était un trafiquant de drogue. Il n'en a jamais pris, du moins devant moi. Lorsqu'on est venu nous arrêter... que tout a éclaté au grand jour...

Margo se tut et soupira, sa mère continuait à mesurer le thé.

– Aucune charge n'a été retenue contre moi. Ça n'empêche pas la presse de se perdre en conjectures, mais Alain a eu la décence de déclarer que j'étais innocente.

Dieu que cela avait été humiliant ! Prouver son innocence était finalement revenu à reconnaître sa stupidité.

– Tu couchais avec un homme marié.

Margo ouvrit la bouche, puis la referma. Aucune excuse, aucune explication ne parviendrait à adoucir sa mère.

– Oui.

– Un homme marié et qui a des enfants.

– Je plaide coupable, laissa tomber Margo d'un ton amer. J'irai probablement en enfer à cause de ça, mais je le paie déjà très cher ici-bas. Il a détourné une bonne partie de mon argent, il a détruit ma carrière et a fait de moi un être pitoyable et ridicule.

Ann éprouvait du chagrin, mais elle n'en montra rien. Margo avait fait ses choix.

– Tu es venue ici pour te cacher ?

Pour panser mes plaies, songea Margo, mais se mettre à l'abri n'était pas très loin de la vérité.

– J'avais envie de quelques jours de tranquillité, loin de la presse à sensation. Si tu préfères que je parte, je...

Avant qu'elle ait terminé sa phrase, la porte s'ouvrit brusquement.

– Quelle nuit épouvantable ! Annie, tu devrais...

Laura se figea sur place. Son regard gris et serein s'illumina en apercevant la jeune femme. Sans hésiter une seule seconde, elle bondit vers elle.

– Margo ! Oh, Margo, tu es là !

Et ce ne fut qu'à cet instant, dans cette étreinte pleine d'affection et de chaleur, qu'elle se sentit enfin rentrée chez elle.

– Elle n'a certainement pas voulu être aussi dure avec toi, émit Laura d'une voix apaisante.

Calmer les eaux troublées était chez elle instinctif. Elle avait remarqué l'air malheureux et blessé de la mère comme de la fille, auquel toutes deux semblaient être restées aveugles. Margo haussa les épaules et Laura servit le thé qu'Ann avait préparé.

– Elle se fait tellement de souci pour toi.
– Tu crois ?

Fumant à petites bouffées, Margo ruminait devant la fenêtre ; en contrebas s'étendait le jardin, avec les charmilles recouvertes de glycines. Et au-delà des fleurs, des pelouses et des murs de pierre, il y avait les falaises. Tout en écoutant la voix de Laura, apaisante comme un baume, elle se remémora les nombreuses fois où elles s'étaient faufilées, petites filles, dans cette chambre qui était alors le domaine réservé de Mrs Templeton. Et leurs rêves de devenir de grandes dames.

Margo se retourna pour observer son amie. Elle était vraiment ravissante. Elle avait l'allure idéale pour prendre le thé dans de jolis salons, assister à des garden-parties et à des soirées de gala. Ce qui, apparemment, était sa destinée.

Ses cheveux bouclés, couleur vieil or, étaient coupés avec un soin très étudié de manière à frôler ses mâchoires fines et délicates. Ses yeux étaient si clairs, si sincères, que tout ce qu'elle ressentait s'y reflétait. Pour l'instant, ils étaient remplis d'inquiétude, et une légère rougeur teintait ses joues. L'émotion ne manquait jamais, soit d'amener des couleurs aux joues de Laura, soit de l'en priver complètement.

– Viens t'asseoir ici et bois pendant que c'est chaud. Tu as les cheveux trempés.

D'un geste machinal, Margo les rejeta en arrière.

– Je suis allée jusqu'aux falaises.

Laura se retourna vers la fenêtre cinglée par des rafales de pluie.

– Par ce temps ?

– Il fallait que je rassemble tout mon courage.

Margo prit une tasse de thé, elle reconnut immédiatement le service que sa mère avait choisi. Combien de fois l'avait-elle harcelée pour qu'elle lui apprenne le nom de tous les services en porcelaine, en cristal ou en argent de Templeton House ? Et combien de fois avait-elle rêvé de posséder elle-même d'aussi beaux objets ?

La tasse réchauffa ses mains glacées, ce qui était déjà réconfortant.

– Tu es superbe, dit-elle à Laura. J'ai du mal à croire qu'une année entière s'est écoulée depuis que nous nous sommes rencontrées à Rome.

Elles avaient déjeuné sur la terrasse de la plus belle suite du *Templeton* et la ville italienne s'étendait à leurs pieds dans la luxuriance d'un magnifique printemps. Margo songea que sa vie alors était aussi pleine de promesses que l'air était léger et le soleil éclatant.

– Tu m'as manqué, murmura Laura en prenant la main de son amie qu'elle pressa brièvement. Tu nous as manqué à tous.

– Comment vont les filles ?

– Merveilleusement bien. Elles n'arrêtent pas de grandir. Ali a adoré la robe que tu lui as envoyée de Milan pour son anniversaire.

– J'ai reçu son petit mot de remerciement, avec les photos. Tes filles sont splendides, Laura. Ali a ton sourire et Kayla tes yeux.

Elle but une gorgée de thé pour dissiper la boule qui lui nouait la gorge.

– Nous voilà assises là, exactement comme nous l'avions imaginé autrefois... J'ai de la peine à croire que ce n'est pas un rêve.

Avant que Laura ne puisse répondre, Margo secoua vivement la tête et écrasa sa cigarette.

– Comment va Peter ?

– Il va bien.

Une ombre passa dans le regard de la jeune femme, mais elle s'empressa de baisser ses longs cils.

– Il avait un travail à terminer, il est encore au bureau. Avec cette tempête, je suppose qu'il va rester dormir là-bas.

Ou peut-être préférait-il partager un autre lit que celui de sa femme...

– Josh est-il venu te voir à Athènes ?

Margo se tourna brusquement vers son amie.

– Josh ? Il était en Grèce ?

– Non. Je l'ai pisté jusqu'en Italie quand nous avons su... quand nous avons appris la nouvelle. Il devait essayer de se libérer pour prendre un avion et venir à ton aide.

– Tu as envoyé le grand frère à la rescousse ? demanda Margo en souriant.

– C'est un excellent avocat. Il ne t'a pas contactée ?

– Non, je ne l'ai pas vu.

Fatiguée, Margo appuya sa tête contre le haut dossier du fauteuil. Avec toujours cette même impression d'être en plein cauchemar. Il y avait à peine une semaine que sa vie avait basculé, brisant net tous ses rêves.

– Tout s'est passé si vite... Les autorités grecques sont montées à bord du yacht d'Alain pour le fouiller.

Elle ferma les yeux en repensant au choc qu'avait été pour elle d'être réveillée en pleine nuit et de se retrouver face à une dizaine de policiers grecs en uniforme qui lui ordonnaient de s'habiller et de les suivre.

– Ils ont trouvé l'héroïne dans la cale.

– Les journaux racontent qu'il était sous haute surveillance depuis plus d'un an.

– C'est une des raisons qui m'ont permis de m'en sortir. Les preuves qu'ils avaient rassemblées indiquaient clairement que je n'étais au courant de rien.

Toujours aussi nerveuse, Margo extirpa une autre cigarette de son étui laqué et l'alluma.

– Il s'est servi de moi, Laura. Il organisait une séance

de photos là où il devait prendre livraison de la drogue, puis une autre à l'endroit où il devait l'écouler. Je venais juste de terminer un travail en Turquie. Cinq jours épouvantables. Il m'a récompensée en m'offrant une petite croisière dans les îles grecques. Une prélune de miel, c'est comme ça qu'il l'a appelée, ajouta-t-elle en soufflant un jet de fumée. Il était soi-disant sur le point de divorcer à l'amiable et nous allions pouvoir afficher notre amour au grand jour.

Elle reprit sa respiration. Laura l'écoutait patiemment.

– Mais, bien entendu, il n'y aurait jamais eu de divorce, reprit Margo en regardant les volutes de fumée monter vers le plafond. Sa femme fermait les yeux sur notre liaison, parce que je leur étais utile et que l'argent rentrait à flots.

– Margo, je suis désolée...

– Le pire, c'est que j'ai récolté ce que je méritais.

Haussant les épaules, elle tira une dernière fois sur sa cigarette avant de l'écraser.

– Je me suis laissé berner par les clichés les plus ridicules.

Elle n'en voulait pas autant à Alain qu'à elle-même.

– Notre liaison ne devait être révélée à la presse que lorsque tous les détails de son divorce auraient été précisés. Nous devions faire semblant d'être des partenaires, des amis. Il dirigerait ma carrière et utiliserait ses contacts pour multiplier mes engagements et mes honoraires. Pourquoi pas ? Il m'a décroché plusieurs publicités importantes en France et en Italie. Et c'est lui qui a conclu le contrat avec Bella Donna, celui qui m'a valu d'être reconnue par la profession.

– Je suppose que ton talent et ton look ont quand même quelque chose à voir avec le fait que tu aies été choisie pour représenter la ligne Bella Donna.

Margo sourit.

– Peut-être. Mais je ne le saurai jamais. Je voulais tellement décrocher ce contrat. Pas seulement pour l'argent, même si c'est important. Mais pour la notoriété. Tu imagines ? Voir ma photo sur d'immenses affiches et être reconnue par des tas de gens qui me réclamaient un autographe... Tout en sachant que je faisais un excellent travail pour un produit de qualité.

– La femme Bella Donna, murmura Laura. Belle, sûre d'elle, dangereuse. J'ai été tellement heureuse quand j'ai découvert la publicité dans *Vogue*. C'est Margo, ma Margo, me suis-je dit en te voyant sur cette superbe photo où tu portes un ensemble de satin blanc.

– Tout ça pour vendre une crème pour le visage.

– Non, de la beauté, rectifia fermement Laura. Et de la confiance en soi.

– Et le danger ?

– C'est la part de rêve. Tu devrais être fière de toi.

– Je l'étais...

Margo poussa un long soupir.

– J'étais tellement excitée... Lorsque nous avons pénétré le marché américain, j'étais tellement contente de moi. Je me suis laissé duper par Alain et ses promesses.

– Tu croyais en cet homme ?

– Non.

Il lui restait au moins ça. Il n'avait été qu'un homme parmi tous ceux avec qui elle flirtait. Et, oui, elle s'était servie de lui.

– Je faisais semblant de le croire quand il prétendait que sa femme refusait de divorcer.

Elle eut un petit sourire malin.

– Evidemment, ça me convenait. Je ne l'aurais pas épousé, Laura, car j'ai fini par comprendre que ce n'était pas de lui que j'étais amoureuse mais de la vie que je voulais mener. Peu à peu, il a pris en main toutes mes affaires parce que je trouvais cela plus simple. Et pendant que je rêvais à un avenir glorieux où nous ferions le tour de l'Europe tels des rois, il me pompait mon argent, et s'en servait pour financer son trafic de drogue, il utilisait ma petite célébrité comme couverture et me mentait au sujet de sa femme.

Elle pressa ses yeux avec ses doigts.

– Résultat, ma réputation est fichue, ma carrière est en plan, Bella Donna m'a remerciée et je suis pratiquement ruinée.

– Tous ceux qui te connaissent savent parfaitement que dans toute cette histoire tu n'as été qu'une victime.

– Ça ne change rien. Passer pour une victime ne me plaît pas énormément. Mais je n'ai pas assez d'énergie pour essayer de modifier cela.

– Tu t'en remettras. Il te faut juste un peu de temps. Ce dont tu as besoin pour l'instant, c'est d'un bain bien chaud et d'une bonne nuit de sommeil. Viens, je vais t'installer dans la chambre d'ami.

Laura se leva et lui tendit sa main.

– Où sont tes bagages ?

– Je n'ai rien apporté. Je n'étais pas sûre d'être la bienvenue.

Pendant quelques secondes, Laura ne dit rien, elle se contenta de considérer Margo qui finit par baisser les yeux.

– Je préfère oublier ça et me dire que tu es fatiguée et mal en point.

Prenant son amie par la taille, elle l'entraîna vers la porte.

– Tu ne m'as pas demandé de nouvelles de Kate.

Margo poussa un gros soupir.

– Elle va être furieuse contre moi.

– Contre ce qui s'est passé, corrigea Laura. Ne sois pas injuste envers elle. Tes bagages sont à l'aéroport ?

– Mmm...

Elle se sentit soudain extrêmement lasse.

– Je m'en occupe. Va vite dormir. Nous reparlerons de tout ça demain, quand tu te seras reposée.

– Merci, Laura...

Elle s'arrêta sur le seuil de la pièce et s'adossa au chambranle de la porte.

– Tu es toujours là.

– Les amis sont faits pour ça, rétorqua Laura en l'embrassant légèrement sur la joue. Etre présent quand il le faut. Va vite au lit.

Margo n'eut même pas le courage d'enfiler une chemise de nuit. Elle se débarrassa de ses vêtements, les laissa à même le sol, puis se glissa toute nue sous la couette moelleuse qu'elle remonta jusqu'au menton.

Le vent hurlait, la pluie crépitait contre les vitres. Le roulement des vagues rugissantes qu'on percevait dans le lointain l'entraîna dans un sommeil profond et sans rêves.

Elle ne bougea pas quand Ann se faufila dans la chambre, borda sa fille et caressa ses cheveux, en adressant au ciel une prière silencieuse, pour qu'il la protège.

3

– Ah ! ça te ressemble bien... De te prélasser ainsi au lit jusqu'à midi.

Margo perçut vaguement une voix dans son sommeil et grogna en la reconnaissant :

– Oh, bon sang, Kate, va-t'en !

– A moi aussi, ça me fait plaisir de te voir.

D'un air joyeux, Kate Powell ouvrit le rideau avec enthousiasme, laissant pénétrer la lumière du soleil qui inonda la pièce, obligeant Margo à fermer les yeux.

– Je t'ai toujours détestée, maugréa cette dernière en se dissimulant derrière son oreiller. Va agacer quelqu'un d'autre.

– J'ai pris mon après-midi dans le seul but de pouvoir t'embêter, toi.

Avec sa détermination habituelle, Kate s'assit au bord du lit et arracha l'oreiller des mains de Margo. Son regard critique dissimulait une certaine inquiétude.

– Tu n'as pas l'air en si mauvais état.
– Pour une morte vivante, sans doute, marmonna la jeune femme.

Elle entrouvrit un œil, aperçut le visage placide et railleur de Kate, et le referma.

– Va-t'en.
– Si je m'en vais, j'emporte le café avec moi...

Kate attrapa le plateau posé un peu plus loin.

– Ainsi que les croissants.
– Des croissants ?

Margo releva prudemment les paupières et découvrit Kate en train de couper un croissant en deux. Une odeur délicieuse s'échappait de la pâte feuilletée.

– J'ai dû mourir pendant mon sommeil pour que tu m'apportes le petit déjeuner au lit.
– Le déjeuner, rectifia son amie en s'octroyant une généreuse bouchée.

Quand elle pensait à se nourrir, elle mangeait copieusement.

– Laura m'a obligée à le faire. Elle devait filer à je ne sais quelle réunion de comité qu'elle ne pouvait déplacer.

Kate souleva le plateau.

– Assieds-toi. Je lui ai promis de veiller à ce que tu manges un peu.

Margo remonta les draps sur sa poitrine et tendit une main avide vers la tasse fumante. Tout en buvant doucement, elle observa attentivement son amie, laquelle tartinait une couche de confiture à la fraise.

Ses cheveux noir ébène, coupés très court, mettaient en valeur son visage triangulaire au teint couleur de miel. Margo savait qu'elle n'avait pas adopté cette coiffure par souci de suivre la mode, mais pour des raisons purement pratiques. Elle avait la chance que cela convînt aussi parfaitement à ses grands yeux bruns exotiques et à son menton fier et pointu. Les hommes devaient trouver ses dents légèrement en avant indéniablement sexy, et Margo devait reconnaître que cela adoucissait l'expression générale de son visage.

Non que Kate fût une grande adepte de la douceur. Son costume bleu marine à fines rayures blanches était tout ce qu'il y avait de plus strict. Ses bijoux en or étaient discrets et élégants, ses escarpins italiens, confortables. Même son parfum indiquait clairement qu'on était en face d'une femme d'affaires sérieuse.

Un parfum qui semblait mettre en garde : « Ne vous méprenez surtout pas sur moi », décida Margo en souriant.

– Tu as vraiment l'air d'une expert-comptable.
– Et toi d'une sybarite.

Elles se sourirent bêtement. Ni l'une ni l'autre ne s'attendaient que les yeux de Margo se remplissent subitement de larmes.

– Oh, je t'en supplie, pas ça !
– Excuse-moi...

Margo renifla et se frotta les yeux.

– Toute cette histoire m'obsède. Je suis dans un sale état.

Les yeux humides, Kate attrapa deux mouchoirs en papier, elle pleurait surtout par compassion, particulièrement lorsqu'il s'agissait de sa famille. Et bien qu'elles ne fussent pas liées par le sang, Margo était bel et bien de sa famille. Elle l'était depuis le jour où Kate, petite orpheline de huit ans, avait été tendrement recueillie et élevée par les Templeton.

– Tiens, mouche-toi, ordonna-t-elle. Respire à fond. Bois du café. Mais, je t'en prie, ne pleure pas. Sinon je vais m'y mettre moi aussi.

Margo tamponna ses larmes et fit un effort pour garder un ton égal.

– Bienvenue à la maison, va vite te reposer, c'est ainsi que Laura m'a accueillie.

– A quoi t'attendais-tu ? Qu'elle te jette dehors à coups de pied ?

Margo secoua la tête.

– Non, bien sûr. Mais toute cette horrible histoire risque de ricocher sur elle. La presse ne va sûrement pas tarder à attaquer sous cet angle. La célébrité déchue, amie d'enfance d'une personnalité mondaine en vue.

– Tu exagères, dit sèchement Kate. Personne aux Etats-Unis ne te considère comme une célébrité.

Partagée entre le dépit et l'amusement, Margo renversa la tête en arrière.

– Je suis très connue en Europe. Enfin, je l'étais.

– Ici, ma vieille, on est en Amérique. Les médias auront vite fait de se désintéresser d'un petit poisson comme toi.

Margo prit un air vexé.

– Je te remercie.

Rejetant les couvertures, elle se leva. Kate admira son corps pendant qu'elle enfilait le peignoir que Laura avait déposé sur le tabouret à son intention.

Un corps de rêve – seins voluptueux, taille de guêpe, hanches minces et jambes interminables. Si Kate n'avait pas connu aussi bien Margo, elle aurait volontiers parié que la silhouette parfaite de son amie était le résultat d'une haute technologie plutôt que le cadeau d'une bonne fée de la génétique.

– Tu as perdu un peu de poids. Comment fais-tu pour garder le même tour de poitrine ?

– Satan et moi avons passé un accord. Mes seins faisaient partie du contrat.

– Faisaient ?

Margo haussa les épaules sous le long peignoir ivoire en soie flottante, c'était le sien. Laura avait manifestement fait livrer ses bagages.

– La plupart des annonceurs n'apprécient pas vraiment qu'une trafiquante de drogue adultère représente leurs produits.

Le regard de Kate s'assombrit. Elle ne laisserait personne parler de Margo de cette façon. Pas même Margo.

– Mais tu as été innocentée.

– Ils n'ont trouvé aucune preuve, ce qui est tout à fait différent.

Elle ouvrit la fenêtre pour laisser entrer la brise de l'après-midi.

– Tu m'as toujours dit que je cherchais les ennuis. Je suppose que j'ai mérité ce qui m'arrive.

– Ce sont des sottises ! s'écria Kate.

Furieuse, elle se mit à marcher de long en large comme un tigre en cage. Sa main plongea à la recherche des pastilles qu'elle avait toujours sur elle. Son estomac la brûlait atrocement.

– Tu ne vas pas me faire croire que tu vas te laisser faire comme ça ! Tu n'y es pour rien !

Touchée, Margo voulut la remercier, mais Kate continua à vider son sac en fourrant des pastilles dans sa bouche comme si c'étaient des bonbons.

– Il est vrai que tu as fait preuve d'un piètre jugement et d'un incroyable manque de bon sens. Et puis, ton goût en matière d'hommes est manifestement discutable, et le style de vie que tu as choisi est loin d'être exemplaire.

– Je suis persuadée que je peux compter sur toi pour venir en témoigner si jamais cela s'avérait nécessaire, bougonna Margo.

– Cependant...

Kate leva une main pour souligner l'importance de ce qu'elle allait déclarer.

– Tu n'as rien fait d'illégal, rien qui justifie la perte de ton emploi. Si tu souhaites passer ta vie à encourager les gens à courir acheter des shampooings et des crèmes vendus à des prix insensés ou à poser pour des photos qui font baisser instantanément le Q.I. des hommes d'au moins vingt points, tu ne vas quand même pas laisser cette histoire t'en empêcher.

– Je sais qu'un certain soutien moral doit se dissimuler au milieu de tout ce que tu viens de dire, répliqua Margo après un instant de réflexion. Je dois simplement me débarrasser de mon pauvre jugement, de mon goût discutable et de ma carrière stupide. Et me souvenir également que ton propre jugement est excellent, ton goût parfait et ta carrière brillante.

– C'est la vérité.

Margo avait repris des couleurs, et ses yeux lançaient des flammes. Soulagée, Kate lui adressa un large sourire.

– Tu es très belle quand tu es en colère.
– Oh, ça va !

Margo se dirigea vers la porte-fenêtre et sortit sur le large balcon de pierre, fleuri d'impatiens et de pensées.

Le temps était clair et limpide, c'était une de ces journées d'une beauté ensorcelante, baignée d'une lumière dorée, avec un ciel d'un bleu d'azur vibrant dans l'air parfumé. Le domaine des Templeton s'étendait jusqu'à la falaise, avec ses jardins en terrasses et ses murets de pierre, ses buissons ornementaux gracieux et ses vieux arbres imposants. Plus au sud, les jolies écuries en stuc désaffectées ressemblaient à un cottage soigné. Margo regarda miroiter l'eau de la piscine et, un peu plus loin, l'extravagante gloriette entièrement blanche.

Elle avait si souvent rêvé sous cette gloriette recouverte de fleurs, elle s'imaginait être une grande dame attendant un soupirant dévoué et fervent.

– Pourquoi ai-je voulu quitter tout cela ?
– Je n'en sais rien.

Kate passa un bras autour de l'épaule de son amie. Malgré ses talons, elle faisait bien deux centimètres de moins qu'elle, mais cela ne l'empêcha pas de l'attirer contre sa poitrine pour la consoler.

– Je voulais devenir importante. Eblouissante. Et rencontrer tous ceux qui comptent, faire partie de leur monde. Moi, la fille de la gouvernante, je m'envolerais pour Rome, me bronzerais sur la Côte d'Azur et me pavanerais sur les pistes de Saint-Moritz.

– Tu as fait tout cela.
– Et encore plus ! Mais pourquoi ne suis-je jamais satisfaite, Kate ? Pourquoi y a-t-il toujours une partie de moi qui veut plus ? Une chose que je n'ai jamais réussi à posséder. J'ignore ce que c'est. Même maintenant, alors que j'ai tout perdu, je n'arrive toujours pas à comprendre après quoi je cours.
– Tu as le temps, dit doucement Kate. Tu te souviens de Seraphina ?

Un demi-sourire aux lèvres, Margo se rappela toutes ces journées nonchalantes que Kate, Laura et elle avaient passées à évoquer la jeune fille espagnole et à tirer des conclusions sur son geste.

– Elle n'a pas attendu, dit Margo en appuyant sa tête contre celle de Kate, de voir ce que la vie pouvait encore lui offrir.
– C'est l'occasion pour toi aujourd'hui de faire une pause.
– Eh bien, si fascinante que puisse être mon existence, soupira Margo, il se pourrait bien que j'aie du mal à attendre de voir ce qu'elle me réserve. Je suis dans une panade financière inimaginable.

Elle s'efforça d'afficher un sourire radieux.

– Tes compétences professionnelles me seraient fort utiles. Je suppose qu'une femme qui a une maîtrise de gestion de Harvard est capable de déchiffrer n'importe quels livres de comptes, si peu soignés et organisés soient-ils. Tu veux bien y jeter un coup d'œil ?

Kate s'accouda sur la rambarde. Le sourire de son amie ne l'avait pas trompée une seconde. Et elle savait que si Margo se faisait autant de souci pour une simple histoire d'argent, c'est qu'elle était certainement au fin fond du désespoir.

– J'ai le reste de la journée devant moi. Va t'habiller et nous allons regarder ça.

Sa situation n'était pas bonne, Margo le savait et s'y attendait. Mais, à la façon dont Kate râlait et soupirait, elle comprit que ce devait être pis encore.

Au bout d'une heure, elle s'éloigna de Kate. Rester penchée au-dessus de son épaule à se faire réprimander était inutile. En conséquence, elle entreprit de défaire ses valises, accrocha soigneusement les robes qu'elle avait emballées à la va-vite dans l'armoire en bois de rose et plia méticuleusement ses pulls dans les tiroirs parfumés de la commode surmontée d'un miroir.

Elle répondit aux questions que lui posait son amie et supporta ses remarques désagréables. Mais un flot de gratitude la submergea quand Laura pénétra dans la pièce.

– Je suis désolée de m'être absentée si longtemps. Je n'ai pas pu...

– Silence. On essaie d'accomplir des miracles, là.

Margo brandit le pouce en direction de la terrasse.

– Elle est plongée dans ma comptabilité, expliqua-t-elle. Tu n'imagines pas tout ce qu'elle a sorti de sa mallette : un petit ordinateur, une calculatrice qui doit pouvoir résoudre des équations permettant d'envoyer une navette dans l'espace et même un fax.

– Elle est extraordinaire.

Avec un soupir, Laura se laissa tomber sur une chaise en fer forgé et retira ses chaussures.

– Templeton l'engagerait volontiers, mais elle refuse absolument de travailler pour la famille. Bittle & Associates ont de la chance de l'avoir.

Au même moment, Kate s'exclama :

– Qu'est-ce que c'est que ce truc à propos d'algues ?

– C'est une sorte de cure de thalassothérapie, répondit Margo. Je pense que c'est déductible parce que...

– Pour ce qui est de penser, laisse-moi faire. Comment fais-tu pour devoir quinze mille dollars à Valentino ? Combien de tenues ça représente ?

Margo s'assit.

— Ce ne serait sans doute pas très futé de lui expliquer que c'est le prix d'une seule robe de cocktail.

— Ce ne serait pas très malin, en effet, estima Laura. Les filles vont rentrer de l'école d'ici une heure. Elles mettent toujours Kate de bonne humeur. Ce soir, nous allons organiser un dîner de gala pour fêter ton retour à la maison.

— Peter sait que je suis ici ?

— Bien entendu. A propos, je vais m'assurer qu'il y a du champagne au frais.

Margo posa une main sur la sienne et murmura :

— Il n'est pas content.

— Ne sois pas sotte. Bien sûr que si... répondit-elle en faisant tourner son alliance autour de son doigt, signe évident chez elle de nervosité. Il est toujours ravi de te voir.

— Laura, ce n'est pas parce que je te connais depuis vingt-cinq ans que je sais que tu mens, c'est uniquement parce que tu le fais très mal. Il ne veut pas de moi ici.

Des excuses se bousculèrent sur les lèvres de la jeune femme, en vain ; c'était vrai, elle était bien obligée de l'admettre, elle n'avait jamais été douée pour le mensonge.

— Tu es ici chez toi. Peter le comprend, même si cela ne le satisfait pas pleinement. Je veux que tu restes ici, Annie veut que tu restes également et les filles sont tout excitées que tu sois là. Bon, je ne vais pas seulement aller voir s'il y a du champagne, je vais en monter une bouteille.

— Bonne idée...

Elle ajouta :

— Ça aidera peut-être Kate à m'oublier un peu.

— Cet emprunt aurait dû être remboursé depuis quinze jours, se lamentait justement celle-ci, et tu as dépassé le montant autorisé de ta carte Visa. Vraiment, Margo...

— Je vais monter deux bouteilles, décida Laura.

Et elle garda le sourire jusqu'à ce qu'elle eût refermé la porte derrière elle.

Elle fit un petit détour par sa chambre. Elle croyait que sa colère était retombée, mais ce n'était pas le cas. Elle était toujours là, lui nouant amèrement la gorge. Pour se calmer, elle fit les cent pas dans ce salon qui devenait de plus en plus son sanctuaire. Elle venait souvent s'enfermer dans ce havre de couleurs et de parfums subtils, en prétextant qu'elle avait de la correspondance ou un travail de broderie à terminer.

Mais, la plupart du temps, c'était pour se remettre d'une émotion qui la bouleversait.

Elle aurait sans doute dû s'attendre à la réaction de Peter, s'y préparer. Mais il lui semblait ne plus jamais savoir comment il allait réagir. Comment se pouvait-il qu'au bout de dix ans de mariage elle eût cette impression de ne pas du tout le connaître ?

En quittant la réunion du comité chargé d'organiser le bal d'été, elle avait fait un détour par son bureau, et pris l'ascenseur qui menait au dernier étage du *Templeton* de Monterey en chantonnant. Peter préférait une suite aux salles réservées aux directeurs situées au rez-de-chaussée. C'était plus calme, disait-il, cela l'aidait à se concentrer.

La splendeur de cette journée, ajoutée au plaisir du retour de Margo, l'avait mise de très bonne humeur. Le pas léger, elle s'était avancée sur le tapis gris argenté qui menait à la spacieuse réception.

– Bonjour, Mrs Ridgeway.

La réceptionniste lui avait adressé un bref sourire, mais avait continué sa tâche sans vraiment la regarder.

– Je crois que Mr Ridgeway est en réunion, mais je vais lui signaler que vous êtes là.

– Je vous remercie, Nina. Je ne lui volerai que quelques minutes de son temps.

Elle s'était installée dans la salle d'attente, vide et calme à cette heure-là. Les sièges en cuir bleu marine étaient flambant neufs, et hors de prix, tout comme l'étaient les tables et les lampes anciennes ou les aquarelles que Peter avait choisies. Mais il avait probablement raison. Un bureau devait être pimpant. En affaires, les apparences sont importantes. Elles comptaient en tout cas beaucoup pour son mari.

Laissant errer son regard par la grande baie vitrée, Laura s'était cependant demandé si des fauteuils en cuir bleu marine étaient vraiment indispensables quand on jouissait d'un panorama aussi sublime sur la mer.

La côte s'étendait à perte de vue. Les bougainvillées étaient en fleur, et les mouettes blanches tourbillonnaient au-dessus des falaises dans l'attente d'un festin offert par quelques touristes. Des bateaux dansaient sur la mer, tels des jouets luxueux et scintillants réservés à des hommes en blazer bleu marine et pantalon blanc.

Perdue dans sa contemplation, Laura faillit oublier de se repoudrer et de rectifier son rouge à lèvres avant que la réceptionniste ne vienne la prévenir qu'elle pouvait entrer.

Les bureaux de Peter Ridgeway étaient tout à fait dignes du directeur général des hôtels Templeton. Le mobilier de style Louis XIV, les ravissantes marines et les superbes sculptures, tout était aussi raffiné et élégant que l'occupant des lieux. Lorsque Peter s'était levé pour l'accueillir, le sourire de Laura s'était immédiatement réchauffé.

C'était un très bel homme, blond, bronzé et mince dans son costume de Savile Row. Elle était tombée amoureuse de son visage – yeux bleu glacier, bouche ferme et mâchoire anguleuse – comme une héroïne est séduite par le prince des contes de fées. Et il était celui dont elle avait toujours rêvé.

Elle avait tendu sa bouche et n'avait reçu qu'un baiser machinal sur la joue.

– Je n'ai pas beaucoup de temps, Laura. J'ai des réunions toute la journée.

Debout, la tête inclinée, le front plissé, il avait l'air légèrement ennuyé.

– Je t'ai déjà demandé d'appeler avant de venir. Mon emploi du temps n'est pas aussi souple que le tien.

Le sourire de Laura s'était brusquement évanoui.

– Excuse-moi. Tu n'es pas rentré hier soir, et quand j'ai téléphoné ce matin, tu n'étais pas là, alors...

– Je suis allé au Club faire un neuf-trous en vitesse, histoire de me détendre un peu. J'ai eu une soirée épuisante.

– Oui, je sais.

Comment vas-tu, Laura ? Comment vont les filles ? Tu m'as manqué... Voilà ce qu'elle espérait entendre, mais il n'avait prononcé aucune de ces phrases.

– Tu dînes avec nous ce soir ?

– Si j'arrive à me remettre au travail, je devrais être à la maison aux environs de 19 heures.

– Très bien. Nous allons préparer un grand dîner de famille. Margo est de retour.

Peter avait légèrement pincé les lèvres et brusquement cessé de consulter sa montre.

– De retour ?

– Elle est arrivée hier soir. Elle est tellement malheureuse. Et tellement épuisée.

– Malheureuse ? Epuisée ?

Il eut un rire bref, et nullement amusé.

– Ça ne me surprend pas... après sa dernière aventure.

Devant le regard soudain durci de sa femme, il avait explosé de rage.

– Pour l'amour du ciel, Laura, ne me dis pas que tu l'as invitée à rester ?

– Je n'ai pas à l'inviter ou pas. Elle est chez elle.

La lassitude l'emportant sur la colère, Peter avait repris, en poussant un long soupir :

– Laura, Margo est la fille de notre gouvernante. Cela ne fait pas de Templeton House sa maison. Je trouve que cette fidélité à ton enfance t'entraîne un peu trop loin.

– Je ne trouve pas. Margo a des ennuis, Peter. Et que

ce soit sa faute ou non, là n'est pas le problème. Elle a besoin de ses amis et de sa famille.

– Bon sang ! Son nom s'étale partout dans la presse et à la télévision, dans des émissions où on ne parle que de sexe et de drogue !

– Elle a été innocentée, et elle n'est certainement pas la première femme à tomber amoureuse d'un homme marié.

Il avait alors pris ce ton patient et ennuyé qui la mettait toujours hors d'elle.

– C'est sans doute vrai, mais la discrétion n'a pas l'air d'être son fort. Je ne tiens pas à ce que son nom soit associé au nôtre, il risque de compromettre notre réputation. Je ne veux pas d'elle dans ma maison.

A ces mots, Laura avait redressé la tête, renonçant à essayer de l'apaiser.

– C'est la maison de mes parents, avait-elle rétorqué en martelant chaque mot. Nous y habitons parce qu'ils le souhaitaient. Et je sais que mon père et ma mère seraient heureux d'y accueillir Margo, tout comme moi.

– Je vois...

Les mains croisées sur son bureau, il avait lancé :

– Il y a longtemps que je n'ai pas eu droit à cette petite tirade. J'habite à Templeton House, je travaille pour l'empire Templeton et je couche avec l'héritière Templeton.

Quand tu prends la peine de rentrer à la maison, pensa Laura, décidant toutefois de tenir sa langue.

– Tout ce que j'ai, je le dois à la seule générosité des Templeton.

– Ce n'est absolument pas vrai, Peter. Tu es toi-même un homme avec de l'expérience et qui a réussi. Et il n'y a aucune raison de transformer une discussion au sujet de Margo en conflit.

Après l'avoir jaugée, Peter avait tenté une nouvelle tactique.

– Qu'une femme de sa réputation soit en contact avec nos enfants ne te dérange pas ? Elles entendront sûrement circuler des ragots, et Allison est assez grande pour comprendre de quoi il s'agit.

Les joues de Laura s'étaient enflammées pour pâlir à nouveau.

– Margo est la marraine d'Ali et c'est ma plus vieille amie. Elle sera la bienvenue à Templeton House, tant que j'y vivrai.

Se redressant de toute sa hauteur, elle avait regardé son mari droit dans les yeux.

– Et pour utiliser des termes dont tu as l'habitude, sache que ces conditions ne sont pas renégociables. Si tu peux être là, le dîner sera servi à 19 h 30.

Laura était ressortie en trombe, se retenant pour ne pas claquer la porte derrière elle.

Et à présent, seule dans sa chambre, elle luttait contre un nouvel accès de colère. S'emporter ne lui avait jamais réussi, cela n'avait pour résultat que de la faire se sentir stupide et coupable. Aussi allait-elle se calmer, et arborer ce masque lisse et paisible auquel elle commençait à s'habituer.

– Tante Margo, je peux essayer ton parfum ? Celui qui est dans la bouteille dorée. S'il te plaît ?

La jeune femme contemplait le visage rayonnant d'espoir de Kayla. Si on cherchait un ange, songea-t-elle, cette petite, avec ses yeux gris pâle et ses charmantes fossettes, décrocherait le rôle sans même lever le petit doigt.

– Juste quelques gouttes...

Margo retira le bouchon et déposa un soupçon de parfum derrière les oreilles de la fillette.

– Une femme ne doit pas se faire trop remarquer.
– Pourquoi ?
– Parce que le mystère est un piment.
– Comme le poivre ?

Ali, qui avait trois ans de plus que sa sœur âgée de

six, haussa les épaules. Margo hissa Kayla sur ses genoux et enfouit son nez dans son cou.

— D'une certaine manière. Tu en veux une goutte, Ali ?

Excitée par les flacons et les pots alignés sur la coiffeuse, la petite fille fit de son mieux pour prendre un air nonchalant.

— Peut-être, mais pas le même qu'elle.

— Quelque chose de différent, alors. Quelque chose de...

Jouant son rôle à fond, Margo fit mine de réfléchir.

— D'intrépide et d'osé.

— Mais qui ne se remarque pas trop, chantonna Kayla.

— Bien dit, ma chérie. Ah, j'ai trouvé !

Sans hésiter, Margo sacrifia quelques gouttes du nouveau *Tigre* de Bella Donna, un parfum qui valait deux cents dollars l'once. Elle possédait une vingtaine de magnifiques flacons soufflés à la main dans son appartement de Milan.

— Tu vas bientôt les avoir aussi longs que moi, remarqua-t-elle en caressant les boucles dorées qui cascadaient sur les épaules d'Ali.

— Je suis assez grande pour avoir les oreilles percées, mais papa ne veut pas.

— Les hommes ne comprennent rien à ces choses-là.

Elle tapota la joue d'Ali et fit passer Kayla sur son autre genou.

— Se parer est un privilège de femme.

Après avoir lancé un sourire éclatant à Ali dans le miroir, Margo se concentra sur son maquillage.

— Ta maman arrivera à le convaincre.

— Elle n'arrive à le convaincre de rien. Il ne l'écoute jamais.

— Il est très occupé, dit solennellement Kayla. Il doit travailler beaucoup pour qu'on puisse garder notre camping...

— Notre standing, corrigea sa sœur en levant les yeux au ciel.

Kayla ne comprenait rien, pensa-t-elle. Maman comprenait parfois, et tante Kate était toujours prête à écouter, mais elle avait un espoir tout neuf, à présent, que sa splendide et mystérieuse tante Margo comprendrait tout.

— Tante Margo, tu vas rester ici, maintenant ?
— Je ne sais pas.

Margo referma son tube de rouge à lèvres d'un coup sec.

— Je suis contente que tu sois revenue, s'écria Ali en l'enlaçant par le cou.
— Moi aussi.

Des émotions diverses l'assaillirent. Elle se leva brusquement et prit par la main une enfant de chaque côté.

— Descendons voir s'il y a quelque chose d'amusant à grignoter avant le dîner.
— Les hors-d'œuvre seront servis dans le petit salon, dit Ali d'un ton hautain avant de pouffer de rire.
— Faites comme moi, les filles.

Margo s'arrêta en haut des marches.

— Nous allons faire une entrée remarquée. Le menton haut, l'œil vague, le ventre rentré et la main qui traîne négligemment sur la rampe.

Elle était à mi-parcours, derrière les petites filles, lorsqu'elle aperçut sa mère en bas des marches, les bras croisés, l'air solennel.

— Ah ! lady Allison, lady Kayla, nous sommes très honorés que vous puissiez vous joindre à nous ce soir. Les rafraîchissements vont être servis au salon.

Royale, Ali inclina la tête.

— Merci, miss Annie, réussit-elle à dire avant de filer en courant vers sa sœur.

Ce ne fut qu'en arrivant tout près d'elle que Margo perçut la lueur amusée dans le regard de sa mère. Pour la première fois depuis son retour, elles se sourirent spontanément.

– J'avais oublié qu'elles étaient si adorables.
– Miss Laura élève de véritables anges.
– C'est exactement ce que je me disais. Elle a tout juste – ce n'est pas comme moi. Maman, je suis désolée de...
– Nous n'allons pas parler de ça maintenant.

Ann effleura la main de sa fille.
– Plus tard... Pour l'instant, on t'attend.

Ann allait s'éloigner, quand elle se ravisa.
– Margo, miss Laura a besoin d'une amie, autant que toi. J'espère que tu sauras te montrer à la hauteur.
– Qu'est-ce qui ne va pas ?
– Ce n'est pas à moi de le dire, répliqua Ann en hochant la tête.

Elle se retira, laissant Margo pénétrer seule dans la pièce.

Ali s'avança vers elle, une coupe de champagne à la main.
– Tiens, je te l'ai servie moi-même.

La jeune femme leva son verre et balaya la pièce du regard. Laura tenait Kayla sur une hanche et Kate goûtait aux hors-d'œuvre répartis dans des plats en argent, un feu crépitait dans l'âtre encadré de superbes lapis-lazuli, l'étonnant miroir incurvé au-dessus de la cheminée reflétait les meubles anciens amoureusement cirés, les porcelaines délicates et la lumière rose des lampes.
– Je bois à la douceur d'être chez soi avec des amies, annonça Margo avant d'avaler la première gorgée.
– Goûte un peu cette mini-quiche, conseilla Kate, la bouche pleine. C'est un vrai bonheur.

Au diable la ligne ! songea Margo. Désormais, son poids n'était plus un problème crucial. Elle prit une bouchée et soupira de plaisir.
– Mrs Williamson est toujours aussi merveilleuse. Seigneur, elle doit avoir au moins quatre-vingts ans !
– Elle en a eu soixante-treize en novembre, rectifia Laura. Et elle réussit toujours le soufflé au chocolat le plus extraordinaire qui soit.

Elle fit un clin d'œil à Kayla.

– Je crois d'ailleurs avoir entendu dire qu'il y en avait un au menu de ce soir.

– Papa dit que Mrs Williamson devrait être à la retraite et qu'on devrait avoir un chef français comme les Barrymore à Carmel.

Pour imiter Margo, Ali goûta un morceau de quiche.

– Les cuisiniers français sont des snobs... grommela Margo en appuyant son doigt sous le nez de la fillette pour le relever.

– Et ils ne savent pas faire de tartes à la confiture avec les restes de pâte pour les petites filles.

– Elle t'en faisait à toi aussi ? demanda Ali, ravie de cette information. Et elle te laissait faire des dessins sur les bords ?

– Absolument. Je dois avouer que ta mère était la plus douée. D'après Mrs Williamson, j'étais trop impatiente, Kate était trop appliquée, mais ta maman avait le coup de main. C'était la championne des tartes à la confiture.

– Ce qui reste, à ce jour, une de mes principales réussites.

Margo, sentant de l'irritation dans la voix de Laura, fronça les sourcils. La jeune femme déposa sa fille à terre en haussant les épaules.

– Tu as une robe fabuleuse, Margo. Elle vient de Milan ou de Paris ?

– Milan.

Si Laura préférait changer de sujet, elle ne demandait pas mieux que de l'y aider. Pour plaisanter, elle prit la pose, la tête en arrière, une main sur la hanche. La soie noire qui moulait étroitement son corps s'arrêtait très haut sur les cuisses. Le décolleté carré laissait deviner la naissance de la poitrine, les manches flottaient des épaules aux poignets, où étincelaient deux bracelets en diamants.

– C'est une petite robe que j'ai trouvée chez un nouveau styliste très en vogue.

– Tu seras morte de froid avant ce soir, commenta Kate.

– Pas quand j'ai aussi chaud au cœur. Nous attendons Peter ?

– Non, décida tout à coup Laura, dissimulant son agacement devant l'air inquiet d'Ali. Sa réunion risquait de se prolonger et il n'a pas pu me dire à quelle heure il pourrait se libérer. Nous allons commencer sans lui.

Elle prit Kayla par la main et se tourna vers Ann qui venait d'entrer.

– Excusez-moi, miss Laura, il y a un appel pour vous.

– Je vais le prendre dans la bibliothèque, Annie. Servez-vous une autre coupe de champagne, suggéra-t-elle. Je ne serai pas longue.

Margo et Kate échangèrent un regard signifiant qu'elles se parleraient plus tard. Délibérément joyeuse, Margo remplit les verres et se lança dans le récit d'une soirée au casino de Monte-Carlo. Quand Laura réapparut, les enfants écarquillaient de grands yeux et Kate secouait la tête d'un air affligé.

– Tu es folle à lier, Margo. Parier vingt-cinq mille dollars sur une petite bille en argent !

– Hé, mais j'ai gagné. Cette fois-là, ajouta-t-elle en soupirant.

– C'était papa ? voulut savoir Ali en se précipitant vers sa mère. Il va bientôt arriver ?

– Non, fit Laura en passant une main distraite dans les cheveux de sa fille. Ce n'était pas lui, ma chérie.

Elle n'était cependant pas assez distraite pour ne pas remarquer la façon dont Ali laissa retomber les épaules, l'air profondément dépité. Elle s'accroupit devant elle en souriant et ajouta :

– Mais c'est une très bonne nouvelle. Une nouvelle spéciale.

– Qu'est-ce que c'est ? Une invitation ?

– Mieux que ça, répondit gaiement Laura en l'embrassant sur la joue. Oncle Josh va bientôt arriver.

Margo se laissa tomber sur le bras du canapé et avala d'un trait son verre de champagne.
— Super, marmonna-t-elle. Vraiment super.

4

Joshua Conway Templeton était un homme qui faisait toute chose à son rythme et à sa manière. Il avait décidé de prendre un avion de Londres à San Francisco et de continuer jusqu'à Monterey en voiture. Il aurait pu prétexter être obligé de passer au *Templeton Hotel* de San Francisco. Mais l'établissement, le tout premier de la chaîne fondée par sa famille, marchait comme une machine parfaitement huilée.

La vérité était que, dans l'avion, il avait pris la décision de s'offrir une automobile.

Et c'était un véritable bijou.

La petite Jaguar filait sur la Highway 1 tel un pur-sang. Josh aborda un large et long virage à soixante-dix miles à l'heure et sourit.

Il était enfin arrivé. Cette côte déchiquetée d'une beauté sauvage, c'était chez lui. Il avait klaxonné le long de la corniche spectaculaire d'Amalfi en Italie, avait roulé à toute vitesse au bord des fjords de Norvège, mais la beauté saisissante de ces paysages n'était rien comparée au spectacle grandiose de Big Sur.

Ici, il y avait une dimension en plus. Les plages et les criques scintillantes. Les falaises qui semblaient jaillir de l'océan fougueux pour se dresser vers le ciel. Les forêts sombres qui laissaient entrevoir une cascade au fond d'un canyon, semblable à de l'argent liquide. Et puis des kilomètres et des kilomètres de tranquillité que seuls venaient troubler le chahut des phoques et le roulement des vagues.

La splendeur du paysage l'émouvait toujours et lui

nouait la gorge. Où qu'il soit, si loin qu'il aille, cet endroit était le seul à l'attirer de manière aussi irrésistible.

Aussi y revenait-il, au moment et de la façon qui lui plaisaient. Faisant fi de toute prudence, il poussa le moteur malgré les routes sinueuses qui longeaient dangereusement les rochers dentelés et la mer impitoyable. Le pied au plancher, il riait en sentant le vent fouetter son visage.

Il n'avait aucune raison de se presser, mais il adorait la vitesse et prendre des risques. Il avait le temps. Tout son temps. Et il comptait l'utiliser à bon escient.

Josh se faisait du souci pour Laura. Au téléphone, une intonation dans la voix de sa sœur l'avait alerté. Elle avait été claire, comme à son habitude. Néanmoins, une petite enquête s'avérait nécessaire.

Il lui faudrait aussi s'occuper de leurs affaires. Abandonner la direction des hôtels Templeton en Californie à Peter l'avait soulagé. Faire des tableaux et des prévisions ne l'intéressait pas outre mesure. Il aimait s'occuper des vignobles, des usines et même de la gestion d'un hôtel cinq étoiles, mais les bilans relevaient du domaine de son beau-frère, pas du sien.

Au cours des dix dernières années, il avait pu librement voyager à travers l'Europe, à la recherche de sites nouveaux, ou pour décider des rénovations nécessaires ici et là, et réorganiser la stratégie de la chaîne familiale. Il passait son temps à visiter les vignes en France et en Italie, les oliveraies en Grèce, les vergers en Espagne et, bien entendu, les établissements qui étaient à l'origine de toutes leurs propriétés.

Josh comprenait et soutenait le point de vue des Templeton, à savoir que ce qui différenciait un hôtel ordinaire d'un des leurs était le fait qu'il servait ses propres vins, ses propres huiles, ses propres fruits et légumes et utilisait le linge qu'il faisait fabriquer spécialement pour lui. Dans tous les hôtels Templeton, les produits proposés portaient leur label. Et une partie du travail de Josh était de veiller à la bonne marche de la chaîne.

Vice-président en titre, son rôle consistait en réalité à jouer les trouble-fête. Il lui arrivait à l'occasion de superviser les négociations de quelques points de droit épineux. Diplômé en droit de Harvard, on attendait de lui qu'il s'occupe de ce genre de problèmes. Cependant, Josh préférait les hommes à la paperasse : il adorait assister à une moisson, boire de l'ouzo avec le personnel ou passer un nouvel accord avec Cristal ou Beluga, en déjeunant chez *Robuchon* à Paris.

Son charme, disait sa mère, était son meilleur atout. Et Josh faisait de son mieux pour ne pas la décevoir. Car en dépit d'une vie quelque peu désordonnée et imprudente, il prenait très au sérieux ses devoirs envers sa famille et son travail.

Et penser à la famille l'amena à songer à Margo.

Elle devait être déprimée. Brisée, repentante et malheureuse. Josh esquissa un sourire vague. C'était lui qui avait versé des pots-de-vin et tout mis en œuvre pour que les accusations portées contre elle soient rapidement et complètement abandonnées.

Il n'avait en revanche pas pu faire grand-chose pour éviter le scandale ni le préjudice subi dans la carrière de la jeune femme. Si l'on pouvait qualifier de carrière le fait de prendre l'air boudeur devant un objectif.

Elle allait s'en remettre, décida-t-il avec un sourire mêlé d'arrogance. Il avait même l'intention de l'y aider. A sa manière.

Fidèle à une vieille habitude, il se rangea sur le bas-côté dans un crissement aigu de pneus ; là-bas, au sommet de la colline, entourée d'arbres et couverte de vigne vierge, s'élevait sa maison.

La demeure, faite de bois et de pierre, deux des ressources dont les Templeton avaient su tirer profit, se dressait sur un sol accidenté. La bâtisse d'origine à deux étages, construite par un de leurs aïeux, il y avait plus de cent vingt-cinq ans, avait résisté aux tempêtes, aux inondations, aux tremblements de terre et au passage du temps. Les générations successives y avaient ajouté des ailes ici et là. Les deux tours jumelles – une fantaisie de son père – s'élançaient fièrement vers le ciel. Des pontons en bois et de solides terrasses en pierre s'étendaient sous les hautes fenêtres en arrondi et les immenses baies vitrées s'ouvraient sur des vues magnifiques.

Les fleurs et les arbres, en pleine floraison, parsemaient le paysage de taches roses, blanches et jaunes. Et l'herbe avait le vert doux et tendre des commencements. Josh aimait la façon dont la végétation, plutôt rare autour des rochers arides, devenait de plus en plus luxuriante et soignée au fur et à mesure qu'on approchait de la bâtisse.

La terre et la mer semblaient faire intimement partie de la construction, au même titre que son architecture tout en courbes et ses pierres scintillantes.

Cette demeure, Josh l'aimait pour ce qu'elle était, pour ce qu'elle avait été et ce qu'elle lui avait donné. Savoir que Laura veillait sur elle et l'entretenait lui réchauffait le cœur.

Le plaisir de se retrouver là le poussa à accélérer encore l'allure. A la sortie du dernier virage creusé à flanc de rocher, il dut, à son immense surprise, écraser la pédale de frein pour ne pas entrer de plein fouet dans une haute grille en fer.

Il la considérait d'un air furieux, quand l'interphone grésilla :

– Templeton House. Puis-je vous aider ?

– Qu'est-ce que c'est que ce machin ? Qui a installé cette fichue grille ici ?

– Je... Mr Joshua ?

Reconnaissant la voix, Josh fit un effort pour dissimuler son irritation.

– Annie, ouvrez cette grille ridicule, voulez-vous ? Et à moins qu'une attaque imminente ne nous menace, ne la refermez pas !

– Oui, monsieur. Bienvenue à la maison.

A quoi diable pensait Laura ? se demanda-t-il pendant que les battants s'écartaient en silence. Templeton avait toujours été accueillant, autrefois ses amis abordaient en principe ce dernier virage à fond – que ce soit à pied, à vélo ou plus tard en voiture. L'idée que le domaine soit fermé, ne serait-ce que par une simple porte, lui gâcha le plaisir qu'il avait habituellement à remonter l'allée qui traversait le jardin et les pelouses bien entretenues.

De mauvaise humeur, il fit le tour du parterre central, planté de magnifiques plantes vivaces et de jonquilles frémissant sous la brise. Il laissa clés et bagages dans la voiture et, les mains dans les poches, grimpa les vieilles marches de granit qui menaient à la véranda.

Quand il arriva devant la porte, elle s'ouvrit à toute volée sur Laura qui lui sauta littéralement dans les bras.

– Sois le bienvenu, dit-elle en lui couvrant le visage de baisers, ce qui eut pour effet de lui faire retrouver le sourire.

– Pendant un instant, j'ai bien cru que tu ne voulais pas me laisser entrer.

Devant le regard intrigué de sa sœur, il lui pinça le menton. Une vieille manie.

– Qu'est-ce que c'est que cette grille ?

– Oh !...

Elle rougit et recula en se lissant les cheveux.

– Peter a pensé que nous avions besoin d'être protégés.

– Protégés ? Il suffit d'escalader quelques rochers pour la contourner.

– Oui, je sais, mais...

C'est ce qu'elle avait rétorqué à son mari, mais devant Josh, elle y renonça.

– Ça donne une impression de sécurité. Et d'importance, ajouta-t-elle en lui prenant le visage entre les mains. Comme toi. Tu as l'air de quelqu'un d'important, je veux dire.

En fait, elle trouvait qu'il avait l'air ébouriffé, furieux et de mauvaise humeur. Pour le calmer, elle glissa son bras sous le sien et se pâma d'admiration devant la magnifique Jaguar.

– Où as-tu déniché ce nouveau joujou ?

– A San Francisco. C'est un véritable bolide.

– Ce qui explique pourquoi tu arrives une heure plus tôt que prévu. Tu as de la chance, Mrs Williamson est enfermée depuis ce matin dans la cuisine pour préparer à Monsieur Joshua ses plats préférés.

– Dis-moi qu'il y a une tourte au saumon au déjeuner et je te pardonne tout.

– Exactement, confirma Laura. Avec des pommes allumettes, des asperges, du foie gras et une forêt-noire. Tu parles d'un mélange ! Entre et raconte-moi ce qui se passe à Londres. Tu étais bien là-bas, n'est-ce pas ?

– J'y suis passé brièvement, pour le boulot. J'ai pris quelques jours de repos à Portofino.

– Ah oui, c'est vrai !

Elle entra dans le salon où des rideaux encadraient joliment les banquettes installées sous les fenêtres sur lesquelles s'entassaient des coussins de couleurs vives, et lui servit un verre d'eau gazeuse.

– C'est là que je t'ai cherché quand j'ai appris ce qui était arrivé à Margo.

– Hum...

Il travaillait déjà d'arrache-pied pour le compte de Margo quand Laura avait appelé. Mais il se garda bien de l'en informer. Il effleura légèrement un bouquet de freesias et demanda :

– Comment va-t-elle ?

– Je l'ai convaincue d'aller se délasser à la piscine et de prendre un peu le soleil. C'est vraiment très dur pour elle. Quand elle est arrivée, elle avait l'air effondrée. Bella Donna ne va pas vouloir renouveler son contrat. Il arrivait à échéance, et il est pratiquement certain qu'ils ne la reprendront pas.

– C'est vache.

73

Josh s'assit dans un grand fauteuil près de la cheminée et étendit les jambes.

– Mais elle pourra peut-être vendre la crème d'une autre société.

– Tu sais bien que ce n'est pas si facile. Elle s'était fait connaître en Europe en devenant la femme Bella Donna. C'était sa principale source de revenus. Si tu lisais plus attentivement la presse, tu saurais que ses chances de retrouver l'équivalent aux Etats-Unis sont quasiment nulles.

– Eh bien, elle se trouvera un vrai travail.

Par loyauté envers son amie, Laura rétorqua :

– Tu as toujours été très dur avec elle.

– Il faut bien que quelqu'un le soit.

Josh savait cependant que discuter de Margo avec sa sœur était parfaitement inutile. L'amour l'avait toujours aveuglée.

– D'accord, ma belle, je suis désolé pour ce qui lui est arrivé. Le fait est que c'est un sale coup, mais la vie en est pleine. Et puis, elle a ramassé un beau paquet de lires et de francs ces dernières années. Il ne lui reste plus qu'à s'asseoir sur son portefeuille, le temps de lécher ses plaies et de réfléchir à l'avenir.

– Je crois qu'elle n'a plus un sou.

Josh fut tellement surpris qu'il reposa son verre brutalement.

– Comment ça ?

– Elle a demandé à Kate de vérifier ses comptes, elle n'a pas terminé, mais j'ai l'impression que ce n'est pas brillant. Et Margo s'en doute.

Il n'arrivait pas à le croire. Pour avoir étudié longuement le contrat de Bella Donna, il savait que son salaire et ses primes auraient dû lui permettre de vivre confortablement une bonne dizaine d'années. Il laissa échapper un soupir dégoûté. Pourquoi s'étonnait-il ? De la part de Margo, cela n'avait finalement rien de surprenant.

— Mais, bon sang, qu'a-t-elle donc fait de cet argent ? Elle l'a jeté dans les eaux du Tibre ?

— Ma foi, avec son style de vie... Margo est une célébrité, là-bas...

Laura pensa qu'elle était déjà assez inquiète comme ça pour ne pas avoir en plus à s'expliquer.

— La seule chose que je sache, c'est que le type qui l'a mise dans ces sales draps dirigeait sa carrière depuis plusieurs années.

— Quelle imbécile ! marmonna Josh. Et maintenant, elle rapplique dare-dare à la maison en pleurnichant.

— Elle n'a pas pleurniché. J'aurais dû me douter que tu le prendrais comme ça, poursuivit-elle. Il ne faut décidément rien attendre des hommes. Ni loyauté ni compassion. Peter voulait la mettre à la porte comme si...

— Qu'il essaie un peu, grommela Josh, une lueur menaçante dans les yeux. Cette maison n'est pas la sienne.

Laura ouvrit la bouche, puis la referma. Si le manège sur lequel elle avait l'impression d'être coincée ne s'arrêtait pas rapidement de tourner, elle allait bientôt en sauter.

— Peter n'a pas grandi avec Margo. Il ne lui est pas attaché comme nous le sommes. Il ne comprend pas.

— Personne ne le lui demande, releva brièvement Josh en se relevant. Elle est à la piscine ?

— Oui. Josh, tu ne vas pas commencer à la houspiller. Elle est assez malheureuse comme ça.

Il lui fit un clin d'œil.

— Je vais seulement verser un peu de sel sur ses plaies et, quand je n'en aurai plus, je pense que j'irai donner des coups de pied à quelques chiots afin d'avoir mon quota de veuves et d'orphelins pour la journée.

Laura esquissa un sourire.

– Tâche de lui remonter le moral. Nous déjeunons sur la terrasse sud dans une demi-heure.

Elle aurait ainsi le temps de faire monter les bagages de son frère.

Margo sut qu'il était là à la seconde même où il quitta l'allée dallée pour marcher sur le revêtement autour de la piscine. Elle ne le vit pas et ne l'entendit pas, mais dès qu'il s'agissait de Josh, son intuition se transformait en un sixième sens. Sans un mot il s'installa sur une chaise longue et elle continua à nager.

Entre deux longues brasses coulées, elle risqua un discret coup d'œil vers lui. Il regardait en direction de la roseraie, l'air préoccupé.

Il avait les mêmes yeux que sa sœur. Cela l'étonnait toujours de retrouver les beaux yeux gris de Laura dans ce visage. Son regard était cependant plus froid, plus impatient, et s'animait souvent d'une soudaine lueur moqueuse à ses dépens.

Il était superbement bronzé, remarqua-t-elle avant d'entamer une nouvelle longueur. Et son hâle ne faisait qu'accentuer le charme de ce visage à la beauté déjà scandaleuse.

Ses cheveux étaient un ton plus foncé que ceux de sa sœur. Couleur fauve, ce devait être le terme exact. Il les avait laissés pousser depuis la dernière fois qu'ils s'étaient croisés. Quand était-ce – trois mois plus tôt, à Venise ? Ils frôlaient le col de sa chemise, une chemise en soie chocolat dont il avait roulé les manches au-dessus du coude.

Il avait une belle bouche expressive qui pouvait faire des sourires aussi charmeurs que railleurs et, pis, parfois si froids qu'ils vous glaçaient le sang.

La mâchoire était ferme et, heureusement, débarrassée de la barbe qu'à vingt ans il arborait fièrement. Le nez droit était aristocratique et l'ensemble dégageait une impression de réussite, de confiance en soi et d'arrogance à laquelle s'ajoutait un soupçon de dureté.

Margo répugnait à se l'avouer mais, pendant son adolescence, Josh la subjuguait tout autant qu'il l'effrayait.

Quoi qu'il en soit, elle était certaine d'une chose. C'était la dernière personne au monde à qui elle laisserait deviner combien le présent comme l'avenir lui faisaient peur désormais. Délibérément, elle sortit du côté le moins profond du bassin et, ruisselante, s'avança lentement vers les marches. Elle mourait de froid et n'allait pas tarder à bleuir des pieds à la tête.

Comme si elle venait juste de l'apercevoir, elle haussa les sourcils et sourit.

– Josh... Le monde est décidément tout petit.

Elle portait un maillot deux-pièces, minuscule et ultramoulant, bleu saphir. Ses courbes étaient voluptueuses, élancées, et sa peau, lisse comme du marbre poli, avait l'éclat de la soie. Elle savait qu'il suffisait aux hommes de poser un œil sur ce corps que le bon Dieu lui avait donné pour se mettre immédiatement à fantasmer.

Josh fit glisser ses Ray-Ban sur le bout de son nez et l'observa. Il remarqua qu'elle avait perdu du poids et que sa peau magnifique avait la chair de poule. D'un geste fraternel, il lui lança une serviette.

– Dans quelques secondes, tu vas te mettre à claquer des dents.

Agacée, Margo entreprit de se frotter énergiquement.

– C'est revigorant. D'où arrives-tu ?

– De Portofino, via Londres.

– Portofino ? C'est un de mes endroits préférés, bien qu'il n'y ait pas d'hôtel Templeton. Tu es descendu au *Spendido* ?

– Absolument !

Si elle était assez bête pour rester là à se geler, libre à elle. Il croisa les jambes et se renversa en arrière.

– La suite en angle, se souvint Margo. De la terrasse,

on a une vue splendide sur toute la baie, les collines et les jardins.

C'était bien ce dont il avait eu l'intention de profiter. Deux jours pour décompresser et faire un peu de voile. Mais il avait été trop occupé à négocier par fax et par téléphone avec la police et des politiciens grecs pour admirer le paysage.

– Comment as-tu trouvé Athènes ?

Elle sembla décontenancée. Il faillit regretter sa question, mais elle se reprit aussitôt.

– Oh! pas aussi agréable que d'habitude. A cause d'un petit malentendu. Tout est maintenant arrangé. Mais interrompre ma croisière n'a rien eu de plaisant.

– Je m'en doute, murmura Josh. Ce n'était pas très délicat de la part des autorités. Tous ces ennuis pour quelques malheureux kilos d'héroïne.

Margo eut un bref sourire.

– C'est exactement ce que je pense.

Elle prit négligemment le peignoir posé sur le dossier d'une chaise longue. Quel que fût son orgueil, elle ne s'empêcherait plus très longtemps de frissonner.

– Mais disposer d'un peu de temps va me faire du bien. Il y avait trop longtemps que je n'avais pas vu Laura, Kate et les filles.

Elle noua la ceinture de son peignoir en retenant un soupir de soulagement.

– Et toi, bien entendu.

Sachant pertinemment que cela l'agaçait, elle lui tapota la joue.

– Combien de temps comptes-tu rester dans le coin ? ajouta-t-elle.

N'ignorant pas que cela l'énervait, Josh la saisit par le poignet et se leva.

– Autant qu'il faudra.

– Très bien.

Elle oubliait toujours qu'il était beaucoup plus grand qu'elle, pensa-t-elle en se retrouvant face à sa silhouette élancée.

– Alors, ça va être comme au bon vieux temps ? Je crois que je vais rentrer enfiler des vêtements secs.

Elle l'embrassa brusquement sur la joue, lança un *ciao* par-dessus son épaule et se dirigea vers la maison.

Josh la regarda s'éloigner, il s'en voulait d'être dépité parce qu'il ne l'avait pas trouvée en larmes et complètement brisée. Et bien plus encore d'être, et d'avoir toujours été, amoureux d'elle.

Margo essaya six tenues différentes avant d'en choisir une qui convenait pour déjeuner. La tunique et le pantalon en soie fluide rose pâle lui semblèrent assez décontractés tout en ayant de l'élégance et du style. Elle compléta sa tenue par d'énormes boucles d'oreilles en or, deux bracelets-joncs au poignet et une longue chaîne tressée. Il lui fallut dix bonnes minutes de plus pour choisir des chaussures, et décider finalement de rester pieds nus. Cela lui donnerait un petit air insouciant.

Elle n'aurait su dire quelle en était la raison, mais elle se sentait toujours obligée d'impressionner Josh. Expliquer cela par une classique rivalité entre frère et sœur lui semblait trop complaisant et banal.

Il était vrai cependant que Josh l'avait embêtée de manière impitoyable lorsqu'elle était petite, profitant du noble avantage de ses quatre ans de plus, il l'avait tourmentée toute son adolescence et il s'arrangeait, lorsqu'ils se croisaient devenus adultes, pour tour à tour lui donner le sentiment qu'elle était stupide, superficielle et irresponsable.

Une des raisons pour lesquelles le contrat avec Bella Donna avait eu pour elle autant d'importance était qu'il représentait un succès tangible, qu'elle s'était fait une joie d'exhiber sous son nez malgré son air désapprobateur. Or, elle n'avait désormais plus rien. Tout ce qui lui restait se bornait à une image – consolidée par la garde-robe et les paillettes accumulées au fil des ans.

Elle remercia néanmoins le ciel de s'être sortie de ce

mauvais pas en Grèce avant qu'il n'arrive à son secours sur son fier cheval blanc. C'eût été une humiliation qu'il ne lui aurait sans doute jamais laissé le loisir d'oublier.

La première chose que Margo entendit en approchant de la terrasse fut le rire de Laura. Instantanément, elle se figea sur place. Voilà ce qui lui avait manqué depuis son arrivée, réalisa-t-elle. Le rire de Laura. Elle avait été trop obnubilée par ses propres soucis pour s'en apercevoir. Bien que la présence de Josh lui tapât sur les nerfs, elle lui était cependant reconnaissante d'avoir rendu sa gaieté à la jeune femme.

Sourire aux lèvres, elle les rejoignit.

— Pourquoi riez-vous ?

Josh se contenta de se caler sur sa chaise en prenant son verre d'eau et de la regarder, mais Laura attrapa sa main.

— Il n'arrête pas de me raconter les horreurs qu'il a commises lorsque nous étions enfants. Je crois qu'il fait cela pour que je m'affole à l'idée de ce que Ali et Kayla peuvent faire derrière mon dos.

— Tes filles sont des anges, dit Margo en s'installant à la table ronde installée sous la glycine en fleur. Josh était le diable réincarné.

Elle étala du foie gras sur son toast et en croqua un morceau.

— Et de quelle horreur s'agit-il ?

— Tu te souviens de la nuit où nous étions sur les falaises de Seraphina avec Matt Bolton et Biff Milard ? C'était en été, nous venions tout juste d'avoir quinze ans. Kate n'était pas avec nous, elle avait un an de moins et n'avait pas encore la permission de sortir le soir.

Margo rétorqua :

— Nous sommes beaucoup sorties avec Matt et Biff cet été-là. Jusqu'à ce que Biff essaie de t'enlever ton soutien-gorge et que tu lui mettes le nez en bouillie.

— Quoi ? s'exclama Josh, soudain plus attentif.

Qu'est-ce que ça veut dire, il a voulu te retirer ton soutien-gorge ?

– Je suis persuadée que tu t'es essayé toi-même à ce genre de manœuvre une ou deux fois dans ta vie, laissa tomber sèchement Margo.

– Tais-toi. Laura, tu ne m'avais jamais raconté ça... Et qu'a-t-il fait d'autre ?

Laura soupira en découvrant qu'elle appréciait la tourte au saumon bien plus qu'elle ne s'y était attendue.

– Rien qui vaille la peine que tu prennes l'avion jusqu'à Los Angeles pour lui faire la peau. En tout cas, si j'avais été consentante, je ne lui aurais pas donné un coup de poing dans le nez, non ? Pour revenir à notre histoire, c'est le soir où nous avons entendu le fantôme de Seraphina.

– Oh, oui ! c'est vrai, je m'en souviens, lança Margo en se resservant une tranche de foie gras.

Le service était celui en porcelaine de chez Tiffany, remarqua-t-elle. Le Monet, avec des motifs bleus et jaune vif. Et pour le mettre en valeur, il y avait un vase en argent rempli de fleurs jaunes de frangipanier. Elle reconnut la touche délicate de sa mère. Le même service et les mêmes fleurs que le jour où Ann avait autorisé Margo à organiser le goûter d'anniversaire dont elle rêvait, pour ses treize ans.

Etait-ce là la manière discrète et silencieuse de sa mère de lui souhaiter la bienvenue ?

Elle dut faire un effort pour revenir au présent.

– Nous étions donc sur les falaises, en train de nous faire des papouilles.

– Pourrais-tu définir ce que tu entends par là ? demanda Josh.

Margo se contenta d'un sourire et piqua une pomme allumette dans son assiette.

– C'était la pleine lune, et il y avait une lumière superbe sur l'eau. Les étoiles étaient énormes, éclatantes, l'océan s'étendait à l'infini. Et soudain, nous l'avons entendue. Elle pleurait.

— De longs sanglots à briser le cœur, ajouta Laura. C'était intense, mais très doux. Nous étions terrorisées... et très excitées.

— Et les garçons ont eu tellement la trouille qu'ils en ont oublié pour quelle raison ils étaient là et ont tout essayé pour nous convaincre de retourner à la voiture. Mais nous sommes restées. Nous l'avons entendue murmurer, gémir et pleurer. Et, tout à coup, elle s'est mise à parler.

A ce souvenir, Margo frissonna.

— En espagnol.

— J'ai dû tout te traduire, vu que tu passais ton temps à te faire les ongles pendant les cours au lieu d'écouter Mrs Lopez. Elle a dit : « Cherchez mon trésor. Il n'attend que l'amour. »

Margo poussa un soupir et Josh éclata de rire.

— Il m'a fallu trois jours pour apprendre à Kate comment déclamer cette phrase sans bafouiller. Cette petite n'a jamais été douée pour les langues. Nous avons failli tomber de la corniche tellement nous avons ri en entendant vos cris aigus.

Margo plissa les yeux.

— Toi et Kate ?

— Nous avions tout préparé soigneusement.

Comme Margo semblait s'y intéresser, Josh planta sa fourchette dans sa part de tourte au saumon et la fit glisser dans son assiette.

— Elle s'est sentie salement abandonnée quand vous avez commencé toutes les deux à sortir sans elle. J'ai eu cette idée le jour où je l'ai trouvée en train de bouder sur les falaises. Tout le monde savait que vous traîniez par là avec ces deux nigauds, et je me suis dit que ça lui remonterait le moral.

Il avala une bouchée et les regarda toutes les deux avec un grand sourire.

— Et ça a marché.

— Si maman et papa avaient appris que tu avais

emmené Kate sur une corniche en pleine nuit, ils t'auraient massacré.

— Ça en aurait valu la peine. Vous n'avez parlé que de ça pendant des semaines. Margo voulait même consulter une voyante.

— Ce n'était qu'une velléité.

— Tu as commencé à relever des noms dans l'annuaire, lui rappela Josh. Et tu es même allée à Monterey acheter un jeu de tarots.

— Je voulais faire une expérience, commença-t-elle avant d'éclater de rire. Bon sang, Josh, cet été-là, j'ai dépensé tout mon argent de poche à me faire lire l'avenir dans des boules de cristal et dans les lignes de la main, alors que j'économisais désespérément pour m'acheter deux minuscules boucles d'oreilles en saphir. Mais tu aurais eu bonne mine si j'avais découvert la cachette de la dot de Seraphina.

— Elle n'a jamais existé.

Josh repoussa son assiette, comment un homme pouvait-il continuer à manger en écoutant ce rire rauque et sexy qui réveillait son désir ?

— Bien sûr que si. Elle l'a enterrée pour qu'elle ne tombe pas entre les mains des envahisseurs, et elle a sauté dans l'océan parce qu'elle refusait de vivre sans son amoureux.

Josh lança à Margo un regard amusé empreint d'une réelle affection.

— Tu n'as pas encore dépassé le stade des contes de fées ? C'est une jolie légende, un point c'est tout.

— Elles sont toujours fondées sur des faits véridiques. Si tu n'étais pas si borné...

— Pouce ! fit Laura en se levant. Tâchez de ne pas vous étriper pendant que je vais voir où en est le dessert.

— Je ne suis pas borné, rétorqua Josh. Je suis rationnel.

— Tu n'as jamais eu d'âme. On pourrait pourtant l'espérer de la part d'un homme qui a passé autant de temps en Europe, qui connaît Rome, Paris et...

— En Europe, certains d'entre nous travaillent, coupa-t-il.

Il vit avec satisfaction les yeux de Margo s'assombrir dangereusement.

— C'est exactement le regard que tu avais sur cette pub pour un parfum, lança-t-il. Comment s'appelle-t-il, déjà ? *Sauvage*.

— Cette campagne a fait grimper les ventes de Bella Donna de dix pour cent. C'est pourquoi je considère le fait de poser comme un travail à part entière.

— D'accord.

Il reprit d'une voix moqueuse :

— Dis-moi, Margo, Matt a-t-il jamais essayé d'enlever ton soutien-gorge ?

Elle était calme, se dit-elle. Et parfaitement maîtresse d'elle-même. Elle répondit en le fixant droit dans les yeux :

— Je n'en portais jamais.

Il fronça les sourcils, et son regard glissa sur sa poitrine.

— A cette époque, ajouta-t-elle.

Elle s'étira en riant.

— Finalement, je suis assez contente que tu sois là. J'ai besoin de quelqu'un avec qui me bagarrer.

— Je serai ravi de te rendre ce service. Au fait, qu'est-ce qui préoccupe Laura ?

Margo baissa les yeux.

— Tu n'as pas perdu de temps, dis-moi. Tu as toujours été rapide. Elle se tourmente pour moi. Je crois que c'est tout, mais je n'en suis pas certaine.

Je trouverai, se dit Josh.

— Et pour toi, tu t'inquiètes ?

La douceur de sa voix la surprit, tout comme la façon dont il effleura sa joue. Elle pouvait s'appuyer sur lui, réalisa-t-elle tout à coup. Elle pouvait poser la tête sur son épaule, fermer les yeux et, ne serait-ce que l'espace d'un instant, tout irait bien.

Elle faillit s'abandonner, mais décida que ce serait ridicule.
– Tu ne vas pas te mettre à être gentil avec moi, dis ?
– Peut-être que si...
Sans doute à cause du trouble qu'il lut dans son regard, ou de son parfum sensuel, Josh éprouvait un besoin irrépressible de la toucher. Il posa les mains sur ses épaules et les frotta légèrement en la regardant au fond des yeux.
– Tu as besoin d'aide ?
– Je...
Stupéfaite, Margo découvrit qu'elle mourait d'envie qu'il l'embrasse.
– Je crois que...
– Excusez-moi...
Le visage impassible, Ann se tenait non loin d'eux, un téléphone portable à la main. Une petite lueur amusée brilla dans son regard lorsque Josh laissa retomber ses mains.
– Miss Kate veut te parler, Margo.
– Oh !...
Elle baissa les yeux sur l'appareil que sa mère déposa dans sa main.
– Merci. Kate ? Salut...
– Quelque chose ne va pas ? Tu as l'air...
– Non, non, tout va bien, coupa vivement Margo. Et toi ?
– C'est l'époque des déclarations d'impôts, ma vieille, alors mieux vaut ne pas demander cela à un expert-comptable. C'est d'ailleurs la raison qui m'empêche de m'échapper pour vous rejoindre. J'ai besoin de te voir, Margo. Pourrais-tu passer à mon bureau cet après-midi ? Je peux t'accorder un moment entre 15 heures et 15 h 30.
– Bien sûr. Si tu...
– Parfait. A tout à l'heure.
Margo soupira.

— Décidément, Kate a toujours été une championne de la communication.

— On est bientôt mi-avril, elle doit être débordée.

Josh semblait parfaitement à l'aise, nota la jeune femme. Toute cette tension, toute cette... impatience n'était probablement que le fruit de son imagination.

— C'est à peu près ce qu'elle m'a dit. Je dois passer à son bureau. Je vais demander à Laura si elle peut me prêter une voiture.

— Prends la mienne. Elle est devant la porte. Les clés sont dessus.

Devant son air dubitatif, Josh lui adressa un bref et charmant sourire.

— Allons, Margo, qui t'a appris à conduire ?

— C'est toi... reconnut-elle, et son regard se réchauffa. Et avec une infinie patience.

— Ça, c'était parce que j'étais terrorisé. Bonne route. Et s'il y a la moindre égratignure sur la carrosserie, je te balance par-dessus la falaise de Seraphina.

Lorsqu'elle eut disparu, Josh retourna à sa place en calculant que non seulement il allait hériter de sa part de gâteau mais qu'il tenait là une excellente occasion de découvrir ce qui minait sa sœur.

5

Kate Powell était de nature constante, très concentrée et inflexible. Lorsque Margo s'engagea dans le couloir du deuxième étage des bureaux de Bittle & Associates, où régnait une activité trépidante entre les sonneries de téléphone et le crépitement des ordinateurs, elle réalisa que c'était exactement ce que Kate avait toujours désiré. Et elle avait avancé dans la vie sans se laisser détourner de son but.

Il y avait d'abord eu les cours de mathématiques où,

bien entendu, elle était toujours première. Les trois trimestres comme trésorière de la classe. Puis les étés pendant lesquels elle travaillait au service de comptabilité Templeton pour acquérir un peu d'expérience. Et à partir de là, une bourse pour Harvard, et une maîtrise de gestion, suivie du refus ferme mais poli d'accepter un poste au sein de l'empire Templeton.

Kate avait choisi d'entrer chez Bittle. Elle aurait obtenu un salaire nettement plus élevé dans une compagnie de New York ou de Los Angeles, mais elle voulait rester à proximité de la maison.

Et dans ce domaine également, Kate avait de la constance.

Margo ne savait pas grand-chose sur les experts-comptables, en dehors du fait qu'ils passaient leur temps à parler impôts, dividendes, bénéfices et bilans prévisionnels, mais elle avait cru comprendre que son amie était en charge de plusieurs clients importants au sein de la vieille compagnie respectable et, selon Margo, un peu moisie, qu'était Bittle & Associates.

Toutes ces années d'efforts lui avaient au moins permis d'avoir un bureau correct, songea Margo en poussant la porte. Pour elle, rester toute la journée enfermée entre quatre murs en tournant le dos à la fenêtre dépassait l'entendement, mais Kate avait l'air plutôt satisfaite de son sort.

La pièce était impeccable, ce qui n'avait rien de surprenant. Aucun gadget, presse-papiers fantaisie ou babiole ne venait l'encombrer. Pour Kate, être désordonnée faisait partie des sept péchés capitaux, tout comme être impulsive, déloyale, ou mal tenir son chéquier.

Quelques dossiers étaient soigneusement empilés au bout d'un bureau simple et robuste. Une douzaine de crayons à la mine dangereusement pointue attendaient dans un pot. Kate pianotait sur un petit ordinateur. Son téléphone sonnait avec insistance, sans que cela paraisse la perturber le moins du monde.

Lorsque Margo entra, Kate lui fit un petit signe en continuant à taper d'une main. Enfin, elle releva les yeux.

– Pour une fois, tu es à l'heure. Ferme la porte, tu veux ? Sais-tu quel pourcentage de gens attendent avril pour se mettre en situation régulière ?

– Non.

– Cent pour cent. Assieds-toi.

Margo prit place dans un fauteuil marron face au bureau. Kate se leva, et attrapa une cafetière et deux tasses blanches sur une étagère.

– Annie m'a dit que Josh était à la maison.

– Oui, il vient juste d'arriver, superbe et tout bronzé.

– Tu l'as déjà vu autrement ?

S'apercevant qu'elle avait négligé de relever les stores, Kate les remonta, et la lumière du jour inonda la pièce.

– J'espère qu'il va rester quelque temps. Je ne vais pas avoir une minute de libre avant le 15.

D'un tiroir, elle extirpa une bouteille de Mylanta et en engloutit le contenu comme s'il s'agissait de Crackling Rose.

– Dieu du ciel... Kate, comment peux-tu faire une chose pareille ? C'est épouvantable.

Kate se contenta de lever un sourcil.

– Combien de cigarettes as-tu fumées aujourd'hui ? rétorqua-t-elle.

– Là n'est pas la question...

En grimaçant, Margo regarda son amie ranger le flacon.

– Je sais au moins que je me tue à petit feu. Tu devrais consulter un médecin. Si tu apprenais à te détendre et essayais de faire ces exercices de yoga dont je t'ai parlé...

– Arrête de me faire la morale, coupa Kate en consultant sa montre.

Elle n'avait ni le temps ni l'envie de penser à ses maux d'estomac, en tout cas pas avant d'en avoir terminé avec le client dont le dossier s'affichait sur son écran.

– J'ai un rendez-vous dans vingt minutes, je n'ai pas vraiment le temps de discuter de nos dépendances réciproques.

Elle tendit une tasse à Margo et posa une fesse sur le coin du bureau.

– Tu as vu Peter ?
– Non.

Margo hésita une seconde, mais faire la morale à Kate n'avait jamais rien donné. Aussi décida-t-elle de se concentrer sur les problèmes d'une seule de ses amies à la fois.

– Laura semble éviter le sujet. Dis-moi, Kate, est-ce qu'il vit à l'hôtel ?
– Pas officiellement.

Kate commença à se ronger les ongles mais s'appliqua à s'en empêcher. C'était juste une question de volonté, se répéta-t-elle en avalant une gorgée de café.

– Même si, d'après ce que l'on raconte, il y passe plus de temps que chez lui.

Elle fit quelques mouvements pour décontracter ses épaules endolories, elle souffrait d'une affreuse migraine ; entre les déclarations d'impôts et les ennuis de ses amies, elle démarrait chaque matinée avec un violent mal de tête.

– Il est vrai que cette période de l'année est particulièrement pleine pour lui aussi.
– Tu ne l'as jamais aimé, laissa tomber Margo avec un petit sourire en coin.
– Toi non plus, rétorqua Kate de la même façon.
– Ma foi, s'il y a des nuages au paradis, je peux peut-être aider Laura à le supporter. Mais s'il ne rentre pas uniquement à cause de ma présence, mieux vaudrait que je quitte Templeton House.
– Il a passé pas mal de nuits au-dehors avant que tu ne débarques. Je ne sais pas quoi faire, reprit Kate en se frottant les yeux. Elle ne veut pas vraiment en parler

et, de toute manière, je ne suis pas très douée pour prodiguer des conseils dans ce domaine.

– Tu vois toujours le bel expert-comptable installé au bout du couloir ?

– Non.

Là-dessus, Kate ne s'étendrait pas. La page était définitivement tournée. Même si elle en souffrait encore.

– Je n'ai pas le temps de sortir. A vrai dire, étant donné tout ce que j'ai à boucler d'ici la semaine prochaine, je suis contente que tu sois là pour distraire Laura et les filles.

– Je ne resterai pas si ça doit lui compliquer la vie, répondit Margo en tapotant d'un air absent le bras du fauteuil. Elle est follement heureuse d'avoir retrouvé Josh. Je crois que je n'aurais rien remarqué si je ne l'avais pas vue avec lui aujourd'hui. A propos...

Elle reposa son café, il était tellement fort qu'on aurait pu y faire fondre du fer.

– Tu n'as pas eu peur d'être maudite à tout jamais pour t'être moquée du fantôme de Seraphina ?

Kate prit un air ébahi.

– Quoi ?

– Pour t'être recroquevillée sur une corniche en te lamentant sur ta dot dans un mauvais espagnol. Laura et moi n'avons pas marché une seule seconde.

– De quoi tu parles... Oh !

En se remémorant l'événement, Kate éclata de rire, non pas à la manière d'une femme sérieuse, mais avec un rire qui roulait dans sa gorge.

– Seigneur, j'avais complètement oublié cette histoire ! J'étais tellement jalouse, tellement furieuse que vous ayez le droit de sortir, alors que tante Susie et oncle Tommy m'obligeaient à attendre encore un an avant de me laisser en faire autant. Je n'avais aucune envie de flirter, mais que vous puissiez le faire avant moi me rendait folle de rage.

En parlant, elle se resservit une tasse de café.

– Josh avait toujours des idées follement extravagantes, ajouta-t-elle en souriant.

– Tu as eu du pot de ne pas glisser des rochers et de ne pas finir comme Seraphina.

– Nous avions des cordes, gloussa Kate. Au début, j'étais terrorisée, mais j'aurais détesté que Josh me prenne pour une poule mouillée. Tu sais comment il est.

– Mmm...

Margo le savait pertinemment. Un Templeton ne recule jamais devant un défi.

– Vous auriez pu être punis pendant des semaines.

– Oui, c'était le bon temps, dit Kate avec un sourire espiègle. Quoi qu'il en soit, je me suis prise au jeu. Faire semblant d'être Seraphina et vous entendre l'appeler a été un des grands moments de ma vie. Je n'arrive pas à croire que Josh ait trahi notre secret.

– Il pense probablement que je suis désormais assez mature pour ne pas t'arracher les cheveux.

Margo sourit en penchant la tête.

– Ce en quoi il se trompe, mais il est vrai qu'ils sont si courts...

Elle croisa les mains sur ses genoux.

– Bon, te connaissant, je me doute que tu ne m'as pas demandé de venir ici pour évoquer le bon vieux temps.

– Très bien...

Kate se disait que c'était de la lâcheté mais elle aurait donné beaucoup pour être à mille lieues de là.

– Disons qu'il y a de bonnes et de mauvaises nouvelles.

– Commence par une bonne.

– Tu es en pleine santé.

Margo ricana nerveusement, Kate regrettait douloureusement de n'être pas en mesure de trouver une solution qui permettrait à son amie de s'en sortir.

– Pardon, c'est une mauvaise blague de comptable.

Pourtant tu dois te faire à l'idée que tu n'as plus grand-chose d'autre. Financièrement, ce n'est pas brillant.

Les lèvres serrées, Margo hocha la tête.

– Inutile de prendre des précautions avec moi, tu sais. Je peux assumer.

Kate s'approcha de son amie, s'assit sur l'accoudoir de son fauteuil et la serra contre elle.

– J'ai tout mis sur un programme. Je t'en ai fait une disquette.

Et elle n'avait dormi que trois heures à cause de ce surplus de travail.

– Mais j'ai pensé que tu comprendrais mieux la situation si je t'en faisais un résumé. Tu dois faire des choix, dorénavant.

– Je... je voudrais bien ne pas être obligée de déclarer faillite. Ou seulement en dernier ressort. Je sais que c'est de l'orgueil, mais...

Kate comprenait parfaitement ce qu'elle ressentait.

– Je pense que nous pourrons l'éviter. Mais il faut que tu envisages de liquider pas mal d'acquis et que tu acceptes de renoncer à une partie de ton actif.

– Parce que j'ai un actif ? s'enquit Margo d'une voix cassée.

– L'appartement de Milan. Ça ne représente pas une très grosse somme dans la mesure où tu l'as acheté récemment et que tu n'as pas fini de le payer. Mais tu vas pouvoir récupérer ton investissement, voire même, avec un peu de chance, un peu plus.

Kate reprit :

– Tu as aussi la Lamborghini, elle est presque réglée complètement. Vends-la le plus vite possible, ce qui t'économisera des frais de garage et d'entretien exorbitants.

– D'accord.

Elle essaierait de ne pas regretter son bel appartement, amoureusement meublé, ni la flamboyante voiture qu'elle adorait conduire à toute allure sur les routes de campagne. Il y avait pas mal de choses qu'elle ne pouvait plus se permettre, songea Margo. A commencer par s'apitoyer sur elle-même.

Pour se donner une contenance, Kate entreprit de compulser un dossier.

– Il y a aussi les animaux morts.
– Pardon ?
– Tes fourrures.
– Ça, c'est vraiment une attitude typiquement américaine, grommela Margo. Ce n'est quand même pas moi qui ai tué ces stupides visons...
– Et renards, lança sèchement Kate. Débarrasse-t'en, ça t'évitera de payer un frigo pour l'été. Maintenant, les bijoux.

Ça, c'était la flèche décochée en plein cœur.

– Oh, Kate, non !
– Reprends-toi. Ce ne sont rien de plus que des cailloux et des minéraux.

De sa main libre, elle reprit sa tasse de café et décida d'ignorer la légère brûlure juste au-dessous de son sternum.

– Les primes d'assurance t'asphyxient littéralement. Tu ne peux plus te le permettre. Et tu as besoin de liquidités pour rembourser tes dettes. Factures de couturiers ou de salons de beauté. Et impôts. Les impôts italiens sont lourds, et tu n'as pas vraiment pensé à faire des économies.
– J'en avais. Alain me les a piquées...

Elle ajouta d'une voix lasse :
– Je m'en suis aperçue, mais trop tard.

Quel salaud ! pensa Kate. Mais c'était le passé, et il fallait désormais faire face au présent.

– Tu peux le poursuivre en justice.
– A quoi bon ? répondit-elle d'un ton morne. Ça ne servirait qu'à alimenter les ragots.

Toujours cette satanée fierté, songea-t-elle, et inutile de demander à Kate si elle pouvait se permettre ou non un minimum d'orgueil !

— Si je comprends bien, en gros, je dois tout abandonner. Tout ce que j'ai, tout ce pour quoi j'ai travaillé ?

L'air navré, Kate reposa le dossier.

— Ecoute, je ne vais pas prétendre que ce ne sont que des objets. Je sais que cela représente bien plus pour toi. Mais c'est un moyen de t'en sortir. Et il y en a d'autres. Tu peux aussi proposer ton histoire à des magazines à scandale.

— Et si j'allais me poster au coin de Hollywood Boulevard et de Vine Street pour me vendre au premier venu ? Ce serait moins humiliant.

— Tu peux aussi solliciter les Templeton.

Margo ferma les yeux. Pendant un instant, un seul instant, elle fut tentée d'y recourir, et se sentit honteuse.

— Ils te sortiraient d'affaire, dit gentiment Kate. Ils te remettraient à flot le temps de retomber sur tes pieds.

— Je sais. Mais je ne peux pas. Pas après tout ce qu'ils ont fait et ont été pour moi. Sans parler de ce que ressentirait ma mère. Je l'ai suffisamment contrariée sans aller en plus mendier.

— Je peux t'avancer dix mille dollars. C'est ce que j'ai en liquide, reprit Kate. Ça boucherait déjà un trou, et je suis certaine que Laura et Josh te passeront le reste. Tu n'as aucune raison d'avoir honte. Il ne s'agit en rien de mendicité, seulement d'un simple prêt entre amis.

Margo resta silencieuse. Touchée et honteuse, elle contempla ses mains où scintillaient des saphirs et des brillants.

— Pour que je puisse conserver ma fierté, mes fourrures et mes diamants ?

Elle hocha la tête lentement.

— Non, je ne pense pas que je vais garder quoi que ce soit. Mais je te remercie de ta proposition.

— Réfléchis tranquillement, pèse bien le pour et le contre. Mon offre reste valable.

Kate lui tendit une chemise en carton.

— Tous les chiffres sont là. J'ai calculé la valeur des bijoux en me basant sur le montant des primes d'assurance. J'ai estimé le prix de ta voiture, de ton appartement et du mobilier, en laissant une marge de manœuvre de dix pour cent, après déduction des frais et diverses taxes. Si tu décides de tout liquider, tu pourras respirer un peu. Pas énormément, mais assez pour garder la tête hors de l'eau quelque temps.

Et ensuite ? pensa Margo, sans oser formuler sa question.

– Je te remercie d'avoir pris le temps de te pencher sur ce désastre.

– C'est ce que je sais faire de mieux.

Et à cet instant précis cela lui paraissait sacrément peu.

– Margo, accorde-toi quelques jours pour ruminer tout ça.

– C'est ce que je vais faire.

Elle se leva et sourit légèrement en découvrant que ses jambes flageolaient.

– Seigneur, je tremble...

– Assieds-toi, je vais t'apporter un verre d'eau.

– Non, merci. J'ai seulement besoin d'un peu d'air.

– Alors, je viens avec toi.

– Non, ça va aller, ne t'inquiète pas.

Doucement, Kate caressa les cheveux de son amie.

– Tu as envie d'étrangler l'oiseau de mauvais augure que je suis ?

– Pas tout de suite...

Elle serra Kate affectueusement contre elle.

– Je t'appelle, lança-t-elle avant de sortir rapidement de la pièce.

Elle voulait se montrer brave. Toute sa vie, elle avait rêvé d'aventure, de prestige et du romanesque qui va avec. Elle avait voulu être une de ces femmes qui ne se contentent pas de suivre les modes, mais les lancent. Depuis toujours, elle avait délibérément exploité son allure et sa sensualité pour arriver à ses fins. Son éducation n'avait été rien d'autre qu'une phase nécessaire, un moment à passer. Contrairement à Laura et à Kate, elle n'avait fait qu'acte de présence dans les salles de classe. A quoi lui aurait servi de connaître des formules d'algèbre ou des faits historiques ? Il était beaucoup plus important d'être au fait de ce qui se portait à New York ou qui étaient les stylistes en vogue, à Milan.

Tout cela était pathétique, se dit Margo sur les falaises battues par le vent, les yeux rivés sur la mer. Oui, sa vie était un affreux mélo.

Un mois plus tôt, elle la jugeait parfaite. Tout se déroulait exactement comme elle l'avait toujours rêvé. Elle possédait un appartement dans le meilleur quartier de Milan, était reconnue et somptueusement reçue dans les restaurants et boutiques réputés. Des gens riches, célèbres et excentriques se disputaient son amitié. Elle fréquentait les soirées à la mode, était talonnée par les journalistes et convoitée par de nombreux hommes.

Sa carrière l'avait amenée précisément là où elle l'avait toujours voulu : sous le feu des projecteurs.

Et puis, il y avait son amant. Un homme magnifique et charmant, plus âgé qu'elle, comme elle les aimait. Un Français. Marié, certes, mais ce n'était qu'un détail plutôt à la mode et qui de plus serait bientôt balayé. Qu'ils aient dû garder leur liaison secrète avait ajouté du piment. Ce qu'elle avait pris à tort, elle s'en apercevait aujourd'hui, pour de la passion.

Mais à présent, tout était fini.

Elle avait été terrifiée pendant l'interrogatoire subi à Athènes. La peur de se retrouver seule, et menacée, l'avait fait basculer d'un univers privilégié à un monde dangereux. Personne au sein de son cercle d'amis, soigneusement choisis, n'était venu l'aider ou la défendre et elle avait bien été forcée de ne compter que sur elle et aussi de comprendre ce que valait pour eux Margo Sullivan.

Pas grand-chose.

Assise sur un rocher, elle arrachait d'un air absent

les pétales blanc laiteux d'une fleur à la tige très fine. Laura en connaissait sûrement le nom. En dépit des privilèges que lui avait apportés sa naissance, Laura était du style fleur sauvage, alors que Margo était plutôt fleur de serre.

Et elle était ruinée.

D'une certaine manière, elle trouvait plus facile l'idée de se retrouver sans un sou avant que Kate ne lui montre les chiffres noir sur blanc. Une possibilité, cela restait abstrait et sujet à modification. Désormais, il s'agissait d'une réalité. Elle n'avait plus, ou n'aurait bientôt plus, de maison, ni de revenus. Plus rien.

Margo regardait fixement la fleur qu'elle tenait à la main. Planter ses racines dans un sol peu profond et se frayer un chemin vers le soleil était une démarche simple et obstinée mais, aussitôt arrachée, une autre repoussait.

Elle comprit qu'elle n'avait jamais eu à se battre. Et maintenant elle se sentait déracinée et avait peur, une peur immense, de tout simplement se flétrir.

– Tu attends Seraphina ?

Margo était plongée dans ses pensées lorsque Josh vint s'asseoir à côté d'elle.

– Non.

– Laura a emmené les filles à leur cours de danse, alors j'ai eu envie de faire une petite promenade.

En fait, il s'apprêtait à aller sur le court de tennis pour travailler son service, lorsqu'il avait aperçu la jeune femme de la fenêtre de sa chambre.

– Comment va Kate ?

– Bien. Très occupée et très efficace comme toujours. A mon avis, elle a trouvé son nirvana chez Bittle & Associates.

Josh frissonna.

– Voilà qui n'a rien de rassurant.

Rire lui fit du bien. Margo repoussa ses cheveux en arrière et lui sourit.

— Nous sommes si affreusement superficiels, Josh. Comment faisons-nous pour nous supporter ?

— En ne restant jamais au même endroit assez longtemps pour nous regarder vraiment. C'est ça qui te démoralise, Margo ? demanda-t-il en tirant une mèche de ses cheveux. Te serais-tu contemplée de trop près ?

— Difficile de faire autrement quand on vous met un miroir sous le nez.

— Et quel nez ! fit-il gaiement. Tu veux que je te dise ce que je vois ?

Elle se leva et s'approcha du bord de la falaise.

— Je crois que j'ai eu ma dose pour aujourd'hui. Tu n'as jamais pris la peine d'enrober ce que tu pensais de moi avec du miel.

— Pourquoi le ferais-je ? Une femme comme toi, habituée aux compliments, se fiche des remarques comme de sa première chemise. Tu es la femme la plus belle que j'aie jamais vue, ajouta-t-il.

Margo se retourna et, malgré les lunettes noires, il devina son étonnement.

— Un visage à se damner. Un corps à se damner. Presque de quoi faire regretter à un homme de les désirer. Tant de sex-appeal laisse présager une nature sauvage. Et tu t'en sers admirablement. Un regard, un mouvement de tête, un geste... C'est un talent phénoménal, et parfois cruel, que tu as là. Mais tu as déjà dû entendre cent fois ce genre de banalités...

— Pas exactement, murmura-t-elle, sans déterminer si elle devait se sentir flattée ou insultée.

— Tu es née pour être un fantasme. D'ailleurs, peut-être est-ce tout ce dont tu es capable.

Le coup fut si violent, si inattendu qu'elle ne cilla même pas.

— Ce que tu dis là est plutôt désagréable. Ça te ressemble bien.

Elle voulut se retourner, il la saisit par le bras en le serrant fortement et reprit avec un calme exaspérant :

— Je n'ai pas terminé.

Une rage violente la submergea. Si elle avait pu se libérer, elle l'aurait volontiers griffé.

– Lâche-moi. J'en ai assez de toi et des types dans ton genre. Je suis digne d'intérêt si je me coule dans le moule de la fille facile. Celle avec qui on passe un bon moment. Mais à la seconde où surgit un problème, c'est tellement plus simple de prétendre que je ne suis pas grand-chose. Seulement une enquiquineuse qui ne sait pas rester à sa place.

Josh emprisonna ses poignets, la voix toujours aussi posée et détestable.

– Ah bon ?

– Je ne suis pas une image de papier glacé. J'ai des sentiments, des peurs et des besoins. Et je n'ai rien à prouver à personne, sauf à moi.

– Tant mieux pour toi. Il est temps que tu t'en aperçoives.

Avec une force stupéfiante, Josh l'attira loin de la falaise et l'obligea à s'asseoir sur un rocher. Sans lâcher son bras, il s'accroupit devant la jeune femme.

– C'est toi et toi seule qui as entretenu cette illusion, Margo. Et qui t'en es servie. A toi par conséquent de la briser.

– Ne me dis pas ce que je dois faire. Si tu ne retires pas tes sales pattes...

– Tais-toi. Et écoute-moi.

Il la secoua avec une brusquerie telle qu'elle en resta bouche bée.

– Il va falloir t'habituer à cela aussi, poursuivit-il. A être traitée comme un être humain et non comme une poupée Barbie hypergâtée. Tu viens de recevoir la vie en pleine figure, duchesse. Débrouille-t'en.

– Que sais-tu de la vie ? riposta Margo d'une voix pleine d'amertume. Tu as toujours eu tout ce que tu voulais. Tu n'as jamais eu besoin de te battre, ni de t'inquiéter pour savoir si on allait t'accepter, t'aimer ou te désirer.

Josh la dévisagea, il avait passé quasiment la moitié

de sa vie à se demander si la seule personne qu'il voulait vraiment l'accepterait, l'aimerait et le désirerait, et elle ne s'en était jamais rendu compte.

— Nous ne parlons pas de moi, il me semble ?

Margo détourna la tête et murmura :

— Je me fiche pas mal de ce que tu penses de moi.

— Sans doute, mais je vais quand même te le dire. Tu es une femme gâtée, négligente et imprudente qui, pendant très longtemps, n'a pensé qu'au moment présent. Et tes ambitions se sont toujours parfaitement confondues avec tes fantasmes. Mais tu viens de prendre une bonne claque. Il sera intéressant de constater si tu vas être capable de faire appel à tes autres qualités pour t'en remettre.

— Oh ? rétorqua Margo d'une voix glacée. Parce que j'en ai d'autres ?

Josh se demanda quelle perversion de la nature faisait qu'il adorait ce ton glacial et méprisant qu'elle adoptait si volontiers.

— Tu descends de gens costauds et résistants, Margo, qui n'ont pas le tempérament à se laisser anéantir par un échec.

Dans un brusque élan, il embrassa ses mains.

— Tu es loyale, chaleureuse et pleine de compassion pour ceux que tu aimes. Ce qui te manque de bon sens, tu le compenses par l'humour et le charme.

Les émotions qui l'envahirent menacèrent d'exploser en rires, larmes ou hurlements. Elle s'obligea à garder un visage impassible et un ton détaché.

— Quelle fascinante analyse ! Tu n'auras qu'à m'envoyer ta facture. Je suis un peu à court d'argent en ce moment.

— C'est gratuit, dit-il en l'aidant à se relever et en écartant les mèches de cheveux qui dansaient autour de son visage. Ecoute, si tu as besoin d'être dépannée en attendant de...

— Tu ne vas pas avoir le culot de me proposer de

l'argent ! coupa-t-elle d'un ton cinglant. Je ne suis pas une pauvre domestique sans ressources.

Ce fut au tour de Josh de se sentir insulté.

– Je croyais que nous étions amis.

– Laisse donc cet argent sur ton compte numéroté en Suisse, cher ami. Je suis parfaitement capable de me débrouiller toute seule.

– Comme tu voudras.

Il haussa les épaules et lui tendit sa main.

– Je te ramène en voiture ?

Margo lui répondit froidement :

– Et si tu levais ton pouce manucuré au bord de la route pour changer ?

Et elle s'éloigna rapidement. Quelques secondes plus tard, il entendit rugir le moteur de sa voiture et les pneus crisser sur le bitume.

Dieu du ciel ! songea-t-il en laissant échapper un rire bref. Il était complètement fou de cette femme.

Margo bouillait encore de rage lorsqu'elle pénétra dans la maison. Elle se figea en entendant un bruit de voix. Des voix calmes et raisonnables. Exagérément maîtrisées, réalisa-t-elle. Froides, amères et formelles.

A l'idée qu'un mari et une femme puissent se parler sur un ton aussi dépourvu d'émotion la fit frissonner. Si brutal qu'il ait été, elle préférait encore l'échange passionné qu'elle venait de vivre avec Josh à cet affrontement mesuré dans la bibliothèque entre Laura et Peter.

Les lourds battants de la porte étaient entrouverts, ce qui lui permit d'assister à toute la scène. La pièce, dans laquelle flottait une délicieuse odeur de cuir, paraissait extrêmement civilisée, avec son haut plafond, ses deux niveaux entièrement tapissés de livres et ses fenêtres en forme de losange. Une pièce civilisée pour une dispute civilisée.

L'horreur absolue.

— Je regrette vraiment que tu réagisses ainsi, Peter. Mais je ne peux pas être d'accord avec toi.

— Les affaires, la direction des hôtels Templeton, notre position par rapport à la société et aux médias n'ont jamais été ton fort, Laura. Je n'occuperais pas la place qui est la mienne, ni n'aurais les responsabilités que j'assume, si tes parents et le comité de direction n'avaient pas d'estime et de respect pour mon opinion.

— C'est vrai.

Margo avança discrètement sur le seuil. Laura, debout devant la fenêtre, les mains croisées devant elle, avait dans le regard une rage et un désarroi auxquels elle ne comprenait pas que Peter puisse à ce point rester indifférent.

Lui était appuyé sur la superbe cheminée ancienne, très seigneur des lieux, un large verre en cristal rempli de scotch pur malt à la main.

— Mais en l'occurrence, reprit Laura de la même voix blanche et paisible, je ne pense pas que la famille partage ton inquiétude. Ce n'est en tout cas pas ce que pense Josh.

Peter laissa échapper un petit rire sec et méprisant.

— Ton frère n'est pas du genre à se soucier de sa réputation. Rien ne lui plaît davantage que de baguenauder en Europe et d'y fréquenter de joyeux fêtards.

— Prends garde à tes paroles...

Laura ne fit que murmurer cet avertissement, mais il contenait une force indéniable.

— Toi et Josh avez une approche différente, mais vous êtes tous deux des piliers importants de Templeton. Il est parfaitement d'accord pour que Margo s'installe à Templeton House aussi longtemps qu'elle le voudra. Et, en prévision de cette petite altercation, j'ai appelé mes parents ce matin et ils sont ravis de savoir que Margo est ici.

Peter blêmit et serra les lèvres. Margo se serait réjouie de sa réaction si sa mauvaise humeur n'avait pas été dirigée contre Laura.

– Tu leur as téléphoné derrière mon dos. Ça devient décidément une habitude. Tu ne peux pas t'empêcher de demander à tes parents leur avis, chaque fois que nous avons un désaccord.

– C'est faux...

Il y avait de la lassitude dans la voix de Laura. Elle se laissa tomber sur la banquette devant la fenêtre. La lumière qui l'éclairait par-derrière lui donnait l'air fragile et pâle, elle était d'une beauté incroyable.

– Je ne discute jamais de nos problèmes avec eux. Dans ce cas précis, il s'agissait de déterminer si une menace planait sur la réputation de l'empire Templeton, ainsi que tu le prétends.

– Et l'empire Templeton, c'est moi qui en ai la charge, répliqua Peter d'une voix hachée, avec un soupçon d'impatience soigneusement maîtrisé. Toi, tu n'as qu'à t'occuper de la maison et à surveiller les enfants, que d'ailleurs tu fais passer au second plan en raison de je ne sais quel sens absurde de la loyauté.

– Rien ni personne ne passe avant eux.

– Vraiment ? fit-il avec un petit sourire avant d'avaler une gorgée de scotch. Je suppose qu'avec tes journées bien remplies entre les séances de manucure et les déjeuners, tu n'as pas le temps de regarder la télévision ? Une émission très populaire a consacré trente minutes à ta vieille camarade. On y a montré un film particulièrement intéressant où elle se faisait bronzer, seins nus, à bord d'un yacht. Des proches à elle ont accordé des entretiens où ils donnaient de croustillants détails sur ses nombreuses liaisons et son style de vie, prétendument libre. Naturellement, on n'a pas manqué d'insister sur ses liens avec les Templeton et sa très longue amitié avec Laura Templeton Ridgeway.

Sa femme ne répondant pas, il inclina la tête d'un air satisfait.

– Il y avait également deux photos de vous, avec les enfants. De plus, un serveur du country club s'est fait un plaisir de raconter l'étourdissant déjeuner au champagne au bord de la piscine que vous avez fait en compagnie d'une dame dont il n'a pas dit le nom.

Laura attendit un instant avant de lancer d'une voix calme :

– Kate va être ennuyée de ne pas avoir été mentionnée.

A bout de patience, elle se releva, et Peter comprit seulement à ce moment-là que ce qu'il avait pris pour de la honte était en fait une profonde irritation.

– Sincèrement, Peter, tout cela est absurde ! Lorsque nous étions sur la Côte d'Azur, tu étais mécontent parce que j'étais trop timide pour enlever le haut de mon maillot de bain, et voilà qu'aujourd'hui tu condamnes Margo de l'avoir fait. Et si ces gens avaient vraiment été ses amis, ils n'auraient sûrement pas donné des interviews, probablement rémunérées d'ailleurs, pour médire d'elle. Et la moitié des femmes que je connais viennent régulièrement s'enivrer au club. Si nous avons décidé de déjeuner au champagne et de nous soûler pour fêter nos retrouvailles, ça ne regarde absolument personne.

– Non seulement tu es aveugle et têtue, mais tu es ridicule. Et l'attitude que tu affiches depuis quelque temps a assez duré.

– De quoi parles-tu ?

Peter heurta le manteau de la cheminée en reposant son verre.

– Tu m'interroges sans cesse, tu ne tiens aucun compte de ce que je veux, tu négliges tes devoirs envers la communauté... Bref, la présence de Margo est une excuse idéale pour continuer à mal te comporter.

– Je n'ai besoin d'aucune excuse.

– Apparemment pas. Je vais donc te dire mon sentiment d'une façon plus claire. Tant que cette fille vivra dans cette maison, j'habiterai ailleurs.

– Est-ce là un ultimatum ? dit lentement Laura en penchant la tête. Parce que ma réponse risque de pas mal te surprendre.

Poussée par une impulsion, Margo entra dans la bibliothèque.

– Bonjour, Peter. Ne t'en fais pas, je suis aussi enchantée de te voir que tu l'es à mon égard.

Avec un sourire cassant, elle se dirigea vers la carafe pour se servir deux doigts de scotch. Histoire d'occuper ses mains.

– Je sais que je vous interromps, mais je m'apprêtais à aller parler à maman.

Elle avala une gorgée pour se donner du courage.

– Tu as l'air d'accepter ton fiasco avec beaucoup de sérénité, remarqua Peter.

– Oh ! tu sais comment je suis. Je nage avec le courant, rétorqua la jeune femme. Je regrette d'avoir raté l'émission dont tu parlais à l'instant. J'espère que ces plans me montrant en train de bronzer étaient flatteurs. Ces énormes téléobjectifs sont parfois terriblement déformants, tu sais.

Tout sourires, elle leva son verre en le regardant.

– Or, toi et moi savons à quel point les apparences sont importantes, n'est-ce pas, Peter ?

Il ne prit pas la peine de dissimuler son mépris. Pour lui, elle était, elle avait toujours été la fille encombrante de la gouvernante.

– Ceux qui espionnent les conversations privées entendent rarement des compliments les concernant.

– C'est tout à fait vrai...

Résolue, Margo termina son verre avant de le reposer.

– Ainsi que tu l'aurais constaté si tu avais entendu ce que je pense de toi. Mais détends-toi. Je venais justement prévenir maman que je dois retourner à Milan.

Laura s'interposa entre eux.

– Voyons, Margo, je ne veux pas que tu t'en ailles.

– Mais si, dit-elle en prenant la main tendue de son amie. J'ai laissé des dizaines de choses en plan. J'avais besoin d'un peu de répit, mais je dois repartir régler mes affaires.

105

Ignorant résolument Peter, Margo serra son amie de toutes ses forces entre ses bras.
— Je t'aime, tu sais.
— Je t'en prie, ne me parle pas ainsi ! s'exclama Laura, les larmes aux yeux. Reviendras-tu ?
Margo haussa les épaules d'un air dégagé, mais l'estomac complètement noué.
— Nous verrons de quel côté le vent souffle... Mais je te ferai signe. Je dois prévenir maman et faire mes bagages.
Elle enlaça son amie une dernière fois et se dirigea vers la porte. N'étant pas certaine d'en avoir à nouveau l'occasion, elle décida d'écouter son instinct et, se retournant, adressa à Peter son sourire le plus sensuel.
— Encore une chose. Tu n'es qu'un imbécile pédant et prétentieux à l'ego démesuré. Tu n'étais pas à la hauteur de Laura lorsqu'elle t'a épousé, tu ne l'es toujours pas et tu ne le seras jamais. Ce doit être terrible pour toi de savoir cela.
En matière de sortie, songea Margo en glissant dignement vers la porte, elle avait été remarquable.

— Je ne m'enfuis pas, insista Margo en emballant ses affaires en toute hâte.
— Tu en es sûre ?
Ann observait sa fille. Toujours pressée de sauter d'un endroit à l'autre, pensa-t-elle.
— Si je le pouvais, je resterais. Je préférerais, mais...
Elle attrapa un pull en cashmere et le jeta en boule au fond de son sac.
— Je ne peux pas, un point c'est tout.
Par habitude, Ann saisit le pull, le replia correctement et le remit en place.
— Tu devrais faire plus attention à tes vêtements. Et à tes amies. Tu abandonnes miss Laura au moment où elle a justement le plus besoin de toi.
— Bon sang, je pars pour lui faciliter la vie !

A bout de patience, Margo rejeta ses cheveux en arrière.

– Tu ne pourrais pas pour une fois reconnaître que je fais ce qu'il faut ? Elle est en train de se disputer en bas avec Peter. A cause de moi. Il l'a menacée de partir si je reste là. C'est clair, il ne veut pas de moi ici.

– Cette maison est celle des Templeton, dit simplement Ann.

– Mais c'est ici qu'il vit. Et Laura est sa femme. Je ne suis que...

– La fille de la gouvernante. C'est curieux, tu ne t'en souviens que lorsque ça t'arrange. Je te demande de rester ici et de lui apporter ton aide.

Oh ! la culpabilité marchait si bien, songea Margo en prenant un chemisier dans la penderie. Comme un chien de Pavlov devant un appât.

– Je suis la cause de tensions entre Laura et son mari, et je refuse qu'elle soit déchirée entre moi et l'homme qu'elle a épousé. Tu sais parfaitement que je l'adore.

– Oui, soupira Ann. Le manque de loyauté n'a jamais été un de tes défauts. Mais je te repète qu'elle a besoin de toi ici. Ses parents sont en Afrique. Ils ne savent pas grand-chose de ce qui se passe dans cette maison, pas plus qu'ils ne sont au courant, je présume, de tes problèmes. Sinon, ils seraient certainement rentrés. Mais puisque tu es là, tu devrais rester. Si seulement tu acceptais pour une fois de m'écouter.

– Je ne peux pas, soupira Margo en esquissant un petit sourire. Kate et Josh sont là pour veiller sur Laura. Tout comme toi. Je dois quitter cette maison pour permettre que tout s'arrange entre elle et Peter. Si c'est ce qu'elle veut. Bien que, à sa place...

Margo s'interrompit en agitant la main d'un geste vague.

– A elle de prendre ses décisions. Moi, j'ai pris celle de rentrer à Milan. J'ai des choses à régler là-bas. Et il faut bien que je reprenne le cours de ma vie.

– Tu vas lui faire de la peine en la quittant, dit doucement Ann.

Et à moi, ajouta-t-elle dans son for intérieur. Ne vois-tu pas la peine que tu me fais en disparaissant une fois de plus ?

– Je lui en ferais aussi en restant. Et, de toute façon, je ne peux pas lui être utile. A Milan, au moins, je vais essayer d'y voir un peu plus clair. J'ai besoin d'argent, et surtout d'un travail.

– Toi, toi...

Ann dévisagea sa fille d'un œil glacé.

– Naturellement, c'est toi d'abord, comme toujours. Je vais t'appeler un taxi.

– Maman...

Bourrelée de remords, Margo fit un pas vers Ann.

– J'essaie de faire de mon mieux. Si c'est une erreur, eh bien, cela en sera une, mais je m'efforce de faire ce que je crois être juste. Tâche au moins de comprendre cela.

– Tout ce que je vois, c'est que tu repars alors que tu viens tout juste de rentrer à la maison.

Et pour tout au revoir, Ann referma la porte de la chambre derrière elle.

6

Margo avait eu le coup de foudre pour Milan dès sa première visite. Paris l'avait éblouie, Rome, impressionnée, et Londres, amusée. Mais Milan, avec ses rues animées et son élégance, avait conquis son cœur.

Elle avait réalisé son rêve d'enfant, voyager, et assouvi l'envie de vagabonder qui était la sienne depuis toujours. Ce qui n'empêchait pas qu'elle avait désiré planter ses racines dans un endroit bien à elle.

Elle avait choisi cet appartement sur un coup de

cœur, elle avait aimé le style de l'immeuble et les ravissantes terrasses qui donnaient sur les flèches du Dôme. Et aussi parce qu'il était à deux pas des élégantes boutiques de Montenapoliane.

Elle était justement sur cette terrasse, sirotant un verre de vin blanc bien frais en regardant le flot des voitures avancer péniblement dans un concert de klaxons. Le soleil se couchait, embrasant l'horizon, et elle regretta de ne pas pouvoir partager ce magnifique spectacle avec quelqu'un.

Finalement, elle avait eu raison. C'était peut-être ce qu'elle avait fait de moins égoïste depuis bien longtemps. Même si Laura avait tenté de la faire changer d'avis jusqu'à ce que le taxi l'emporte, et que Josh se soit contenté de la fixer froidement d'un air accusateur, elle avait le sentiment de s'être conduite comme il le fallait.

Néanmoins, agir bien n'était pas spécialement réconfortant. Elle se sentait terriblement seule. La peur qu'elle avait du présent et de l'avenir n'était rien comparée à la solitude qui était aujourd'hui la sienne.

Elle était rentrée depuis une semaine et n'avait pas répondu une seule fois au téléphone, ni aux messages accumulés sur son répondeur. La plupart émanaient de journalistes ou de relations en mal de potins, avec au milieu quelques rares propositions qu'elle craignait de devoir prendre en considération.

Si elle avait vraiment du courage et du culot, songea-t-elle, elle enfilerait une petite robe noire et irait faire un tour dans un des bars qu'elle avait l'habitude de fréquenter, histoire de voir ce qui se passerait. Peut-être le ferait-elle plus tard, mais, pour le moment, elle avait besoin de panser encore un peu ses plaies.

Les portes de la terrasse, grandes ouvertes, donnaient sur le salon. A l'exception de quelques cadeaux, elle avait choisi elle-même tout ce qui décorait la pièce. Elle n'avait pas voulu d'un professionnel, préférant dénicher elle-même chaque objet, des coussins à la plus petite lampe.

Il reflétait parfaitement ses goûts, pensa-t-elle avec un petit sourire. Eclectiques. Ou plus exactement, éparpillés, corrigea-t-elle. Des porcelaines de Limoges et des verres en cristal taillé s'entassaient dans une vitrine ancienne et sur la malle japonaise qui servait de table basse, trônait un compotier en cristal de Waterford rempli de fruits colorés en verre, soufflé à la main.

Il y avait aussi des lampes Tiffany ou Art déco, et même un gros Bouddha assis qu'elle avait payé une somme astronomique dans une vente aux enchères.

Chacune des trois pièces de l'appartement était remplie d'objets. Une collection d'encriers qu'elle avait commencée et rapidement abandonnée. Des boîtes russes, des presse-papiers, des vases, des bouteilles – tous acquis dans le but d'en faire collection.

L'ensemble donnait une impression de fouillis charmant et original, pensa Margo en s'installant sur le divan profond et confortable. Les peintures étaient bonnes. On lui reconnaissait un certain œil en matière d'art, et les ravissantes scènes de rue alignées sur ses murs faisaient pénétrer le monde entier dans sa demeure.

Son monde. Sa maison. Du moins, pour quelque temps encore, se dit-elle en allumant une cigarette. Car elle n'allait plus pouvoir s'y cacher encore très longtemps.

Peut-être allait-elle accepter la proposition de *Playboy*, histoire de gagner un peu de temps. Le front plissé, elle souffla un nuage de fumée en réfléchissant. Pourquoi pas ? Et pourquoi ne pas vendre sa pathétique histoire aux journalistes qui laissaient quotidiennement des messages sur son répondeur ? Dans les deux cas, elle serait bien payée, mais également mise à nu.

En quoi avoir ne fût-ce qu'un minimum d'orgueil, l'aiderait-il concrètement ?

Quitte à choquer, peut-être ferait-elle mieux d'étaler

tout ce qu'elle possédait dans la rue et d'organiser une vente aux enchères sauvage.

Amusée, elle imagina le désarroi de son portier, à la politesse et aux manières irréprochables, et de ses élégants voisins. En revanche, elle ferait les délices de la presse, toujours à l'affût d'histoires croustillantes.

Rien ne l'empêchait cependant de s'étaler sur deux pages dans un luxueux magazine pour hommes. Et si elle renonçait à son orgueil pour raconter ses ennuis à un journal du dimanche ou de supermarché, qui s'en soucierait ?

Personne n'attendait autre chose venant d'elle. Et elle non plus, pensa-t-elle en écrasant sa cigarette.

Par contre, elle trouvait que vendre ses biens, troquer ce qu'elle possédait contre de l'argent était horriblement... petit-bourgeois.

Il lui fallait pourtant se remuer. Les factures s'entassaient, et elle n'aurait bientôt plus de toit au-dessus de la tête si elle ne disposait pas rapidement d'un gros paquet de lires.

En toute logique, la première étape consisterait vraisemblablement à trouver un bijoutier fiable et discret qui lui achèterait ses diamants. Cela lui permettrait de tenir jusqu'à ce qu'elle ait pris sa décision. En tripotant le saphir carré qui brillait à son doigt, Margo réalisa qu'elle n'avait pas la moindre idée du prix qu'elle l'avait payé.

Etait-ce si important ? Kate avait estimé la valeur de ses bijoux, et c'était ce qu'elle pourrait en tirer qui comptait. Elle se releva d'un bond, se précipita dans sa chambre et ouvrit la serrure du coffre en cèdre posé au pied de son lit, elle commença à en sortir des écrins et des pochettes en tissu. Bientôt, la lumière de la lampe fit scintiller autant de trésors que dans une caverne d'Ali Baba.

Seigneur, possédait-elle vraiment douze montres ? Qu'est-ce qui lui avait pris ? Et qu'est-ce qui l'avait poussée à acheter ce collier somptueux ? Il semblait sortir tout droit d'un épisode de *Star Trek*. Et ces peignes en marcassite ! Alors qu'elle n'en portait jamais...

Elle se détendit un peu quand elle découvrit qu'il y avait des dizaines de bijoux dont elle se séparerait sans aucun regret. Et elle pouvait en vendre suffisamment pour garder la tête hors de l'eau le temps de se retourner.

Maintenant, les vêtements.

Pleine d'énergie, elle se rua vers l'armoire, énorme et remplie de robes, de tailleurs et de vestes. Les chaussures et les sacs étaient alignés sur des étagères, les ceintures et les foulards rangés dans des tiroirs encastrés. Dans le triple miroir encadré de petites ampoules, elle se vit déplacer fiévreusement les cintres.

Il existait des boutiques de vêtements d'occasion spécialisées dans les modèles de stylistes. Elle-même avait acquis son premier sac Fendi dans un magasin de Knightsbridge, il y avait des années de cela. Si on pouvait en acheter d'occasion, cela signifiait par conséquent qu'on pouvait aussi en vendre.

Margo entassa vestes, chemisiers, jupes et pantalons sur son bras et les jeta en vrac sur son lit.

Quand la sonnette d'entrée retentit, elle riait comme une folle, aussi n'y prêta-t-elle pas attention, mais le bourdonnement insistant finit par avoir raison de ce qui lui apparut brusquement comme de l'hystérie. Elle eut un mal fou à retenir son rire, et en dépit de tous ses efforts, elle ne réussit pas à se rappeler les exercices de relaxation appris au cours de yoga.

– Peut-être suis-je en train de m'offrir une dépression nerveuse...

Sa propre voix lui fit l'effet d'être tendue, à bout de nerfs. La sonnette continuait à bourdonner comme un essaim d'abeilles affolées.

– Oui, oui, voilà, j'arrive ! cria-t-elle en trébuchant sur une paire de bottes en daim bleu.

Elle allait voir qui c'était, s'en débarrasser au plus vite, ensuite elle rangerait cette épouvantable pagaille.

Lorsqu'elle découvrit l'homme qui attendait sur le seuil, elle s'exclama :

– Josh...

Pourquoi diable était-il toujours la dernière personne qu'elle s'attendait à voir ?

Il jeta un bref coup d'œil sur ses cheveux en bataille, son visage écarlate et le peignoir qui en glissant découvrait ses épaules. Sa première pensée fut qu'il venait d'interrompre des ébats amoureux.

– Je passais dans le coin...

– Tu es venu exprès pour me surveiller, rétorqua-t-elle en croisant les bras.

– Laura me l'a demandé.

Un charmant sourire flottait sur ses lèvres, mais ses yeux étaient sombres. Qui diable était avec elle ? Qui était caché dans sa chambre ?

– J'avais un petit problème à résoudre ici, je lui ai donc promis que je passerais te voir, précisa-t-il en penchant légèrement la tête. Alors, comment vas-tu ?

– Dis-lui que je vais très bien.

– Tu pourrais le faire toi-même, si tu prenais la peine de répondre de temps à autre au téléphone.

– Va-t'en, Josh.

– Oui, merci, je veux bien entrer un petit moment. Ah non ! malheureusement, je ne peux pas rester longtemps, ajouta-t-il en passant devant elle.

Voyant que la jeune femme ne bougeait toujours pas, il referma la porte.

– Bon, d'accord, mais alors juste un verre.

Seigneur, il était superbe. L'arrogance lui allait aussi bien que sa chemise en lin coupée sur mesure.

– Je pourrais très bien appeler la sécurité et te faire jeter dehors.

Josh éclata d'un rire bref, Margo serra les poings et, tandis qu'il faisait le tour de la pièce, l'observa avec attention en se demandant si le gentil petit Marco qui gardait la porte de l'immeuble parviendrait à le mordre plus haut qu'à la cheville.

– Cette huile des *Marches espagnoles* n'était pas ici la dernière fois que je suis venu, remarqua-t-il en contemplant la peinture avec une pointe d'envie. Elle n'est pas mal. Je te propose six mille cinq cents pour l'aquarelle du *Quartier français*.

La jeune femme haussa un sourcil.

– Tu augmentes de cinq cents à chaque fois que tu me fais une offre. Mais je ne la vends toujours pas.

Cette aquarelle aurait été parfaite dans le *Templeton* de la New Orleans. Il décida d'ignorer son refus. Tôt ou tard, il lui rachèterait la toile. Il soupesa un presse-papiers, une boule d'un blanc givré dans laquelle nageaient des formes blanches irisées. Il la fit passer lentement d'une main à l'autre et ne manqua pas de remarquer que Margo n'arrêtait pas de jeter des coups d'œil furtifs vers la chambre.

– Quelque chose te préoccupe, Josh ?

En proie à une soudaine envie de meurtre, il sourit néanmoins le plus aimablement du monde.

– J'ai faim. Tu n'aurais pas quelque chose à manger ?
– Il y a une excellente trattoria juste au bout de la rue.
– Parfait, nous irons tout à l'heure, mais je prendrais volontiers un peu de vin et de fromage. Ne te dérange pas, ajouta-t-il en constatant qu'elle n'avait nullement l'intention de bouger. Je fais comme chez moi.

Le presse-papiers toujours à la main, il se dirigea vers la chambre.

– La cuisine est de l'autre côté, s'empressa de jeter Margo, affolée.

Josh afficha un grand sourire. Il savait parfaitement où elle se trouvait. Il connaissait l'appartement comme sa poche, et le type qui était dans son lit n'allait pas tarder à apprendre que Joshua Templeton avait la priorité.

– Bon, je vais te chercher un verre de vin, mais n'entre pas dans...

Trop tard... Margo poussa un soupir et, le voyant se figer sur le seuil, le rejoignit.

Elle-même avait du mal à y croire. Les vêtements étaient entassés en un flot continu de l'armoire au lit dans un mélange de paillettes, jean, cashmere et coton. Les bijoux éparpillés s'étalaient en un lac miroitant sur le tapis. Le spectacle faisait penser à une enfant capricieuse qui aurait tout dévasté dans une crise de colère. La remarque de Josh fut toutefois plus pertinente :

– On dirait que Cartier et Armani se sont fait la guerre !

Une soudaine envie de rire lui chatouilla la gorge. En cherchant à se retenir, elle se mit à bégayer affreusement.

– J'étais justement... en train de... de ranger un peu.

Le regard éberlué qu'il lui lança lui fit perdre instantanément son contrôle. Les deux mains sur le ventre, elle tituba jusqu'au coffre et se laissa tomber dessus en riant aux éclats.

– Joshua ! parvint-elle à articuler entre deux hoquets. Tu es le seul homme que je connaisse qui soit capable devant un tel fouillis de ne pas s'enfuir à toutes jambes !

Ce dont elle lui savait infiniment gré. Elle tendit une main pour l'inviter à s'asseoir à côté d'elle.

– J'ai un peu craqué, dit-elle en posant la tête contre son épaule. Mais je crois que c'est passé.

L'enlaçant, il examina le chaos.

– Tout cela est à toi ?

– Oui, et il y a une seconde armoire dans l'autre pièce. Elle est pleine à craquer.

– Naturellement...

Il déposa un baiser sur son front et fronça les sourcils en apercevant les bijoux.

– Duchesse, combien de paires de boucles d'oreilles penses-tu avoir ?

– Je n'en ai pas la moindre idée. C'est comme les orgasmes. On n'en a jamais assez.

– J'avoue que je n'avais jamais envisagé la chose sous cet angle.

– Evidemment, puisque tu es un homme, fit-elle en lui donnant une tape amicale sur le genou. Bon, si j'allais chercher ce vin ?

Sous son peignoir, elle ne portait absolument rien, et il commençait à avoir des fourmis au bout des doigts, au contact de la soie fine.

– Je m'en charge.

Garder ses distances était indispensable. Qu'il perde la tête était certainement ce dont elle avait le moins besoin.

– La cuisine est...

– Je sais où elle est, coupa-t-il en lui décochant un grand sourire. J'espérais surprendre ton amant.

– Je n'en ai pas actuellement.

– C'est reposant, non ?

Il s'éloigna, certain de lui laisser de quoi ruminer. Lorsqu'il revint, ravi d'avoir trouvé un excellent Barola, il la retrouva agenouillée par terre, elle rangeait avec soin les bijoux dans leurs boîtes respectives.

La soie fine avait une fois de plus glissé. Josh fut tenté un instant de remettre en place le déshabillé avec un double nœud à la ceinture pour l'empêcher de dénuder sa peau de manière si provocante.

Au même moment, Margo se releva, et il ne put s'empêcher de détailler ses longues cuisses fuselées. Tout son corps se contracta.

Le pire était qu'elle ne faisait rien de spécial pour l'aguicher. Si cela avait été le cas, il aurait pu, sans regret, la jeter sur le lit et la prendre sauvagement.

Mais ne pas avoir conscience de la sexualité qu'elle dégageait était typique de Margo.

Elle prit le verre qu'il lui tendait en souriant.

– Je suppose que je dois te remercier pour avoir interrompu cette crise de folie.

– Et si tu me racontais comment elle a commencé ?

– Oh ! à cause d'une idée stupide, répondit-elle en

ouvrant la porte-fenêtre de la chambre qui donnait sur la terrasse.

L'air de la nuit était chargé de mille parfums, elle les respira avidement avant d'avaler une gorgée de vin.

— J'adore Milan. Presque autant que...
— Que ?

Agacée contre elle-même, Margo secoua la tête.

— Peu importe. J'aimerais continuer à vivre ici, avec si possible un minimum de confort. Revenir à Templeton House n'est pas une solution.

— Tu ne vas quand même pas te laisser intimider par Peter ?

— Je me fiche éperdument de Peter Ridgeway, mais je n'ai pas envie de compliquer l'existence de Laura.

— Laura se débrouille très bien. Elle ne se laisse plus faire par Peter comme avant. Si tu avais pris la peine de rester un peu plus longtemps à la maison, tu l'aurais constaté par toi-même.

Sentant le duvet de sa nuque se hérisser, Margo s'efforça de garder son calme.

— Sans compter qu'elle doit se faire du souci pour son mariage. Pour je ne sais quelle raison ridicule, le mariage lui semble important. Je ne comprends pas pourquoi elle tient tellement à être liée à un homme, surtout à un type aussi bête et prétentieux que Peter.

Josh but une goutte de vin d'un air songeur.

— N'avais-tu pas l'intention d'épouser Alain, ce trafiquant de drogue rusé et menteur ?

Margo se drapa dans sa dignité.

— Je ne savais pas que c'était un trafiquant.
— Seulement que c'était un fieffé menteur.
— Bon, d'accord. Disons que cette expérience m'a fait changer d'avis et qu'aujourd'hui j'ai une véritable aversion pour cette institution. Il n'en demeure pas moins que Laura est mariée et je ne veux pas lui rendre les choses plus difficiles.

— Cette maison est aussi la tienne, Margo.

Son cœur se gonfla de tendresse.

— Ça, Peter ne peut rien y changer. Mais revenir chez soi n'est pas toujours souhaitable. Et puis, ici, j'ai été heureuse et je peux l'être à nouveau.

Josh s'approcha légèrement pour lire ce qu'il y avait au fond de ses yeux.

— Kate m'a dit que tu envisageais de vendre ton appartement.

Ce qu'il y avait dans son regard n'était pas très dur à déchiffrer. C'était de l'agacement pur et simple.

— Kate parle trop.

Margo se retourna pour admirer les toits nimbés d'une lumière dorée. Il la fit pivoter sur elle-même.

— Elle s'inquiète pour toi. Tout comme moi.

— Il ne faut pas. Je travaille sur un projet.

— Si je t'emmenais dîner ? Comme ça, tu pourrais m'en parler.

— Je ne suis pas certaine de vouloir déjà en discuter, par contre, je veux bien manger. Mais nous ne sommes pas obligés de sortir. On peut commander des plats à la trattoria et se les faire livrer.

— Ce qui t'évitera de rencontrer une personne de ta connaissance, conclut-il en secouant la tête. Allons, ne sois pas lâche.

— Et si ça me plaît ?

— Tu ferais mieux de t'habiller...

Délibérément, il laissa courir son doigt sur son épaule nue et remonta vers le cou, il vit son regard s'assombrir.

— Parce que là, vois-tu, tu cherches les ennuis.

Elle faillit réajuster son peignoir, mais se figea en sentant sa peau picoter de façon bizarre.

— Oh ! tu m'as déjà vue toute nue.

— Tu avais dix ans, dit-il en ramenant le vêtement sur son épaule. Ça ne compte pas.

Pour la mettre à l'épreuve, il attrapa sa ceinture et la tira tout doucement.

— Tu veux en prendre le risque, Margo ?

Subitement, d'une manière aussi fascinante qu'inattendue, une atmosphère étrange envahit la pièce. Margo recula d'un pas en jetant :

– Je vais passer une robe.

– Voilà une décision raisonnable.

Toutefois, lorsqu'il referma la porte de la chambre derrière lui, ce n'était pas raisonnable qu'elle se sentit, mais profondément remuée.

Il avait agi ainsi pour la pousser à sortir. Telle fut la conclusion à laquelle en arriva Margo, estimant que c'était à la fois la plus simple et la plus sage. Et qui se confirma lorsqu'ils furent installés dans le petit restaurant animé et que Josh attaqua son assiette de champignons crus avec enthousiasme.

– Goûte cela, dit-il en lui tendant un champignon mariné. Personne ne prépare les légumes comme les Italiens.

– Et tout le reste, répliqua-t-elle en jouant avec sa salade de tomates et de mozzarella.

Elle était tellement habituée à ne jamais s'autoriser de vrais repas que manger de bon cœur lui paraissait à la limite du péché.

– Tu as besoin de prendre deux ou trois kilos. Ou même cinq, ça ne te ferait pas de mal.

– Avec cinq kilos de plus, il faudrait renouveler entièrement ma garde-robe, et cela me coûterait une fortune.

– Allons, mange. Vis dangereusement.

– A propos, lança-t-elle en mordillant un bout de fromage, je voudrais ton avis : j'ai eu plusieurs propositions intéressantes, la plus rentable et la plus simple étant de poser pour *Playboy*.

Le regard de Josh se fit si dur qu'elle s'étonna de ne pas voir des étincelles en jaillir.

– Je vois.

– Tu sais, j'ai déjà posé nue, ou presque. En Europe, les magazines ne sont pas aussi puritains qu'en Amérique.

– Parce que tu considères qu'une photo artistique dans le *Vogue* italien revient au même qu'une double page centrale dans un journal pour hommes ?

Des pensées de meurtre lui traversèrent l'esprit, lui donnant l'impression ridicule d'endosser le rôle de l'amant bafoué.

Margo se sentit terriblement stupide.

– C'est le même corps, argua-t-elle pour se justifier. Ce que je veux dire, c'est que j'ai été souvent photographiée plus ou moins habillée. Il s'agit seulement d'aller un peu plus loin. En tout cas, cela me permettrait de mettre un peu de distance entre mes créanciers et moi. Avec la somme qu'on me propose, je pourrais retomber sur mes pieds. Enfin, au moins sur un des deux.

Il continuait à la regarder fixement. Un serveur laissa tomber un plateau chargé d'assiettes dans un vacarme épouvantable, mais Josh ne cilla même pas.

– Et tu me demandes de jeter un coup d'œil sur cette proposition ?

Telle avait effectivement été son intention, mais le ton cassant avec lequel il posa la question la fit changer d'avis.

– Non, je voulais simplement te faire part des possibilités qui s'offrent à moi.

– C'est vraiment ça que tu as envie d'être, Margo ? Un fantasme pour adolescents aux mains moites ? La pin-up du mois qu'on placarde dans les garages ? Un support visuel dans les cliniques de sperme ?

– Je trouve cette comparaison de très mauvais goût.

– De très mauvais goût ? hurla Josh, faisant se retourner plusieurs clients.

– Inutile de crier, chuchota Margo dans un souffle. De toute façon, tu n'as jamais eu aucun respect pour mon travail. Je me demande bien pourquoi je m'attendais à un commentaire sensé de ta part.

– Tu en veux un ? Parfait. Vas-y, duchesse, fonce. Prends l'oseille et tire-toi. Et ne te soucie surtout pas de l'embarras dans lequel tu risques de mettre ta famille. Pourquoi te donner cette peine ? Si des gens ricanent lorsque ta mère fera la queue au supermarché ou si des gosses se moquent d'Ali à l'école, ce n'est pas ton problème. Contente-toi de demander le prix fort.

– Ça suffit, dit-elle doucement.

– Ah oui ? Je commence tout juste à m'échauffer.

– J'ai dit que c'était une proposition, je n'ai pas dit que j'allais l'accepter.

Elle se frotta la tempe pour lutter contre le mal de tête qui la gagnait.

– Et puis, il ne s'agit après tout que d'un corps. Du mien.

– Tu n'es pas seule au monde. J'espérais que tu avais fini par comprendre que ce que tu fais peut rejaillir sur ceux qui t'aiment.

– Figure-toi que je le sais, fit-elle d'un air las. Et si j'en juge par ta réaction, il est clair que ça ne se passe pas très bien.

Peu à peu, Josh parvint à ravaler sa colère et observa Margo attentivement.

– C'était le but de la manœuvre ? Tu voulais voir quelle serait ma réaction ?

Elle esquissa un sourire.

– Oui. Ce qui, manifestement, était une fort mauvaise idée, soupira-t-elle en repoussant son assiette. Bon, poursuivons. Pas la peine de s'attarder sur la proposition du producteur allemand qui m'offre une montagne de marks si j'accepte de figurer dans son prochain film pour adultes avertis.

– Margo, pour l'amour du ciel...

– Je viens de dire que ce n'était pas la peine. Dis-moi, comment procèdes-tu lorsque tu décides de redécorer un hôtel ?

– C'est ce qui s'appelle passer du coq à l'âne. Nous allons commander la suite, avant de poursuivre cette conversation.

Il fit signe au garçon et commanda des tagliolini pour lui et un risotto pour Margo.

— Margo chérie, si tu m'expliquais où tu veux en venir. Tu as besoin de conseils en matière de décoration ?

— Non, bien sûr que non. Je suis simplement curieuse de savoir ce que deviennent les meubles lorsque vous refaites les chambres.

— Tu as besoin de mobilier ?

— Josh, réponds à ma question. Qu'en faites-vous lorsque vous décidez de changer le décor ?

— Eh bien, cela arrive assez rarement dans nos hôtels les plus connus, car notre clientèle apprécie la tradition.

Quelle idée s'était-elle donc mise en tête ?

— Néanmoins, lorsque nous achetons un établissement, nous le redécorons généralement dans le style Templeton, en nous inspirant de la couleur locale. Nous gardons ce qui nous correspond et écoulons le reste dans des ventes aux enchères, où nos décorateurs trouvent souvent ce que nous recherchons par ailleurs. Nous achetons également des meubles chez des antiquaires ou lors des règlements de succession.

— Une vente aux enchères, murmura-t-elle. C'est ce qu'il y a de mieux. Et de plus simple. C'est un peu comme les dépôts-ventes. Certaines personnes accordent plus de valeur aux choses qui ont vécu.

Elle adressa un sourire éblouissant au serveur qui faillit en lâcher les assiettes.

— *Grazie, Mario. Ho molta fame.*

— *Prego, signorina. Mia piacere. Buona appetite.*

Il s'éloigna de la table en faisant une longue courbette, évitant de justesse un de ses collègues.

— Ton italien est parfait, remarqua Josh sèchement. Tu n'as même pas besoin de mots pour l'exprimer.

— C'est un amour. Il a une femme adorable qui lui fait cadeau d'une nouvelle *bambina* tous les ans. Et il ne plonge jamais dans mon corsage.

Elle marqua une petite pause.

– Enfin, presque jamais. Bien, nous parlions des dépots-ventes.
– Ah bon ?
– Oui. Quel pourcentage de la valeur des objets reçoit-on habituellement ?
– Ça dépend de plusieurs facteurs.
– Lesquels ?

Estimant avoir été suffisamment patient, il secoua la tête.

– Non, dis-moi d'abord, pourquoi toutes ces questions ?
– Je voudrais liquider mes biens. Je collectionne des tas d'objets divers depuis dix ans, et je pourrais me débarrasser d'une partie. Mon appartement est beaucoup trop encombré. Par ailleurs, je n'ai jamais pris la peine de trier ma garde-robe. Comme j'ai du temps libre, je me disais que...

Elle ne termina pas sa phrase. Il n'avait pas ouvert la bouche, mais elle savait que, connaissant son orgueil, il devait être médusé.

– J'ai besoin d'argent, dit-elle platement. Ce serait idiot de prétendre le contraire. Kate pense qu'une liquidation est la meilleure solution. Et puisque je ne peux pas accepter l'offre de *Playboy*...

Elle esquissa un sourire.

– Tu refuses mon appui financier, mais crois-tu que je vais rester les bras croisés pendant que tu vends tes chaussures pour pouvoir manger.
– Et mes sacs, et mes boîtes, et mes chandeliers...

Pas question de le laisser s'apitoyer sur elle. Elle ne laisserait personne le faire.

– Apparemment, je vais avoir quelques difficultés à vendre mon image avant longtemps, et je n'ai pas l'intention d'utiliser mon corps, par conséquent il ne me reste plus que cette solution.

Elle ne voulait pas de sa compassion, c'était clair. Aussi ne lui en offrirait-il aucune.

– C'est ce que tu faisais lorsque je suis arrivé, un inventaire ?

– Oui, de manière impulsive et plus ou moins hystérique. Mais je suis à présent calme et rationnelle, et je me dis que l'idée de Kate n'est pas dépourvue d'intérêt.

Elle posa sa main sur la sienne.

– Josh, la dernière fois que nous nous sommes vus, tu m'as demandé si j'avais besoin d'aide. Eh bien, la réponse est oui.

Il regarda sa main, sa peau d'un blanc crémeux où brillaient des saphirs et des diamants.

– Que dois-je faire ?

– Tout d'abord, que tout cela pour l'instant reste entre nous.

Il retourna sa main et enlaça ses doigts.

– D'accord. Mais encore ?

– En m'aidant à trouver où et comment vendre tout ce que je possède et à en tirer le meilleur prix. Je n'ai jamais très bien su gérer mon argent, pas plus que ma vie, et je ne veux pas échouer parce que je ne serais pas sûre de la valeur de ce que je mets en vente ou que je serais trop pressée.

De sa main libre, Josh prit un verre de vin, il avait besoin de réfléchir, pas seulement à sa requête mais à ce qu'elle signifiait, et à ce qu'il pouvait faire.

– Si tu es sûre que c'est vraiment ce que tu veux...

– J'en suis sûre et certaine.

– Tu as plusieurs solutions. Tu peux t'adresser à un intermédiaire. Je connais une agence à Milan tout à fait digne de confiance. Ils viendront évaluer ce que tu auras sélectionné et te donneront quarante pour cent du prix global.

– Quarante ? Mais c'est une misère !

– En fait, c'est supérieur à la moyenne, mais nous faisons pas mal d'affaires avec eux et ils te feront les mêmes conditions qu'à nous.

– Et... les autres possibilités ?

– Tu pourrais essayer d'organiser une vente aux

enchères. En contactant un commissaire-priseur, des antiquaires et des boutiques de collectionneurs et voir ce que tu peux espérer en retirer.

Sans la quitter des yeux, il se pencha vers elle.

– Mais, à mon avis, tu ferais mieux de t'en occuper toi-même.

– Pardon ?

– Qu'as-tu fait pendant dix ans sinon vendre des produits en utilisant ton image.

L'air perplexe, elle se cala contre le dossier de sa chaise.

– Je ne comprends plus. Tu viens de me faire une scène pour cette même raison.

– Tu n'as pas compris. Ouvre une boutique et remplis-la avec tout ce que tu possèdes. Fais de la publicité. Parles-en autour de toi.

– Ouvrir une boutique ? s'esclaffa-t-elle en prenant son verre. Je ne peux pas faire cela !

– Et pourquoi ?

– Parce que je... je n'en sais rien, murmura-t-elle en reposant précipitamment son verre. J'ai dû boire trop de vin.

– Ton appartement ressemble déjà à un grand magasin en modèle réduit.

– Il y a des dizaines de raisons pour que ça ne marche pas. Je n'y connais absolument rien en gestion, ni en comptabilité.

– Apprends.

– Et puis il y a des taxes, des impôts... des cotisations, un loyer...

Sidérée, Margo tripotait nerveusement la chaîne qu'elle portait autour du cou.

– Je suis en train d'essayer d'éliminer les factures, Josh, pas d'en accumuler davantage. Sans compter que je n'ai pas un sou.

– Ce qu'il faut, c'est un investisseur, qui t'apporte la mise de départ.

125

– Et tu connais une personne qui serait assez stupide pour accepter ?

Josh leva son verre.

– Moi.

7

Margo passa une partie de la nuit à retourner l'idée dans tous les sens, en recensant toutes les objections sensées qui auraient dû lui venir à l'esprit.

C'était une idée ridicule. Imprudente et stupide. Or, elle avait justement décidé de cesser d'être ridicule, imprudente et stupide.

Quand elle en eut assez de s'agiter, elle se leva pour faire les cent pas. Josh ne devait pas en savoir beaucoup plus long qu'elle dans ce domaine, sinon il ne lui aurait jamais suggéré un projet aussi grotesque.

D'autant qu'elle n'avait rien d'une vendeuse ! Aimer ce qui est beau signifiait uniquement avoir des goûts de luxe, pas qu'on pouvait s'improviser commerçante du jour au lendemain ! Représenter Bella Donna et encourager un touriste à sortir ses traveller's checks pour acheter un poisson de Daum étaient deux choses complètement différentes !

Au début, elle aurait certainement des visiteurs. Par curiosité, et pour le plaisir de voir la célèbre Margo Sullivan contrainte de brader ses biens. Des dames plusieurs fois liftées pourraient montrer dans leur vitrine la carafe ancienne rachetée à cet ancien mannequin, cette pauvre fille tombée si bas.

Margo serra les dents. Et alors leur argent atterrirait dans sa poche, non !

Non, c'était impossible. Lancer une affaire était trop compliqué, et la conserver serait au-dessus de ses forces. Elle ne ferait que courir à l'échec.

Lâche.

— Ferme-la, Josh. Ce n'est pas toi qui te casseras la figure. Tu ne risques que ton argent.

De toute façon, elle ne voulait pas de son appui financier. Avoir une dette envers lui était plus que sa fierté ne pouvait tolérer. Et même si elle parvenait à ravaler son fichu orgueil, elle ne supporterait certainement pas de travailler avec lui. Il débarquerait à tout moment pour les surveiller, elle, et son investissement.

Et pour la regarder avec cette façon spéciale qu'il avait de le faire. En avait-il toujours été ainsi ? Ou venait-elle seulement de s'en apercevoir ? Elle savait reconnaître le désir dans les yeux d'un homme. Elle l'avait souvent surpris. Mais il n'y avait aucune raison que sa bouche s'assèche et que son pouls s'accélère parce que c'était Josh.

Son imagination devait lui jouer un tour. Probablement parce qu'elle était en manque d'affection. Elle se sentait si seule qu'elle avait pris la gentillesse et la sollicitude d'un vieil ami pour du désir. Voilà tout.

Oui, c'était sûrement cela.

Par contre, elle n'avait pas pu se tromper sur sa propre réaction lorsqu'il avait effleuré sa peau. L'espace d'un instant, elle avait souhaité que ses doigts s'aventurent plus loin, écartent les pans de son peignoir, caressent ses seins et...

Et elle devait vraiment être en train de devenir folle pour fantasmer sur Joshua Templeton !

C'était un ami, il faisait en quelque sorte partie de sa famille. Et pour l'instant, il était le cadet de ses soucis.

Mieux valait se concentrer sur des faits pratiques. A la suite de son aventure avec Alain, elle avait décidé que le sexe, l'amour, même l'ombre d'une liaison étaient à fuir comme la peste. Le plus raisonnable était d'appeler Josh dès le lendemain pour lui demander le nom de l'agent qu'il avait mentionné. Elle se débarrasserait de tout ce qui n'était pas indispensable, prendrait les quarante pour cent qu'on lui donnerait et verrait bien ce qui se passerait.

Elle bazarderait également sa voiture. Et ses fourrures. De même qu'elle renoncerait à ses deux rendez-vous par mois chez Sergio Valente à Rome et aux deux cures de thalassothérapie par an en France. Finies les balades à Montenapoliane pour dépenser des sommes folles chez Valentino et Armani !

Elle se débrouillerait avec ce qu'elle avait, enfin, avec ce qui lui resterait, et trouverait du travail.

Que Josh aille au diable pour l'avoir rendue honteuse d'avoir songé à décrocher des milliers de dollars en posant pour une innocente photo !

D'ailleurs, à quoi cette boutique aurait-elle ressemblé ? ne put-elle s'empêcher de se demander à nouveau. Les gens ne s'attendaient pas à trouver dans le même espace un sac Gucci et un oiseau de verre. Ce ne serait ni un magasin de vêtements, ni d'antiquités, ni de maroquinerie, rien qu'un fatras déroutant et indescriptible.

Ce serait un endroit unique.

Sa boutique à elle.

Et soudain, la jeune femme se mit à l'imaginer. Les étagères seraient bourrées d'objets élégants aussi raffinés qu'inutiles. Des bijoux scintilleraient dans les vitrines. Il y aurait des tables, des fauteuils et des sofas. Et une pièce réservée aux vêtements où l'on pourrait se promener comme dans une immense armoire. Dans un coin seraient proposées des tasses de thé et des coupes de champagne. La porcelaine et le cristal seraient également à vendre.

Ça pouvait fonctionner. Non seulement ça pouvait marcher, mais ce serait amusant. Une nouvelle aventure. Au diable les détails assommants et la raison ! D'une façon ou d'une autre, elle se débrouillerait.

En riant, Margo se précipita dans la chambre et commença à entasser les vêtements, dans la pénombre.

Josh rêvait, et c'était très agréable. Il respirait son parfum, une odeur entêtante qui semblait émaner par tous les pores de sa peau. Elle murmurait son nom et soupirait pendant qu'il caressait ses mains. Seigneur, sa peau était douce comme du satin, lisse, blanche, et ce corps somptueux de déesse se collait contre lui.

Il s'arc-bouta, tremblant, et...

– Oh, pour l'amour du ciel !...

Il ouvrit les yeux dans l'obscurité. Il aurait juré qu'on venait de le pincer à l'épaule. Et que le parfum de Margo flottait dans la pièce.

– Pardon. Tu dormais comme un loir.

– Margo ? Tu es folle ? Quelle heure est-il ? Et que fais-tu ici ? Bon sang...

Soudain la lumière l'éblouit violemment.

– Eteins ça tout de suite ou je te tue !

– J'avais oublié combien tu étais aimable au réveil.

Trop joyeuse pour se vexer, Margo éteignit et entrouvrit les rideaux derrière lesquels l'aube commençait à pointer.

– Maintenant, pour répondre à tes questions, il se peut que je sois folle, le soleil est levé depuis un quart d'heure et je veux te remercier.

En le voyant fixer les boiseries du plafond d'un air hébété, elle sourit. Les draps en lin étaient entortillés à la courtepointe en satin bleu vif et la tête de lit s'ornait de chérubins et de fruits dorés en bois sculpté. Mais, au lieu d'avoir l'air ridicule au milieu de tout ce décorum, Josh était absolument parfait.

– Tu es mignon comme tout, avec tes yeux bouffis de sommeil et ton air grincheux, et cette barbe de plusieurs jours est très sexy.

Elle se pencha pour toucher sa joue et poussa un cri quand il la fit basculer sur le lit. Avant d'avoir eu le temps de dire ouf, elle se retrouva clouée sous son corps ferme et viril... et parfaitement réveillé.

Cette fois, il ne pouvait s'agir de son imagination. Instinctivement, la jeune femme plaqua ses hanches contre les siennes. Et ses yeux se voilèrent. Mais son instinct la poussa à le bourrer de coups de poing.

– Je ne suis pas là pour lutter avec toi.

– Alors, pourquoi m'as-tu réveillé et comment as-tu réussi à entrer ici ?

– En bas, on me connaît...

Seigneur, elle n'arrivait plus à respirer et elle tremblait.

– J'ai seulement prétendu que tu m'attendais, que tu risquais d'être sous la douche et... le réceptionniste m'a donné la clé.

Le regard de Josh, qui s'attardait sur sa bouche, lui fit l'effet d'une brûlure.

– Ecoute, j'ai visiblement interrompu un rêve très agréable, par conséquent je peux attendre dans le salon que tu...

Elle ne termina pas sa phrase, décidant qu'il valait mieux ne pas l'agacer, lorsque Josh l'agrippa par le poignet.

– Que je quoi ?

– Je n'en sais rien...

Sa bouche était proche de la sienne. Avide de la mordre.

– Je voulais te parler, mais j'aurais apparemment dû choisir un autre moment.

– Tu trembles, murmura-t-il.

Ses yeux étaient légèrement cernés par le manque de sommeil, ses cheveux, longs et magnifiques, s'éparpillaient sur le lit défait.

– Nerveuse ?

Elle percevait sa propre respiration haletante, qui elle le savait pertinemment, trahissait son désir.

– Pas exactement.

Il baissa la tête et mordilla délicatement sa joue. Lorsqu'elle laissa échapper un gémissement, il espéra qu'il lui faisait aussi mal que lui avait souffert pendant toutes ces nuits où il avait brûlé de désir pour elle.

– Curieuse ?

— Oui.

Quand ses lèvres remontèrent à son oreille, Margo ferma les yeux de plaisir.

— Tu ne t'es jamais demandé pourquoi nous ne nous sommes pas retrouvés dans cette position plus tôt ?

Elle avait de plus en plus de mal à rassembler ses idées, la bouche de Josh descendit sur son cou.

— Ça m'est arrivé... une fois ou deux.

La lumière du soleil levant auréolait ses cheveux ébouriffés, il avait l'air dangereusement, délicieusement, merveilleusement viril.

— Non.

Margo fut surprise par sa propre réaction alors que tout son être mourait d'envie de bien plus encore.

— Non quoi ?

— Ne m'embrasse pas, fit-elle dans un souffle. Si tu le fais, nous allons nous retrouver en train de faire l'amour. Et je suis suffisamment perturbée pour m'abandonner en me fichant de ce qui pourrait arriver pendant une heure au moins.

Il déposa un léger baiser sur sa tempe, puis effleura le coin de sa bouche.

— Ça risque de durer plus longtemps. Beaucoup plus.

— Arrête, je t'en prie, Josh... il y a quelques heures à peine, tu... tu m'expliquais combien toutes mes actions affectaient mon entourage.

— Et, crois-moi, je suis profondément affecté, murmura-t-il.

Margo sentit son cœur bourdonner jusque dans ses oreilles.

— Je ne peux pas me permettre de gâcher une autre partie de ma vie. J'ai besoin que tu sois mon ami.

Il poussa un juron et roula à l'autre bout du lit.

— Ne te vexe pas, Margo, mais va te faire voir.

— Je ne suis pas vexée.

Elle resta immobile, certaine que si l'un d'eux osait un seul geste, ils s'embraseraient d'une manière fulgurante. Un long moment, ils restèrent allongés, silencieux, osant à peine respirer.

– Tu sais, je nous épargne à tous les deux pas mal d'ennuis.

Il la regarda droit dans les yeux.

– Tu ne fais que retarder l'inévitable. Nous recommencerons.

– J'ai pour habitude de choisir moi-même mes partenaires.

La saisissant par les poignets, il l'attira contre lui.

– Si tu tiens vraiment à être prudente, duchesse, tu ferais bien de t'abstenir de me jeter tes amants à la figure. Le moment est mal choisi.

C'était exactement le genre de remarque dont Margo avait besoin pour briser le charme. Elle redressa fièrement le menton.

– Inutile d'insister, Josh. Si j'ai envie de jouer à ce petit jeu, je te le ferai savoir.

Elle nota son changement d'expression et lui lança un regard foudroyant.

– Essaie, et je t'écorche vif. Tu n'es pas le premier homme à s'imaginer qu'il lui suffit de m'étendre sur le dos pour que je ressente du plaisir.

Il la relâcha, considérant que c'était plus sage que de l'étrangler.

– Je te prierai de ne pas me comparer aux lavettes et aux demi-portions avec qui tu as perdu ton temps.

Sachant que sa colère pouvait éclater d'une seconde à l'autre, Margo s'empressa de se lever.

– Je ne suis pas venue avec l'intention de me rouler dans les draps avec toi, ni de me disputer. Je suis là pour parler affaires.

– La prochaine fois, prends rendez-vous...

Et sans se soucier le moins du monde de sa présence, il rabattit les draps. Elle le suivit des yeux sans sourciller lorsqu'il se dirigea vers la salle de bains, nu comme un ver.

– Puisque tu es là, commande-nous donc un petit déjeuner.

En entendant l'eau couler elle poussa un long soupir de soulagement. Encore une minute, et elle l'aurait dévoré tout cru. C'était une chance qu'elle leur ait évité, à tous deux, de commettre une regrettable erreur.

Toutefois, en regardant le lit, elle ne trouva plus que c'était une chance. Elle se sentit tout simplement frustrée.

Pendant que Josh s'habillait, Margo prit une tasse de café en grignotant un morceau de croissant dans le coin réservé aux repas, devant la fenêtre. Elle se détendit un peu en admirant la vue magnifique sur la place, les statues et les chevaux ailés en marbre blanc.

Comme toutes les chambres des hôtels Templeton, elle jouissait d'un intérieur aussi somptueux que l'était le panorama. Le style Art nouveau avait juste ce qu'il fallait de rare pour arracher des soupirs aux clients les plus blasés. Margo soupira.

Pour les Templeton, le style allait de pair avec l'efficacité. Il suffisait d'appuyer sur une touche du téléphone blanc aux lignes élégantes installé dans chaque pièce de la suite pour obtenir des serviettes propres, des places pour *La Scala* ou une bouteille de champagne dans un seau en argent. Il y avait toujours une corbeille de fruits sur la table basse, les raisins étaient parfaitement mûrs et les pommes brillantes à souhait. Derrière le bar, le mini-Frigidaire était rempli de scotch pur malt, de chocolats suisses et de fromages français.

Les fleurs, qui abondaient dans la salle de bains comme dans le dressing-room, étaient toujours fraîches, et l'eau changée quotidiennement par un employé compétent et aimable.

Margo respira la rose rouge qui décorait la table du petit déjeuner. Sa tige était longue, elle sentait bon et venait tout juste de s'ouvrir. En un mot, parfaite, songea-t-elle. Comme on pouvait l'attendre de tout ce qui était associé au nom des Templeton.

Et cela s'appliquait également à l'héritier Templeton, pensa-t-elle en voyant revenir Josh.

Se sentant légèrement coupable de l'avoir sorti du lit à l'aube, elle lui servit une tasse de café et ajouta une généreuse cuillerée de crème, comme il l'aimait.

– Le service du *Templeton* de Milan est toujours le meilleur de la ville. Ainsi que son café.

Lorsqu'il la rejoignit, elle lui tendit la tasse.

– Je prendrai soin de faire part de tes commentaires au directeur – dès que je l'aurai fichu à la porte pour t'avoir laissée entrer ici.

– Allons, Josh, arrête d'être bougon...

Elle lui décocha son sourire le plus persuasif, et fut un tout petit peu irritée de constater que cela ne changeait rien.

– Je suis désolée de t'avoir réveillé si tôt. Je ne me suis pas rendu compte de l'heure qu'il était.

– Ne pas penser est une des choses que tu sais le mieux faire.

Elle piqua une framboise et la lui fourra dans la bouche.

– Je n'ai pas envie de me disputer avec toi, mais je n'ai pas l'intention non plus de m'excuser de ne pas vouloir coucher avec toi, uniquement parce que tu es blessé dans ton ego.

Le sourire qu'il lui adressa était coupant comme un scalpel.

– Duchesse, si je t'avais arraché tes vêtements, non seulement tu aurais dû t'excuser, mais tu m'aurais remercié à genoux.

– Oh ! je vois, je me suis trompée. Ton ego n'est pas atteint, il est douloureusement enflé. Très bien, Joshua, mettons les choses au point.

Elle se pencha vers lui avec un air déterminé.

– J'aime le sexe. Je trouve que c'est une excellente façon de se distraire. Mais je n'en éprouve pas le besoin à chaque fois qu'un homme m'invite à faire la fête. Je choisis le moment, l'endroit et aussi mes camarades de jeu.

Satisfaite, elle se cala sur sa chaise et choisit un petit gâteau d'un geste nonchalant. Cette fois, les choses étaient claires.

– Je te croirais volontiers...

Elle avait raison, se dit Josh. Le café était excellent et l'aida à retrouver sa bonne humeur.

– Si tu n'avais pas tremblé et gémi sous moi il y a quelques minutes à peine...

– Je n'ai pas gémi.

Il sourit.

– Oh, mais si !

Oui, décidément, il se sentait mieux, beaucoup mieux.

– Et tu n'étais même pas loin de te tortiller.

– Je ne fais jamais cela, répliqua-t-elle en mordant délicatement dans la pâtisserie. Mais les garçons ont tous le droit de rêver. Et maintenant, si nous pouvions parler d'autre chose que de sexe...

– Sache, ma chérie, que je n'ai même pas dégainé ma lance.

– Ce qui est à double sens et d'un goût quelque peu douteux.

Cette fois, elle l'avait eu.

– Il est encore tôt... Si tu m'expliquais ce qui me vaut le plaisir de prendre le petit déjeuner avec toi ?

– Je suis restée debout toute la nuit.

La première remarque qui lui vint à l'esprit était encore plus douteuse et, qui plus est, cruelle. Aussi préféra-t-il la garder pour lui.

– Et ?

– Je n'arrivais pas à dormir. Je n'ai pas arrêté de penser à la situation dans laquelle je suis et aux diverses possibilités que tu m'as suggérées. La première me paraît être la plus raisonnable. M'adresser à un agent qui fera une offre sur mes meubles et mes bijoux. C'est

probablement la solution la plus rapide et la moins compliquée.
— Exact.
Margo se leva, se frotta les mains l'une contre l'autre, et se mit à arpenter de long en large le salon. Ses bottes en daim ne faisaient pas plus de bruit sur le carrelage que sur le tapis épais.
— Il est temps que je devienne raisonnable. J'ai vingt-huit ans, je n'ai pas de boulot et des dettes jusqu'au cou. J'ai commencé par m'apitoyer sur moi, mais je me rends compte maintenant que j'ai eu une chance folle. J'ai pu connaître des tas d'endroits et faire tout ce à quoi j'ai toujours rêvé. Et pourquoi ?
Elle s'arrêta au milieu de la pièce et tourna lentement sur elle-même sous le lustre en bois doré et en cristal. Dans son pantalon jodhpurs moulant et son corsage blanc drapé, elle était vibrante de volupté.
— Pourquoi ?
— Parce que je suis photogénique. C'est tout. Un bon visage et un corps d'enfer. Ce qui n'exclut pas que je n'aie pas dû travailler dur, ni être maligne et obstinée. Mais le point de départ de tout ça, c'est la chance. Celle d'avoir tiré de bons gènes à la loterie. Je n'y suis pour rien, c'est comme ça. Et j'en ai assez de pleurnicher.
— Tu n'as jamais été du genre larmoyant, Margo.
— Il est temps pour moi de grandir, et de prendre mes responsabilités.
— Souscris une assurance sur la vie, jeta sèchement Josh. Prends un abonnement à une bibliothèque. Joue au tiercé.
— Tu parles vraiment comme un type né avec une cuillère en argent dans son arrogante petite bouche.
— J'ai moi-même plusieurs cartes de bibliothèques, je ne sais plus où.
— Tu permets que je termine ?
— Pardon.
Il était inquiet. Elle avait l'air heureuse et décidée,

elle ne parlait pas comme la Margo délicieusement fofolle qu'il adorait.

– Bon, je devrais pouvoir dénicher assez vite quelques séances de photos ou un défilé à Paris ou à New York. Ça prendra un peu de temps, mais je me débrouillerai. Il y a mille manières de gagner de l'argent comme mannequin. Je peux même éventuellement retourner à mes débuts et poser pour des catalogues. Dans ma situation actuelle, ce ne sera pas facile de trouver des engagements, mais j'ai déjà connu ça.

– Tu avais alors dix ans de moins, remarqua aimablement Josh.

– Merci de me le rappeler, marmonna-t-elle entre ses dents. Regarde Cindy Crawford, Christie Brinkley ou Lauren Hutton, ce ne sont pourtant plus des gamines ! Et puis, de toute façon, ta brillante idée de boutique est parfaitement grotesque. Hier soir, j'ai trouvé une dizaine de bonnes raisons d'y renoncer. En plus du fait que je n'ai pas la moindre idée dont on gère une affaire, je serais vraiment folle de prendre le risque de voir ma situation – déjà plutôt instable – s'aggraver encore. Je ferais probablement faillite avant six mois, je devrais supporter une nouvelle humiliation et j'en serais alors réduite à me poster à un coin de rue pour offrir mes charmes à des représentants de commerce en goguette.

– Tu as raison. C'est hors de question.
– Absolument.
– Alors, quand veux-tu commencer ?
– Aujourd'hui.

Avec un rire joyeux, elle se rua sur lui et jeta ses bras autour de son cou.

– Tu sais ce qu'il y a de mieux que d'avoir un ami qui vous connaît par cœur ?
– Non.
– Rien.

Et elle lui planta un baiser sonore sur la joue.

– Mais si jamais tu te dégonfles...

Josh l'empoigna par les cheveux et attira sa bouche rieuse contre la sienne.

Il n'y avait plus de quoi rire. Margo s'en aperçut très vite. La bouche de Josh était si brûlante, si habile, qu'elle entrouvrit les lèvres en soupirant. La douceur de sa langue la fit frémir de la tête aux pieds.

Pourtant, elle n'aurait pas dû être surprise. Elle l'avait déjà embrassé et connaissait le goût de ses baisers. Mais ces étreintes innocentes et fraternelles ne l'avaient en rien préparée à cet instant ni à ce désir violent et animal.

Une part d'elle essaya de résister, de se rappeler qu'il s'agissait de Josh, celui qui se moquait de sa précieuse collection de poupées lorsqu'elle avait six ans. Qui, à huit ans, l'avait mise au défi de grimper sur les falaises et l'avait portée jusqu'à la maison parce qu'elle s'était ouvert la jambe sur un rocher.

Josh qui souriait devant ses engouements d'adolescente pour ses copains et lui avait pratiquement appris à conduire. Josh qui avait toujours été présent dans sa vie, où qu'elle soit.

Pourtant, c'était comme embrasser un inconnu. Dangereusement excitant. Et douloureusement attirant.

N'avait-il pas rêvé, des centaines de fois, de ce moment ? De sentir Margo se raidir dans ses bras et sa bouche répondre avec fougue à la sienne ?

Il avait décidé d'attendre. Car il savait qu'elle serait un jour à lui. Qu'il ne pouvait en être autrement.

Mais il n'avait pas l'intention de lui faciliter les choses.

Il s'écarta, ravi de découvrir son regard troublé lorsqu'elle releva lentement ses longs cils. En espérant que le désir ardent qui lui mordait le ventre la déchirait aussi.

— Tu es vraiment très doué, parvint-elle à articuler. C'est ce que j'avais entendu dire...

Tout à coup, elle réalisa qu'elle était sur ses genoux,

sans savoir si c'était lui qui l'avait attirée là ou si elle y était venue toute seule.

— Mais je crois qu'on t'a sous-estimé. En fait, une nuit, je me suis faufilée au bord de la piscine et j'ai regardé comment tu t'y prenais avec Babs Carstairs. J'ai été très impressionnée.

Elle n'aurait rien pu trouver de mieux pour faire retomber instantanément le désir de Josh.

— Tu nous as espionnés ?

— Juste une fois ou deux. Voyons, Josh, j'avais treize ans. J'étais terriblement curieuse.

— Seigneur ! s'exclama-t-il, se rappelant parfaitement jusqu'où les choses étaient allées, entre lui et Babs, cette nuit-là. Et tu as vu... Non, je préfère ne pas savoir.

— Laura, Kate et moi avons trouvé qu'elle était un peu forte du côté glandes mammaires.

— Un peu forte du côté glandes mammaires ? répéta-t-il en faisant une grimace. Parce qu'il y avait aussi Laura et Kate ? Vous auriez pu vendre des tickets, pendant que vous y étiez.

— Je crois qu'il est tout à fait naturel qu'une jeune sœur surveille son grand frère.

Une lueur passa dans le regard de Josh.

— Je ne suis pas ton frère.

— Dans la position où je suis, je dirais que c'est la seule raison qui nous sauve moralement.

La lueur se transforma en un large sourire.

— Tu as raison. Je te veux, Margo. Il y a toutes sortes de choses incroyables et innommables que je meurs d'envie de te faire.

— Eh bien, soupira-t-elle, tant pis pour la morale ! Pour être franche, je dois avouer que ce changement me paraît un peu brutal.

— C'est que tu n'es pas assez attentive aux autres.

— Non, manifestement pas.

Margo n'arrivait pas à détacher son regard du sien, tout en sentant que c'eût été pourtant plus sage. Elle avait survécu aux jeux auxquels se livrent hommes et femmes, et avait toujours réussi à garder le contrôle de la situation. Or, les yeux gris de Josh, froids et sûrs d'eux, lui laissaient deviner qu'elle n'aurait pas ce loisir avec lui. Du moins, pas très longtemps.

– Mais à présent, j'ai les yeux grands ouverts, et je ne suis pas prête à prendre le départ.

– Tout cela date de pas mal d'années, admit-il en effleurant ses hanches, puis sa poitrine. J'ai de l'avance sur toi.

– Mais à moi de décider si je tiens à te rattraper, fit-elle dans un éclat de rire en se levant d'un bond. C'est tellement bizarre, de nous imaginer toi et moi en train de faire l'amour...

Margo plaqua une main sur son cœur, surprise de le sentir battre furieusement.

– Et c'est étonnamment tentant. Fut une époque, il n'y a pas si longtemps, où je me serais dit, pourquoi pas, ce pourrait être amusant, et je t'aurais entraîné dans un lit sans perdre une seconde.

Lorsqu'il se leva, elle éclata à nouveau de rire en prenant soin de mettre la table entre eux.

– Ce n'est pas de la fausse modestie. Du moins, je ne le crois pas.

– Alors, c'est quoi ?

– De la prudence. Pour une fois dans ma vie...

Subitement, son regard se voila et elle abandonna son air moqueur.

– Tu comptes trop pour moi. Et je viens de m'apercevoir que je compte, moi aussi. Et pas seulement pour ça, dit-elle, se passant une main sur le visage. A l'intérieur aussi. Je dois remettre de l'ordre dans ma vie. Mener à bien un projet dont je puisse être fière. J'ai plein d'idées et de nouveaux rêves. Et je vais faire en sorte qu'ils se réalisent. Ce qui demande du temps et des efforts. Et faire l'amour est trop distrayant, quand on le fait bien...

Elle lui sourit.

— Ce que nous ferions sûrement.
Josh enfonça ses mains au fond de ses poches.
— Qu'est-ce que tu veux faire ? Le vœu de chasteté ?
Margo lui sourit de plus belle.
— C'est une excellente idée. Décidément, je peux toujours compter sur toi pour trouver la bonne solution.
Josh n'en croyait pas ses oreilles.
— Tu plaisantes ?
— Je suis tout ce qu'il y a de plus sérieuse...
Satisfaite, elle s'approcha de lui et lui tapota la joue.
— Je vais vivre en célibataire jusqu'à ce que ma vie soit en ordre et mon affaire lancée. Merci de me l'avoir soufflé.
Il passa une main sur son cou, en se disant qu'il aurait mérité de se gifler.
— Je peux te séduire en moins de trente secondes, si je le veux.
Voilà qu'il se vantait maintenant.
— Si je te laissais faire, dit-elle d'une voix mielleuse. Mais tu n'as aucune chance, tant que je n'aurai pas décidé que je suis prête.
— Et pendant ce temps-là, que suis-je censé faire ? Me retirer dans un monastère ?
— Ta vie t'appartient. Tu peux sauter toutes les femmes que tu désires.
Elle se pencha sur la corbeille de pâtisseries et lui jeta un coup d'œil par-dessus son épaule.
— Sauf moi !
Mais ça n'était pas l'idéal, réalisa-t-elle en mordant dans un gâteau.
— A moins, bien entendu, que tu ne veuilles parier avec moi, ajouta-t-elle en léchant les miettes sur sa lèvre inférieure avec une sensualité étudiée.
— Quel genre de pari ?
— Que je peux m'abstenir plus longtemps que toi. Prendre l'engagement de contrôler mes hormones et poursuivre ma carrière.
Le visage impassible, Josh reprit une tasse de café

chaud. Intérieurement, il piaffait de rage. Elle ignorait le temps qu'il lui faudrait pour ouvrir cette boutique. Cela risquait de prendre des mois. Elle ne tiendrait jamais aussi longtemps, se dit-il. Et il y veillerait.

— Qu'est-ce qu'on parie ?
— Ta nouvelle voiture.

Josh faillit s'étouffer.

— Ma Jaguar ?
— Exactement. Je dois vendre la mienne, et je ne sais pas quand j'aurai les moyens d'en acheter une autre. Si tu succombes le premier, la Jag est à moi.
— Et si c'est toi ?

Elle écarta cette éventualité d'un geste de la main. Josh sourit et lança :

— Tu me donneras tes toiles.
— Mes scènes de rue ? s'exclama-t-elle, affolée.
— Toutes. Sans exception.

La jeune femme redressa le menton et tendit une main vers lui.

— Pari tenu.

Josh referma sa main sur la sienne, et la porta à ses lèvres. Il baisa l'intérieur de son poignet avant de mordiller doucement la paume.

— Pas mal, murmura-t-elle en la retirant. Bon, j'ai des affaires à régler. D'abord vendre ma voiture.
— Ne la propose pas à un garagiste, objecta-t-il lorsqu'elle attrapa son sac et sa veste. Il va te scalper.

Margo s'arrêta sur le seuil, un sourire malicieux, et irrésistible, au coin des lèvres.

— Oh, non, ça, il n'en est pas question !

8

Margo fut stupéfaite de la rapidité avec laquelle elle se prit au jeu. Elle n'aurait jamais imaginé que se livrer à des transactions puisse être aussi amusant. Tout avait commencé avec la vente de la voiture.

Elle avait usé de son charme, de son sex-appeal et de sa féminité sans la moindre honte, les considérant comme des armes reçues du ciel, et parfaitement affûtées. Elle était en guerre.

Ayant soigneusement choisi son gibier, elle lui avait tendu une embuscade à coups de flatteries et de sourires, jouant de son inexpérience à mener des négociations et affichant une totale confiance en son jugement. Elle avait battu des cils, pris un air désemparé et avait lentement, doucement, anéanti l'acheteur.

Et lui avait soutiré suffisamment de lires pour le laisser dans un état proche de l'apoplexie.

Avec le bijoutier, la tâche avait été plus ardue, car elle avait eu affaire à une femme. Margo avait sélectionné deux de ses plus belles pièces et, jaugeant son interlocutrice comme étant une professionnelle intelligente et entêtée, avait adopté la même attitude.

Le combat s'était déroulé *mano a mano*. Elles avaient négocié, discuté et rejeté leurs offres respectives, s'étaient même insultées pour finalement s'accorder sur un prix acceptable pour chacune d'entre elles.

En ajoutant cette somme à ce qu'elle avait obtenu de la vente de ses fourrures, elle disposait d'assez de liquidités pour se débarrasser de ses créditeurs les plus impatients.

Chaque matin, elle parcourait les petites annonces immobilières. Avec un peu de chance, un des trois endroits qu'elle avait prévu de visiter dans l'après-midi correspondrait à ses espérances.

Elle était impatiente de commencer avant que la presse n'ait vent de sa situation. Quelques entrefilets dans le journal avaient déjà paru, déclarant que Margo liquidait ses bijoux pour payer ses dettes exorbitantes. Si bien que désormais elle se faufilait par l'entrée de service pour éviter les reporters et les paparazzi qui la guettaient devant l'entrée de son immeuble.

Elle se demandait d'ailleurs si elle n'allait pas finalement quitter cet appartement. Kate avait vu juste : essayer de le garder ne ferait que réduire un peu plus ses ressources déjà maigres. Si elle trouvait une boutique bien située, elle y habiterait, tout simplement. Au moins pour un moment.

Elle aurait aimé soumettre cette idée à Josh. Mais il était à Paris. Non, à Berlin. Et il irait ensuite à Stockholm. Elle ne savait donc pas quand elle aurait de ses nouvelles, et encore moins quand elle le reverrait.

Les quelques jours passés ensemble à Milan, et ce matin étrange et excitant, dans sa suite, lui semblaient appartenir au domaine du rêve. Elle en arrivait même à se demander si elle avait vraiment ressenti une sorte de crispation au cœur lorsqu'il l'avait embrassée. Quoi qu'il en fût, chaque fois qu'elle y pensait, elle ressentait la même sensation.

A la seconde même il était probablement en train de mordiller l'oreille d'une quelconque *Fraulein*, songea-t-elle en donnant un grand coup de pied dans le sofa. Cet abruti n'avait jamais pu empêcher ses mains baladeuses de se poser sur la première femme à sa portée.

Elle y gagnerait au moins une voiture. A défaut d'autre chose, Joshua Templeton était un homme de parole.

De toute façon, elle n'avait pas le temps de penser à lui – sûrement occupé à boire une bière et à tripoter quelque sculpturale déesse germanique. Elle devait se changer pour son rendez-vous et se fabriquer une image appropriée. Tout en s'habillant, elle imagina la technique qu'elle emploierait avec l'agent immobilier. Réservée, décida-t-elle en nattant ses longs cheveux. Et pas trop enthousiaste.

Elle ferait la difficile, arguerait que le montant du loyer était exagéré, demanderait à visiter un autre local, et prétendrait être déjà intéressée par une autre boutique.

Margo se planta devant le miroir pour examiner sa silhouette. Oui, ce petit tailleur noir lui donnait l'air sérieux et de la classe, chose que les Italiens savent reconnaître et apprécier. La natte apportait une petite touche flatteuse sans être sophistiquée, et le grand fourre-tout Bandalini avait l'allure d'un attaché-case.

Elle poussa un long soupir. Margo Sullivan n'était pas une idiote. Margo Sullivan était une femme d'affaires, avec de la cervelle, de l'ambition, des projets, un but et une forte détermination. Margo Sullivan était une battante.

Quelques secondes, elle ferma les yeux et s'efforça de s'en persuader. Le principal, se dit-elle en frissonnant, était, en tout cas, d'en convaincre les autres.

Tant pis si elle-même ne l'était pas vraiment.

Au moment où elle accrochait son sac sur l'épaule, le téléphone sonna.

– Veuillez laisser votre nom et votre message, dit-elle en regardant fixement le répondeur, et je ne vous rappellerai pas à mon retour.

Reconnaissant la voix de Kate, elle se figea sur place.

– Qu'est-ce que tu fous, Margo ? Tu ne débranches donc jamais cette fichue machine ? Je sais que tu es là. Décroche, tu veux ? C'est important.

– C'est toujours important, marmonna Margo sans bouger d'un pouce.

– Bon sang, décide-toi ! C'est à propos de Laura.

Margo se jeta sur l'appareil.

– Elle est blessée ? Que s'est-il passé ? Elle a eu un accident ?

– Non, elle n'a rien. Enlève ta boucle d'oreille, ça fait un bruit désagréable.

Dégoûtée, Margo obtempéra en bougonnant.

– Si tu as dit ça uniquement pour m'obliger à répondre...

– Comme si je n'avais rien d'autre à faire un 15 avril à 5 heures du matin que passer des coups de fil pour t'embêter. Ecoute, ma vieille, il y a trente-six heures que je n'ai pas fermé l'œil et j'ai l'estomac tapissé de café. Alors, ne commence pas à m'énerver.

– Je te signale que c'est toi qui appelles. J'allais sortir.

– Laura a pris rendez-vous avec son avocat.

– Son avocat ? A 5 heures du matin ?

– Elle doit le voir à 10 heures. Je ne suis pas censée être au courant, mais c'est un de mes clients et il me croyait informée de la situation. Il m'a dit qu'il était désolé de la voir dans un tel état et que...

– Accouche, Kate.

– Pardon, je m'embrouille. Elle divorce.

– Quoi ? s'exclama Margo en s'asseyant par terre. Ne me dis pas que c'est à cause de moi ?

– Le monde ne tourne pas uniquement autour de ta petite personne, tu sais. Bon, excuse-moi. Ce n'est pas ta faute, dit-elle plus gentiment. Je n'ai pas pu lui tirer grand-chose la dernière fois que je l'ai vue, mais il semblerait qu'elle ait surpris Peter avec sa secrétaire. Et il n'était pas en train de lui dicter une lettre.

– Tu plaisantes ? C'est tellement...

– Ordinaire ? suggéra sèchement Kate. Banal ? Dégoûtant ?

– Oui.

– Ma foi, c'est un bon résumé. Si cela s'est déjà produit, elle n'en a rien dit. Mais je peux t'affirmer qu'elle ne lui laissera pas l'occasion de recommencer. Elle est fermement décidée.

– Comment va-t-elle ?

– Elle a l'air très calme, très civilisée. Mais je suis coincée au bureau et je n'arrive pas à en savoir plus. Tu sais comment elle est quand ça ne va pas.

– Elle garde tout pour elle, murmura Margo en tripotant nerveusement sa boucle d'oreille. Et les filles ?

– Je n'en sais rien. Si seulement je pouvais faire un saut à la maison, mais je suis bloquée ici pour encore pas mal de temps.

– Je serai là-bas dans quelques heures.

– C'est exactement ce que j'espérais entendre. On se retrouve à Templeton House.

– Pourquoi suis-je étonnée de te voir parcourir six mille miles pour une chose pareille ?... murmura Laura en continuant à coudre consciencieusement des étoiles sur le tutu de sa fille. Ça te ressemble tellement !

– Je voulais savoir comment tu allais. Et ce qui se passe.

Margo s'immobilisa, les mains sur les hanches. A bout de fatigue, elle avait la sensation de flottement qu'on éprouve souvent après un long voyage. Croire qu'il ne lui faudrait que quelques heures avait été très optimiste. En fait, il lui en avait fallu près de quinze et plusieurs changements, pour arriver à destination. Et maintenant, elle louchait d'épuisement, pendant que Laura, imperturbable, tirait tranquillement son aiguillée de fil.

– Tu ne pourrais pas poser ce truc ridicule une minute et me regarder ?

– Ali serait très vexée si elle t'entendait qualifier son merveilleux tutu de cette façon.

Mais sa fille était au lit. Innocente et à l'abri. Pour l'instant.

– Margo, assieds-toi, sinon tu vas t'écrouler.

– Je préfère rester debout.

Si elle le faisait, elle s'endormirait, elle en était sûre.

– Je ne m'attendais pas à ta réaction. Tu n'as jamais été très folle de Peter.

– Mais je le suis de toi. Et je te connais, Laura. Tu

ne vas pas briser une union de dix ans sans prétendre que tu n'as pas de chagrin.

— Je ne souffre pas. Je me sens anesthésiée. Et je compte bien le rester le plus longtemps possible.

Elle passa doucement sa main sur le tutu de danse.

— Il y a au bout de ce couloir deux petites filles qui ont besoin d'une maman forte et équilibrée. Tu sais, Margo...

Elle poursuivit, le regard lointain :

— Je ne crois pas qu'il les aime. Je pense même qu'il s'en fiche complètement. Je supportais son manque d'amour pour moi... Mais ce sont ses enfants. Il voulait des garçons. Des Ridgeway. Des fils qui, devenus des hommes, transmettraient son nom. Mais nous n'avons eu que des filles...

Margo alluma une cigarette nerveusement.

— Raconte-moi tout.

— Il ne m'aime plus. Je ne suis même pas sûre qu'il m'ait jamais vraiment aimée. Il voulait une femme importante, fit-elle en haussant les épaules. Ces derniers temps, nous étions en désaccord sur pas mal de sujets. Ou plutôt, j'ai commencé à manifester mon opinion à voix haute. Ce qui lui était complètement égal. Oh, inutile d'entrer dans les détails... En fait, nous nous sommes éloignés l'un de l'autre petit à petit. Il s'est mis à passer de plus en plus de temps hors de la maison. J'ai pensé qu'il avait une liaison, mais il est entré dans une telle rage lorsque je l'en ai accusé que j'en ai déduit que je m'étais trompée.

— Mais c'était la vérité.

— Pour cette fois-là, je n'ai aucune certitude. Mais c'est sans importance...

Laura haussa les épaules et reprit son travail de couture pour se donner une contenance.

— Il ne me touche plus depuis un an.

— Quoi !

Il était sans doute stupide d'être choquée par l'idée

qu'un couple puisse ne partager aucune intimité, mais Margo le fut cependant.

– Je voulais que l'on aille consulter un conseiller, mais l'idée lui déplaisait. J'ai alors proposé une thérapie ensemble, mais il a refusé tout net.

Laura esquissa un pauvre sourire et poursuivit :

– Il prétextait que le bruit s'en répandrait, et qu'en penseraient nos amis ? Que diraient-ils ?

Pas de rapports sexuels. Rien. Pendant un an. Margo fit un effort pour balayer le problème.

– C'est carrément ridicule.

– Sans doute. Alors je ne me suis plus occupée de lui. C'était plus simple de me concentrer sur mes filles, la maison. Ma vie.

Quelle vie ? faillit demander Margo.

– Mais je me suis rendu compte que cette situation affectait les enfants. Surtout Ali.

Délicatement, Laura reposa le tutu et croisa les mains sur ses genoux.

– Après ton départ, j'ai décidé de prendre le taureau par les cornes. Nous devions en parler pour essayer de comprendre ce qui nous arrivait. Je me suis donc rendue à son bureau, je pensais qu'il était préférable d'avoir une discussion, loin des enfants. J'étais décidée à faire mon possible pour que tout rentre dans l'ordre.

– Tu étais décidée, coupa Margo en se levant d'un bond et en soufflant un nuage de fumée. J'ai comme l'impression que...

– Peu importe l'impression que cela peut donner, l'arrêta calmement Laura. Quoi qu'il en soit, il était tard. J'avais mis les filles au lit et, dans la voiture, je me répétais un petit discours sur le fait que nous avions passé dix années ensemble, que nous avions une famille, une histoire...

En y repensant, Laura avait envie de rire. Elle se leva pour se servir un petit cognac, et poursuivit son récit en remplissant deux verres.

— Le dernier étage était fermé, mais j'en possède une clé. Il n'était pas dans son bureau.

Elle tendit un verre à Margo et retourna tranquillement s'asseoir.

— J'ai d'abord pensé qu'il était parti pour un dîner d'affaires et que je m'étais déplacée pour rien. C'est alors que j'ai aperçu un rai de lumière sous la porte de la chambre. J'ai failli frapper. Non, mais tu imagines un peu le pathétique de la situation ?

Elle avala une gorgée d'alcool.

— Et effectivement, il avait un dîner d'affaires.

— Avec sa secrétaire ?

Laura eut un rire bref.

— Comme dans un mauvais vaudeville. Le mari adultère au lit, avec la secrétaire d'un roux flamboyant et un bol de crevettes glacées.

Margo eut du mal à s'empêcher de pouffer de rire.

— Des crevettes ?

— Avec ce qui m'a semblé être une sauce aux épices et au miel, et une bouteille de Dom Pérignon pour faire passer le tout. Entre alors la femme légitime négligée qui ne soupçonnait rien. Arrêt sur image. Personne ne parle, on entend juste les tambours du *Boléro*.

— Le *Boléro* ? Oh, Seigneur !

Margo se tassa au fond de son fauteuil pour reprendre son souffle.

— Excuse-moi, c'est plus fort que moi. Je suis trop fatiguée pour arriver à me maîtriser.

— Vas-y, ris tant que tu voudras ! sourit Laura. Il y a de quoi. C'est pitoyable. La femme dit alors, avec une dignité aussi incroyable que ridicule : « Je suis vraiment désolée d'interrompre votre dîner. »

Au prix d'un immense effort, Margo réussit à reprendre sa respiration.

— Non, tu n'as pas dit ça.

— Mais si. Ils se sont contentés de ricaner. Je n'avais jamais entendu Peter ricaner. Ça en valait la peine. La jeune et fringante secrétaire s'est mise à glapir en essayant de se couvrir et, dans sa hâte, la sauce des crevettes s'est renversée sur l'entrejambe de Peter.

– Oh ! Oh non...

– Ça valait le coup d'œil, je t'assure.

Laura soupira, elle se demandait lequel des trois s'était senti le plus ridicule.

– Je leur ai dit de ne surtout pas se déranger, que je trouverai la sortie toute seule. Et je suis repartie.

– Juste comme ça ?

– Oui.

– Mais qu'est-ce qu'il en pense ? Comment a-t-il pris ça ?

– Je n'en ai aucune idée.

Ses doux yeux gris se durcirent, elle eut soudain le regard caractéristique des Templeton – dur, brûlant et obstiné.

– Je ne prends aucun de ses appels. Et cette satanée grille électrique sert enfin à quelque chose.

En voyant la bouche de Laura se serrer, Margo se dit que c'était comme voir la soie se transformer en acier.

– Il ne peut pas entrer, j'ai donné comme instruction de ne pas lui ouvrir. De toute manière, il n'a essayé qu'une seule fois.

– Tu ne comptes même pas lui parler ?

– De quoi voudrais-tu qu'on discute ? J'ai toléré son indifférence, son manque d'affection et de respect envers moi et mes sentiments. Mais je n'accepterai pas un seul instant ses mensonges et son infidélité. S'il considère que lutiner sa secrétaire relève du simple droit de cuissage, il va s'apercevoir qu'il en va tout autrement.

– Tu es certaine que c'est bien ce que tu veux ?

– C'est comme ça. Mon mariage est terminé, dit-elle en fixant le fond de son verre. Un point c'est tout.

Cet entêtement était très Templeton, songea Margo. Elle écrasa sa cigarette et posa la main sur celle crispée de son amie.

— Ça ne sera pas si facile, tu sais. Légalement aussi bien que moralement.

— Je ferai ce qu'il faudra, mais je n'ai pas envie de jouer plus longtemps les femmes complaisantes.

— Et les filles ?

— Je me débrouillerai...

D'une façon ou d'une autre.

— Je m'arrangerai pour qu'elles n'en souffrent pas...

La peur darda ses petites langues de feu dans son ventre, mais elle préféra l'ignorer.

— Je n'ai pas d'autre choix.

— Je suis à cent pour cent d'accord avec toi. Bon, je vais descendre nous préparer de quoi manger. Kate va sûrement arriver affamée.

— Elle ne viendra pas ce soir. Elle dort toujours vingt-quatre heures d'affilée après la date limite des déclarations d'impôts.

— Elle va venir, assura Margo.

— On dirait que je suis sur mon lit de mort ! protesta Laura. Bien, je vais vérifier si sa chambre est prête. Et la tienne. Et ensuite, nous irons préparer des sandwiches.

— Je m'en occupe. Toi, occupe-toi des chambres.

Ce qui lui laisserait assez de temps pour arracher quelques renseignements supplémentaires à sa mère, songea Margo en se précipitant vers la porte.

Elle trouva Ann là où elle s'y attendait, dans la cuisine. Elle préparait des assiettes de viande froide et de crudités.

— Je n'ai pas beaucoup de temps, déclara d'emblée Margo en se versant du café. Laura va descendre dans une minute. Elle ne va pas aussi bien qu'elle le prétend, n'est-ce pas ?

— Elle fait face. Mais elle ne veut pas en parler, elle n'a même pas encore prévenu ses parents.

— Quel salaud, quelle ordure !... Quant à cette petite garce qui fait des heures supplémentaires...

Margo s'interrompit en croisant le regard de sa mère.

— Oui, je sais, Alain ne valait guère mieux. Et avoir cru qu'il divorcerait n'est sans doute pas une excuse, mais au moins, ce n'est pas la famille de sa femme qui me versait mon salaire...

Elle avala une gorgée de café noir pour se redonner des forces.

— Tu auras tout le temps de me faire la morale plus tard. Pour l'instant, je m'inquiète pour Laura.

L'œil aiguisé d'Ann remarqua tout de suite des signes de fatigue et d'inquiétude chez sa fille.

— Je n'ai aucunement l'intention de te faire la morale. Ça ne servait à rien lorsque tu étais petite, et ça ne servirait vraisemblablement pas plus aujourd'hui. Tu n'en fais qu'à ta tête, Margo, comme d'habitude. Mais tu es présente si tes amis sont en difficulté.

— Tu crois qu'elle a besoin de moi ? Elle a toujours été la plus forte. La meilleure, ajouta-t-elle avec un sourire espiègle. La plus gentille.

— Parce que tu crois être seule à te sentir désespérée en constatant que tout s'écroule autour de toi ? A avoir envie de te cacher sous une couverture plutôt que de regarder l'avenir en face ?

D'un geste de colère, Ann reposa brusquement la miche de pain qu'elle tenait à la main. Oh, elle était si lasse, si écœurée. Elle se sentait déchirée entre la joie de voir sa fille rentrée à la maison, le regret de sentir Laura malheureuse et la frustration qu'elle éprouvait à ne pas savoir comment venir au secours de l'une ou de l'autre.

— Elle a peur, elle se sent coupable et se ronge d'inquiétude. Et ça ne peut qu'empirer, reprit Ann. Son foyer est brisé, et même si cela ne se voit pas, son cœur l'est aussi. Il est temps pour toi de lui rendre un peu de ce qu'elle t'a toujours donné.

— Pourquoi crois-tu que je sois ici ? riposta Margo. J'ai tout laissé en plan et j'ai parcouru six mille miles pour être à ses côtés.

— C'est un geste très noble de ta part, renchérit Ann

avec un regard accusateur. Tu as toujours eu le don pour les gestes spectaculaires, mais tenir est plus difficile. Combien de temps vas-tu rester cette fois ? Un jour, une semaine ? Combien de temps se passera-t-il avant que tu ne décides de repartir ? Avant que s'occuper d'une autre personne ne te devienne insupportable ? Avant de retourner à ta vie trépidante où tu n'as rien d'autre à penser qu'à toi ?

– Eh bien, fit Margo en reposant sa tasse, tu ferais tout aussi bien de vider ton sac. Il m'a l'air bien rempli.

– Oh, pour toi, c'est facile, d'aller et venir selon tes humeurs. D'envoyer des cartes postales et des cadeaux comme si cela compensait tes absences.

Les inquiétudes d'Ann étaient nourries du ressentiment qu'elle accumulait depuis des années. En dépit de tous ses efforts, elle ne parvenait pas à dissimuler son amertume.

– Tu as grandi dans cette maison comme si tu n'étais pas la fille d'une domestique, et miss Laura t'a toujours traitée comme sa sœur. Qui t'a envoyé de l'argent quand tu t'es enfuie ? Qui s'est servi de son influence pour t'obtenir ta première séance de photos ? Qui a toujours été là pour toi, toujours ? s'écria-t-elle en coupant les tranches de pain avec une énergie furieuse. Mais toi, étais-tu là ces dernières années quand elle se battait pour garder sa famille unie, quand elle était seule et triste, étais-tu là ?

– Comment aurais-je pu savoir ?

– Miss Kate t'en a certainement parlé. Et si tu n'avais pas été si préoccupée par Margo Sullivan, tu l'aurais senti.

– Je n'ai jamais été comme tu le voulais, dit Margo d'un air las. Je n'ai jamais été Laura. Et ce n'est pas possible.

A l'inquiétude d'Ann s'ajouta un sentiment de culpabilité.

– Personne ne te demande d'être une autre que toi.

– Tu en es certaine ? Ah, si seulement j'avais été gentille et généreuse comme Laura, intelligente et pragmatique comme Kate... Tu crois que je ne sais pas tout cela, que je n'ai pas senti chaque jour de ma vie combien tu le regrettais ?

Outrée et abasourdie, Ann secoua la tête.

– Si tu t'étais contentée de ce que tu avais, et de ce que tu étais, tu aurais peut-être été plus heureuse.

– Et si tu m'avais regardée, si tu t'étais contentée de ce que j'étais, je ne serais pas partie si loin et si vite.

– Je refuse de me sentir responsable de la façon dont tu vis.

– J'en assume toute la responsabilité.

Pourquoi pas ? se dit-elle. Elle avait tant de choses à se reprocher, un peu plus ou un peu moins n'y changerait rien.

– Je prends la responsabilité et la gloire. Comme ça, je me passerai de ton approbation.

– Tu ne me l'as jamais demandée.

Et sur ces mots, Ann sortit de la cuisine.

Elle se donna trois jours. C'était bizarre. Elles n'avaient jamais vraiment vécu ensemble depuis qu'elles étaient adultes. A dix-huit ans, Laura s'était mariée, Margo était partie à Hollywood et Kate, qui se battait en permanence pour faire oublier son année de moins, avait été admise à Harvard.

Aujourd'hui, elles étaient toutes les trois à Templeton House. Kate avança comme excuse qu'elle n'avait pas le courage de repartir en voiture jusqu'à son appartement de Monterey, et Margo prétexta la même chose. Elle décida que sa mère avait raison sur certains points. Laura faisait face. Mais sa situation ne pouvait qu'empirer. Leurs amis commençaient à se manifester. La plupart d'entre eux étaient des membres du country-club, en mal de ragots sur la fin de l'association Templeton-Ridgeway.

Un soir, Margo trouva Kayla allongée devant la porte

de la chambre de Laura, parce qu'elle avait peur que sa maman ne les quitte.

Dès lors, elle cessa de croire que tout allait s'arranger et qu'elle retournerait à Milan. Sa mère avait raison sur un autre point. Il était temps que Margo Sullivan donne un peu de ce qu'elle avait reçu. Elle appela Josh.

– Il est 6 heures du matin, maugréa-t-il, quand elle réussit à le localiser au *Templeton* de Stockholm. Ne me dis pas que tu es devenue un de ces monstres de la société civilisée, Margo. Une personne matinale.

– Ecoute-moi. Je suis à Templeton House.

– Je comprends. C'est le début de la soirée, là-bas. Comment ça, tu es à Templeton House ? s'exclama-t-il en retrouvant ses esprits. Que fiches-tu en Californie ? Tu es censée ouvrir une boutique à Milan.

Margo prit son temps avant de répondre. Ce serait la première fois qu'elle accepterait de renoncer à ce qui représentait une partie de sa vie.

– Je ne retourne pas à Milan. En tout cas, pas avant un bon moment.

Lorsque la voix de Josh explosa en questions et accusations diverses, elle vit son rêve s'évanouir. Et elle espéra qu'elle en trouverait très vite un autre pour le remplacer.

– Tu veux te calmer une seconde ? fit-elle d'une voix ferme. J'ai besoin que tu me rendes un service. Peux-tu faire le nécessaire pour expédier toutes mes affaires ici ?

– Tes affaires ?

– La plus grosse partie est déjà emballée, mais il en reste encore pas mal. Templeton a sûrement un département qui se charge de ce genre de service.

– Evidemment, mais...

– Je te rembourserai, Josh, je ne savais pas à qui m'adresser et je ne peux pas me permettre des dépenses inconsidérées pour l'instant. Un aller-retour en avion serait trop cher.

C'était une réflexion typique de Margo, pensa Josh en glissant un oreiller sous sa tête.

– Dans ce cas, pourquoi diable as-tu pris un billet pour la Californie ?

– Parce que Peter fricote avec sa secrétaire et que Laura veut divorcer.

– On ne prend pas l'avion quand... Qu'est-ce que tu as dit ?

– Tu as très bien entendu. Elle a engagé une procédure de divorce. Je ne pense pas qu'il va lui créer de difficultés, mais ça peut aussi ne pas se passer de façon très amicale. Elle prend beaucoup trop sur elle-même, et j'ai décidé de ne pas la laisser seule.

– Laisse-moi lui parler. Passe-la-moi.

– Elle dort.

Même si Laura avait été réveillée, Margo ne la lui aurait de toute façon pas passée. La violence glaciale de Josh se devinait dans sa voix.

– Elle a vu un avocat aujourd'hui, et elle est un peu perturbée. Le mieux est que je reste avec elle. Je vais lui demander de m'aider à trouver un bon emplacement pour la boutique. Laura est plus douée pour se soucier des autres que pour s'occuper d'elle.

– Tu vas rester en Californie ?

– Comme ça, je n'aurai pas à m'inquiéter de la T.V.A. ou des lois italiennes.

Margo sentit des larmes d'apitoiement sur elle-même monter à ses yeux, mais les ravala aussitôt. Et pour être sûre de garder une voix égale, elle serra les dents.

– A propos de loi, dois-je te donner une procuration ? J'ai besoin que tu vendes mon appartement, que tu transfères des fonds et que tu t'occupes de quelques petits détails administratifs.

Les détails en question dépassaient l'imagination de Josh. Mais n'était-ce pas caractéristique de Margo ? Rien chez elle n'était jamais prévisible.

– Je vais la rédiger et te l'envoyer par fax. Tu n'auras

qu'à la signer et me la renvoyer au *Templeton* de Milan. Mais où est Ridgeway ?

— Il paraît qu'il est toujours dans son bureau.

— Nous allons très vite arranger ça.

Personnellement, Margo appréciait le ton glacé perceptible dans sa voix, toutefois...

— Josh, je ne suis pas sûre que Laura ait très envie que tu t'en mêles pour l'instant.

— Dans la hiérarchie Templeton, il se trouve que je suis mieux placé que Laura. Je m'occupe de t'expédier tes affaires le plus rapidement possible. Dois-je m'attendre à quelques surprises ?

Son relevé d'American Express lui était parvenu juste avant son départ. Elle décida prudemment que Josh avait reçu assez de chocs comme ça.

— Non, rien de particulier. Je suis désolée de te mettre à contribution, mais je ne vois pas d'autre solution pour pouvoir rester avec Laura et ouvrir cette boutique avant de me retrouver en prison pour dettes.

— Ne t'en fais pas, le chaos est ma spécialité.

Il l'imaginait très bien laissant tout en plan pour courir au secours d'une amie. La loyauté avait toujours été une de ses plus grandes qualités.

— Au fait, tu tiens le coup ?

— Je suis sage. Personne ne m'a encore touchée. Et toi, tu es seul dans ton lit ?

— Oui, à part six membres de l'équipe féminine suédoise de volley. Helga a un sacré smash. Tu ne veux pas savoir comment je suis habillé ?

— Tu portes des baskets noires, tu es en sueur et tu arbores un grand sourire.

— Comment as-tu deviné ? Et toi ?

Lentement, Margo pressa sa langue sur ses lèvres.

— Oh, juste un petit... un tout petit body en dentelle blanche.

— Avec des talons aiguilles ?

— Naturellement. Et des bas couleur chair ornés de petites roses en haut. Exactement comme celle que j'ai mise entre mes seins, de plus je sors de la baignoire et je suis encore légèrement... humide.

– Seigneur... Tu es trop forte à ce jeu-là. Je raccroche.

Elle lui répondit par un long rire de gorge.

– Je sens que je vais adorer conduire cette Jaguar !

La communication terminée, Margo éclata d'un rire joyeux, lorsqu'elle se retourna, elle se retrouva nez à nez avec Kate.

– Tu es là depuis longtemps ?

– Assez pour être troublée. Tu t'envoies en l'air au téléphone avec Josh ? Notre Josh ?

Margo ramena brusquement ses cheveux derrière son oreille.

– Il s'agit plutôt de préliminaires. Pourquoi ?

– Pour rien, fit Kate.

Tout de même, il faudrait qu'elle y réfléchisse.

– Et qu'est-ce que c'est que cette histoire de boutique ?

– Eh bien, crois-moi, tu en as, de grandes oreilles ! s'exclama Margo. Bon, assieds-toi. Autant que je te mette au courant.

Kate écouta en se contentant de grogner ou de marmonner de temps à autre.

– Je suppose que tu as calculé les frais de mise en route ?

– Euh...

– Je vois. Et que tu t'es renseignée sur les licences, les cotisations et l'inscription au registre du commerce.

– Il me reste à peaufiner quelques détails, fit Margo d'un air bougon. Mais c'est bien ton style de chercher à me décourager en me balançant un seau d'eau froide à la figure.

– Mais... je pensais que cela tombait sous le sens.

– Pourquoi ne vendrais-je pas mes affaires dans une boutique ? Qu'y a-t-il de mal à transformer une humiliation en aventure ? Ce n'est pas parce que je ne me suis pas inscrite au registre du commerce que je ne vais pas réussir !

Kate se cala dans son fauteuil. Cette idée n'était pas si insensée qu'elle en avait l'air, songea-t-elle. En fait, elle pouvait même présenter un réel avantage financier. Kate était prête à aider Margo « à peaufiner ces quelques détails » si celle-ci était vraiment décidée à se lancer dans le capitalisme. Ce serait hasardeux, c'était certain, mais Margo avait toujours été du genre à prendre des risques.

– Tu veux devenir commerçante ?

Margo jeta un regard terne sur ses ongles manucurés.

– Je vois plutôt ça comme un job de consultante.

– Margo Sullivan vendant des vêtements d'occasion et des babioles ! s'émerveilla Kate.

– Des objets d'art.

Amusée, Kate étendit les jambes et les croisa au niveau des chevilles.

– Comme tu voudras... On dirait bien que l'enfer a fini par geler.

9

En découvrant la devanture d'un magasin sur Cannery Row, Margo sut qu'elle avait trouvé ce qu'elle cherchait. La longue vitrine miroitait au soleil, protégée du vent et de la pluie par un charmant petit auvent. La porte en verre biseauté était décorée d'un bouquet de lys. Les vieilles appliques en cuivre étincelaient. Le toit en pointe était recouvert de tuiles espagnoles, devenues d'un ravissant vieux rose avec le temps et les intempéries.

On entendait la musique lointaine d'un manège, le cri des mouettes et le joyeux brouhaha des touristes. La brise marine transportait les délicieuses odeurs de cuisine qui s'échappaient des échoppes et des restaurants en plein air de *Fisherman's Wharf*. Et le cliquetis des bicyclettes à deux places résonnait dans les rues.

La circulation était ininterrompue. Sans doute à cause des voitures cherchant désespérément où se garer dans ce paradis pour touristes très animé. Les piétons déambulaient tranquillement sur les trottoirs, accompagnés d'enfants avides de tout voir.

Tout était mouvement. Des gens, du bruit et de l'animation. Les petites boutiques, les restaurants et les attractions qui se succédaient tout au long de la rue les attiraient jour après jour, mois après mois, d'un bout de l'année à l'autre.

– C'est parfait, murmura-t-elle.

– Attends d'avoir vu l'intérieur, suggéra Kate.

– Je sais déjà que cet endroit est fait pour moi.

Kate échangea un regard avec Laura, consciente des prix exorbitants de l'immobilier dans le quartier. Quitte à rêver, se dit-elle, autant le faire en grand. Ce que Margo avait d'ailleurs toujours su cultiver.

– L'agent immobilier doit être déjà là.

Etre en retard faisait partie de la stratégie de Margo. Elle tenait à ne pas avoir l'air trop intéressée.

– Laissez-moi discuter.

– Laissons-la faire, marmonna Kate en roulant des yeux vers Laura. Et tout de suite après, nous irons déjeuner, d'accord ?

L'odeur de friture et de sauces épicées qui montait de *Fisherman's Wharf* était plus qu'alléchante. Et Kate mourait de faim.

– C'est la dernière qu'on visite avant de déjeuner, insista-t-elle.

– Cette fois, c'est la bonne, assura Margo en redressant les épaules.

Elle se retint d'enlever le panonceau « à louer » et ressentit même un petit frisson de propriétaire le long de la colonne vertébrale. Sans se demander pour quelle raison elle était passée d'innombrables fois devant cet immeuble sans rien ressentir du tout.

La pièce principale était vaste, avec des marques sur le plancher aux endroits où l'on avait arraché les présentoirs et les vitrines. La peinture blanche était défraîchie, écaillée, et parsemée de petits trous là où avaient été fixées des étagères.

Mais Margo ne vit que la cloison en forme d'arche qui menait à la pièce suivante, le charme de l'escalier de fer en colimaçon pour accéder à l'étage supérieur et la mezzanine qui courait tout autour du magasin. Instantanément, elle reconnut des signes qui ne la trompaient pas : son pouls s'accéléra et sa vision se fit plus précise. Il lui était arrivé d'éprouver les mêmes symptômes chez Cartier devant un bijou qui semblait avoir été dessiné à son intention.

Devinant son excitation, Laura posa une main sur son bras.

– Margo...
– Tu vois ? Qu'est-ce que je te disais ?
– Je vois qu'il y a pas mal de travaux à faire, fit Kate en fronçant le nez. Ça sent le... l'encens ? Le haschich ? Les vieilles bougies ? Et il faudra désinfecter.

Choisissant d'ignorer ses remarques, Margo ouvrit une porte à la peinture écaillée. Derrière, il y avait des toilettes, avec un vieux lavabo sur pied à l'émail ébréché qui sembla la fasciner littéralement.

– Bonjour ! claironna une voix depuis le premier étage.

Laquelle fut immédiatement suivie d'un cliquetis de talons hauts qui résonna sur le plancher.

Laura fit la grimace.

– Oh non, pas Louisa... Margo, tu m'avais dit avoir rendez-vous avec un Mr Newman.
– C'est le nom qu'on m'a donné à l'agence.

S'il y avait eu un endroit où se cacher, Laura n'aurait pas hésité une seule seconde.

– C'est vous, Mrs Sullivan ?

Une femme apparut en haut de l'escalier. Elle était toute en rose, de la veste ample aux talons aiguilles. Ses cheveux étaient de ce blond décoloré que les coiffeurs affectionnent souvent pour dissimuler des cheveux blancs et formaient un casque autour de ses joues roses. Des bracelets en or cliquetaient à ses poignets et une énorme broche décorait son sein gauche.

La cinquantaine bien tassée, s'accrochant désespérément à ses quarante ans, estima Margo d'un œil expert. Et son lifting est plutôt réussi, se dit-elle, affichant un sourire poli pendant qu'elle descendait les rejoindre sans cesser de parler. Elle devait faire régulièrement de l'aérobic pour se maintenir en forme, aidée vraisemblablement par une liposuccion du ventre et des cuisses.

– ... me rafraîchir la mémoire, poursuivit Louisa en babillant comme un oiseau. Je n'étais pas venue ici depuis des semaines. C'est ce cher Johnny qui devait vous montrer les lieux mais il a eu un petit problème de voiture ce matin.

Arrivée en bas des marches, légèrement essoufflée, elle tendit sa main à Margo.

– Enchantée de faire votre connaissance. Louisa Metcalf.

– Margo Sullivan.

– Oui, mais oui ! s'écria-t-elle.

Ses yeux pâles brillaient avec un soudain intérêt sous son ombre à paupières couleur bronze.

– Je vous ai reconnue tout de suite ! Je n'imaginais pas que j'avais rendez-vous avec la célèbre Margo Sullivan. Et vous êtes aussi jolie au naturel que sur les photos. Elles sont si souvent retouchées ! Il arrive qu'on rencontre des gens qu'on a vus des centaines de fois dans les magazines et qu'on soit horriblement déçu ! Vous avez eu une vie tellement intéressante !

– Et elle n'est pas finie, glissa Margo, ce qui fit pouffer de rire Louisa.

– Oh, sûrement pas ! Quelle chance d'être jeune et

belle ! Je suis sûre que vous vous sortirez de ce mauvais pas. Vous étiez en Grèce, n'est-ce pas ?

— Bonjour, Louisa.

La femme se retourna, la main sur le cœur.

— Oh, très chère Laura, je ne vous avais pas vue ! Quelle délicieuse surprise !

Respectant l'usage, Laura l'embrassa dans le vide.

— Vous avez l'air en pleine forme.

— Oh, vous me voyez là en tenue de travail.

Louisa lissa le revers de sa veste sous laquelle son opulente poitrine frémit gaiement à l'idée des potins qu'elle allait glaner.

— Je me livre à mon petit hobby quelques jours par semaine. L'immobilier est un métier très intéressant dans lequel on rencontre une foule de gens. Benedict est très pris par son golf, et les enfants sont grands, si bien qu'il faut que je m'occupe.

Une lueur apparut soudain dans son regard brillant.

— Je ne sais pas comment vous y arrivez, avec vos deux filles adorables, tous ces galas de charité et une vie sociale aussi prenante. C'est ce que je disais l'autre jour à Barbara. Vous vous souvenez de ma fille, Barbara ? Que je vous trouvais extraordinaire. Avec tous ces comités, vos obligations et deux enfants à élever... Surtout maintenant que vous allez vous retrouver toute seule.

Louisa baissa la voix, comme si elle proférait une grossièreté.

— C'est une telle épreuve. Ce n'est pas trop dur, ma chère ?

— Ça va très bien...

Plus par désespoir que par souci des convenances, Laura poussa Kate en avant.

— Je vous présente Kate Powell.

— Ravie de vous rencontrer.

Kate ne prit pas la peine de lui faire remarquer qu'elles s'étaient déjà croisées une dizaine de fois auparavant. Les femmes comme Louisa Metcalf ne se souvenaient jamais d'elle.

– Le magasin vous intéresse, Laura ? reprit-elle. J'avais cru comprendre que le propriétaire voulait louer, mais si vous cherchez à investir, maintenant que vous êtes seule, enfin, façon de parler, ce serait idéal pour vous. Une femme doit penser à son avenir, vous ne trouvez pas ? D'ailleurs, le propriétaire est disposé à vendre.

– A vrai dire, c'est Margo qui...

– Oh, mais oui, je vous demande pardon.

Elle pivota aussitôt vers la jeune femme, tel un canon sur la tourelle d'un char.

– Je suis si contente de revoir ma vieille amie ! Mais vous êtes toutes deux amies depuis longtemps, je crois ? C'est vraiment merveilleux d'être venue aider notre Laura dans un moment aussi difficile. Cet endroit est fabuleux, n'est-ce pas ? Et puis, c'est un emplacement idéal. Vous n'aurez aucun mal à trouver un locataire convenable. Et je peux vous recommander un gérant très sûr.

L'acheter ! Margo avala la salive accumulée dans sa bouche. Craignant que Louisa ne s'aperçoive de son trouble, elle fit le tour de la pièce.

– Je n'ai pas encore décidé si je voulais acheter ou louer, fit-elle avec un clin d'œil vers Kate et Laura. Qui étaient les derniers occupants ?

– Oh, ça ne s'est pas très bien passé. C'est même pour cette raison que le propriétaire veut le vendre. C'était une boutique New Age. Personnellement, je n'y connais rien, mais il y avait des boules de cristal, de la musique bizarre et des gongs. Apparemment, ils écoulaient aussi de la drogue.

Elle émit le mot en chuchotant, comme si le simple fait de le prononcer risquait de la rendre définitivement dépendante.

– De la marijuana. Oh, ma chère, j'espère que ça ne

vous ennuie pas, avec tous les problèmes que vous avez eus récemment.

Margo lui lança un regard étonné.

— Pas du tout. Puis-je jeter un coup d'œil en haut ?

— Bien sûr. C'est assez spacieux. Les locataires précédents l'utilisaient comme appartement, la cuisine fait penser à une maison de poupée et la vue est splendide.

Elle remonta l'escalier en continuant à vanter les mérites de l'immeuble, les trois jeunes femmes sur les talons.

— Tu n'es pas sérieuse ! siffla Kate en agrippant Margo par le bras. Tu ne peux pas te permettre de payer le loyer de ce magasin, pas plus que l'acheter.

— Oh, tais-toi ! Je réfléchis.

Et c'était difficile étant donné que Louisa n'arrêtait pas de jacasser. Mais Margo réussit à s'isoler et à ne voir que ce qui lui plaisait. L'endroit était étonnamment spacieux. Et si la rambarde de la mezzanine branlait, ce n'était pas si grave. Quant au pentagramme peint à même le sol, il serait facile à effacer.

A l'étage, il est vrai, il faisait aussi chaud que dans un four, et un seul des sept nains aurait eu du mal à tenir dans la cuisine, mais il y avait de ravissantes lucarnes en forme d'accent circonflexe qui permettaient d'apercevoir l'océan.

— Cet endroit offre un potentiel extraordinaire, continua Louisa. Il suffit de lui donner un petit coup de neuf, d'un nouveau papier ou d'une couche de peinture. Je suppose que vous savez que les immeubles de ce quartier se louent au mètre carré.

Elle ouvrit son attaché-case et en sortit un dossier.

— Il en fait six cent vingt-huit, dit-elle en tendant les papiers à Margo. Tout compte fait, le loyer demandé par le propriétaire est parfaitement raisonnable. Bien entendu, les charges incombent au locataire.

Kate ouvrit le robinet qui crachota une eau grisâtre.

— Et pour les réparations ?

— Oh, je suis persuadée que nous trouverons un

arrangement, rétorqua Louisa, éludant sa question dans un tintement de bracelets. Vous voulez sans doute examiner le hall. Je ne tiens pas à vous presser, mais je suis obligée de vous prévenir qu'une autre personne est très intéressée. Et lorsqu'il sera officiellement mis en vente, ma foi...

Elle laissa sa phrase en suspens et sourit.

– Je crois que le prix demandé n'est que de deux cent soixante-quinze mille dollars.

Margo eut l'impression que son rêve éclatait comme un ballon trop gonflé.

– C'est intéressant, parvint-elle à articuler en haussant les épaules. Comme je vous l'ai déjà dit, je ne suis pas sûre qu'il corresponde à ce que je recherche. J'ai plusieurs autres propositions.

Parcourant rapidement le hall, elle vit que Kate – maudite soit-elle – avait vu juste. Le montant du loyer était largement au-delà de ses moyens. Il devait pourtant y avoir une solution.

– Je vous recontacte d'ici un jour ou deux, fit-elle avec un sourire poli vaguement dédaigneux. Merci beaucoup de vous être dérangée, Mrs Metcalf.

– Oh, je vous en prie. J'adore faire visiter des appartements. Les maisons sont plus amusantes, c'est sûr. Vous avez vécu en Europe, je crois ? Quelle chance vous avez ! Si vous songez à acquérir une maison dans la région, j'ai un dix-pièces sensationnel sur Seventeen Mile. Une véritable affaire. Les propriétaires sont au milieu d'un divorce épouvantable et... Oh...

Elle se retourna vers Laura avec l'intention de s'excuser, le regard toujours brillant.

– Elle a dû redescendre. Je ne voudrais pas la troubler en parlant de divorce devant elle. Quel dommage pour elle et Peter, n'est-ce pas ?

– Pas vraiment, répliqua sèchement Margo. Je pense que c'est une ordure.

Louisa blêmit sous son hâle.

– Oh, je vois. Vous dites cela par fidélité à votre amie.

A vrai dire, personne n'aurait pu être plus surprise que moi quand j'ai appris leur séparation. Un couple si charmant... Il est si bien élevé, si séduisant et si galant.

– Mais vous savez ce qu'on dit au sujet des apparences ? Il ne faut jamais s'y fier. Si vous permettez, Mrs Metcalf, j'aimerais rester encore un petit moment, ajouta Margo en la prenant fermement par le bras et en l'entraînant vers l'escalier. Rester seule m'aidera peut-être à prendre ma décision.

– Naturellement. Prenez tout votre temps. Vous n'aurez qu'à tirer la porte en partant. Oh, laissez-moi vous donner ma carte. Surtout, n'hésitez pas à m'appeler si vous voulez revenir jeter un coup d'œil, ou si vous souhaitez visiter cette superbe maison sur Seventeen Mile.

– Je n'y manquerai pas.

En raccompagnant Louisa à la porte d'entrée, Margo ne vit ni Kate ni Laura.

– Saluez Laura pour moi, voulez-vous ? Ainsi que sa jeune amie. Je suppose que nous nous verrons bientôt au club.

– Absolument. Au revoir, et merci encore.

Margo referma rapidement la porte derrière elle.

– Et bien le bonjour chez vous, marmonna-t-elle entre ses dents. Bon, où êtes-vous cachées, toutes les deux ?

– Là-haut, dans la salle de bains, cria Kate.

– Merci de m'avoir laissée en tête à tête avec cette pie bavarde, grogna-t-elle en rejoignant ses amies.

– Tu nous as demandé de te laisser discuter avec elle, lui rappela Kate.

– Il n'y a pas grand-chose à débattre.

Découragée, Margo s'assit à côté de Laura sur le rebord de la baignoire.

– J'arriverai probablement à me débrouiller en ce qui concerne le loyer. A condition de ne rien manger pendant six mois. Ce qui ne pose pas vraiment de problème. Mais je n'aurai alors plus de quoi payer les charges. Je veux absolument ce magasin, soupira-t-elle.

C'est exactement ce que je cherche. Une intuition me dit qu'ici je serais heureuse. Malheureusement, je n'en ai pas les moyens.

– Mais moi, je les ai, lança Laura.

– Comment ça ? s'exclama Margo en se retournant vivement.

– Je l'achète, je te le loue, et nous devenons associées.

Seule son immense fierté empêcha Margo de se jeter au cou de son amie.

– Oh non ! Je n'ai pas l'intention de démarrer ma nouvelle vie de cette façon-là.

Elle fouilla dans son sac à la recherche d'une cigarette qu'elle alluma avec brusquerie.

– Tu ne vas pas te porter garante pour moi. Personne ne me servira de caution. Pas cette fois.

– Kate, répète-lui ce que tu m'as répondu lorsque je t'ai soumis mon idée.

– D'accord. Je lui ai d'abord demandé si elle avait perdu la tête. Non pas parce que je n'ai pas confiance en tes capacités, Margo, mais parce que je ne crois pas que cela serait raisonnable.

Margo plissa les yeux en soufflant un nuage de fumée.

– Je te remercie de ton appui.

– Mais ton idée est formidable, reprit alors Kate pour la rassurer. Cependant, démarrer une nouvelle affaire comporte un certain risque. La plupart des gens mettent la clé sous la porte au bout d'un an. Sans parler du fait qu'il y a déjà des tas de boutiques entre Monterey et Carmel. Certaines marchent bien, il est vrai, et même très bien. Mais oublions la situation un instant et examinons un peu celle de Laura. Mariée à l'âge ridicule de dix-huit ans, elle n'a jamais investi. Il y a l'empire Templeton, bien sûr, dont elle possède des parts. Mais elle n'a aucune action à son nom, aucune participation personnelle en dehors de Templeton. Dans la mesure où elle entame une procédure de divorce, et qu'elle jouit de ressources financières, il serait économiquement souhaitable pour elle de se lancer dans des placements.

– Je n'ai jamais rien acheté seule, coupa Laura. Ni jamais rien possédé qui ne soit au nom de ma famille ou de Peter. Et en visitant ce magasin, je me suis dit pourquoi pas ? Pourquoi ne pas parier sur moi, sur nous ?

– Parce que si je me plante...

– Ça n'arrivera pas. Et puis, tu as quelque chose à prouver, non ?

– Oui, c'est vrai, mais cela ne signifie pas que je doive t'entraîner dans ma chute, si chute il y a.

– Ecoute-moi une seconde, reprit son amie en posant une main sur le genou de Margo. Toute ma vie, j'ai fait ce qu'on m'a dit et j'ai suivi les conseils des autres. Je vais acheter cette boutique, Margo, que tu le veuilles ou non.

Margo avala péniblement sa salive, et découvrit que ce n'était pas sa fierté qui l'étouffait, mais l'excitation.

– Bon, et combien as-tu l'intention de m'extirper par mois ?

Laura reçut un premier choc à la banque. Kate lui avait conseillé de remettre un chèque certifié de dix pour cent du prix total au propriétaire, non pour arrêter la vente, mais pour essayer de lui faire baisser ses prétentions de vingt-cinq mille dollars.

Or l'argent n'y était pas.

– Il doit y avoir une erreur. J'ai au moins le double de cette somme sur mon compte.

– Je vous prie de patienter un instant, Mrs Ridgeway.

L'employé du guichet s'éclipsa, et Laura attendit en pianotant nerveusement du bout des doigts sur le comptoir.

Gagnée par un sentiment de malaise, Margo posa la main sur l'épaule de son amie.

– Il s'agit bien d'un compte joint avec Peter ?

– Bien sûr. Nous l'utilisons pour l'entretien de la maison. Ce que je veux retirer ne représente que la moitié du solde, cela ne devrait, par conséquent, ne poser aucun problème. Nous sommes mariés sous le régime de la communauté. Mon avocat m'a expliqué tout ça.

Le vice-président de la banque, qui venait d'arriver, lança d'une voix hésitante :

– Laura, si vous voulez bien passer dans mon bureau...

– C'est que je suis assez pressée, Frank. Je veux simplement un chèque certifié.

– Ça ne prendra qu'un instant.

Et la prenant par l'épaule, il l'entraîna avec lui.

Margo les regarda s'éloigner en grinçant des dents.

– Tu sais ce que ce salaud a fait ?

– Oui. Oui, je devine, répliqua Kate en se frottant les yeux. Seigneur, j'aurais dû m'en douter ! Mais tout s'est passé si vite.

– Ils ont sûrement de l'argent ailleurs, non ? Dans une autre banque. Des actions, des titres, un portefeuille géré par un courtier.

– Ils devraient. Laura a sans doute confié ses finances à Peter, et ni l'un ni l'autre ne sont assez stupides pour mettre tous leurs œufs dans le même panier.

Toutefois, elle avait un mauvais pressentiment.

– Zut ! Il ne m'a jamais laissée regarder leurs comptes. Ah, la voilà. Et la tête qu'elle fait en dit long.

– Peter a vidé le compte...

Le visage livide, les yeux embués de larmes, Laura se dirigea en hâte vers la porte.

– Le lendemain du soir où je l'ai surpris avec sa secrétaire, il a tout retiré, excepté deux mille dollars.

Elle s'arrêta, la main crispée sur sa poitrine.

– Nous avions ouvert des livrets d'épargne pour les filles, où elles mettaient toutes seules leurs économies. Il les a vidés. Vous vous rendez compte. Il a pris leur argent.

— Cherchons un endroit tranquille, murmura Margo.
— Non, non. Je dois passer des coups de fil. Contacter le courtier. Mon Dieu, je ne connais même pas son nom !

Elle se couvrit le visage à deux mains et essaya de reprendre sa respiration.

— Quelle idiote, quelle idiote je suis...
— Tu n'as rien d'une idiote, rétorqua Kate, furieuse. Rentrons à la maison. Nous allons trouver son numéro, l'appeler et nous débrouiller pour faire geler le reste de tes biens.

Ce qui ne représentait vraisemblablement pas grand-chose...

Kate se cala dans son fauteuil, fit glisser ses lunettes au bout de son nez et se frotta les yeux.

— Cinquante mille. Ma foi, c'est très généreux de sa part de t'avoir laissé autant. A vue de nez, ça correspond à environ cinq pour cent de vos avoirs communs. La bonne nouvelle, c'est qu'il ne peut pas toucher à tes actions Templeton et qu'il n'a aucun droit sur la maison.

— Il a même pris l'argent destiné à payer l'université des filles. Les études d'Ali et de Kayla ! Comment a-t-il pu faire cela ?

— Ce n'est sans doute pas qu'une question d'argent. Il a voulu te donner une leçon, remarqua Margo en remplissant leurs verres de vin.

S'enivrer leur ferait peut-être du bien.

— Peut-être que ton avocat pourra t'aider à en récupérer une partie.

— Il y a de grandes chances pour que tout soit déjà planqué quelque part aux Caraïbes, remarqua Kate d'un air dégoûté. Apparemment, il a pris soin de transférer des fonds de votre compte joint depuis un moment. Il s'est contenté de retirer ce qui restait. Mais puisque tu as tous les justificatifs, tu pourras te défendre au moment du procès.

Laura s'enfonça dans le canapé et ferma les yeux.

– Je ne veux pas me battre pour de l'argent. Il peut tout garder. Jusqu'au dernier *cent*.

– Il n'en est pas question ! tonna Margo.

– Qu'il aille donc au diable ! Le divorce va être suffisamment pénible pour les filles sans que nous nous querellions pour des histoires de sous. Il me reste cinquante mille dollars en liquide – ce qui est plus que ce dont disposent la plupart des femmes. Et il ne peut pas toucher à la maison puisqu'elle est au nom de mes parents.

Laura prit son verre, mais ne le porta pas à ses lèvres.

– J'ai vraiment été stupide de signer tous les papiers qu'il me présentait sans jamais poser de questions. Je mérite vraiment ce qui m'arrive.

– Mais tu as encore les actions Templeton, lui rappela Kate. Tu pourrais en vendre une partie.

– Je refuse de toucher aux actions de la famille. C'est un patrimoine.

– Laura, dit Kate en posant sur elle une main rassurante. Je ne te demande pas de les mettre sur le marché. Josh ou tes parents pourraient t'en racheter une partie, ou t'accorder un prêt jusqu'à ce que tout soit réglé.

– Non.

Les yeux clos, Laura prit sur elle de réagir.

– Non, je ne veux pas faire appel à eux, dit-elle en relevant les paupières. Ni que vous le fassiez. C'est moi qui ai commis une erreur, à moi de l'assumer. Kate, j'aurais besoin que tu m'expliques comment dégager assez d'argent liquide pour verser un acompte sur ce magasin.

– Tu ne vas pas utiliser la moitié de ce que tu possèdes pour acheter une boutique ?

Laura adressa un petit sourire à Margo.

– Si. Mais si, c'est ce que je vais faire. N'oublie pas

que je suis une Templeton. Il est temps que j'agisse comme il se doit.

Elle prit la carte de visite que Margo avait jetée sur la table et composa un numéro.

– Louisa ? Ici Laura Templeton. Oui, c'est exact. Je souhaite faire une offre sur le magasin que nous avons visité cet après-midi.

Après avoir raccroché, elle ôta son alliance et sa bague de fiançailles, partagée entre un sentiment de culpabilité et de libération.

– Margo, c'est toi l'expert. Combien puis-je espérer tirer de cela ?

Margo examina le diamant de cinq carats et l'alliance en brillants. Il y avait décidément une justice en ce bas monde, songea-t-elle.

– Kate, inutile de chercher à liquider quoi que ce soit. Il semble que c'est finalement Peter qui va nous fournir la mise de fonds.

Ce soir-là, Margo s'enferma dans sa chambre à griffonner des chiffres, dessiner des plans et faire des listes. Il fallait prévoir la peinture, le papier et la plomberie. L'espace de la boutique devrait être modifié pour y ajouter un vestiaire, ce qui nécessiterait l'intervention d'un menuisier.

Elle pourrait s'installer au premier étage, ce qui lui éviterait d'aller à Monterey tous les jours pour surveiller les travaux. En fait, elle ferait sans doute des économies si elle s'attaquait à la peinture au lieu de s'adresser à des professionnels.

Passer un rouleau sur un mur ne devait pas être sorcier.

– Oui, entrez, fit-elle en entendant frapper discrètement à sa porte, tout en se demandant si les menuisiers se faisaient payer à l'heure ou à la tâche.

– Margo ?

Elle releva la tête d'un air distrait et sourit en apercevant sa mère.

– Oh, je croyais que c'était une des filles.

– Il est presque minuit. Elles dorment.

– Je ne m'étais pas rendu compte de l'heure, dit Margo en repoussant les papiers éparpillés sur son lit.

– Tu as toujours été une rêveuse.

Ann jeta un coup d'œil sur une feuille, amusée de voir les additions et les soustractions gribouillées par sa fille. Il avait toujours fallu recourir aux récompenses, aux menaces ou aux cris pour obliger Margo à faire le moindre devoir d'arithmétique lorsqu'elle était petite.

– Tu as oublié de retenir le cinq, remarqua-t-elle.

– Oh, il me faut absolument une petite calculatrice comme celle que Kate trimballe partout.

– J'ai parlé avec miss Kate. Elle dit que tu vas ouvrir une boutique.

– Et ça paraît certainement ridicule de la part d'une personne qui oublie de retenir un cinq.

Margo se leva pour prendre le verre de vin qu'elle avait apporté dans sa chambre.

– Tu veux boire quelque chose, maman ?

Ann passa dans la salle de bains, revint avec un gobelet et le remplit de vin.

– Miss Kate pense que tu as mûrement réfléchi et que, bien que cela ne soit pas vraiment facile, tu peux y arriver.

– Kate a toujours été d'un optimisme incorrigible.

– C'est une jeune femme sensée, et elle me donne de précieux conseils financiers depuis des années.

– Parce que Kate est ta conseillère ? s'exclama Margo en riant. J'aurais dû m'en douter.

– Ce serait sage de faire appel à ses services, si tu veux mettre ce projet à exécution.

– Mais j'en ai bien l'intention !

S'attendant à voir une expression de doute et de dérision sur le visage de sa mère, Margo battit des cils.

– Premièrement, je n'ai pas vraiment le choix.

Deuxièmement, inciter des gens à acquérir ce dont ils n'ont aucun besoin est ce que je fais de mieux. Et troisièmement, Laura compte sur moi.

– Ce sont trois bonnes raisons...

Ann arbora un petit sourire énigmatique.

– D'autant que miss Laura paie la facture.

– Je ne lui ai rien demandé ! se défendit Margo, piquée au vif. Je ne voulais pas qu'elle le fasse. Mais elle s'est mis en tête d'acheter cette boutique, et rien n'a pu l'en faire démordre.

Devant le silence de sa mère, Margo roula une feuille de papier en boule et la jeta à toute volée d'un geste furieux.

– Bon sang, je mets tout ce que je possède dans cette affaire ! Tout ce pour quoi j'ai travaillé. Ça ne fait pas beaucoup, mais c'est tout ce que j'ai.

– L'argent n'a pas autant d'importance que le temps et les efforts.

– Il en a pourtant aujourd'hui. Nous n'avons pas une grosse somme pour démarrer.

Ann hocha la tête.

– Miss Kate m'a raconté ce que Mr Ridgeway a fait.

Elle but une longue gorgée de vin.

– Je souhaite à ce salaud au cœur de pierre d'aller brûler en enfer. Dieu me pardonne !

Margo leva son verre en riant.

– Pour une fois que nous sommes d'accord ! Portons un toast.

– Miss Laura croit en toi. Et miss Kate aussi, à sa manière.

– Mais pas toi.

– Te connaissant, je suis sûre que tu vas faire de cette boutique un endroit fantastique où des gens peu raisonnables viendront gaspiller leur argent.

– C'est justement ça, le but. J'ai même trouvé le nom. *Faux-Semblants*, dit Margo avec un petit rire bref. Ça me va bien, non ?

– En effet. Et tu t'installes en Californie, pour être avec miss Laura ?

– Elle a besoin de moi.

– Oui, c'est vrai, reconnut Ann en regardant le fond de son verre. Je regrette tout ce que j'ai dit le soir de ton retour. J'ai été dure avec toi, je l'ai probablement toujours été. Mais tu as tort quand tu prétends que je veux que tu ressembles à miss Laura ou à miss Kate. Peut-être aurais-je aimé que tu sois telle que je puisse te comprendre, mais ce n'était pas possible.

– Nous étions toutes les deux fatiguées et troublées.

Margo se trémoussa sur le lit, ne sachant trop comment interpréter les excuses de sa mère.

– Je ne m'attends pas que tu comprennes ce que je veux entreprendre, mais j'espère que tu crois au fait que je veux essayer vraiment de réaliser mon projet.

– Ta tante tenait une boutique de souvenirs à Cork. La bosse du commerce est peut-être héréditaire.

Ann haussa les épaules. Sa décision était prise.

– Ça va coûter très cher, j'imagine.

Margo acquiesça en silence en désignant les papiers étalés devant elle.

– Pendant quelque temps, je vais être obligée de déshabiller Pierre pour habiller Paul. Vendre mon âme m'arrangerait bien. Si toutefois il m'en reste une.

– Je préférerais que tu la gardes, dit Ann en sortant une enveloppe de la poche de sa jupe. Utilise plutôt ça.

La jeune femme l'ouvrit et la laissa tomber comme si elle venait subitement de se faire mordre.

– Mais c'est un compte dans une société de courtage et de placement...

– Oui. Miss Kate m'avait recommandé cette firme. Ils sont très conservateurs dans leurs investissements, ce qui me convenait parfaitement. Et ils s'en sont assez bien sortis.

– Ça représente presque deux mille dollars. Je ne veux pas de tes économies. Je peux me débrouiller toute seule.

— Je suis ravie de te l'entendre dire, mais ce ne sont pas mes économies. Ce sont les tiennes.

— Je n'en ai aucune. Ce qui m'a d'ailleurs toujours posé un problème.

— Même en serrant le poing, tu n'arriverais pas à garder un seul penny. Tu m'as envoyé de l'argent, et je l'ai mis de côté.

Margo était étonnée par la somme que cela représentait. A l'époque, ça lui avait semblé si peu.

— Mais c'était pour toi.

— Je n'en avais pas besoin.

Les sourcils froncés, Ann inclina légèrement la tête, contente de voir une lueur de fierté briller dans le regard de sa fille.

— J'ai un bon travail, un toit agréable au-dessus de la tête et de quoi prendre des vacances deux fois par an, ainsi que miss Laura m'y oblige. Je l'ai donc mis de côté.

Ann se sentait mal à l'aise. Ce n'était pas du tout de cette façon qu'elle aurait voulu exprimer ce qu'elle ressentait.

— Pour une fois, Margo, écoute-moi. J'ai beaucoup apprécié ta générosité. J'aurais pu tomber malade, être dans l'impossibilité de travailler et en avoir besoin. Mais ça ne s'est pas passé ainsi, et ton geste m'a extrêmement touchée.

— Je ne l'ai pas fait par gentillesse.

En être consciente lui fit aussi honte que de l'admettre.

— Je l'ai fait par pur orgueil. Pour te montrer que j'avais du succès, de l'importance. Que tu t'étais trompée sur mon compte.

Ann hocha la tête d'un air compréhensif.

— Ça ne fait pas grande différence, le résultat est le même. C'était ton argent, et ça l'est toujours. Ça m'a fait du bien de savoir que tu pensais à moi, et que tu pouvais te permettre de m'envoyer autant, si tu l'avais gardé, tu l'aurais sûrement gaspillé en bêtises, si bien que nous nous sommes fait une petite faveur à toutes les deux.

Elle tendit une main pour caresser les cheveux de sa fille mais, gênée de lui témoigner aussi ouvertement son affection, la laissa retomber le long de son corps.

– Alors prends-le et fais-en bon usage.

Devant le mutisme de Margo, Ann posa son verre et prit sa fille par le menton.

– Pourquoi es-tu si contrariante ? Tu l'as gagné de façon honnête, oui ou non ?

– Oui, mais...

– Alors, pour une fois, obéis donc à ta mère. Tu seras peut-être étonnée de découvrir qu'elle avait raison. Lance-toi dans cette entreprise avec miss Laura et sois-en fière. Bien, et maintenant, range vite tout ce désordre avant de te coucher.

Margo rassembla tous ses papiers ; lorsque sa mère s'arrêta sur le seuil, elle ne put s'empêcher de lui demander :

– Pourquoi ne l'as-tu pas envoyé à Milan, tu savais pourtant que j'étais au plus bas ?

– Parce que tu n'étais pas prête à le recevoir.

10

A moi. Les bras tendus, Margo fit le tour de la pièce principale de la boutique de Cannery Row. Techniquement, elle ne lui appartenait pas encore tout à fait. L'ouverture n'aurait lieu que deux semaines plus tard, mais l'offre avait été acceptée et le contrat signé. Quant à l'emprunt, grâce au nom de Templeton, il avait été accordé sans aucune difficulté.

Elle avait déjà contacté un entrepreneur pour discuter des travaux à effectuer. Cela allait coûter cher, aussi avait-elle décidé de procéder elle-même aux transformations les plus simples. Elle allait louer une ponceuse pour le parquet et avait même trouvé un engin merveilleux : un pistolet à peinture, rapide et efficace.

Les murs ne lui appartiendraient pas totalement. Ils seraient à *elles*. Laura et Margo. Et à la banque. Mais d'ici deux semaines, elle dormirait dans la petite pièce du premier étage. Dans un sac de couchage, si besoin était.

Et vers le milieu de l'été, *Faux-Semblants* accueillerait ses premiers clients.

Quant au reste, se dit-elle en riant, ce serait du gâteau !

En entendant frapper contre la vitre, elle se retourna et aperçut Kate.

— Hé, ouvre-moi ! J'étais sûre que je te trouverais ici en train de crier victoire, dit-elle quand Margo la fit entrer. Ça sent toujours aussi fort, non ?

— Qu'est-ce que tu veux, Kate ? Comme tu le vois, je suis très occupée.

Kate jeta un coup d'œil sur le porte-bloc à pince et la calculatrice de poche posés par terre.

— Tu as compris comment marchait ce truc ?

— Il n'est pas nécessaire d'être expert-comptable pour utiliser une calculatrice.

— Je parlais du porte-bloc.

— Ha, ha, très drôle !

— Tu sais, cet endroit ne manque pas de charme...

Les mains enfoncées dans les poches de son pantalon, Kate fit le tour de la pièce.

— Et puis le quartier est sympathique et très animé. Et les touristes achètent toujours des tas de bidules dont ils n'ont aucun besoin. Mais pour les vêtements d'occasion, tout va être en taille trente-huit.

— J'y ai déjà pensé. Je vais chercher autour de moi. Je connais des tas de personnes qui renouvellent leur garde-robe à chaque saison.

— Les gens chics achètent des vêtements classiques et qui ne se démodent pas.

– Combien de blazers bleu marine as-tu, Kate ?
– Cinq ou six, répondit-elle avec un large sourire.

Elle sortit de sa poche un rouleau de pastilles contre les maux d'estomac. En guise de déjeuner.

– Heureusement que tout le monde n'est pas comme moi. Bon, j'ai une proposition à te faire, Margo. Je veux en être.

– Pardon ?

– Oui, je veux participer à l'achat du magasin, expliqua-t-elle en enfournant une pastille. J'ai un peu d'argent, et je ne vois pas pourquoi toi et Laura seriez les seules à prendre votre pied.

– Nous n'avons pas besoin d'une associée supplémentaire.

– Bien sûr que si. Il vous faut une personne qui sache faire la différence entre l'actif et le passif.

S'accroupissant, elle commença à faire des opérations sur la petite machine.

– Toi et Laura mettez vingt-cinq mille chacune, cash. Mais il y a les coûts d'installation, l'assurance, les taxes... Ce qui nous amène à environ dix-huit mille chacune, soit trente-six mille.

Kate sortit des lunettes de sa poche de poitrine et les chaussa sur son nez avant de poursuivre :

– On divise ça par trois, ce qui fait douze mille dollars chacune.

Elle se releva et arpenta la pièce en continuant à faire ses calculs.

– A cette somme il faut ajouter les frais de rénovation, l'entretien, les charges, la licence et les frais de comptabilité – je peux préparer les livres de comptes, mais je n'ai pas le temps de m'en occuper en ce moment, aussi devras-tu engager un comptable ou bien apprendre à faire des additions.

– Je sais le faire, rétorqua Margo, vexée.

Le téléphone portable de Kate se mit à sonner au fond de son sac, mais elle décida de l'ignorer.

– Il faut aussi compter les frais généraux, pour les

sacs et les cartons d'emballage, le papier, le ruban de la caisse enregistreuse. Ce qui nous conduit à un total à six chiffres en un rien de temps. Sans oublier le pourcentage à verser aux compagnies de cartes de crédit.

Elle fit glisser ses lunettes au bout de son nez et regarda Margo.

– Tu as l'intention d'accepter toutes les cartes, je suppose ?

– Je...

– Tu vois que tu as besoin de moi.

Satisfaite, elle rajusta ses lunettes.

– Bien entendu, je serai une associée peu encombrante, étant donné que je suis la seule de nous trois à avoir un vrai boulot.

Margo fronça les sourcils.

– Jusqu'à quel point ?

– Oh ! je passerai seulement jeter un coup d'œil de temps à autre. Il faudra penser à renouveler ton stock assez rapidement et calculer le pourcentage de ta marge bénéficiaire. Oh, et puis, il y a les frais d'enregistrement ! Mais tu peux demander à Josh de s'en occuper. A propos, comment as-tu fait pour le convaincre de te prêter sa Jaguar ? C'est bien sa voiture qui est garée devant la porte ?

Margo afficha un air suffisant.

– Disons plutôt que je l'ai prise à l'essai.

Kate retira ses lunettes et les glissa dans sa poche d'un air étonné.

– Et lui, tu l'as pris à l'essai, aussi ?

– Pas encore.

– Très intéressant... Bon, je vais te faire un chèque de douze mille dollars. Et nous allons établir un contrat de partenariat.

– Qu'est-ce que c'est que ça ?

– Décidément, je te suis vraiment indispensable, fit-elle en attrapant Margo par les épaules et en l'embrassant sur la bouche. Nous nous aimons beaucoup toutes les trois, et nous nous faisons entièrement confiance, mais il faut quand même signer un document officiel. Pour l'instant, tout le stock est à toi, mais...

– Laura y a ajouté sa quote-part, coupa Margo avec une lueur malicieuse dans le regard. Nous allons vendre tout ce qu'il y a dans le bureau de Peter.

– C'est un bon début. Comment tient-elle le coup ?

– Plutôt bien. Elle s'inquiète pour Ali. La petite a très mal supporté le fait que son père n'ait pas assisté à son spectacle de danse. Il paraît qu'il est à Aruba.

– Pourvu qu'il se noie ! Non, j'espère plutôt qu'il va se faire dévorer par des requins. Je vais venir à la maison ce week-end. J'ai envie de passer un moment avec les filles.

Kate sortit un chèque de son sac, rempli et signé.

– Tiens, chère associée. Il faut que je file.

– Mais nous n'avons pas discuté de tout cela avec Laura...

– Je l'ai fait.

Elle se précipita vers la porte, et se retrouva nez à nez avec Josh.

– Bonjour, fit-elle en l'embrassant. Et au revoir.

– Content de t'avoir vue, cria-t-il avant de refermer soigneusement derrière elle.

Laura l'avait prévenu de ne pas s'attendre à quelque chose d'extraordinaire. Ce en quoi elle avait bien fait.

– Vous avez fumé de l'herbe ?

– Tu sais bien que Kate ne prend rien d'autre au déjeuner, il va falloir qu'on la décide à se faire désintoxiquer.

Toute contente d'elle, Margo écarta les bras.

– Alors, qu'est-ce que tu en dis ?

– Euh... Ça ressemble à un magasin, en effet.

– Josh...

– Attends, laisse-moi une minute, lança-t-il en passant devant elle pour visiter la pièce voisine.

Il jeta un coup d'œil sur la salle de bains et contempla l'escalier, charmant, mais potentiellement dangereux. Il en secoua la rampe en faisant une grimace.

– Tu cherches un avocat ?
– Nous allons le faire réparer.
– J'imagine qu'il ne t'est jamais venu à l'esprit que tremper d'abord un doigt de pied était parfois plus malin que de plonger tête la première ?
– Certes, mais ce n'est pas aussi amusant.
– Ma foi, duchesse, il me semble que tu aurais pu choisir pire.

Revenant vers elle, il approcha son visage boudeur du sien.

– Débarrassons-nous de ça tout de suite, tu veux ? J'ai survolé deux continents en ne pensant qu'à ça.

Josh l'attira contre lui et prit avidement sa bouche. Margo aurait voulu feindre un total désintérêt, mais elle s'abandonna à son baiser. Un baiser au goût de volupté frustrée. Cette façon qu'avait sa bouche de se fondre à la sienne était si inattendue, si excitante. Tout comme la manière dont les muscles de son corps s'emboîtaient parfaitement avec ses courbes.

Elle n'arrivait pas à déterminer si c'était simplement la merveilleuse sensation d'être dans les bras d'un homme qui lui avait manqué, ou bien si c'était Josh. Mais justement parce que c'était Josh, il lui fallait réfléchir.

– Je ne sais pas comment j'ai fait pour ne pas voir pendant toutes ces années à quel point tu étais musclé.

Margo s'écarta de lui et lui décocha un sourire follement séduisant.

Josh eut l'impression que tout son corps était brusquement soumis à une pression intolérable, tel un moteur trop gonflé.

– Et ce n'était qu'un échantillon. Tu peux revenir quand tu veux pour un traitement complet.
– Je pense que nous allons procéder par étapes, fit-elle en attrapant son paquet de cigarettes.

Elle ajouta d'un air malicieux :

– J'apprends à être prudente.
– Prudente, répéta-t-il en balayant la pièce du

regard. C'est sans doute pour ça que tu es passée de la décision d'ouvrir une petite boutique à Milan pour rembourser tes dettes et vivre raisonnablement à celle d'acheter un magasin sur Cannery Row qui va ne faire qu'accroître ton déficit.

— Ah, on ne change pas si facilement ! rétorqua-t-elle en le toisant à travers un nuage de fumée. Mais tu ne vas pas te mettre à me parler comme un avocat, dis-moi ?

— C'est exactement ce que je suis.

Il ramassa son attaché-case et l'ouvrit.

— J'ai des papiers pour toi, reprit-il en cherchant un endroit où s'installer et optant pour la dernière marche de l'escalier. Viens à côté de moi. Je suis capable de garder mes mains dans mes poches, tu sais.

Margo, un cendrier en métal à la main, le rejoignit et fronça les sourcils devant le papier qu'il lui tendit.

— L'acte de vente de mon appartement, murmura-t-elle. Eh bien, tu n'as pas perdu de temps.

— C'est une offre tout à fait correcte, fit-il en ramenant une de ses mèches de cheveux derrière l'oreille. Tu es bien sûre que c'est ce que tu veux ?

— Je n'ai pas le choix. La réalité n'est pas toujours facile à digérer, mais je fais de mon mieux. Laisse-moi quand même m'apitoyer sur mon sort une minute.

— Tu en as le droit.

— M'attendrir sur moi est une de mes mauvaises habitudes. Et ce sont les plus difficiles à perdre. Bon sang, Josh, j'adorais mon appartement ! Quelquefois, il m'arrivait de rester sur la terrasse et de me dire : regarde où tu es, Margo. Regarde ce que tu es devenue.

— Eh bien, maintenant, tu es ailleurs...

Elle n'avait nullement besoin de sa sympathie, décida-t-il. Ce qu'il lui fallait, c'était un bon coup de pied dans les fesses.

— Et tu es toujours la même.

— Ce n'est pas pareil. Ce ne sera plus jamais la même chose.

– Allons, Margo, reprends-toi. Tu commences à te laisser aller.

Elle se redressa d'un bond.

– Oh ! pour toi, c'est facile à dire. Joshua Conway Templeton, la star montante de l'empire Templeton ! Tu n'as jamais rien perdu, toi. Tu n'as pas eu besoin de te faire une place à la sueur de ton front pour obtenir un statut privilégié.

– C'est la vie, non ? dit-il plaisamment. Tu as joué, duchesse, et tu as perdu. Te lamenter n'y changera rien, et puis, ça n'a rien de très séduisant.

– Merci de ta compréhension...

Furieuse, elle lui arracha le contrat des mains.

– Quand aurai-je l'argent ?

– En Italie, tout prend du temps. Avec un peu de chance, tu devrais recevoir un virement d'ici soixante jours. Les conditions sont stipulées à la page suivante.

– C'est toujours mieux qu'un coup de poing dans l'œil, je suppose, marmonna-t-elle.

– Au fait, tu as trouvé un nom pour la boutique ? demanda Josh.

– *Faux-Semblants*.

– Pas mal. J'ai fait établir les documents nécessaires.

– Ah oui ? fit-elle lentement. En trois exemplaires ?

Alerté par le ton de sa voix, Josh releva la tête et croisa son regard glacé.

– Naturellement.

– Et à quoi je m'engage exactement, conseiller Templeton ?

– A rembourser ce prêt personnel en mensualités régulières, la première six mois après la date de la signature. Ça te permettra de respirer un peu. Tu t'engages également à vivre dans la limite de tes moyens pendant toute la durée de l'emprunt.

– Je vois. Et quelle est cette limite d'après le juriste que tu es ?

– J'ai préparé un budget pour tes dépenses personnelles. Nourriture, logement, frais médicaux...

— Qu'est-ce que tu dis ?

Josh s'était attendu à sa réaction. De façon un peu perverse, il avait même espéré qu'elle serait folle de rage. Les colères de Margo étaient toujours si... stimulantes. Et, apparemment, il n'allait pas être déçu.

— Un budget ? répéta-t-elle en fondant sur lui. C'est vraiment incroyable ! Espèce de salaud ! Tu crois que je vais rester là, à me laisser traiter comme une parfaite idiote à qui il faut dire combien elle peut dépenser pour acheter une boîte de poudre de riz ?

— Poudre de riz...

Délibérément, Josh parcourut les papiers, sortit un stylo et griffonna quelques mots.

— Ça, ça fait partie de la rubrique « Produits de luxe divers ». Je crois avoir été très généreux sur ce poste. Maintenant, pour ce qui est de ton allocation vêtements...

— Allocation ? hurla-t-elle en le repoussant à deux mains. Je vais te montrer ce que j'en fais, de ton allocation !

— Doucement, duchesse, protesta-t-il en époussetant son revers. Ce costume vient de chez un grand tailleur.

Margo entendit un affreux gargouillis s'étouffer dans sa gorge. Si elle avait eu un objet sous la main, elle le lui aurait volontiers jeté à la figure.

— J'aimerais encore mieux être dévorée vivante par des vautours que de te laisser gérer mon argent !

— Mais tu n'en as pas...

— J'aimerais mieux être violée par une bande de nains, être attachée toute nue sur un nid de guêpes ou me nourrir de limaces pour le restant de mes jours !

— Et passer trois semaines sans une manucure ? ajouta-t-il en voyant ses mains s'ouvrir comme des griffes. Si tu me lacères le visage, je te préviens que je vais te faire mal.

— Oh, je te déteste !

— Mais non.

D'un bond, Josh se jeta sur elle et la plaqua contre

le mur. Il prit le temps d'enregistrer son air furibond, et la lueur assassine dans son regard, avant d'écraser sa bouche contre la sienne. Il eut l'impression d'embrasser un éclair – une chaleur soudaine l'envahit et il ressentit une secousse d'une puissance incroyable, renforcée par l'aiguillon de la colère.

Il savait que, lorsque enfin il l'entraînerait dans son lit, ce serait une véritable tempête.

Margo ne résista pas. Il en aurait tiré trop de satisfaction. Elle répondit avec fougue et se fit plaisir. Juqu'à ce qu'ils s'écartent l'un de l'autre, hors d'haleine.

– Je peux aimer t'embrasser et te détester quand même, dit-elle en rejetant ses cheveux en arrière. Mais je te ferai payer ça.

Et sans doute le pouvait-elle. De par le monde des quantités de femmes ont le don inné de faire souffrir les hommes, de les laisser se consumer et de les traîner à leurs pieds, mais elles pouvaient toutes prendre des leçons de Margo Sullivan, pensa Josh.

– Eh bien, maintenant, nous savons où nous en sommes, chérie.

– Je vais te dire où nous en sommes, *chéri*. Je n'ai que faire de tes propositions insultantes. Je mène ma vie comme je l'entends.

– Jusqu'à présent, ça n'a pas vraiment été un succès.

– Je sais ce que je fais. Et arrête de me regarder avec ce petit sourire ridicule.

– Impossible. Il me vient chaque fois que tu prétends savoir ce que tu fais.

Il rangea les papiers dans son attaché-case et le referma.

– Je voulais te dire aussi, je ne crois pas que ton idée soit complètement débile – je veux parler de la boutique.

– Eh bien, savoir que tu m'approuves va sûrement m'aider à dormir nettement mieux.

– Approuver est un bien grand mot. Je parlerais plutôt d'une résignation pleine d'espoir... dit-il en secouant la rampe branlante de l'escalier une dernière fois. Mais je crois en toi, Margo.

Sa colère retomba, laissant place à la confusion.

– Franchement, Josh, je n'arrive plus à te suivre.

– Tant mieux.

Il effleura doucement sa joue.

– Ce que tu vas réaliser dans cet endroit surprendra tout le monde. Toi la première.

Puis il se pencha, et le baiser qu'il lui donna fut tout à fait amical.

– Tu as de quoi prendre un taxi ?

– Pardon ?

Avec un sourire triomphant, il agita un jeu de clés sous son nez.

– Heureusement, j'en possédais un double ! Ne travaille pas trop tard, duchesse.

Margo attendit qu'il eût disparu pour sourire. Puis elle fila chercher son sac, elle allait utiliser sa toute nouvelle carte Visa pour acheter un pistolet à peinture.

Il fallut moins de deux semaines à Josh pour décider de la stratégie à adopter avec Peter Ridgeway. Il avait passé un coup de fil de Stockholm et fait valoir qu'il serait souhaitable, personnellement et professionnellement, que son beau-frère se tienne un peu à l'écart de Templeton.

Le temps, ainsi qu'il l'avait expliqué avec raison et bonhomie, que ce petit différend conjugal soit réglé.

Josh ne s'était jamais mêlé du mariage de sa sœur. Il ne se sentait pas apte à donner des conseils matrimoniaux. En outre, comme il adorait Laura et méprisait légèrement son mari, il était pleinement conscient du fait que son avis serait forcément partial.

Peter s'étant toujours comporté correctement vis-à-vis de Templeton, il ne pouvait s'en plaindre. Il se montrait certes un peu rigide dans sa façon de diriger un hôtel, trop distant avec le personnel et les problèmes quotidiens, mais il savait s'y prendre avec les groupes et les visiteurs étrangers, les plus riches clients des hôtels Templeton.

Cependant, il arrivait que l'efficacité professionnelle s'efface devant le dégoût. Car personne, absolument personne, ne pouvait mal se comporter avec la famille de Joshua Templeton et espérer s'en tirer à bon compte.

Josh avait envisagé de relever Peter de toute fonction au sein de l'empire Templeton et d'user de ses relations et de son influence pour s'assurer que ce triste personnage ne puisse plus jamais prendre la direction, ne serait-ce que d'un motel sur une autoroute du Kansas.

Mais c'était trop simple, et pas assez... saignant.

Josh était tombé d'accord avec Kate, le meilleur moyen, et le plus direct, était – ainsi que l'avait très élégamment formulé Kate – que Ridgeway se retrouve démuni devant le tribunal. Josh connaissait quelques grands avocats qui se seraient fait un plaisir de démolir un mari cupide et adultère qui avait vidé jusqu'au compte d'épargne de ses propres filles.

Oh, ce serait un régal! songea Josh en respirant l'air frais du matin qui embaumait l'océan et les lauriers-roses. Mais pareille humiliation publique eût été trop pénible pour Laura. Et puis, encore une fois, ce n'était pas assez saignant.

Mieux valait régler tout cela de façon civilisée. Josh décida que l'endroit idéal était le country-club. Aussi attendit-il patiemment le retour de Peter en Californie.

Le mari de Laura avait accepté son invitation à disputer une partie de tennis, sans hésiter. Josh n'en attendait pas moins. Il supposa que Peter estimait qu'échanger quelques balles avec son beau-frère apaiserait les rumeurs qui commençaient à circuler quant à son avenir chez Templeton.

Ce en quoi Josh se ferait un plaisir de le satisfaire.

Le golf était le sport préféré de Peter, mais il se considérait néanmoins assez habile au tennis. Il avait revêtu une tenue d'un blanc immaculé. Josh portait une tenue similaire, bien que légèrement plus décontractée, agrémentée d'une casquette à l'emblème des Dodger, pour se protéger du soleil éblouissant.

Plus tard, Minn Whiley et DeLoris Solmes, qui s'entraînaient sur le court voisin, comme chaque mardi, siroteraient des Martini dry en faisant des commentaires sur le spectacle réjouissant qu'avaient offert les deux hommes superbement bronzés pendant qu'ils se renvoyaient la balle jaune vif.

Du moins, avant l'incident, ainsi que Minn l'expliquerait à Sarah Metzenbaugh, quand celle-ci les rejoindrait au sauna.

– Je ne prends pas assez souvent le temps de jouer, remarqua Peter, lorsqu'ils sortirent les raquettes de leurs housses. Dix-huit trous au golf deux fois par semaine, c'est tout ce que j'arrive à m'accorder comme loisirs.

– Tu travailles trop et tu ne te détends pas assez, commenta Josh d'un ton affable, non sans remarquer la moue méprisante de Peter.

Il savait pertinemment ce que Ridgeway pensait de lui. Un enfant gâté qui passait son temps à traîner de soirée en soirée.

– Personnellement, reprit-il, je ne suis pas en forme si je ne fais pas, au minimum, un bon set chaque matin.

Sans se presser, Josh extirpa de son sac une bouteille d'eau minérale.

– Je suis content que tu aies réussi à te libérer. Entre nous, je suis sûr que nous allons trouver un moyen de régler cette fâcheuse histoire. Il paraît que tu t'es installé dans un hôtel près de la plage, depuis ton retour d'Aruba ?

– Ça m'a semblé être la meilleure solution. Je veux donner à Laura un peu de temps et d'espace pour retrouver la raison. Ah, les femmes !... Ce sont des créatures difficiles.

– Pendant que nous nous échauffons, raconte-moi

comment tu as trouvé Aruba, dit alors Josh en envoyant une première balle avec adresse.

— Très reposant. Mais notre hôtel là-bas présente quelques petites défaillances. Il faudrait y jeter un coup d'œil.

— Ah bon ? J'en prends bonne note.

Josh, qui y était allé trois mois plus tôt, savait que tout allait très bien. Délibérément, il envoya un revers au-delà de la ligne.

— Je suis rouillé, fit-il en hochant la tête. A toi de servir. Dis-moi, Peter, tu comptes refuser le divorce ?

— Si Laura insiste pour que nous nous séparions, je ne vois pas à quoi cela servirait, sinon à alimenter les ragots. Mes responsabilités chez Templeton ne lui conviennent pas. Une femme comme Laura ne comprend pas la disponibilité qu'exigent les affaires.

— Pas plus d'ailleurs qu'un homme puisse avoir une liaison avec sa secrétaire.

Avec un sourire narquois, Josh fit siffler la balle à quelques millimètres de l'oreille de Peter.

— Elle a mal interprété la situation. Franchement, Josh, je t'assure qu'elle est devenue exagérément jalouse du temps que je suis obligé de passer au bureau. Tu sais le nombre de conventions que nous avons accueillies récemment, sans parler de la visite le mois dernier de lord et lady Wilhelm. Ils avaient réservé deux étages et la suite présidentielle. Nous ne pouvions leur offrir qu'un service parfait.

— Naturellement. Et Laura n'a pas compris la pression que cela faisait peser sur toi.

— Exactement...

Essoufflé à force de courir partout où Josh le promenait à un rythme impitoyable, Peter rata la balle.

— Et la situation n'a fait qu'empirer lorsque cette prétentieuse de Margo a débarqué. Bien entendu, Laura l'a accueillie sans réfléchir une seule seconde aux conséquences.

— Notre Laura a le cœur tendre, concéda aimablement Josh en marquant un nouveau point. Vider les comptes en banque n'a pas été très galant de ta part, tout de même.

Les lèvres de Peter se durcirent. Il s'était attendu à plus de fierté de la part de Laura et qu'elle ne se précipite pas pour pleurnicher dans le giron de son frère.

— Je l'ai fait sur les conseils de mon avocat. Tout simplement pour me préserver, dans la mesure où elle n'a aucun sens des finances. Et, visiblement, bien m'en a pris, puisqu'elle manque de jugeote au point de s'être associée avec Margo Sullivan. Ouvrir une boutique, pour l'amour du ciel !

— Les femmes ont parfois de drôles d'idées.

— Dans six mois, elle aura tout perdu – si Margo ne s'est pas fait la belle avec la caisse d'ici là. Tu aurais pu la dissuader de se lancer dans cette histoire insensée.

— Parce que tu crois qu'elle m'écoute ?

Josh envisagea une seconde de laisser Peter remporter le second set, puis décida qu'il en avait assez et qu'il fallait en finir au plus vite. Toutefois, il lui accorda un dernier point sur son service.

— Pas de chance ! s'exclama Peter, excité à l'idée de battre son beau-frère à son propre jeu. Tu devrais travailler ton revers.

— Mmm.

Josh se dirigea en petites foulées vers le bord du court, s'épongea le visage et engloutit une longue rasade d'Evian. En refermant la bouteille, il décocha un sourire ravageur aux deux femmes qui jouaient sur le court voisin, profondément ravi à l'idée qu'elles allaient assister à la scène qu'il s'apprêtait à jouer.

— Oh ! j'allais oublier, j'ai procédé à quelques vérifications à l'hôtel. Il y a eu un nombre de changements de personnel inhabituel, ces dix-huit derniers mois.

Peter fronça les sourcils.

— Inutile de t'occuper du *Templeton* de Monterey. C'est mon territoire.

— Oh, loin de moi l'intention de me mêler de ce qui ne me regarde pas, mais j'étais là, et pas toi !

Il jeta sa serviette sur le banc et revint se placer derrière le filet.

— Tout de même, c'est bizarre. Templeton est pourtant réputé pour garder ses employés longtemps.

Quel petit imbécile prétentieux ! pensa Peter en masquant sa mauvaise humeur.

— Comme tu as pu le constater si tu as lu les rapports, la sous-direction a commis des erreurs d'appréciation à l'embauche. Une épuration s'est avérée nécessaire pour maintenir la qualité de nos services.

— Je suis sûr que tu as raison.

— Mais je reprends tout cela en main dès demain, aussi, inutile de t'inquiéter.

— Je ne suis pas inquiet du tout. Juste curieux. C'est à toi de servir, non ? laissa tomber Josh avec un sourire en coin.

Les deux hommes reprirent la partie. Peter rata son premier service, ce qui ne fit que l'agacer davantage, et envoya le suivant correctement. Guettant le moment propice, Josh le fit cavaler d'une extrémité à l'autre du court, pour l'essouffler. Il était quant à lui en pleine forme et continua de faire la conversation sans rater une seule balle.

— Au passage, j'ai remarqué deux ou trois autres petites choses. A propos de tes notes de frais, par exemple. Soixante-quinze mille dollars en cinq mois pour distraire des clients !

De la sueur coulait dans les yeux de Peter, le rendant furieux.

— Depuis quinze ans que je travaille pour Templeton, jamais personne n'a remis mes notes de frais en question.

— Evidemment...

Tout sourires, Josh ramassa des balles en prévision du prochain set.

– Puisque tu es mariée à ma sœur depuis dix ans. Oh ! il y a aussi ce bonus à ta secrétaire...

Il fit rebondir une balle sur sa raquette d'un air nonchalant.

– Celle que tu baises. Dix mille dollars, c'est vraiment très généreux. Elle doit faire un sacré bon café.

Se figeant subitement, les mains sur les genoux pour essayer de reprendre son souffle, Peter plissa les yeux en le regardant par-dessus le filet.

– Les bonus et les motivations financières ont toujours fait partie de la politique Templeton. Et permets-moi de te signaler que je n'apprécie guère tes insinuations.

– Ce ne sont pas des insinuations, Peter. Tu as mal compris. Ce sont des affirmations.

– Avoue que, venant de toi, c'est un peu hypocrite. Tout le monde sait ce que tu fais de ton temps et de l'argent familial. Tu le dépenses en voitures, en femmes et au jeu.

– Tu as tout à fait raison, répliqua Josh avec un sourire amical en se plaçant juste derrière la ligne pour servir. Et je comprends que tu trouves étonnant de ma part ce genre de réflexion.

Il lança la balle, comme pour servir, la rattrapa et se gratta la tête.

– Mais tu oublies un petit détail. Ou plus exactement, deux petits détails. Premièrement, cet argent est à moi, et deuxièmement, je ne suis pas marié.

Il lança sa balle en l'air, la frappa et marqua un *ace*, en plein dans le nez de Peter. Quand celui-ci tomba à genoux, et que du sang jaillit entre ses doigts, Josh se dirigea lentement vers lui en faisant tournoyer sa raquette.

– Et troisièmement, c'est de ma sœur que tu te fous.

– Espèce de salaud ! maugréa Peter, le souffle coupé. Tu es complètement dingue. Tu m'as cassé le nez !

– Remercie-moi de ne pas avoir visé les couilles.

Josh empoigna Peter par le col de son polo taché de sang.

— Maintenant, écoute-moi bien, gronda-t-il tandis que les femmes sur le court voisin gloussaient à qui mieux mieux. Et très attentivement, car je ne le répéterai pas.

Des étoiles dansaient devant les yeux de Peter, et il avait le cœur barbouillé.

— Retire tes sales pattes de là...

— Tu n'écoutes pas, dit doucement Josh. Pourtant, je te conseille d'ouvrir bien grandes tes oreilles. Ne t'avise plus de prononcer le nom de ma sœur. Si je m'aperçois que tu as eu ne serait-ce qu'une pensée pour elle qui me déplaise, il t'en coûtera bien davantage qu'un coup dans le nez. Et si jamais tu reparles de Margo de la façon dont tu viens de le faire, je t'arrache les couilles et je te les fais bouffer.

— Je porterai plainte contre toi, espèce d'ordure...

Le visage de Peter irradiait de douleur... et d'humiliation.

— Je te ferai condamner pour agression.

— Oh, ne te gêne surtout pas ! En attendant, je te suggère de repartir en voyage. De retourner à Aruba, à St-Bart ou bien au diable. Mais je ne veux plus te revoir devant moi ou un membre de ma famille.

Il le relâcha d'un air dégoûté et essuya sa main couverte de sang sur son polo.

— Oh ! à propos, tu es viré. Ce qui nous fait jeu, set et match.

Plutôt satisfait de sa matinée, Josh décida qu'il allait passer un petit moment au sauna.

11

Les miracles arrivaient, songea Margo. Cela n'avait nécessité que six semaines, pas mal de courbatures et environ trois cent cinquante mille dollars.

Depuis un mois et demi, elle était officiellement propriétaire pour un tiers du local de Cannery Row. Aussitôt après avoir trinqué avec ses associées, elle avait remonté ses manches et s'était mise au travail.

Traiter avec des entrepreneurs, vivre au milieu du bruit des scies et des marteaux avait été pour Margo une expérience nouvelle. Son temps, elle l'avait passé à la boutique ou à acheter de quoi la rénover. Dans les magasins de bricolage, les employés la voyaient arriver avec joie. Quant aux menuisiers, ils avaient appris à la supporter.

Elle avait longuement discuté des échantillons de peinture avec Laura, hésitant entre Poussière de rose et Mauve du désert au point que la plus petite nuance de ton avait été une affaire prenant des proportions monumentales. L'éclairage encastré l'avait obsédée des jours entiers. Puis elle avait découvert la joie et l'horreur tout à la fois que représentait le choix des présentoirs, y consacrant autant d'heures qu'elle en passait autrefois devant les vitrines de bijoux chez Tiffany.

Elle avait appris à aimer et à mépriser les excentricités de son pistolet à peinture, auquel elle s'était attachée d'une façon névrotique et possessive et qu'elle refusait de prêter à Kate ou à Laura, ne serait-ce que pour l'essayer. Un jour, après une séance particulièrement longue, elle avait eu un coup au cœur en apercevant son reflet dans un miroir.

Margo Sullivan, celle qui faisait vendre des millions de flacons de parfums, contemplait son image d'un air consterné, la somptueuse chevelure en bataille dissimulée sous une casquette blanche très sale, les joues couvertes de taches vieux rose, les yeux et la bouche dépourvus de tout maquillage.

Elle n'avait pas su s'il valait mieux rire ou pleurer.

Mais le choc l'avait poussée illico à se plonger dans une baignoire, dans une eau parfumée aux sels marins et à s'offrir un soin complet – masque facial, bain d'huile, manucure, histoire de se prouver qu'elle n'avait pas complètement perdu l'esprit.

Et à présent, après des semaines de folie, elle commençait à avoir la certitude que son rêve allait se réaliser. Les sols étincelaient, poncés et recouverts de trois couches de vernis satin. Les murs, qui faisaient sa joie et sa fierté, arboraient un rose très pâle et très doux. Les fenêtres, qu'elle avait elle-même lavées selon la formule secrète de sa mère, à savoir autant de vinaigre que d'huile de coude, scintillaient au milieu de leurs châssis refaits à neuf. Les marches en fer de l'escalier et la rambarde de la mezzanine avaient été soigneusement boulonnées et repeintes.

Dans la salle de bains, le carrelage avait été gratté, centimètre par centimètre, et de jolis essuie-mains brodés de dentelle ornaient chaque côté du lavabo.

Tout était doré, rose et pimpant.

– C'est comme Dorian Gray, remarqua Margo.

Assise avec Laura au rez-de-chaussée, elles évaluaient le prix des objets étalés devant elles.

– Ah bon ?

– Oui, la boutique ne cesse d'embellir...

Elle se pinça les joues en riant.

– Et moi, je suis le portrait dans le placard.

– Oh, ça explique l'apparition de toutes ces verrues !

– Des verrues ? s'écria Margo, immédiatement prise de panique.

– Du calme ! s'exclama Laura en riant pour la première fois depuis bien des jours. Je plaisantais.

– Eh bien, la prochaine fois, contente-toi de me tirer une balle dans la tête.

Retrouvant son sang-froid, Margo brandit un vase en faïence orné de fleurs stylisées peintes.

– Qu'est-ce que tu en penses ? C'est un Doulton.

Inutile de demander à Margo combien elle l'avait payé, Laura savait qu'elle n'en aurait pas la moindre idée. S'en tenant à la routine, Laura lui montra la pile de guides de prix et de catalogues qu'elles s'étaient procurés.

– Tu as regardé là-dedans ?

– Vaguement...

Au cours des dernières semaines, Margo avait développé une sorte de relation amour-répulsion avec ces guides. Elle adorait fixer les prix, mais détestait se rendre compte de tout l'argent qui lui avait filé entre les doigts.

– Je dirais cent cinquante.

– D'accord.

En se mordillant les lèvres, Margo tapa lentement sur le clavier de l'ordinateur que Kate avait jugé indispensable.

– Numéro de stock 481... Je mets ça sous V pour verrerie ou sous D pour divers ?

– Euh... D. Kate n'est pas là pour en discuter.

– 481-D. Cent cinquante... Mais qu'est-ce qu'on est en train de faire, Laura ? soupira Margo en allumant une cigarette.

– On s'amuse. Qu'est-ce qui t'a pris d'acheter ça ?

L'air consterné, Margo considéra l'urne avec des poignées en forme d'ailes que Laura brandissait.

– J'avais dû passer une très mauvaise journée.

– C'est un Stinton, et il est signé, par conséquent on peut peut-être en demander... disons quatre cent cinquante, dit-elle après avoir consulté le guide.

– Tu crois ?

Avait-elle réellement été capable un jour de payer aussi cher pour une telle horreur ?

Elle poussa l'ordinateur vers Laura.

– Demain, l'enseigne sera peinte sur la vitrine. Et l'équipe du journal télévisé doit venir vers 14 heures.

– Tu es sûre de vouloir faire ça ?

– Refuser une publicité gratuite ? Tu plaisantes ! s'exclama Margo en redressant ses épaules et son dos endoloris. Et puis, ça me donnera l'occasion de me montrer devant une caméra. J'hésite entre la robe verte d'Armani ou la bleue de Valentino.

– L'Armani est déjà étiquetée.

– Alors, va pour Valentino.

– Pourvu que tu ne te sentes pas mal à l'aise !

– En Valentino, je suis toujours au mieux de ma forme.

– Tu sais très bien ce que je veux dire. Je pense à toutes les questions qu'on risque de te poser sur ta vie privée.

– Je n'en ai aucune pour l'instant. Tu sais, il faut apprendre à mépriser les ragots, dit-elle en éteignant sa cigarette. Si tu te laisses atteindre par tous les commérages qui circulent sur toi et Peter, tu n'en as pas fini.

– Il est en ville depuis la semaine dernière.

Margo redressa la tête.

– Il t'embête ?

– Non, mais... il y a eu un petit incident entre Josh et lui. Je ne l'ai appris que ce matin.

– Ah oui ?

Amusée, Margo examina une petite boîte en porcelaine de Limoges, réplique d'un marchand de fleurs des quatre-saisons. Elle adorait ce genre de babioles.

– Qu'est-ce qui s'est passé ? Ils ont sorti leurs Mont-Blanc et se sont battus en duel ?

– Josh a cassé le nez de Peter.

– Quoi ? Josh lui a tapé dessus ?

– Il lui a envoyé une balle de tennis en pleine figure.

En voyant Margo s'écrouler de rire, Laura se renfrogna.

– Il y avait des gens sur le court d'à côté. Si bien que

tout le club est au courant. Peter a dû être hospitalisé, et il est fort possible qu'il porte plainte contre Josh.

– Comment ça ? Pour attaque à coups de lob avant droit ? Oh, Laura, c'est délicieux ! Je n'en attendais pas tant de la part de Josh.

– Il l'a certainement fait exprès.

– Evidemment ! Josh est capable de toucher une voiture de course à cinquante mètres d'un revers. Il aurait pu devenir un grand champion s'il l'avait voulu. Bon sang, je regrette de ne pas avoir assisté à ça ! déplora Margo, une lueur ravie dans les yeux. Il a beaucoup saigné ?

– Abondamment, à ce qu'on m'a dit.

Ce n'était pas bien. Laura devait se répéter sans cesse que ce n'était pas convenable de se réjouir en imaginant des flots de sang rouge vif jaillir du nez aristocratique de Peter.

– Il va partir récupérer à Hawaii. Je ne veux pas que Josh expédie des balles de tennis dans la figure du père de mes enfants.

– Oh, laisse-le s'amuser un peu ! répliqua Margo en posant le vase sur une étagère. Au fait, Josh voit quelqu'un en ce moment ?

– Pardon ?

– Oui, est-ce qu'il y a quelqu'un en particulier avec qui il sort, dîne au restaurant et baise frénétiquement ?

Décontenancée, Laura frotta ses yeux légèrement cernés.

– Pas que je sache. Mais il y a pas mal d'années qu'il a cessé de se vanter auprès de moi de ses exploits amoureux.

– Mais s'il y avait une femme, tu serais au courant. Tu en aurais entendu parler, ou tu l'aurais deviné.

– En ce moment, il est très occupé, aussi je dirais qu'il n'a personne. Pourquoi ?

Margo se retourna avec un sourire radieux.

– Oh ! c'est juste que nous avons fait un pari. Je meurs de faim, pas toi ? On ferait peut-être mieux de se commander quelque chose. Si Kate passe ici en sortant de son travail et si nous n'avons pas terminé, elle va encore une fois nous bassiner sur la gestion du temps.

— Désolée, mais je dois aller chercher les filles, expliqua Laura. On est vendredi, et je leur ai promis de les emmener dîner et ensuite au cinéma. Pourquoi ne viendrais-tu pas avec nous ?

— En laissant tout ce chantier ? fit Margo en écartant les bras devant les cartons, les feuilles de papier cadeau empilées et les tasses de café à moitié vides. D'ailleurs, je dois m'entraîner à faire des paquets. Tout ce que j'emballe donne l'impression de l'avoir été par un gamin de trois ans au cerveau un peu lent. Mais ça ne me dérange pas, je t'assure...

Elle s'interrompit en voyant la porte s'ouvrir et Kayla entrer en courant.

— Maman ! On est venues visiter la boutique !

Avec un sourire rayonnant, la petite fille se jeta dans les bras de Laura, et s'y accrocha de toutes ses forces.

— Bonjour, ma chérie.

Laura se demandait avec inquiétude combien de temps encore sa fille aurait besoin de se rassurer ainsi.

— Comment es-tu venue ?

— Oncle Josh est passé nous chercher. Il a dit qu'on devait venir ici parce qu'on devait s'intéresser à notre patrimoine.

— Votre patrimoine, hein ?

En riant, Laura reposa Kayla et regarda sa fille aînée pénétrer avec plus de précaution et nettement moins de joie dans la pièce.

— Alors, Ali, qu'est-ce que tu en penses ?

— Ça a beaucoup changé depuis la dernière fois, répondit-elle en se dirigeant vers les bijoux.

— Voilà une fille selon mon cœur, déclara Margo en prenant Ali par l'épaule.

— Ils sont tellement beaux. On dirait une malle au trésor.

– C'en est une. Et ce n'est pas la dot de Seraphina, c'est la mienne.
– Il y a des pizzas, s'écria Kayla. Oncle Josh en a acheté des tas pour pique-niquer ici au lieu d'aller au restaurant. On peut, maman ?
– Si tu veux. Ça te dit à toi aussi, Ali ?
L'enfant haussa les épaules sans cesser d'admirer les bracelets et les broches.
– Ça m'est égal.
– Et voici l'homme du jour !
Margo se précipita vers Josh lorsqu'il poussa la porte avec son coude, les bras chargés de cartons. Elle se pencha et lui plaqua un baiser sonore sur la bouche.
– Tout ça pour des pizzas ? Zut, si j'avais su, j'aurais pris des monceaux de poulet.
– A vrai dire, c'est pour te récompenser de tes prouesses au tennis, dit-elle à voix basse.
Voyant une lueur s'allumer dans son regard, elle le débarrassa de ses cartons.
– Tu dors toujours tout seul, chéri ?
– Ne m'en parle pas, fit-il en levant les yeux au ciel. Et toi ?
Elle lui fit un grand sourire et effleura sa joue.
– Je suis trop occupée ces temps-ci pour avoir le temps de m'adonner à quelque sport que ce soit. Ali, je crois qu'il y a une bouteille de Pepsi dans le Frigidaire, là-haut.
– J'ai pensé à ça aussi, dit Josh, au supplice en respirant son parfum. Ali, tu veux bien aller chercher les boissons dans la voiture ?
– J'y vais aussi ! s'exclama Kayla en se ruant vers la porte. Je vais t'aider. Viens, Ali.
– Alors, comme ça, tu as été occupée, reprit Josh en examinant la boutique.
Dans la pièce voisine, il ne put réprimer un sourire, elle ressemblait à s'y méprendre au dressing de Margo à Milan, excepté que ses vêtements étaient maintenant discrètement étiquetés.

– La lingerie et les nuisettes sont au premier étage, lui signala malicieusement Margo. Dans le boudoir.
– Comme il se doit.

Il souleva un escarpin en daim gris et le retourna. La semelle était à peine éraflée et l'étiquette indiquait quatre-vingt-douze dollars cinquante.

– Comment décides-tu du prix ?
– Oh ! nous avons notre petit système.

Josh reposa la chaussure et se tourna vers sa sœur.

– J'espère qu'avoir amené les filles ici ne te dérange pas ?
– Pas du tout. Ce qui m'ennuie, en revanche, c'est que tu aies décidé de te battre avec Peter.

Josh ne se donna même pas la peine de prendre un air contrit.

– Alors, tu es au courant ?
– Evidemment. De Big Sur à Monterey, tout le monde ne parle que de cela.

Laura se refusa à prendre un air chaleureux lorsque son frère vint l'embrasser.

– Je peux m'occuper de mes problèmes conjugaux toute seule.
– J'en suis sûr. Ecoute, cette balle m'a échappé, je n'y peux rien.
– Tu parles, ricana Margo.
– Pour tout avouer, je visais nettement plus bas. Ecoute, Laura, ajouta-t-il en voyant que sa sœur ne se détendait toujours pas, nous en reparlerons plus tard, d'accord ?

Elle n'eut pas le choix car ses filles revenaient avec les boissons dans des sacs en papier kraft.

Josh avait également apporté des assiettes en carton, des serviettes en papier, des gobelets en plastique et même un bon bordeaux. Il y avait décidément très peu de choses auxquelles Josh Templeton ne pensait pas, se dit Margo lorsqu'ils s'installèrent par terre pour pique-niquer.

Réaliser qu'elle l'avait sous-estimé pendant tant d'années la déprima un peu. Ce devait être un ennemi redoutable, ce qu'il avait d'ailleurs prouvé d'un simple coup de raquette. Et elle était persuadée qu'il serait un amant mémorable.

Josh la surprit en train de le dévisager et lui tendit une assiette.

– Un problème, duchesse ?
– Ça se pourrait bien.

Elle prit plaisir à écouter les enfants. Ali lui parut s'animer un peu grâce aux attentions et aux plaisanteries de Josh. Pauvre petite, songea Margo, son père lui manque ! C'était Thomas Templeton qui avait joué ce rôle auprès d'elle et, bien qu'il ait toujours été attentif et gentil, elle avait toujours été consciente qu'elle n'avait pas de père.

Sa mère avait toujours été si peu loquace sur l'homme qu'elle avait épousé et perdu que Margo avait craint de lui poser des questions. De peur de n'y rien trouver, ni pour l'une ni pour l'autre.

Aucun amour. Et encore moins de passion.

Un mariage tiède de plus dans le monde ne changerait rien pour personne. Une brave fille irlandaise catholique s'était mariée et avait eu un enfant, ensuite, elle s'était soumise à la volonté du Seigneur en courbant la tête. Ann Sullivan ne se serait jamais jetée du haut de la falaise en maudissant Dieu comme Seraphina. Ann Sullivan s'était ressaisie, était partie vivre ailleurs et avait oublié.

Et avec tant de facilité qu'il n'y avait vraisemblablement pas grand-chose à regretter. Finalement, elle n'avait jamais eu de père du tout.

D'ailleurs, n'avait-elle pas cherché à combler ce vide avec les hommes qu'elle avait fréquentés ? Souvent plus âgés qu'elle, comme Alain, ils avaient réussi, étaient solidement établis et en général déjà pris. Mariés le plus souvent, ou bien ils l'avaient été, ou ne le seraient bientôt plus, à des femmes qui fermaient les yeux sur leurs aventures dès lors que leurs maris refusaient de voir les leurs.

Elle avait toujours eu une attirance pour les individus qui la considéraient comme une charmante compagne devant laquelle s'extasier. A montrer, à exhiber également. Des hommes qui ne resteraient jamais avec elle, ce qui les rendait bien entendu d'autant plus attirants parce que inaccessibles.

Prise de nausée, Margo avala une gorgée de vin pour se réconforter. Quel épouvantable constat ! se dit-elle. Carrément pathétique.

– Tu te sens bien ? demanda Laura en posant une main sur son bras. Tu es toute pâle.

– Ce n'est rien. J'ai juste un peu mal à la tête. Je vais prendre un cachet.

Margo dut faire appel à toute sa volonté pour ne pas gravir l'escalier en courant.

Elle farfouillait parmi les médicaments, lorsque sa main s'attarda une seconde sur une boîte de tranquillisants, mais elle se referma sur un tube d'aspirine. C'était trop facile, se dit-elle en faisant couler l'eau froide. Avaler une pilule pour tout oublier était lâche.

– Margo...

Josh était derrière elle, il la prit par les épaules.

– Qu'est-ce qui t'arrive ?

– Oh ! un mauvais rêve, répondit-elle en hochant la tête, ce n'est rien, je traverse un moment un peu difficile.

Elle voulut se retourner, mais il la maintint fermement, leurs deux visages se reflétaient dans le miroir.

– L'ouverture de la boutique te rend nerveuse ?

– Ça me terrorise, tu veux dire.

– Quoi qu'il arrive, ce que tu as déjà accompli est important. Tu as fait un bijou de cet endroit. Il est beau, élégant et unique. Exactement comme toi.

– Plein de faux-semblants ?

– Et alors ?

Elle ferma les yeux.

– Sois gentil, Josh, serre-moi fort contre toi.

Il la fit pivoter contre sa poitrine et lui caressa doucement les cheveux.

– Tu te souviens de cet hiver où tu t'étais mis en tête de retrouver la dot de Seraphina ?

– Hum... J'avais creusé dans la roseraie et retourné une partie de la pelouse. Maman était furieuse et tellement consternée qu'elle a menacé de m'expédier chez ma tante Bridget à Cork.

Margo poussa un soupir, réconfortée par l'étreinte de Josh.

– Mais ton père a éclaté de rire. Il trouvait que c'était très drôle et disait que j'avais fait preuve d'un esprit aventureux.

– Tu cherchais ce que tu voulais, et tu étais prête à tout pour l'obtenir, dit-il d'une voix apaisante. Tu as toujours agi ainsi.

– J'ai toujours voulu l'impossible.

– Tu sais, dit-il en s'écartant légèrement et en lui redressant le menton, j'espère que tu n'arrêteras jamais de creuser au milieu des rosiers, duchesse.

En soupirant, Margo se blottit au creux de son épaule.

– Ça m'ennuie de le reconnaître, mais tu es vraiment gentil avec moi, Josh.

– Je sais.

Et il pensa qu'il était grand temps qu'elle s'en aperçoive.

Elle ne s'était pas attendue à être aussi nerveuse. Il y avait eu tant de détails à régler au cours des trois derniers mois – des rendez-vous, des réunions, des décisions à prendre, le stock à trier. Et puis décorer, et tout prévoir. Même le choix des sacs et des boîtes d'emballage avait pris une éternité.

Elle avait eu tant à apprendre : comment faire un inventaire, calculer la marge de bénéfices, remplir des tas de formulaires pour toutes sortes de raisons aussi diverses que variées.

Et des interviews à donner. L'article dans *People* venait de paraître et *Entertainment Weekly* avait passé une brève sur elle et sa boutique. Un peu perfide, certes, mais c'était toujours mieux que rien.

Tout avait été soigneusement prévu, aussi espérait-elle que l'ouverture se passerait relativement sans panique. En conséquence, la nervosité qui s'empara d'elle vingt-quatre heures avant l'inauguration de *Faux-Semblants* fut à la fois inattendue et malvenue.

Autrefois, elle recourait à divers moyens pour calmer ses nerfs. Un verre de vin, un après-midi de shopping, un calmant, faire l'amour. Aucune de ces solutions ne lui paraissait appropriée à sa nouvelle vie.

Au lieu de tout cela, elle allait essayer une bonne suée.

La salle de gymnastique et de musculation du club offrait probablement ce qu'il y avait de mieux. Margo avait eu l'occasion de soulever quelques poids et haltères et de participer à des cours d'aérobic. Cependant, ayant la chance de posséder un métabolisme exceptionnel, de longues jambes, un buste parfait, des seins généreux et des hanches minces, elle avait toujours considéré la culture physique avec une pointe de mépris.

Et à présent, elle se débattait avec la programmation d'un StairMaster en se demandant comment l'on pouvait trouver excitant de grimper des marches qui ne menaient nulle part. Mais elle espérait que cela lui occuperait l'esprit et l'aiderait à garder harmonieusement réparti le poids qu'elle avait repris.

L'immense salle percée de fenêtres donnait sur le terrain de golf et la piscine. Pour ceux que le paysage n'intéressait pas, il y avait des écrans de télévision individuels fixés au-dessus des appareils, de manière à permettre de trotter sur la voie de la grande forme tout en regardant un feuilleton ou CNN. Plusieurs exemplaires de ce qu'elle considérait comme des appareils plutôt terrifiants étaient disposés ici et là.

A côté d'elle, une femme en justaucorps rouge montait obstinément marche après marche en lisant le dernier roman de Danielle Steel. Margo fit un effort pour conserver une allure constante tout en se concentrant sur la section économique du *L.A. Times*.

Mais en vain. Elle découvrait un monde nouveau. Qui courait, sautillait et transpirait à grosses gouttes. Un homme au corps superbe et aux biceps comme des briques s'admirait dans un miroir en soulevant des haltères. Un groupe de femmes, les unes minces, les autres moins, pédalaient sur des bicyclettes immobiles. Certaines bavardaient, d'autres écoutaient de la musique, des écouteurs sur les oreilles.

Tous se contorsionnaient, se tordaient, se penchaient et punissaient leur corps, épongeaient la sueur sur leur visage et engloutissaient des litres d'eau minérale avant de recommencer.

Ce qui, pour Margo, était surprenant.

Elle n'était ici que pour se distraire. Mais pour eux, pour tous ces corps ruisselants rudement mis à l'épreuve, il s'agissait d'un choix tout ce qu'il y avait de sérieux.

Peut-être étaient-ils tous légèrement fous.

Et pourtant... N'était-ce pas justement sur ce genre d'individus qu'elle allait devoir compter ? Des hommes dans les affaires, riches et malins. Des femmes qui s'agitaient dans des shorts à cent dollars et des chaussures à deux cents. Après avoir tendu et étiré leur corps dans tous les sens, après le massage suédois, le bain turc ou le jacuzzi, ils apprécieraient sûrement de passer dans une boutique élégante, d'y jeter un coup d'œil, et de se faire offrir un cappuccino ou une coupe de champagne pendant qu'une créature séduisante les aiderait à choisir la babiole parfaite ou le cadeau raffiné.

Le défi consisterait à les convaincre que l'objet en

question, bien que d'occasion, n'en était que plus intéressant et unique.

Margo jeta un coup d'œil oblique à sa voisine.

– Vous venez tous les jours ?

– Hum ?

– Je me demandais si vous veniez ici souvent...

Avec un sourire aimable, Margo la détailla : une trentaine d'années, coiffée et habillée avec soin, et les diamants de son alliance, de la plus belle eau, faisaient au minimum trois carats.

– Pour ma part, je viens tout juste de commencer.

– Trois fois par semaine. C'est suffisant pour se maintenir en forme, répondit-elle, visiblement ravie d'avoir de la distraction, tout en examinant Margo. Perdre du poids ne semble pas être votre objectif.

– J'ai pris quatre kilos en trois mois.

En riant, la femme attrapa la serviette suspendue à la barre et s'épongea le cou. Margo nota que son poignet s'ornait d'une élégante Rolex.

– Nous aimerions toutes pouvoir dire cela et être comme vous. J'ai perdu dix-sept kilos depuis l'année dernière.

– Vous plaisantez ?

– Si je les reprends, je me tue. Alors, je tâche de m'entretenir. Je rentre à nouveau dans du trente-huit, et je veux continuer.

– Vous êtes superbe...

Taille trente-huit, pensa Margo d'un air songeur. Parfait.

– Vous aimez faire de l'exercice ?

La femme grimaça sans perdre le rythme.

– Je déteste chaque minute que je passe ici.

– Dieu soit loué ! fit Margo avec sincérité. Vous êtes saine d'esprit. Au fait, je m'appelle Margo Sullivan. Je vous serrerais volontiers la main, mais j'ai peur de tomber.

– Judy Prentice. Margo Sullivan ? répéta la femme.

Il me semblait bien vous connaître. Fut un temps où je vous détestais.
— Ah oui ?
— Quand je me glissais avec peine dans du quarante-six et que je vous voyais dans les magazines, harmonieuse, parfaite. Je me précipitais instantanément sur la boîte de Godiva, dit-elle avec un bref sourire. Ça fait plaisir de constater que vous transpirez comme tous les êtres humains.

Décidant que Judy était sympathique, et une cliente en puissance, Margo eut un grand sourire.
— Ne dit-on pas que c'est une question d'endorphines ?
— Oh, c'est un mensonge ! Je crois que c'est Jane Fonda qui a été à l'origine de tout ça. Vous avez grandi ici, n'est-ce pas ?
— A Big Sur, confirma Margo en reprenant son souffle. J'y habite à nouveau. J'ai une boutique sur Cannery Row. *Faux-Semblants*. L'ouverture a lieu demain. Vous devriez venir y jeter un coup d'œil. Je veillerai à ce qu'il y ait des Godiva.
— Traîtresse ! s'exclama Judy en riant. Je passerai peut-être. Bon, mes vingt minutes d'enfer arrivent à expiration. Plus qu'un quart d'heure d'haltères, une petite séance dans la chambre de torture, et je file.

Elle attrapa sa serviette et se tourna vers la porte d'entrée.
— Oh, voilà la diva !
— Candy Lichtfield, marmonna Margo en apercevant la rousse en justaucorps à fleurs.
— Vous la connaissez ?
— Oui, et même trop bien.
— Hum. Si vous avez le bon goût de la détester, il se peut que je vienne faire un tour dans votre boutique. Oh ! elle vient par ici, et c'est manifestement vers vous.
— Ecoutez, ne me...

Mais il était trop tard. Candy poussa un cri qui fit se retourner toutes les têtes.

— Margo ! Margo Sullivan ! Ce n'est pas croyable !
— Bonjour, Candy.

Au désespoir de Margo, Candy bondit sur l'escalier.

Candy bondissait partout. Ce qui était une des nombreuses raisons pour lesquelles on la raillait. Jolie comme une poupée, elle avait une allure guillerette et une masse de cheveux roux. Au lycée, chef du groupe de majorettes auquel appartenait Margo, elle était déjà insupportable. Elle avait fait un beau mariage – ou plutôt deux – dont elle avait eu deux enfants parfaits, un de chaque lit, elle passait ses journées à organiser des goûters et à s'offrir de discrètes aventures.

Sous ce visage angélique et ce corps musclé se cachait un cœur de vipère. Aux yeux de Candy, toutes les autres femmes étaient des ennemies.

— J'avais entendu dire que tu étais revenue...

Du bout de son ongle rose, elle sélectionna une durée et un programme sur l'appareil libéré par Judy.

— Je comptais t'appeler, mais j'ai été très occupée.

Les diamants incrustés dans ses oreilles scintillèrent lorsqu'elle se retourna vers Margo.

— Comment vas-tu, Margo ? Tu as l'air en pleine forme. Personne ne pourrait deviner par où tu es passée.

— N'est-ce pas ?

— Avec toutes ces horribles histoires, reprit Candy, une moue dédaigneuse au coin de ses lèvres pulpeuses. Ça a dû être épouvantable pour toi. Je n'arrive pas à imaginer ce que ça fait d'être arrêtée, surtout dans un pays étranger.

Elle avait parlé suffisamment fort pour éveiller la curiosité des athlètes matinaux.

— Moi non plus, répliqua Margo en s'efforçant de ne pas perdre son sang-froid, et avec l'envie folle d'une cigarette. Je n'ai pas été arrêtée. J'ai été interrogée.

— Ah ! j'étais sûre que toutes ces histoires étaient exagérées...

La sympathie et le doute se mêlaient dans sa voix.

– Quand je pense à toutes ces horreurs qu'on a racontées sur toi... D'ailleurs, j'ai dit aux filles que c'était absurde. Mais les histoires ont continué à aller bon train. La presse est impitoyable. Tu as bien fait d'attendre que le scandale retombe avant de retourner en Europe. Tout de même, ça ressemble bien à Laura d'ignorer le qu'en-dira-t-on et de t'accueillir chez elle.

– Oui, fit Margo.

Il n'y avait rien d'autre à ajouter.

– Dommage pour Bella Donna. Je suis convaincue que ta remplaçante ne sera pas aussi efficace. Tu es tellement plus photogénique que Tessa Cesare.

Tout en continuant à sautiller, Candy lança perfidement :

– Il est vrai qu'elle est plus jeune que toi, mais elle n'a pas ton... expérience.

Le coup lui arriva en plein cœur, il était bien visé et bien envoyé. Margo crispa les doigts sur la barre et répondit d'une voix égale :

– Tessa est une très belle femme.

– Oh, bien sûr ! Et très exotique. Cette peau dorée, ces magnifiques yeux noirs... Je suis sûre que le contraste était volontaire.

Son sourire était teinté d'un vague dédain amusé.

– Mais tu feras bientôt ton retour, Margo. Ne t'en fais pas.

– Pas si je suis en prison pour meurtre, maugréa-t-elle tout bas.

– A propos, raconte-moi tout. C'est à se tordre de rire, mais j'ai entendu dire que tu te lançais dans le commerce.

– Je n'arrête pas d'en rire moi-même. Nous ouvrons demain.

– Non ! Vraiment ? s'écria Candy en ouvrant de grands yeux. Alors, cette pauvre Laura Ridgeway t'a finalement acheté un magasin. Comme c'est attendrissant !

– Laura, Kate Powell et moi l'avons acquis ensemble.

— Vous avez toujours été inséparables, toutes les trois.

Le sourire de Candy s'évanouit. Elle avait toujours été jalouse de leur indestructible amitié.

— Je suis certaine que ce sera amusant pour toi, et puis cette pauvre Laura a bien besoin de se distraire. Il n'y a sûrement rien de plus douloureux et de plus navrant que de voir son mariage échouer.

— Si, de voir son second mariage en faire autant, rétorqua Margo avec un sourire joyeux. Ton divorce est finalement terminé, Candy ?

— Le mois prochain. Tu n'as jamais épousé aucun de ces... hommes, n'est-ce pas ?

— Non, je me contentais de coucher avec eux. De toute façon, la plupart d'entre eux étaient déjà mariés.

— Tu t'es toujours comportée de façon très européenne dans ce domaine. Je suppose que je suis trop américaine. Je ne crois pas que je me sentirais bien dans le rôle de maîtresse.

La colère alluma de petites lueurs dans les yeux de Margo.

— C'est merveilleusement agréable, crois-moi. Mais tu as sans doute raison. Ça ne te conviendrait pas. Il n'y a pas de pension alimentaire.

Sur ces mots, elle descendit de la machine, contente que son échange avec Candy lui ait fait oublier ses muscles et ses nerfs mis à mal. Ses jambes étaient aussi molles que des sphaghettis, mais pas question de donner à Candy la satisfaction de la voir tituber. Au contraire, elle prit le temps d'éteindre l'appareil comme elle avait vu Judy le faire.

— Passe nous voir, Candy. Nous ouvrons demain. Etant donné que tu as toujours eu envie de ce que j'avais, c'est l'occasion ou jamais. A condition d'y mettre le prix.

Comme Margo s'éloignait, Candy soupira en redressant son petit nez pointu et se tourna vers la femme visiblement fort intéressée qui peinait derrière elle.

– Margo Sullivan a toujours voulu vivre au-dessus de sa condition. Mais sans les Templeton, elle ne pourrait même pas franchir la porte de ce club.

La femme cligna ses yeux dans lesquels dégoulinait la sueur. Elle avait admiré le style de Marto, ainsi que son bracelet en saphirs.

– Au fait, quel est le nom de sa boutique ?

12

9 h 45. 28 juillet. Il restait quinze minutes avant l'heure H. Margo, assise sur le lit dans le boudoir, celui où elle avait dormi, fait l'amour, et rêvé, se tenait le ventre à deux mains en espérant que ce fichu mal de cœur allait disparaître.

Et si personne ne venait ? Les huit prochaines heures seraient terribles, pensa-t-elle, les yeux rivés sur la vitrine où elle avait installé une robe en taffetas de soie gris anthracite – portée une seule fois lors du festival de Cannes, l'année précédente – dont le jupon était savamment drapé sur le bras d'un fauteuil Louis XIV. Les flots de tissu étaient entourés d'objets auxquels elle tenait énormément il y avait peu de temps encore : un flacon de parfum de Baccarat, des ballerines brodées de diamants, des boucles d'oreilles aux saphirs en forme de gouttes, une pochette de satin noir ornée d'un fermoir en forme de panthère, un chandelier de Meissen, des flûtes à champagne en cristal de Waterford, une partie de ses boîtes à bijoux préférées et un nécessaire à coiffeuse en argent, cadeau d'un ancien amant.

Margo avait tout disposé elle-même, avec l'impression d'accomplir une cérémonie, et elle redoutait aujourd'hui que tous ces objets qu'elle avait aimés n'inspirent qu'un regard dédaigneux à ceux qui les découvriraient.

Qu'avait-elle fait ?

Elle s'était mise à nu. Et qui plus est, publiquement. Elle croyait pouvoir le supporter, y survivre. Mais elle avait entraîné ceux qu'elle aimait le plus au monde dans cette galère.

Laura attendait au rez-de-chaussée le premier client. Quant à Kate, elle devait faire un saut à l'heure du déjeuner, impatiente d'entendre sonner la caisse enregistreuse qu'elle avait dénichée chez un antiquaire de Carmel.

Et Josh passerait certainement dans la soirée, pour les féliciter de leur succès.

Comment pourrait-elle les regarder en face si elle échouait ?

A cette seconde, elle n'avait qu'une envie, dévaler l'escalier et partir en courant. Pour ne plus s'arrêter.

— Ça, ça s'appelle avoir la trouille.

Margo releva la tête, Josh souriait sur le seuil.

— Quand je pense que c'est toi qui m'as poussée à me lancer là-dedans... Si j'étais capable de me lever, je te tuerais sans hésiter.

— Heureusement pour moi que tes superbes jambes sont trop flageolantes pour te porter.

Il examina sa tenue d'un bref coup d'œil. Elle avait choisi un tailleur simple et parfaitement coupé d'un ravissant rouge poudré. La jupe, très courte, laissait voir ses jambes magnifiques. Ses cheveux étaient sagement nattés, avec juste quelques mèches folles encadrant son visage. Elle était blanche comme le marbre, et l'angoisse se lisait dans son regard.

— Tu me déçois, duchesse. Je m'attendais à te trouver en bas, prête à l'action. Et tu es là, en train de trembler telle une jeune vierge avant sa nuit de noces.

— Je veux retourner à Milan.

— Eh bien, ce n'est plus possible, dit-il avec fermeté en l'attrapant par le bras. Allez, debout, reprends-toi.

Ses grands yeux bleus étaient noyés de larmes, et il

eut peur, si jamais une seule d'entre elles se mettait à couler, de céder et de l'emmener là où elle le voudrait.

— Il s'agit d'une boutique, pas d'une exécution capitale, ça te ressemble bien de tout exagérer.

— Ce n'est pas seulement cela, répliqua-t-elle d'une voix fluette qui lui fit honte. C'est tout ce que je possède au monde.

— Alors, descends et remue-toi un peu.

— Je ne veux pas. Et si personne ne vient ? Ou si tous ceux qui entrent n'ont pas envie d'acheter ?

— Et si ceci ? Et si cela ? Nul doute que pas mal de personnes trouveraient très intéressant de venir dans le seul but de te voir te casser la figure. Si tu continues, c'est exactement ce qui va se passer.

— Je n'aurais jamais dû voir si grand.

— Etant donné que cela vaut pour tous les aspects de ta vie, je ne vois pas de quoi tu te plains.

Josh observa son visage, furieux contre elle, parce qu'elle semblait terrorisée, et contre lui d'avoir envie de la protéger.

— Ecoute, tu as cinq minutes pour te décider.

Il lui tendit la rose qu'il cachait derrière son dos et referma ses doigts autour de la tige.

— Tiens-moi au courant de la façon dont tu te débrouilles.

Et il lui plaqua un baiser impatient sur la bouche avant de tourner les talons.

Tout de même, il aurait pu faire preuve d'un peu plus de compassion, enragea la jeune femme en filant retoucher son maquillage dans la salle de bains. Ne serait-ce que d'un peu de compréhension et d'encouragement. Mais non, tout ce à quoi elle avait droit, c'était à des insultes et à des remarques désagréables. Très bien. Parfait. C'était en tout cas une façon de lui rappeler qu'elle n'avait personne en dehors d'elle-même sur qui compter.

Cinq minutes plus tard, Margo apparaissait au rez-de-chaussée. Laura considérait d'un œil ravi la vieille caisse enregistreuse dont la sonnerie venait de retentir.

– Arrête de jouer avec ce truc.

– Je ne joue pas, fit-elle en se tournant vers son amie, les joues rouges d'excitation. Je viens d'enregistrer notre première vente.

– Mais nous n'avons pas encore ouvert.

– Josh a acheté la petite lampe Art déco. Il a demandé qu'on l'emballe et qu'on la lui envoie.

Se penchant par-dessus le comptoir, Laura saisit les mains de son amie et les serra avec enthousiasme.

– Tu te rends compte ? Notre première vente ! Ah, on peut toujours compter sur Josh quand il le faut.

Margo se fendit d'un petit sourire. Sacré Josh, c'était lui tout craché...

– Oui, en effet.

La pendule fixée au mur, derrière le comptoir, égrena dix coups. L'heure H.

– Eh bien, je crois qu'il faut... Laura, je suis...

– Moi aussi, soupira son amie. Allez, le moment est venu de nous jeter à l'eau, *partner*.

– Oui...

Margo redressa fièrement les épaules et le menton et se dirigea vers la porte.

Deux heures plus tard, elle ne savait plus si elle était excitée ou assommée. Elles ne pouvaient prétendre qu'elles croulaient sous les clients, surtout de l'espèce de ceux qui paient, mais elles avaient vu défiler un flot régulier de curieux dès la première minute. Margo avait réalisé, les mains tremblantes, la seconde vente de la journée, un quart d'heure à peine après l'ouverture. Et elle était tombée d'accord avec le touriste de Tulsa pour trouver que le bracelet en argent qu'il convoitait était un excellent achat.

Avec un peu d'étonnement et non moins d'admiration, elle avait vu Laura entraîner un trio de flâneuses vers les vêtements et les convaincre de sortir leurs cartes de crédit comme une vendeuse pleine d'expérience.

Quand Kate avait débarqué à midi et demi, Margo était en train d'empaqueter les boucles d'oreilles de la vitrine dans une des boîtes dorées et imprimées argent, frappées du sigle de la boutique.

– Je suis sûre que votre femme va les adorer, dit-elle en glissant la boîte dans une minuscule pochette dorée. Ça a été mon cas. Et joyeux anniversaire !

Dès que le client eut disparu, elle se précipita sur Kate et la poussa dans la pièce adjacente.

– Ce qui nous fait quinze cents dollars soixante-quinze, plus les taxes !

Et prenant son amie par la taille, elle l'entraîna dans une danse endiablée.

– Ça marche, Kate !
– Je te signale que c'était le but...

Ne pas être là, avec Laura et Margo, au moment crucial l'avait démoralisée. Toutefois, ses responsabilités chez Bittle passaient avant tout.

– Quand on a un magasin, c'est pour vendre.
– Non, je veux dire que ça marche vraiment. Liz Carstairs a acheté le service de verres de chez Tiffany pour sa fille et un couple du Connecticut a pris la table anglaise. Nous devons la leur expédier. Viens, tu vas enregistrer la prochaine vente sur cette superbe caisse.

Margo s'arrêta brusquement et lança :

– C'est un peu comme le sexe. On ressent la même excitation, tout d'abord le désir, et ensuite les préliminaires, les petits frissons d'impatience, et enfin le grand big bang.

– Tu veux une cigarette ?
– J'en meurs d'envie.
– On dirait que tu commences à te prendre au jeu.
– Je ne me doutais pas que cela pouvait être aussi... stimulant. Vas-y, essaie.

Kate jeta un coup d'œil sur sa montre.

219

— Je n'ai que quarante-cinq minutes, mais allons-y... En route pour le grand frisson.

Margo agrippa son poignet pour regarder sa montre Timex aux lignes simples et classiques.

— Tu sais, on pourrait la négocier un bon prix.

— Essaie de te maîtriser, Margo.

Ce à quoi elle s'efforça. Mais tout au long de la journée, elle éprouva le besoin de s'isoler par instants pour tout simplement exulter de joie.

Ils étaient venus. Et pour chaque personne qui se contentait de regarder, une autre s'extasiait et la troisième achetait.

Aux alentours de 15 heures, il y eut un petit creux, et Margo en profita pour préparer deux tasses du thé qu'elles avaient offert aux clients au cours de la matinée.

— Je ne suis pas victime d'hallucinations, dis-moi ?

— Si c'est le cas, nous sommes deux, rétorqua Laura avec une grimace, en se massant les orteils. Mais j'ai trop mal aux pieds pour que ce soit un rêve. Margo, je crois que nous allons réussir.

— Ne parlons pas trop vite. Ça risquerait de nous porter la poisse.

Elle arrangea des roses dans un vase.

— C'est peut-être la façon qu'a le destin de nous narguer, en nous accordant quelques heures de succès. Mais il reste encore plus de trois heures et... Oh, et puis tant pis, s'écria-t-elle en tournant sur elle-même. C'est un réel succès. Nous sommes géniales.

— J'aimerais bien passer le reste de la journée avec toi, soupira Laura en consultant sa montre. Mais les filles ont leur cours de danse. Je vais laver les tasses avant de partir.

— Non, laisse, je m'en occupe.

La porte s'ouvrit sur un groupe d'adolescentes qui s'agglutinèrent devant la vitrine des bijoux, tel un essaim d'abeilles.

— Nous avons des clientes, murmura Laura en

ramassant les tasses. J'essaierai d'être là demain à 1 heure. Tu es sûre de pouvoir t'en sortir toute seule ?

– Nous étions convenues dès le départ que tu travaillerais à mi-temps. J'apprendrai à me débrouiller. Va-t'en vite.

– Dès que j'aurai fini de rincer ça...

Elle se figea soudain et se retourna.

– Tu sais, Margo, je ne me souviens pas de m'être amusée autant, et ce, depuis longtemps.

Moi non plus, songea la jeune femme sans quitter les jeunes filles des yeux. Elle afficha un large sourire, elles portaient des chaussures de marque et avaient sûrement pas mal d'argent de poche – et des parents avec des cartes de crédit en or massif. Elle passa derrière le comptoir et les rejoignit.

– Bonjour, mesdemoiselles. Vous désirez voir quelque chose ?

Passer de longues heures penché sur des dossiers ne dérangeait pas Josh. Il était capable de rester enchaîné à un bureau, enfoui sous une pile de papiers. Ce n'était sans doute pas aussi plaisant que de voler d'un continent à l'autre, mais il le faisait relativement de bon cœur.

Par contre, ce qu'il ne supportait pas, c'était d'être pris pour un imbécile.

Or, plus il passait de temps dans le bureau du dernier étage du *Templeton* de Monterey à vérifier la gestion de l'hôtel, plus il était convaincu que c'était justement ce que Peter Ridgeway avait fait.

Légalement, on ne pouvait rien lui reprocher. Il avait même réalisé des bénéfices, mais en renouvelant une partie du personnel, en diminuant le nombre d'employés à temps complet et en favorisant le temps partiel. Economisant ainsi sur les salaires et les primes de fin d'année.

Il avait passé des accords avec de nouveaux fournisseurs, ce qui avait eu pour résultat une baisse de la qualité des produits. De même, il avait supprimé les rabais consentis aux employés, pour les inciter à utiliser la production Templeton.

Mais ses propres notes de frais avaient tranquillement augmenté. Les factures de restaurants, pressing, spectacles, fleuristes et agences de voyages se multipliaient de mois en mois. Il avait même eu le culot de faire passer son séjour à Aruba en voyage d'affaires.

Josh prit un grand plaisir à annuler les cartes professionnelles de crédit de Peter. Bien qu'il considérât que c'était trop peu, et que cela arrivait trop tard.

Il allait falloir des mois pour regagner la confiance de leurs employés. De gros bonus et pas mal de flatterie seraient nécessaires pour persuader le chef congédié par Peter de revenir. Tout comme pour conserver le concierge qui travaillait depuis des années au *Templeton* de San Francisco, et dont Josh avait trouvé la lettre de démission enfouie au milieu des papiers. Et il y en avait d'autres. Certains reviendraient, d'autres resteraient définitivement dans les hôtels concurrents.

Aucun d'entre eux n'était venu se plaindre à lui ou à ses parents, réalisa-t-il. Et ce pour la bonne raison qu'ils croyaient, à juste titre, que Peter Ridgeway avait la pleine confiance de la famille Templeton.

Josh essaya de ne pas penser à la somme de travail qu'il avait devant lui. Il allait engager une personne pour le remplacer en Europe, du moins temporairement. Car, lui, il resterait ici.

D'autant plus que le *Templeton* de Monterey lui tenait particulièrement à cœur, et ce pas du tout parce qu'il désirait s'installer derrière ce bureau, même si l'on y jouissait d'une vue imprenable sur la côte sauvage qu'il adorait.

Qu'il soit considéré comme un globe-trotter fortuné ne l'ennuyait nullement. A ses yeux, le nom des Templeton ne représentait pas seulement un héritage, mais aussi une responsabilité. Et il avait travaillé durement pour la mériter.

S'il devait rester ici, il aurait besoin d'une assistante de direction capable de s'adapter à son rythme, et qui n'écarquillerait pas les yeux chaque fois qu'il lui donnerait un ordre. Il avait renvoyé l'intérimaire chez elle, agacé de la voir se trémousser comme un jeune chiot cherchant à plaire.

Pour l'instant, il lui fallait donc se débrouiller tout seul. Il s'installa devant l'ordinateur et commença à rédiger une note à l'attention de tous les chefs de service, en prenant soin d'en adresser une copie à ses parents et au comité de direction.

Ne voyant aucune raison de perdre du temps, il convoqua l'ensemble du personnel en assemblée générale à 11 heures le lendemain matin. Puis, bien qu'il fût déjà tard, il téléphona à son conseiller juridique et lui laissa un message sur son répondeur en insistant pour que celui-ci se présente le lendemain, à 9 heures tapantes, dans son bureau.

Il était probable que Ridgeway réagirait à son renvoi brutal. Et Josh préférait prendre les devants.

Retournant à son clavier, il tapa un autre mémo pour rétablir les primes et les rabais accordés à tous ceux qui travaillaient pour eux. Cela apparaîtrait sur leur fiche de paie et contribuerait peut-être à leur redonner confiance.

Appuyée au chambranle de la porte, Margo l'observait. Ce fut pour elle une délicieuse surprise de découvrir que le regarder sans qu'il s'en aperçoive l'émoustillait. En détaillant sa cravate de travers, les cheveux en bataille, le regard sombre et intensément concentré, elle ne put s'empêcher de frissonner.

C'était curieux, mais elle n'avait jamais imaginé Josh bûchant sérieusement. Et ne se serait jamais doutée que cela puisse être excitant.

C'était peut-être à cause des mois de célibat qu'elle s'était imposés ou du succès grisant qu'elle venait de remporter. Ou bien tout simplement parce que c'était Josh. Mais pour l'instant, elle s'en fichait totalement. Elle était ici pour une seule et unique raison – qu'il lui fasse l'amour avec passion. Et elle avait la ferme intention d'obtenir satisfaction.

Sans bruit, elle referma la porte derrière elle et tira le verrou.

– Tiens, tiens... murmura-t-elle.

Le sang se mit à battre à ses tempes lorsque Josh redressa la tête.

– Le jeune héritier au travail... Quel charmant tableau !

Elle déposa une bouteille de champagne sur le sous-main et posa une fesse sur un coin du bureau.

– Je te dérange ?

Le vide s'était fait dans l'esprit de Josh à la seconde même où il l'avait aperçue. Il fit un effort pour se reprendre.

– Oui, mais que ça ne t'arrête surtout pas.

Il jeta un regard à la bouteille et revint à son visage rayonnant.

– Alors, comment s'est passée ta journée ?

– Oh, il n'y a rien de spécial à en dire...

Lorsque Margo se pencha vers lui, il entrevit un bout de dentelle et de peau nacrée dans l'échancrure de sa veste.

– Excepté que nous avons gagné quinze mille dollars, s'exclama-t-elle soudain en ébouriffant ses cheveux, quinze mille six cent soixante-quinze dollars ! hurla-t-elle en tourbillonnant sur elle-même.

» Tu sais ce que j'ai ressenti la première fois que j'ai vu ma tête dans *Vogue* ?

– Non.

– J'étais folle de bonheur, exactement comme aujourd'hui. J'ai fermé la boutique à 18 heures, et j'ai terminé le champagne qui restait, directement au goulot. Et j'ai réalisé que je n'avais aucune envie de fêter ça toute seule. Ouvre cette bouteille, Josh. Soûlons-nous et faisons les fous.

Il commença à retirer le papier d'aluminium autour du col. Il aurait dû se douter que l'éclat particulier de ses yeux venait en grande partie des bulles de champagne.

– Si je comprends bien, tu es déjà ivre.

– Seulement à moitié.

Le bouchon sauta joyeusement.

– On devrait pouvoir réparer ça, dit-il en remplissant deux verres.

– C'est ce que tu fais, n'est-ce pas ? Tu répares toujours tout. Moi aussi, tu m'as réparée. Je te suis redevable.

– Non...

C'était un sentiment dont il ne voulait pas.

– Tu ne dois rien à personne.

– Je n'en suis qu'à mes débuts. Et je n'ai pas fini, dit-elle en trinquant avec lui. Mais c'est un sacré bon début.

– Alors, buvons à *Faux-Semblants*.

– Et comment ! Je sais que ce ne sera pas aussi bien tous les jours. Ce n'est pas possible. Kate dit qu'il faut s'attendre que les ventes diminuent avant de se stabiliser. Mais ça m'est égal. J'ai vu une femme d'une laideur incroyable ressortir avec un de mes tailleurs Armani, et ça ne m'a rien fait du tout.

– Tant mieux pour toi.

– Et je...

Sa voix s'étrangla. Josh posa son verre, soudain affolé.

– Non, pas ça. Ne pleure pas, je t'en supplie.

– Ce n'est pas ce que tu crois.

– Ah non, ne me fais pas le coup des larmes de joie. Pour moi, c'est la même chose, c'est humide et ça me donne l'impression d'être tout gluant.

– Je ne peux pas m'en empêcher, renifla Margo en avalant une nouvelle lampée de champagne. J'ai été

comme ça toute la journée. A danser une minute pour me mettre à brailler dans la salle de bains la suivante. Je vends ce qui a fait ma vie, et ça me rend terriblement triste. Les gens achètent, et ça me comble de bonheur.
– Seigneur, fit Josh en se passant les mains sur le visage. Si nous buvions un bon café ?
– Oh, non...
A nouveau radieuse, Margo s'écarta de lui en dansant.
– Je veux fêter ça !
– D'accord.
Quand elle s'écroulerait, il transporterait son corps si sexy jusqu'à la voiture et la ramènerait à Templeton House. Mais pour l'instant, elle avait le droit de crier victoire et d'être ridicule. Josh reprit son verre.
– Buvons aux femmes laides en Armani d'occasion.
Margo sentit les bulles chatouiller son gosier.
– Aux adolescentes qui ont des parents riches et indulgents ! dit-elle à son tour.
– Le ciel les bénisse.
– Et aux touristes de Tulsa !
– Ils sont le sel de la terre.
– Et aux vieux messieurs au regard perçant qui apprécient les longues jambes et les jupes courtes !
Devant les sourcils soudain froncés de Josh, Margo éclata de rire.
– Et qui sont prêts à payer cash un service à thé de Meissen et un flirt innocent, ajouta-t-elle.
Avant qu'elle n'ait porté son verre à ses lèvres, Josh agrippa son poignet.
– Jusqu'à quel point ?
– Je l'ai laissé me pincer le menton. S'il avait acheté le vase japonais, il aurait eu les deux joues. C'est tellement euphorisant.
– De se faire pincer ?
– Non, gloussa-t-elle gaiement. Le commerce. Je ne me doutais pas que je trouverais ça aussi enthousiasmant. Aussi... excitant.

Elle fit une nouvelle pirouette, les aspergeant tous les deux du breuvage pétillant.

– Et c'est pour ça que je suis ici.

– Pourquoi ? questionna-t-il, trop prudent pour faire un pas en avant et trop avide pour en faire un en arrière.

Avec un rire rauque, Margo caressa sa poitrine à travers la chemise et remonta de ses épaules jusqu'aux cheveux.

– J'ai pensé que tu pourrais m'aider.

Elle était plus qu'à moitié soûle, c'était clair, aussi s'efforça-t-il de se rappeler les règles. Mais il n'arrivait pas à mettre ses idées en ordre.

– Qu'est-ce que tu veux que je te vende ?

Elle éclata une nouvelle fois de rire, puis colla fougueusement sa bouche contre la sienne.

– Tout ce que tu voudras, j'achète !

Josh prit sa respiration et essaya de la raisonner.

– Tu as le cerveau embrumé par l'alcool, duchesse. Ce n'est peut-être pas le meilleur moment pour faire des affaires.

Elle eut vite fait de le débarrasser de sa cravate, elle l'accrocha à son épaule et s'attaqua à ses lèvres.

– Le moment est idéal. Je me sens capable de te dévorer tout cru... à grosses... bouchées.

– Margo...

Réfléchir n'était pas très facile dans la mesure où tout son sang semblait s'être écoulé hors de son corps.

– Dans dix secondes...

Sa bouche se colla à nouveau contre la sienne pendant qu'elle extirpait la chemise hors de son pantalon.

– Je ne vais plus chercher à deviner si tu es ivre ou pas.

– Je t'ai déjà dit que je n'étais qu'à moitié soûle, fit-elle en renversant la tête pour qu'il puisse lire dans ses yeux.

Ils brillaient de bonheur et de désir.

– Je sais parfaitement ce que je suis en train de faire

et avec qui. Que dirais-tu si je te proposais de tirer un trait sur notre petit pari ?

Sans s'en rendre compte, Josh se retrouva en train de déboutonner la veste qu'elle portait.

– Je dirais par exemple : Dieu soit loué !

– C'est probablement une erreur, dit-elle en mordillant son oreille, gigantesque et regrettable. Bon sang, pose tes mains sur moi !

– C'est ce que j'essaie de faire, marmonna-t-il en la débarrassant de la veste.

Ils titubèrent jusqu'à la chambre.

– Alors, essaie encore.

Margo envoya valdinguer ses chaussures et trébucha, les précipitant tous les deux contre le mur. Lorsqu'elle sentit les mains de Josh se faufiler sous sa jupe, remonter sur ses hanches et se plaquer avidement sur ses fesses, elle se cambra voluptueusement.

– Ne t'arrête pas, souffla-t-elle. Quoi qu'il arrive, ne t'arrête pas.

– Qui parle d'arrêter ?

Fou de désir, il la souleva pour permettre à ses lèvres de se refermer sur sa poitrine voilée de dentelle.

Elle gémit et attrapa ses cheveux pour se retenir et ne pas basculer en arrière.

– Nous risquons de gâcher notre amitié.

Josh marmonna en promenant sa bouche sur sa peau douce et brûlante.

– Je n'ai plus envie que nous soyons amis.

– Moi non plus, parvint-elle à articuler avant qu'ils ne s'écroulent sur le lit.

Margo avait toujours considéré le sexe comme une des rares bonnes choses que la vie avait à offrir, même si cette activité s'avérait souvent bien inférieure à ce qu'on en attendait. Il n'y avait certes rien de très extraordinaire dans le fait de se tripoter en haletant, mais cela se révélait somme toute temporairement satisfaisant.

Mais c'était parce qu'elle n'avait jamais fait l'amour avec Josh Templeton.

Il y eut des soupirs, des caresses, et même des éclats de rire. Et elle était sur le point de découvrir que la réalité dépassait de loin les fantasmes.

Dès la seconde où elle se retrouva clouée sous lui, tout s'accéléra. Elle avait une folle envie de sentir ses mains puissantes la caresser, de goûter à sa bouche chaude et vorace.

La lumière du bureau qui pénétrait par la porte entrouverte coupait le lit en deux, si bien qu'ils roulaient de la pénombre à la clarté avant d'y revenir. Mais leur lutte n'avait rien de puéril, elle était pleine de maturité et d'ardeur. De ses superbes yeux sombres, Josh la fixait intensément. Elle sentit les muscles de ses épaules se tendre, alors elle déchira sa chemise pour se jeter contre sa poitrine.

Lorsque Josh fit glisser sa jupe sur ses hanches, elle pensa : Dieu merci, enfin ! Et elle s'arc-bouta dans l'attente de son corps sur elle. Mais il continua à la caresser et à l'embrasser, mettant ses sens à vif.

Ses baisers étaient torrides, voraces, il fouillait sa bouche avec passion et sa poitrine se frottait avidement contre la sienne à travers la fine pellicule de soie. Ses mains habiles exploraient sa peau, apaisant son corps en feu et le mettant en même temps au supplice. Elle crut qu'elle allait imploser et entreprit de défaire la ceinture de son pantalon.

Au même instant, la main de Josh se faufila entre ses cuisses, ses doigts glissant sous le tissu pénétrèrent dans l'antre humide et velouté. Quelques secondes plus tard, elle explosait de plaisir, éprouvant tout à la fois un immense soulagement et un spasme d'une telle intensité que ses ongles s'enfoncèrent cruellement dans son dos.

Avant qu'elle ait pu reprendre sa respiration, il la plaqua sur le lit.

C'était comme ça qu'il la voulait – exactement ainsi –,

folle et brûlante de passion. Il en avait rêvé, avait imaginé la façon dont elle bougerait sous lui, les bruits qu'elle ferait et même son odeur au moment où le désir laisserait place à un besoin irrépressible.

Mais cela ne lui suffisait toujours pas.

Il voulait la découvrir centimètre par centimètre, la regarder s'abandonner, l'entendre le supplier et répondre à son propre désir qui était d'une violence inouïe.

Elle s'accrocha à lui et enroula ses bras et ses longues jambes magnifiques autour de ses hanches, l'amenant presque au bord de la folie.

Il tira sur le caraco de soie, dénuda ses seins et les engloutit d'une bouche avide.

C'était un véritable combat, une guerre menée à coups de gémissements, de halètements et de soupirs. Elle roula au bord du lit pour retirer son pantalon, et avec un cri de triomphe, elle le prit entre ses doigts.

Instantanément, sa vision se brouilla. Il craignit de jouir trop vite, comme un adolescent, alors il se concentra sur son visage, aperçut le sourire qui se dessinait lentement sur ses lèvres, et se jura de ne pas la laisser gagner aussi facilement.

– Je te veux en moi, ronronna-t-elle, le cœur battant douloureusement. Je veux te sentir en moi. Viens...

Seigneur, il était énorme, dur comme du fer, et elle le voulait, le désirait tellement... Elle sourit malicieusement lorsque sa bouche fondit sur la sienne.

– Pas encore.

Elle essaya de reprendre son souffle, mais il recommença à la caresser, lui arrachant des ondes de jouissance, la laissant chaque fois pantelante, frissonnante, les yeux hagards. Et soudain, alors qu'elle s'apprêtait à laisser encore une fois le plaisir la submerger, il plongea en elle.

Un rugissement de félin monta de sa gorge lorsqu'il la prit fermement par les hanches pour s'enfoncer au plus profond d'elle. Elle referma ses cuisses sur ses reins, tendue comme un arc.

Il ne la voyait plus. Il chercha désespérément à se raccrocher à son visage, mais elle se mit à onduler au même rythme que lui, alors il devint aveugle, sourd et insatiable. Il avait l'impression de se mouvoir dans un brouillard rouge, du rouge de la passion. Lorsqu'il s'estompa, la jouissance l'emporta telle une vague déferlante et il s'abandonna en elle avec un bonheur presque insupportable.

13

Elle croyait voir des étoiles. Sans doute était-ce son imagination, ou une tendance au romantisme qu'elle ne se connaissait pas.

Ou tout simplement une réaction due à l'état dans lequel elle était, proche de l'inconscience. Ce qu'ils venaient de faire, songea Margo avec délices, n'était rien d'autre que de baiser à en mourir.

Allongée en travers du lit, exsangue, trempée de sueur, Margo ne s'était pas encore remise de son étonnement d'avoir découvert en Josh un adversaire aussi redoutable.

Faisant appel au peu de forces qui lui restaient, elle tourna la tête vers lui et sourit avec chaleur. Etendu sur le ventre, le visage enfoui dans l'oreiller, il n'avait pas fait un seul mouvement depuis qu'il avait roulé sur elle avant de s'écrouler.

Il devait dormir, et ronflerait sans doute d'ici peu. Les hommes étaient tellement prévisibles. Cependant, elle se sentait trop lasse et trop comblée pour s'en formaliser. D'ailleurs, elle n'était pas le genre de femme que les hommes câlinaient, surtout après l'amour. Les vider de leur énergie était un de ses petits talents personnels.

Margo sourit en s'étirant. Tout de même, il l'avait surprise. Elle n'avait jamais connu d'homme qui lui ait fait l'amour avec autant de fougue. Il y avait eu un ou deux moments – peut-être davantage – où elle avait presque eu peur de ce qu'il aurait été capable de lui extorquer.

Ce bon vieux Josh... Ses yeux se posèrent sur son long corps nu, et son pouls s'accéléra. Le fascinant, sexy et superbe Josh... Manifestement, il était temps pour elle de passer à autre chose. Faute de quoi, elle se retrouverait vite malheureuse en attendant vainement ce qu'il était incapable de lui donner.

Elle se redressa et lui donna une tape amicale sur les fesses, lorsqu'il tendit un bras en la forçant à se rallonger. Elle poussa un cri.

– J'en ai terminé avec toi, mon vieux ! fit-elle en déposant un baiser sur son épaule. Il faut que je file.

– Attends...

Il la rattrapa et la fit retomber de manière qu'elle soit littéralement lovée contre lui.

– Je sens encore des picotements dans les orteils. Qui sait ce qui va arriver maintenant ?

– Nous avons de la chance d'en avoir réchappé vivants.

La tête enfouie dans sa chevelure, il commençait à bouger de façon très agréable. Après un bref instant d'hésitation, Margo posa une main sur sa poitrine.

– Mais ton cœur bat encore.

– Le ciel soit loué ! J'ai bien cru qu'il allait s'arrêter, dit-il en laissant courir sa main sur sa longue jambe. Margo ?

Les yeux mi-clos, elle se laissa faire, c'était tellement bon d'être cajolée.

– Hum ?

– Tu sais vraiment bien te tortiller.

Entrouvrant un œil, elle lui jeta un regard torve, elle vit qu'il souriait.

– Je ne voulais pas te décevoir. Ça avait l'air d'être tellement important pour toi.

– Ce n'est pas que j'aie compté... mais tu es venue cinq fois, dit-il en enroulant une mèche de ses cheveux autour de son doigt.

– C'est tout ? s'exclama-t-elle en tapotant sa joue. Ne t'en veux surtout pas, j'avais eu une journée éprouvante.

Josh roula sur elle en murmurant :

– Oh, mais je peux faire mieux.

– Tu crois ? fit-elle avec une moue boudeuse en enlaçant son cou. Eh bien, je te mets au défi d'essayer.

– Tu connais les Templeton, rétorqua-t-il en mordillant sa lèvre. On ne recule jamais devant un défi.

Lorsque Margo se réveilla, la chambre était sombre et elle était seule. Que Josh ne soit pas à côté d'elle la surprit, vu qu'ils ne s'étaient pas lâchés plus de cinq minutes d'affilée tout au long de la nuit. En jetant un coup d'œil au réveil, elle réalisa qu'elle avait dormi plus longtemps qu'elle ne l'aurait cru. Un bon quart d'heure au moins !

En dépit de ce que la presse rapportait sur ses exploits amoureux, elle n'avait jamais fait l'amour pendant une nuit entière. Elle ne croyait d'ailleurs pas que cela puisse être physiquement possible. Lorsqu'elle se redressa et sentit se contracter tous ses muscles, elle pensa que c'était réalisable, mais pas forcément très sage.

Etant donné qu'elle dut quitter le lit littéralement à quatre pattes, elle se félicita d'être seule. Josh ne se serait certainement pas privé de lui faire une remarque sournoise... avant de lui sauter dessus.

Si déshonorant que cela puisse paraître, elle était prête à jeter l'éponge. Un orgasme de plus l'aurait tuée.

Et puis, elle était désormais une femme d'affaires. Il était temps de mettre de côté le plaisir et les jeux pour se préparer à affronter la journée. Elle gémit en traversant la chambre en boitillant. D'une simple pression sur un bouton, les rideaux s'ouvrirent sur une vue magnifique. La lumière de l'aube pénétra dans la pièce – ce qui lui évita de se cogner contre le pot en cuivre d'un ficus.

Il y en avait deux, nota-t-elle, le regard un peu flou. Deux arbres aux feuilles délicates, de chaque côté de la grande baie vitrée, donnant une touche accueillante aux fauteuils recouverts de soie ivoire. Sur les petites tables en chêne, elle remarqua des traces de Josh : boutons de manchettes, pièces de monnaie, et clés.

Il avait jeté un impressionnant carnet de rendez-vous sur la commode dans lequel devaient s'aligner des noms de femmes et des numéros de téléphone couvrant l'ensemble du globe.

Margo aperçut sa nudité dans le miroir. Elle était resplendissante d'avoir fait si merveilleusement l'amour.

Elle ouvrit grands les yeux lorsqu'elle remarqua la taille du lit qui se reflétait dans le miroir : ils s'étaient aimés sur un matelas de la grandeur d'un lac, encadré de barreaux en cuivre, s'incurvant subtilement au milieu de draps vert jade.

L'élégante simplicité de la chambre blanc et vert jade rehaussée de petites touches de cuivre ici et là convenait parfaitement à Templeton. A l'homme comme à l'hôtel.

Margo attrapa dans un placard un peignoir en épaisse éponge blanche dans lequel elle s'enroula. Elle avait très envie de prendre une longue douche bien chaude, mais sa curiosité l'emporta et elle jeta un coup d'œil dans la pièce voisine.

Josh portait un pantalon fripé qu'il n'avait pas pris la peine de boutonner. Les volets grands ouverts laissaient entrer une pâle lumière dans le salon qu'il arpentait pieds nus, un téléphone portable à la main.

Il parlait en français.

Seigneur, il était splendide ! Et ce n'était pas seulement à cause de cette masse de cheveux dorés, de ce corps long et mince ou de ces mains extraordinairement habiles. C'était dans la façon qu'il avait de bouger, le timbre de sa voix, l'aura d'homme de pouvoir qui se dégageait de lui, et dont elle avait été trop proche pour en être consciente.

Son français était parfait, aussi ne comprit-elle pas grand-chose de ce qu'il disait. Mais ce qui comptait, c'était la manière dont il s'exprimait, d'une voix chaude et enveloppante.

Elle le vit plisser ses yeux gris fumée – d'agacement, ou d'impatience – avant de lancer ce qui aurait pu être un ordre ou un juron. Puis il partit d'un grand éclat de rire, et sa voix se fit à nouveau caressante, en prononçant des mots au charme follement exotique.

Subitement, Margo réalisa qu'elle retenait sa respiration, comme une adolescente en train de rêver devant un acteur de cinéma.

Ce n'est que Josh, s'obligea-t-elle à se rappeler. Elle s'appuya d'un air provocant contre la porte en attendant la fin de la conversation.

– D'accord, Simone. Oui, oui, je rappelle dans trois heures... Oh, ce sont des imbéciles... Non, il n'y a pas de quoi... Au revoir, Simone.

Josh raccrocha, il se dirigeait vers son bureau lorsqu'il aperçut Margo. Cheveux blonds en bataille, yeux bleus ensorceleurs et large peignoir blanc ceinturé. Instantanément, son désir se réveilla.

– J'avais à régler un petit problème laissé en suspens à Paris.

– Simone, murmura-t-elle d'un air pensif en lissant le revers de son peignoir. Dis-moi, est-elle aussi... charmante que l'est son nom ?

– Oh, beaucoup plus, répondit-il en l'enlaçant et en faufilant ses mains sous le tissu éponge. Et elle est folle de moi.

– Espèce de porc, murmura Margo contre sa bouche.

— Et elle fait tout ce que je lui demande, ajouta-t-il en la poussant vers le lit.

— Tu en as de la chance... apprécia-t-elle en lui décochant un coup de coude dans le ventre, ce qui lui coupa la respiration.

Elle recula en se lissant les cheveux et lança :

— J'ai besoin d'une bonne douche.

— Pour te punir, tu ne sauras pas qu'elle a cinquante-huit ans, qu'elle est quatre fois grand-mère et l'assistante du directeur marketing du *Templeton* de Paris.

Margo lui lança un regard en coin.

— Je ne t'ai rien demandé. Si tu commandais un petit déjeuner ? Je dois être à la boutique à 8 h 30.

Josh s'exécuta et demanda qu'on leur monte café et toasts dans la chambre, une heure plus tard. Cela devrait lui laisser assez de temps, estima-t-il en la rejoignant sous la douche. Quand il bloqua le jet d'eau, Margo fit la grimace.

— C'est à peine tiède, se plaignit Josh.

— C'est meilleur pour la peau. Et puis j'aime bien prendre ma douche seule.

— Templeton est une chaîne écologique.

Ignorant la tape qu'elle assena sur sa main, il ouvrit à fond le robinet d'eau chaude.

— Et en tant que vice-président, il est de mon devoir de chercher à économiser nos ressources naturelles.

Il entreprit de faire mousser le shampooing dont elle venait de s'asperger.

La cabine aurait facilement pu contenir quatre personnes. Il n'y avait donc aucune raison pour qu'elle se sente à l'étroit.

— Tu parles, tu es là uniquement parce que tu espères forcer ta chance.

— Seigneur, cette femme lit dans mes pensées ! C'est terriblement frustrant.

Lorsqu'elle se retourna pour rincer ses cheveux, Josh entreprit de lui frotter le dos.

– Combien de temps cela te prend-il pour sécher cette longue chevelure ?

– Ce n'est pas une question de longueur, mais d'épaisseur, répondit Margo d'un air absent.

C'était ridicule, elle en était consciente. Ses mains avaient touché et exploré chaque centimètre de son corps, mais l'intimité de cette... toilette la mettait extrêmement mal à l'aise.

De plus, elle avait dit vrai. Elle ne prenait jamais ni bain ni douche avec ses amants et ne dormait avec eux, au sens propre, que si elle l'avait décidé. Et pas seulement dans le but de garder la maîtrise de la situation, même si cela en faisait partie. C'était sa façon à elle de protéger son image.

Et avec Josh, non seulement elle venait de passer une nuit entière sans l'avoir prévu, mais elle se lavait avec lui. Il était grand temps de mettre les points sur les *i*.

– A ton tour, dit-il.

Elle fronça les yeux, et une lueur malicieuse passa dans son regard. Josh siffla entre ses dents lorsqu'elle frictionna son dos vigoureusement.

– Oh, pardon... Ces égratignures doivent piquer un peu.

– Ça va. Je suis vacciné.

Sans le vouloir, ses gestes se firent plus lents. Il avait un dos magnifique. Musclé, large aux épaules, mince à la taille, et sa peau était délicieusement douce. Cédant à une impulsion, elle appliqua un baiser sonore entre ses omoplates.

– Tu sais, Josh, je plaisantais, pour Simone.

Penchée en avant, elle enroula ses cheveux dans une serviette.

– Nous avons eu tous les deux pas mal d'aventures, et nous sommes libres de continuer à en avoir. Nous n'allons quand même pas nous entraver avec des liens, à ce stade de notre vie.

Elle noua une serviette entre ses seins et prit le flacon en cristal de crème pour le corps mis à la disposition des clients du *Templeton*. Un pied sur le tabouret de la coiffeuse, elle étala la lotion sur une jambe.

— Ni toi ni moi ne cherchons les complications, et ce serait dommage de gâcher une simple aventure avec des promesses que nous serions incapables de tenir.

Elle s'enduisit l'autre jambe en chantonnant.

— Nous avons un avantage que beaucoup n'ont pas. Nous nous connaissons si bien que nous n'avons pas besoin de jouer ou de faire semblant.

Légèrement troublée par son manque de réaction, Margo jeta un coup d'œil dans sa direction.

Si Josh réussit à ravaler sa colère, simple question de volonté, il n'en fut pas moins blessé par son indélicatesse qui lui fit l'effet d'un coup de poignard au ventre. Et rien que pour cela, il l'aurait volontiers étranglée.

Il ferma le robinet et sortit de la douche.

— Oui, nous nous connaissons en effet fort bien, duchesse, dit-il en prenant un drap de bain sur la barre chauffante.

Elle se tenait au milieu de la pièce, luisante de crème mais néanmoins parfaite dans ce décor noir et blanc raffiné.

— Et même sur toutes les coutures. Pourquoi deux personnes sophistiquées et superficielles comme nous iraient-elles mêler les sentiments et le plaisir ?

Malgré la vapeur, la salle de bains lui parut brusquement glaciale.

— Ce n'est pas exactement ce que j'ai voulu dire. Tu es fâché.

— Tu vois, tu me connais vraiment bien. D'accord, pas de liens, pas de petits jeux ni de fausses promesses.

Il posa les deux mains sur la coiffeuse, la faisant prisonnière.

— Mais il y a une règle claire et simple à laquelle je tiens. Je ne partage pas. Tant que je te baiserai, personne d'autre ne le fera.

Elle laissa retomber ses bras le long de son corps.

– Eh bien, c'est très clair, en effet. Et parfaitement grossier.
– C'est toi qui l'as voulu. Pourquoi user d'euphémismes ?
– Que tu sois furieux que j'aie pris les devants n'est pas une raison pour...
Elle prit une profonde inspiration.
– Il n'y a aucune raison de nous mettre en colère. Premièrement, j'ai horreur de me disputer avant d'avoir bu au moins une tasse de café. Et deuxièmement, je n'ai jamais dit que j'allais sortir d'ici pour sauter dans le lit d'un autre. Contrairement à ce que tout le monde croit, je ne jongle pas avec les hommes comme avec des assiettes. Je voulais simplement signaler que lorsque l'un de nous aura envie de passer à autre chose, ce ne sera pas la peine de se faire une scène.
– Peut-être que cela me plaît, à moi.
– C'est ce que je suis en train de découvrir. Celle-ci est-elle terminée ?
– Pas tout à fait, fit Josh en relevant son menton. Tu sais, duchesse, c'est la première fois, depuis que tu mets du mascara, que je te vois sans maquillage...
De sa main libre, il retira le turban, et ses cheveux humides cascadèrent sur ses épaules.
– Sans paillettes ni vernis...
– Josh, ça suffit...
Elle voulut s'écarter, furieuse de s'entendre rappeler qu'elle n'arborait pas son arme habituelle.
– Et tu es sacrément belle.
Toutefois, ce fut de l'ironie plus que de l'admiration qu'elle décela dans ses yeux.
– Il y a quelques centaines d'années, on t'aurait vraisemblablement brûlée comme sorcière. Personne n'aurait pu croire qu'il était possible de posséder un visage et un corps pareils sans avoir séduit le diable.
– Arrête...
Etait-ce bien sa voix ? Une voix faible, prononçant à peine des paroles qu'elle ne pensait pas. Ses mains

tremblantes réagirent une seconde trop tard pour empêcher la serviette de glisser à terre.

– Si tu crois que je vais te laisser me...
– Allons, laisse-moi faire.

Sa main était déjà entre ses cuisses, et il sentit qu'elle était brûlante, humide et prête à l'accueillir.

– Tu as dit pas mal de mensonges, Margo. Mais si tu prétends que tu n'as pas envie de moi en ce moment même...

Il l'agrippa avec autorité par les hanches, la souleva et pénétra lentement en elle.

– Si tu dis cela, je veux bien te croire.

Margo eut la sensation que le désir s'abattait sur elle comme une avalanche. Et devant la lueur de triomphe dans les yeux de Josh, elle comprit qu'il le savait.

– Josh, tu exagères.
– Eh bien, alors, nous sommes deux.

Margo sauta le petit déjeuner. Elle s'était sentie incapable de partager un repas civilisé avec Josh après avoir fait l'amour aussi sauvagement dans la moiteur de la salle de bains. Elle était retournée à la boutique, s'était changée et avait préparé du café et du thé.

La cafetière était à moitié vide lorsque arriva l'heure d'ouvrir. Comptant sur ses nerfs, et sur la caféine, elle s'apprêta à affronter sa première journée seule.

Vers midi, malgré plusieurs ventes plutôt encourageantes, son moral et son énergie retombèrent sensiblement. Une nuit sans sommeil expliquait sans doute son immense fatigue, mais elle savait qui était responsable de son humeur boudeuse. Josh Templeton et son cœur de pierre.

La manière dont il avait haussé les épaules en bredouillant un vague au revoir lui avait déplu. Et ça, tranquillement assis devant son petit déjeuner, comme s'ils n'avaient pas fait l'amour comme des fous, après s'être lancé des phrases désagréables.

D'ailleurs, elle avait noté l'éclat glacial de ses yeux quand il l'avait regardée par-dessus sa tasse. Et elle était certaine d'avoir vu un petit sourire satisfait se dessiner sur ses lèvres, juste avant qu'elle ne referme la porte. Enfin, ne la claque, mais là n'était pas le problème.

A quoi jouait-il ? Elle le connaissait assez pour être sûre que... Diable, elle commençait à se demander si elle le connaissait si bien que ça.

– Mademoiselle, j'aimerais voir ce collier de perles.
– Oui, bien sûr...

Prendre les clés, ouvrir la vitrine et étaler les perles fines sur un plateau de velours noir la revigora.

– Elles sont ravissantes, n'est-ce pas ? Et superbement assorties.

Un cadeau d'un riche armateur assez âgé pour être son père, se souvint Margo. Elle n'avait pas couché avec lui, bien que la presse ait fait des gorges chaudes à leur sujet. Il ne recherchait qu'une jeune femme à qui se confier, et qui l'écoutait avec compassion évoquer sa femme emportée par un cancer.

Pendant les deux ans qu'avait duré leur amitié, il avait représenté une rareté dans sa vie. Un véritable ami. Les perles étaient le cadeau d'un ami terrassé de chagrin, et qui avait fini par en mourir.

– Le fermoir est en or ?

Tout à coup, Margo eut envie de reprendre le collier et de prétendre qu'il n'était pas à vendre. Il était à elle, lui appartenait, c'était le souvenir d'une des rares actions généreuses qu'elle eût faites dans sa vie.

– Oui, se força-t-elle à répondre avec un sourire forcé. C'est de l'or italien. Il est poinçonné. Vous voulez l'essayer ?

La femme le mit autour de son cou, le toucha, le caressa et le rendit finalement en hochant la tête. Margo rangea les perles dans la vitrine comme s'il s'agissait d'un coupable secret.

Des touristes passèrent, farfouillant parmi ses trésors, heurtant négligemment la faïence contre le verre, la porcelaine contre le bois. Margo perdit trois clients potentiels en les informant d'un ton agacé qu'on ne pouvait toucher à la marchandise si on n'avait pas l'intention d'acheter.

Ce qui vida la boutique suffisamment longtemps pour lui permettre de grimper l'escalier et d'avaler un cachet d'aspirine. Soudain, elle aperçut son reflet dans le miroir sur le palier.

Son visage était tendu, furieux, son regard mort. Elle sentit son estomac se nouer.

– Tu cherches à faire fuir les clients ? marmonna-t-elle.

Elle ferma les yeux, respira profondément et s'efforça de visualiser un écran tout blanc. C'était une technique qu'elle avait souvent employée lors de longues séances de photos, lorsqu'elle devait passer des heures interminables entourée de coiffeurs et de maquilleuses, de photographes impatients et d'assistants grincheux.

Il lui suffisait de se concentrer une minute et de penser qu'elle pouvait, qu'elle allait remplir ce blanc avec l'image qu'on attendait d'elle.

Plus calme, Margo rouvrit les yeux, son visage s'était détendu. Si sa tête continuait à la faire souffrir, personne n'avait besoin d'être au courant. En descendant l'escalier, elle s'apprêta à accueillir le client suivant.

Ce fut avec plaisir qu'elle vit arriver Judy Prentice, accompagnée d'une amie. A 14 heures, elle déboucha la première bouteille de champagne en se demandant ce qui retenait Laura.

A 14 h 30, elle était lessivée et s'évertuait tant bien que mal sur un paquet qu'elle désespérait d'arriver à réussir. Ce fut le moment que choisit Candy pour faire son entrée.

– Oh, quel adorable endroit !

Applaudissant à deux mains, elle sautilla vers le comptoir derrière lequel Margo se battait avec le rouleau de scotch.

— Je suis vraiment désolée de ne pas avoir pu assister à l'inauguration, je n'ai pas eu un seul instant à moi. Mais je m'étais promis de passer aujourd'hui.

D'autant que la boutique et ses propriétaires avaient été le sujet essentiel du brunch.

— Je vais jeter un petit coup d'œil, mais ne t'inquiète pas, je ne repartirai pas sans avoir acheté une babiole. Comme c'est amusant ! ajouta-t-elle à l'intention de la femme qui attendait son paquet. On dirait un grand déballage de grenier. Oh, quel charmant petit saladier !

Elle s'en approcha en dansant et passa un doigt sur le bord pour vérifier qu'il n'était pas ébréché.

— Il est un peu cher pour une occasion.

Le saladier à la main, elle adressa un sourire crispé à Margo.

— J'imagine que tu gonfles les prix pour permettre à tes clients de marchander.

Garde ton calme, se dit Margo. Candy cherchait seulement à l'énerver, comme elle le faisait déjà au lycée.

— Ils coûtent la somme indiquée sur les étiquettes.

— Eh bien, fit Candy en reposant le saladier d'un geste brusque, je suppose que je ne suis pas très au courant des prix. Par contre, je sais ce qui me plaît, dit-elle en posant les yeux sur une paire de chandeliers en émail.

— C'est vraiment très... original, non ?

— Vous avez de très belles choses, remarqua la cliente lorsque Margo eut terminé son paquet.

— Merci, répondit-elle en déchiffrant le nom inscrit sur sa carte de crédit. Merci beaucoup, Mrs Pendleton. Revenez me voir bientôt.

— J'en ai bien l'intention, répondit-elle en prenant le sac qu'elle lui tendait d'une main hésitante. J'espère que vous ne m'en voudrez pas si je vous avoue que je suis venue uniquement parce que je vous ai souvent admirée dans les magazines. Je passe la majeure partie de mon temps en Europe. Et là-bas, le visage de « La Margo » est partout.

– *Etait* partout. Non, bien sûr que je ne vous en veux pas.
– J'ai commencé à utiliser la ligne de soins Bella Donna grâce à vous.
– J'espère que vous êtes satisfaite des produits, rétorqua Margo aimablement.
– C'est une excellente ligne. Comme je vous le disais, je voulais vous voir en personne. Mais je reviendrai parce que vous avez un très beau choix, présenté avec beaucoup d'imagination.

Elle ajouta :
– Je trouve que vous êtes une femme courageuse et dynamique.

Mrs Pendleton jeta un regard à Candy qui examinait un presse-papiers.
– Quelqu'un de vraiment admirable.

Elle se pencha vers Margo en roulant des yeux.
– Faites attention à ce que celle-ci ne glisse pas un objet dans son sac Chanel. Elle m'a l'air louche.

Riant sous cape, Margo raccompagna celle qui serait désormais sa cliente préférée, et rejoignit Candy.
– Champagne ?
– Oh, quelle merveilleuse idée ! J'imagine qu'offrir des boissons doit attirer un certain type de clientèle. D'accord, mais juste un petit verre. Comment t'en sors-tu, chérie ?
– Plutôt bien.
– J'étais en train d'admirer tes bijoux...

Ou plus exactement, de les convoiter.
– Ça doit te fendre le cœur d'être obligée de t'en séparer.
– J'ai le cœur en acier trempé, tu l'avais oublié ?
– Quand il s'agit des hommes, laissa tomber Candy d'un air dégagé. Mais pour les diamants ? Ça m'étonnerait. Qu'est-ce que tu as dû faire pour obtenir ces boucles d'oreilles ?
– Il y a des choses dont il vaut mieux ne pas parler en aimable compagnie. Tu veux les voir ? Etant donné

la pension que tu as obtenue de ton deuxième mari, elles sont sûrement dans tes prix. A moins, bien entendu, que plaquer un époux ne rapporte plus autant.

— Inutile d'être sournoise, Margo. C'est toi qui mets en vente tes biens, pas moi. Eh bien non, les bijoux d'occasion ne m'intéressent pas. A vrai dire, j'ai du mal à trouver quelque chose qui me plaise ici. Tes goûts sont plus... disons plus excentriques que les miens.

— Tu trouves que ça manque de plaqué or ? Je veillerai à ce qu'il y en ait quand nous réassortirons notre stock.

— Parce que tu as l'intention de rester ici ?

Candy avala une goutte de champagne en gloussant de plaisir.

— Margo, tu es décidément trop mignonne. Tout le monde sait que tu ne vas jamais au bout de quoi que ce soit. Nous avons été plusieurs à passer un excellent moment au club en pariant sur le temps que tu tiendrais.

Le client n'avait pas toujours raison, décida Margo.

— Candy, te souviens-tu du jour où on t'a volé tes affaires de gym et où tu es restée enfermée dans un vestiaire jusqu'à ce que Mr Hansen vienne scier le cadenas et te fasse sortir, nue comme un ver et complètement hystérique ? Toi, pas Mr Hansen.

Les yeux de Candy se rétrécirent en deux fentes minuscules.

— Toi... Je savais que c'était toi, mais je n'ai pas pu le prouver.

— En fait, c'était Kate, mais l'idée venait de moi. Pas d'aller chercher Mr Hansen. Ça, c'est Laura qui s'en est chargée. Et à présent, je vais te demander de partir gentiment, sinon je t'assomme, je déchire ton chemiser Laura Ashley — qui ne te va pas du tout — et je te dépose sur le trottoir.

— Quand je pense que j'ai eu pitié de toi !

— Permets-moi d'en douter, rétorqua Margo en

reprenant la flûte d'entre ses mains avant qu'elle n'ait l'idée de la lui jeter à la figure.

— Tu n'es rien de plus qu'une salope de seconde zone qui a passé toute sa vie à quémander des miettes et à faire semblant d'être celle que tu ne seras jamais.

— C'est drôle, la plupart des gens pensent que je suis une salope de première... Et maintenant, tire-toi d'ici en vitesse si tu ne veux pas que j'arrête de faire semblant d'être ce que je ne suis pas et que j'arrache le nez que tes parents t'ont fait refaire lorsque tu avais douze ans.

Candy poussa un cri perçant et allait se précipiter sur Margo quand le bruit de la porte la dissuada de faire un esclandre en public.

D'un bref coup d'œil, Laura évalua la situation.

— Bonjour, Candy. Tu as l'air en pleine forme, dis-moi. Désolée d'être en retard, Margo, mais j'ai un cadeau pour toi.

Candy pivota sur ses talons, dans l'intention de donner à Laura un aperçu du charmant caractère dont ses deux ex-maris avaient pu faire les frais. Mais Laura n'était pas seule. Aussi ravala-t-elle son venin pour afficher un sourire radieux.

— Mr et Mrs Templeton, comme je suis heureuse de vous revoir !

— Ah, mais c'est Candice Lichtfield, si je ne m'abuse ? s'écria Susan Templeton, qui savait parfaitement à quoi s'en tenir. Margo...

Dédaignant la main que lui tendait Candy, Susan se précipita dans les bras grands ouverts de Margo, et l'embrassa chaleureusement avec un clin d'œil malicieux.

— Nous n'avons pas pris le temps de défaire nos valises. Nous étions si impatients de te voir.

— Vous m'avez manqué, dit Margo en la serrant contre elle, en respirant l'odeur familière de son parfum Chanel. Oh, comme vous m'avez manqué ! Vous êtes magnifique, vous êtes absolument superbe !

– Elle ne me dit même pas bonjour, se lamenta Thomas Templeton en donnant un léger coup de coude à sa fille.

Il hocha distraitement la tête en direction de Candy lorsque celle-ci se précipita vers la sortie, puis se fendit d'un grand sourire en voyant Margo courir vers lui et se jeter dans ses bras.

– Ah, voilà qui est mieux !

– Je suis si contente de vous voir... C'est si bon de vous retrouver... Oh, pardonnez-moi...

Et elle se blottit contre son épaule en sanglotant comme une petite fille.

14

– Ça va mieux ?
– Mmm...

Penchée au-dessus du lavabo de la salle de bains au premier étage, Margo s'aspergeait le visage d'eau fraîche.

– Je crois que j'étais à bout de nerfs.

– Pleurer un bon coup fait toujours du bien, dit Susan en lui tendant une serviette et en lui serrant tendrement l'épaule.

– Pauvre Mr T... Quel accueil ! En moins de deux secondes, je me suis mise à sangloter comme un veau sur son épaule.

– Il adore que ses filles viennent pleurer dans ses bras. Ça lui donne l'impression d'être fort. Bon, voyons voir, dit Susan en fronçant ses yeux bleu pâle. Un petit coup de blush, une couche de mascara, et ce sera parfait. Tu as ce qu'il faut ici ?

En guise de réponse, Margo ouvrit l'armoire de toilette au-dessus du lavabo. A l'intérieur, toutes sortes de flacons et de tubes étaient soigneusement alignés.

– Ma trousse de secours.
– Je te reconnais bien là. Tu utilises toujours les produits Bella Donna ? Moi, j'ai tout jeté.
– Oh ! Mrs T...
– Ça m'a rendue folle de rage, expliqua Susan en haussant ses épaules de sportive.

Elle était petite, avec une ossature délicate et aussi mince que sa fille. Et elle se maintenait en forme à sa manière. Elle skiait comme une déesse, avait un coup droit redoutable au tennis et nageait sur des distances dignes d'une championne olympique. Adaptés à son style de vie, ses cheveux couleur sable étaient coupés court, au-dessus d'un visage intéressant dont elle prenait un soin minutieux.

– J'ai tout fichu en l'air...
– Ce n'était pas une raison pour ne pas te garder comme modèle pour Bella Donna. D'ailleurs, cette appellation est un peu agaçante. En fin de compte, tu es mieux sans ça.

Margo sourit dans le miroir en s'étalant de la crème sur le front.

– J'aimerais savoir pour quelle raison tu ne nous as pas prévenus, Tommy et moi, quand tu as eu ces ennuis. Il s'est passé des semaines avant que nous n'ayons été mis au courant. Nous étions en safari-photo, et il n'était pas facile de nous joindre, mais Josh et Laura savaient comment nous contacter.

– J'avais honte...

Margo n'aurait su dire pourquoi il lui était si facile de l'admettre devant Susan. Mais c'était ainsi.

– J'ai fait de si mauvais choix... Je fréquentais un homme marié et je l'ai laissé se servir de moi... Non, pis, j'ai été assez bête pour ne pas même me rendre compte qu'il m'utilisait. J'ai gâché ma carrière, démoli le peu de réputation que j'avais et de plus j'ai failli me retrouver ruinée.

– Eh bien, tu parles d'une réussite. Tu as dû y mettre du tien pour arriver à ce résultat toute seule.

– C'est pourtant ce que j'ai fait.

Margo opta pour une ombre à paupières couleur taupe et l'appliqua d'une main experte.

– Cet homme, tu l'aimais ?

– J'aurais bien voulu...

Même cela aussi lui était plus facile à admettre.

– J'avais envie de trouver quelqu'un avec qui je pourrais construire ma vie. Le genre d'existence que je croyais désirer, remplie d'amusements et de plaisirs, sans responsabilités.

– Mais c'est désormais du passé ?

– Oui. Il le faut. Et naturellement, j'ai choisi un type qui ne me convenait pas du tout, qui n'aurait jamais pu m'apporter aucune stabilité. Je suis faite comme ça, Mrs T.

Susan attendit un instant, et regarda Margo manier l'eye-liner et le mascara avec des gestes de professionnelle, avant de lancer :

– Tu sais ce qui m'a toujours inquiétée chez toi, Margo ? Le manque d'estime que tu as pour toi-même.

– Maman dit au contraire que j'en ai trop.

– Là-dessus, Annie et moi avons toujours été en désaccord, et pourtant, cela nous arrive rarement. Ce que tu penses de toi est trop lié à ton aspect extérieur. Tu étais une enfant magnifique, d'une beauté extraordinaire. Or, la vie des enfants très beaux n'est pas toujours facile. Car on a tendance à les juger sur leur apparence, si bien qu'ils finissent par s'estimer avec les mêmes critères.

– C'était mon seul atout. Kate avait le cerveau et Laura le cœur.

– Que tu puisses penser cela m'attriste profondément, tout comme le fait que trop de gens t'aient poussée à le croire.

– Ça n'a jamais été votre cas, soupira Margo en rangeant son maquillage. J'essaie de prendre une nouvelle direction, vous savez.

– Eh bien, tant mieux, fit Susan en l'enlaçant par la

taille et en l'entraînant vers le boudoir. Tu es encore assez jeune pour pouvoir prendre des dizaines de directions. Et assez intelligente. Tu as oublié d'utiliser tes méninges, tu as fait des erreurs stupides et des choix inconsidérés.

— Oh! je sais que vous n'avez jamais eu pour habitude de mâcher vos mots, sourit timidement Margo.

— Et je n'ai pas terminé. Tu as causé un tas de soucis à ta mère et tu l'as déçue. J'ajouterai que cette femme ne mérite pas seulement ton amour et ton respect, mais ton admiration. Rares sont celles qui sont capables, si elles s'étaient retrouvées veuves à vingt-trois ans, de tout laisser derrière elles et de traverser l'océan avec un jeune enfant pour construire une nouvelle vie. Mais là n'est pas le problème.

D'un geste vague de la main, Susan éluda la question et fit asseoir Margo sur le lit.

— Tu as gaspillé ton argent et tu t'es approchée au bord d'une haute et dangereuse falaise. Mais...

Du bout d'un doigt, elle redressa son menton.

— Mais tu n'as pas sauté. Contrairement à notre petite Seraphina, tu as fait un pas en arrière, tu as redressé la tête et tu as décidé de faire face. Et cela demande beaucoup plus de courage que de se jeter dans le vide.

— J'avais des amis vers qui me tourner.

— Nous en avons tous. Il n'y a que les imbéciles et les égoïstes qui n'ont personne pour leur tendre la main.

Et elle lui tendit la sienne, Margo la prit avec tendresse et la pressa contre sa joue.

— Ça va mieux ? cria Laura depuis le palier.

En les voyant réapparaître, elle se sentit soulagée.

— Beaucoup mieux, répondit Margo en poussant un gros soupir. Pardon de vous avoir abandonnés comme ça.

— Pas de problème. D'ailleurs, papa s'amuse comme un petit fou. Il a déjà réalisé trois ventes. Et vu la façon dont il fait du charme à Minn Whiley en ce moment, je crois bien qu'on peut en espérer une quatrième.

– Minn est en bas ?

Amusée, Susan recoiffa avec ses doigts ses cheveux à la garçonne.

– Je vais y mettre mon grain de sel. Elle va ressortir d'ici chargée de paquets sans avoir eu le temps de dire ouf.

Elle s'arrêta devant la porte et caressa tendrement le dos de Laura.

– Vous avez là un très bel endroit, les filles. Vous avez fait un excellent choix.

– Elle est inquiète pour nous, murmura Laura dès que sa mère eut disparu. Pour toi aussi bien que pour moi.

– Je sais. Il va falloir lui prouver qu'on est des dures. Parce qu'on en est des vraies, n'est-ce pas, Laura ?

– Et comment ! Une célébrité tombée en disgrâce et une épouse potiche bafouée.

Une lueur de colère passa dans le regard de son amie.

– Tu n'es pas une potiche.

– Je ne le suis plus, tu veux dire. Au fait, avant que j'oublie, pourquoi Candy m'a-t-elle regardée comme si elle voulait transformer mon foie en pâté ?

Margo esquissa un petit sourire espiègle.

– J'ai dû lui révéler qui avait eu l'idée d'appeler Mr Hansen le jour où elle s'était retrouvée enfermée dans le vestiaire.

Laura ferma les yeux et essaya d'oublier la future réunion du Garden Club dont Candy et elle étaient les coprésidentes.

– Tu étais obligée de lui raconter ça ?

– Absolument. Elle t'a traitée de « pauvre Laura ». Deux fois.

– Je vois, fit-elle, les yeux assombris par la colère. (Elle ajouta :) Ah ! oui, j'allais oublier, ce soir, nous avons prévu un dîner de famille. Un vrai. Kate nous retrouvera à la maison et j'ai laissé un message à Josh sur son répondeur.

– Ah, Josh !...

Lorsqu'elles s'engagèrent dans l'escalier, Margo croisa brièvement les doigts. Si seulement elle avait eu une cigarette.

– Je ferais sans doute mieux de t'informer que...

– Oh, regarde-les ! s'exclama Laura, penchée sur la balustrade en pouffant de rire. Papa joue avec la caisse et maman fait les paquets. Tu ne les trouves pas merveilleux ?

– Ils sont incroyables.

Comment annoncer à Laura qu'elle avait passé la nuit à déchirer les draps du *Templeton* de Monterey avec son frère ? Mieux valait laisser tomber. De toute manière, étant donné la façon dont ils s'étaient quittés, il y avait peu de chances pour que cela se reproduise.

– Qu'est-ce que tu voulais me dire ?

– Euh... juste que j'avais vendu ton fourreau perlé blanc.

– Tant mieux. Je ne l'ai jamais aimé.

Lorsque Josh arriva à Templeton House, Margo estima avoir pris la bonne décision. Il rejoignit la famille dans le solarium, échangea de tendres baisers avec ses parents, et se servit un apéritif. Il plaisanta avec ses nièces, discuta d'un obscur point de droit fiscal avec Kate et apporta une bouteille d'eau minérale à Laura.

Quant à elle, il la regarda à peine, la traitant avec cette affection vaguement exaspérante qu'ont souvent les grands frères pour leurs satanées petites sœurs.

Margo envisagea une seconde de lui planter sa fourchette dans la gorge.

Elle réussit néanmoins à se retenir, bien que placée entre lui et Kate.

Après tout, cette soirée était une fête. Une réunion de

famille. Même Ann, qui considérait comme un manquement à l'étiquette que les domestiques partagent la table familiale, s'était jointe à eux. Grâce à la persuasion de Mr T., pensa Margo. Personne ne pouvait lui résister.

Margo l'écouta raconter des histoires d'éléphants et de lions à ses petites-filles qui buvaient ses paroles.

– Nous, on a la cassette du *Roi Lion*, dit Kayla en jouant avec ses choux de Bruxelles dans l'espoir de les voir se volatiliser par enchantement.

– Tu l'as déjà vue un millier de fois, se moqua Ali en rejetant ses cheveux derrière son épaule comme elle avait vu Margo le faire.

– Eh bien, nous la regarderons une mille et unième fois, d'accord ? proposa Thomas avec un clin d'œil à Kayla. Nous allons nous offrir une journée vidéo. Et toi, Ali, quelle est ta cassette favorite ?

– Elle, ce qu'elle aime, c'est les films d'amoureux, répondit sa petite sœur en imitant des bruits de baisers. Elle voudrait que Brandon Reno l'embrasse sur la bouche.

– Pas du tout ! s'offusqua Ali, rouge de honte.

En tout cas, cela confirmait qu'il ne fallait jamais confier aucun secret à une petite sœur.

– Tu n'es qu'un bébé, reprit-elle en cherchant la plus grosse insulte possible. Un bébé à tête de cochon.

– Allison, arrête de parler comme ça à ta sœur, dit Laura d'un ton las.

Ses deux petits anges se chamaillaient beaucoup depuis quelques semaines.

– Oh, et elle, elle a le droit de dire ce qu'elle veut. Et tout ça parce que c'est un bébé.

– C'est pas vrai !

– Et moi qui croyais que tu étais le mien, soupira Thomas d'un air triste. Je croyais que vous étiez mes deux bébés, mais si vous êtes des grandes filles et que vous ne voulez plus de moi...

– Moi, je veux bien être le tien, grand-papa, s'empressa de le rassurer Kayla.

Elle vit alors avec ravissement qu'un miracle s'était produit. Les horribles choux de Bruxelles n'étaient plus dans son assiette. Ils avaient sauté dans celle de son grand-père. Une bouffée d'amour l'envahit.

– Je serai toujours ton bébé.

– Eh bien, moi, je n'en suis pas un, insista Ali en relevant le menton.

Elle refusait de capituler, mais ses lèvres frémirent.

– Non, c'est vrai, rétorqua Laura. Mais puisque tu es une grande fille, tu ne dois pas te disputer à table avec ta sœur.

– Oh, je n'en suis pas sûre, glissa Margo. Moi, je n'arrêtais pas de me chamailler avec Kate.

– Et c'était toujours toi qui commençais, ajouta cette dernière en s'escrimant sur son morceau d'agneau.

– Ah non, c'était toi.

– Non, moi, j'avais toujours le dernier mot. Parce qu'on t'expédiait à chaque fois dans ta chambre.

– Oh, uniquement parce que maman avait pitié de toi. Tu étais tellement plus faible.

– Plus faible ? Tu parles. Quand il s'agissait de disputes verbales, tu n'étais pas toujours la meilleure. Même à l'âge d'Ali, j'aurais pu...

– N'est-ce pas merveilleux de se retrouver chez soi, Tommy ? s'exclama Susan en levant son verre. C'est très rassurant de constater que le temps a beau s'écouler, il y a des choses qui ne changent pas. Ma chère Annie, comment faites-vous pour supporter nos filles quand je ne suis pas là ?

– C'est une épreuve, Mrs T. Ma mère, elle, avait toujours un bâton dans la cuisine. Un bon bâton en noyer.

– Elle te frappait avec un bâton ? s'inquiéta Ali.

– Ça lui est arrivé une ou deux fois, et de s'asseoir après était une punition en soi.

– Ton arme préférée, c'était une cuillère en bois, rappela Margo à sa mère en se tortillant sur sa chaise.

– C'était radical pour te clore le bec.

— Un jour, tu m'en as donné un coup, Annie, tu te rappelles ? lança Josh.

— Vraiment ? fit Susan d'un air intrigué en regardant son fils. Je n'en ai jamais rien su.

Josh remarqua qu'Ann le surveillait du coin de l'œil.

— Oh ! Annie et moi avions décidé que ce serait notre petit secret.

— Manifestement, il a été fort bien gardé, marmonna Annie. Jusqu'à aujourd'hui.

Elle s'éclaircit la gorge et croisa les mains sur ses genoux.

— Je vous en demande pardon, Mrs T. Ce n'était pas à moi de corriger Mr Josh.

— Mais bien sûr que si, répondit Susan, de plus en plus perplexe. Je serais curieuse de savoir ce qu'il avait fait.

— Peut-être étais-je innocent, protesta Josh, ne parvenant qu'à arracher un haussement d'épaules à sa mère.

— Tu n'as jamais été innocent un seul jour de ta vie. Qu'avait-il fait, Annie ?

— Il m'avait harcelée pour obtenir je ne sais plus quoi.

Par contre, au bout de tant d'années, elle se rappelait toujours parfaitement l'insistance de sa voix et la lueur diabolique de son regard.

— Pour dire la vérité, je n'ai jamais connu d'enfant aussi obstiné que Monsieur Josh.

— Ça s'appelle de la ténacité, expliqua-t-il avec un grand sourire. C'est une caractéristique Templeton, pas vrai, papa ?

— Et Dieu sait si ça m'a valu plus d'une fois de me faire chauffer les fesses ! reconnut Thomas.

— Et je me rappelle qu'il a jappé comme un chien tombé dans l'eau bouillante, précisa Ann, déclenchant un éclat de rire général. Mais ça m'a fait beaucoup plus mal qu'à lui. J'étais certaine d'être renvoyée sur-le-champ, et à juste titre, pour avoir administré une fessée au fils de la maison.

– Si j'avais su, je vous aurais offert une augmentation, dit aimablement Susan.

– Rien ne remplace l'amour d'une mère, maugréa Josh.

– Et finalement, une heure plus tard, après avoir mûrement réfléchi, poursuivit Ann en lui jetant un regard plein de tendresse, il s'est excusé et m'a demandé si nous pouvions garder cette histoire entre nous.

– Ce garçon a toujours été malin, conclut Thomas en assenant une bourrade à son fils.

Laura monta coucher ses filles et ils passèrent au salon. Margo se dit que c'étaient des moments comme celui-ci, dans une pièce identique, qui avaient motivé ses choix.

Un salon parfait dans une maison idéale, dont le mobilier transmis de génération en génération témoignait plus d'une permanence rassurante que d'une opulente richesse. Les fleurs fraîches disposées avec amour par sa mère jaillissaient des vases en porcelaine ou en cristal, les portes-fenêtres grandes ouvertes laissaient entrer l'air parfumé de la nuit et un magnifique clair de lune.

La pièce dégageait une atmosphère raffinée, chaleureuse et accueillante. Et Margo comprit qu'en cherchant à recréer cet endroit, elle n'avait pensé qu'à l'élégance, et en avait négligé l'aspect chaleureux et accueillant beaucoup trop longtemps.

Josh s'installa devant le piano demi-queue pour improviser un blues avec Kate. Un air langoureux qui s'insinuait dans les veines, songea Margo. Et qui correspondait merveilleusement à l'image qu'elle avait de Josh. Il jouait si peu souvent qu'elle en avait presque oublié ses talents de pianiste. Aussitôt, elle ne put s'empêcher de se rappeler l'habileté de ses mains sur son corps.

Elle aurait bien voulu également que la complicité rieuse qu'il partageait avec Kate, ou la façon dont ils penchaient la tête l'un vers l'autre, ne déclenche pas un sentiment brûlant de jalousie dans tout son être.

Quelle réaction ridicule ! se dit-elle. Et inconsidérée. Ce mot convenait à merveille dans la mesure où il ne lui avait pas accordé la moindre attention de toute la soirée. Mais elle ne le laisserait pas lui gâcher ce moment. Elle allait profiter pleinement des Templeton, dans la maison qu'elle avait toujours aimée, et qu'il aille au diable !

N'aurait-il pu au moins la regarder à l'instant où elle avait eu des pensées désagréables à son encontre ?

Plongée dans ses réflexions, Margo ne remarqua pas le regard de connivence qu'échangèrent les Templeton. Susan se leva en hochant discrètement la tête. Elle voulait coincer sa fille pour qu'elle lui confie exactement ce qu'elle ressentait.

Thomas se servit un cognac, alluma l'unique cigare que sa femme l'autorisait désormais à fumer par jour et s'installa sur le canapé. Croisant le regard de Margo, il tapota le coussin à côté de lui pour qu'elle le rejoigne.

– Vous n'avez pas peur que je recommence à vous inonder de larmes ?

– J'ai un mouchoir tout propre.

Margo s'assit près de lui et effleura le coin du mouchoir blanc glissé dans la poche de sa veste.

– Du lin irlandais. Maman m'obligeait à repasser vos mouchoirs. Ils étaient si doux et ils sentaient si bon quand ils sortaient de la lessive. Je n'ai plus jamais regardé du lin irlandais sans me revoir devant la planche à repasser, en train de plier les vôtres en carrés blancs impeccables.

– Le repassage est un art qui se perd.

– Il le serait depuis beaucoup plus longtemps si les hommes en avaient été chargés.

Thomas rit et posa une main sur son genou.
– Allez, dis-moi tout sur cette affaire dont tu t'occupes.

Elle s'était doutée qu'il poserait cette question, et qu'elle bredouillerait une explication.

– Kate pourrait vous faire un bien meilleur rapport.
– Je parlerai des détails avec Kate plus tard. Je veux que tu m'expliques ce que tu espères retirer de tout cela.
– Un moyen de gagner ma vie. J'ai laissé filer le seul que j'avais.
– Tu t'es fichue dans un sale pétrin, ma fille. Inutile d'enjoliver ou de se morfondre là-dessus. Et maintenant, que comptes-tu faire ?

C'était une des raisons pour lesquelles elle l'aimait tant. Il ne se répandait jamais en lamentations sur les échecs.

– Essayer d'écouler tout ce que j'ai amassé. J'ai rassemblé pas mal de choses en quelques années. C'était ce que je savais le mieux faire. Vous savez, Mr T., au moment de tout emballer, j'ai réalisé que je ne m'étais pas volontairement entourée d'objets de valeur, mais c'est ce que j'ai fait. Je crois avoir l'œil pour ce qui est de repérer les pièces exceptionnelles.

– Sur ce point, je ne te contredirai pas. Tu as toujours su reconnaître ce qui est beau.

– Même lorsque je dépensais mon argent sans compter, je l'ai investi dans des objets et des vêtements de qualité et je ne le regrette pas. Cependant, acquérir une boutique au lieu de la louer était un risque, c'est vrai.

– Si ce n'était pas un bon placement, Kate ne t'aurait pas laissée faire. Et elle n'en aurait sûrement pas été de sa poche !

– En comptant les réparations, les travaux et les frais d'ouverture, ça fait six cent trente-sept dollars le mètre carré, précisa Kate. Et quelques *cents*.

– C'est un bon prix, affirma Thomas en tirant sur son cigare. Qui s'est chargé des travaux ?

– Barkley & Sons se sont occupés de la menuiserie

et ont sous-traité la plomberie et l'électricité, expliqua Margo en lui dérobant une gorgée de cognac. J'ai fait toutes les peintures moi-même.

– C'est vrai ? s'exclama-t-il en souriant. Et pour la publicité ?

– Je me sers de mon passé houleux pour obtenir des articles dans la presse ou des interviews télévisées. Dès qu'elle aura un moment, Kate va vérifier si on peut prévoir un budget publicitaire.

– Et comment comptes-tu renouveler ton stock ?

Penser à l'avenir l'angoissait affreusement, toutefois Margo répondit avec assurance :

– Je vais courir les ventes aux enchères. J'ai aussi pensé contacter des mannequins et stylistes pour essayer de racheter leurs vêtements. Mais il faudra que je trouve une autre solution, car nous avons déjà eu pas mal de demandes pour des grandes tailles.

Elle fit un bond sur le canapé et replia ses jambes sous elle. Si quelqu'un comprenait l'excitation que procurent les négociations commerciales, c'était bien Mr T.

– Nous n'avons ouvert que depuis deux jours, mais je crois vraiment que ça peut marcher.

Oubliant ses soucis, elle parlait d'une façon volubile.

– En tout cas, je ne connais aucune boutique qui propose des vêtements griffés d'occasion ainsi que des accessoires, des bijoux de valeur, des meubles, de la vaisselle et des antiquités dans le même espace.

– Tu oublies les appareils ménagers et les tableaux, lança Josh.

– Ma machine à faire le cappuccino n'est pas à vendre. Ni mes peintures. Mais tout le reste, oui, fit-elle en regardant Thomas. Je suis même prête à vendre ma lingerie à un bon prix.

– Tu le fais déjà, lui rappela Kate.

– Seulement des peignoirs, corrigea Margo. Ou des négligés. Laura y a ajouté les siens. Mais, bien entendu, Kate refuse de se séparer ne serait-ce que d'une paire de pantoufles.

– Parce que je les porte !

– Notre boutique attire une clientèle séduite par son originalité.

– Et tu es heureuse.

– Ça, je ne sais pas, mais déterminée, oui.

– Margo, fit Thomas en tapotant affectueusement son genou, en affaires, dis-toi bien que les deux mots sont synonymes. Pourquoi n'installerais-tu pas une vitrine dans le hall de l'hôtel ?

– Je...

– Nous en avons une petite dizaine réservée au prêt-à-porter, aux bijoux et aux cadeaux. Je ne vois pas pourquoi il n'y en aurait pas une pour nos propres filles. Tu aurais dû t'en préoccuper, Josh.

– Tout est arrangé, répliqua-t-il en continuant à égrener un boogie-woogie. Laura va faire une sélection pour l'hôtel et nous allons installer également une vitrine à San Francisco.

Margo ouvrit la bouche et la referma en serrant les lèvres.

– Tu aurais quand même pu m'en parler.

– J'aurais pu, dit-il en la regardant par-dessus son épaule. Mais je ne l'ai pas fait. Laura sait ce qui convient le mieux à la clientèle de Templeton.

– Ah, parce que moi non, peut-être ?

– Et la voilà partie, murmura Kate.

– J'en sais autant que toi sur les clients de Templeton, fulmina Margo en dépliant ses longues jambes. Bon sang, j'en ai été une ! Et si tu tiens à exposer ma marchandise, tu dois passer par moi.

– Très bien.

Josh cessa de jouer et consulta sa montre.

– J'ai un match de tennis avec maman à 7 heures demain matin. Et j'ai fixé la réunion du comité à 9 h 30. Ça te va ?

– Parfait, répondit Thomas en se calant au fond du canapé. Je te retrouverai à 8 h 45 pour discuter des affaires en cours.

— D'accord, fit Josh avant de s'adresser à Margo. Annie doit avoir terminé ton sac. Si tu allais le chercher ?

— Pardon ?

Elle hésita entre la colère et la perplexité.

— Qu'est-ce que c'est que cette histoire de sac ?

— Tu ne seras plus obligée de te précipiter tous les matins à la boutique pour te changer. Il est plus logique que tes vêtements soient là où tu dors.

Ses joues s'empourprèrent de rage.

— Je dors soit ici, soit à la boutique.

— Plus maintenant.

Josh la prit fermement par la main.

— Pour l'instant, Margo habite avec moi à l'hôtel.

— Ecoute, espèce de crétin, ce n'est pas parce que j'ai commis la regrettable erreur de dormir une fois avec toi...

— Et ni toi ni moi n'avons beaucoup dormi, lui rappela-t-il. Mais ce soir, il va bien le falloir. Ma journée de demain est plus que remplie. Bon, allons-y.

— D'accord, j'arrive, dit-elle en le toisant. J'aurai ainsi le plaisir de te dire en privé ce que je pense exactement de ton attitude.

Kate attendit que la porte se referme sur eux pour pivoter sur le tabouret de piano.

— Alors, oncle Tommy, qu'en penses-tu ? Lequel des deux va-t-on retrouver demain matin baignant dans une mare de sang, et qui tiendra l'arme du crime ? Je parie sur Margo, décida-t-elle. Elle n'aime pas être mise au pied du mur.

Thomas soupira en s'efforçant d'assimiler tous ces nouveaux événements.

— Je miserai sur mon garçon, ma petite Katie. Je ne l'ai jamais vu perdre une partie à moins de l'avoir décidé.

15

Sur le chemin de l'hôtel, Margo resta silencieuse. Elle avait des tonnes de récriminations, mais préférait les garder en réserve. Lorsque Josh accrocha son porte-vêtements dans la chambre, elle explosa.

– Si tu espères par je ne sais quel aveuglement narcissique que je suis ici pour faire l'amour...

– Pas ce soir, ma jolie, dit-il en dénouant sa cravate. Je suis crevé.

La réaction de la jeune femme se limita à un affreux gargouillis.

– Bon, bon, si tu insistes. Mais je ne suis pas au meilleur de ma forme.

– Ne t'avise pas de poser les mains sur moi ! Je te conseille de ne même pas y penser.

Elle retira ses chaussures, et en garda une à la main en la tapant contre sa paume tout en faisant les cent pas.

– Comme si ça ne suffisait pas de raconter à tout le monde que j'ai passé la nuit avec toi, il a fallu en plus que tu aies le culot d'ordonner à ma mère d'emballer mes vêtements.

– Je le lui ai demandé, rectifia Josh en installant sa veste sur le valet de pied. Je l'ai priée, si elle le voulait bien, de mettre les affaires dont tu pourrais avoir besoin pour un jour ou deux dans un sac. Afin de te laisser le temps de te retourner.

– Parce que tu crois que dire s'il te plaît et merci change tout ? En tout cas, c'est plus que ce à quoi j'ai eu droit.

Il commença à défaire les boutons de sa chemise et fit quelques mouvements pour décontracter ses épaules endolories.

– Je n'ai pas l'intention d'être caché comme tu as choisi de le faire avec tes derniers partenaires, duchesse. Si nous couchons ensemble, c'est au grand jour, enfin, métaphoriquement parlant.

Il se débarrassa de ses chaussures et de ses chaussettes pendant qu'elle cherchait une réplique cinglante.

— Je n'ai pas décidé si je voulais encore coucher avec toi.

Le regard de Josh remonta instantanément sur son visage, à la fois amusé et plein de défi.

— Tu aurais dû me prévenir.

— Figure-toi que je n'ai pas apprécié du tout la manière dont tu t'es comporté ce matin.

— Eh bien, nous sommes à égalité.

Josh commença à déboutonner son pantalon et entra dans la salle de bains où il fit couler l'eau dans la gigantesque baignoire.

— Et maintenant que cela est réglé, cessons de jouer à ces petits jeux auxquels nous étions supposés ne pas nous adonner. Nous n'en avons pas terminé, Margo.

Il se déshabilla complètement et brancha les jets de massage.

— Bon, j'ai besoin de me détendre un peu avant d'aller au lit. Si tu veux me rejoindre, tu es la bienvenue.

— Parce que tu crois que je vais prendre un bain avec toi, alors que tu as passé la plus grande partie de la soirée à m'ignorer ?

Jamais aucun homme ne l'avait snobée ainsi, se dit-elle en fulminant de rage. Jamais. Et elle avait l'intention de le lui faire payer.

— Et que tu as passé ton temps à flirter avec Kate ?

— Kate ?

Sincèrement étonné, Josh se retourna vers elle.

— Voyons, Margo, Kate est ma sœur !

— Pas plus que moi.

Ne sachant plus s'il trouvait ça drôle ou s'il était tout simplement épuisé, Josh se laissa glisser au fond de l'eau chaude bouillonnante et soupira d'une voix lasse :

— Tu as raison, ce n'est pas ma sœur. Disons alors que j'ai toujours considéré Kate comme telle.

Son regard s'attarda une seconde sur Margo.

— Je n'ai jamais pensé à toi de cette façon, fit-il en s'ébrouant. Mais si tu es jalouse...

Laissant sa phrase en suspens, il se contenta de hausser les épaules.

— Je ne suis pas jalouse...

L'idée même blessait son orgueil.

— Je dis les choses telles qu'elles sont, c'est tout. Pourrais-tu ouvrir les yeux et m'écouter ?

— Je t'écoute. Mais je suis trop épuisé pour garder les yeux ouverts. Dis donc, pour quelqu'un qui prétend ne pas vouloir prendre notre relation trop au sérieux et ne souhaiter aucune entrave, tu te comportes plus comme une épouse enquiquineuse que comme une maîtresse.

— Je ne suis pas une enquiquineuse et je ne me comporte absolument pas comme une épouse. D'après ce que j'ai pu observer, n'importe quelle femme digne de ce nom t'aurait déjà flanqué à la porte.

— Nous sommes ici chez moi, ma belle. Si quelqu'un doit partir, ce sera toi.

La main de Margo s'abattit sur sa tête et, profitant de l'effet de surprise, elle réussit à le maintenir sous l'eau tourbillonnante pendant dix bonnes secondes. Le plaisir qu'elle éprouva en le voyant émerger en crachotant compensait largement le fait d'avoir mouillé son tailleur en lin blanc.

— Je crois que je vais prendre mes affaires et m'installer dans une autre chambre.

Josh l'attrapa par le poignet avec une telle force qu'elle perdit l'équilibre et se retrouva assise contre lui. Leurs regards se croisèrent et se toisèrent.

— Tu n'aurais quand même pas le...

Elle n'eut pas le temps de terminer sa phrase qu'il l'avait fait basculer dans la baignoire où elle se débattit comme un chat en train de se noyer ; il l'enlaça et la maintint sous l'eau.

Indifférent à ses coups de pied et de griffes, il compta jusqu'à dix avant de la relâcher.

– Salaud ! Espèce de...

– Bon, je vois que ça ne te suffit pas.

Et il replongea allégrement, l'entraînant avec lui. Margo essaya de reprendre son souffle et de repousser en arrière ses cheveux trempés, mais il avait déjà réussi à la débarrasser de sa veste et s'attaquait au chemisier collé sur sa peau.

– Qu'est-ce que tu fabriques ?

– Je te déshabille, dit-il en dégrafant son soutien-gorge. Je ne me sens plus fatigué du tout.

D'un air furibond, elle s'installa à califourchon sur lui, coinçant son genou entre ses jambes.

– Aurais-tu dans un coin de la tête l'idée extraordinairement douteuse et essentiellement masculine qu'être malmenée m'excite ?

Cette fois, la réponse allait être délicate, se dit-il.

– Oui... Enfin, façon de parler.

Margo augmenta sensiblement sa pression.

– La façon de parler de qui ?

– Ah !...

Il prit le risque de tendre une main et la referma sur le mamelon durci de son sein.

– J'aurais sans doute résisté, si tu ne m'avais pas provoqué.

La tension étant légèrement retombée, il décida qu'il était temps de souffler un peu.

– Je veux que tu habites avec moi, Margo, dit-il d'une voix douce en laissant courir sa main sur sa jambe. Mais si tu préfères prendre une autre chambre le temps d'y réfléchir, très bien. Et si tu ne te sens pas d'humeur à faire l'amour, ce n'est pas un problème non plus.

Elle se contenta de le regarder fixement. Il était l'innocence même, à part une petite lueur malicieuse dans les yeux. La patience, la raison même, s'il n'avait eu cette moue de défi au coin de la bouche.

– Qui t'a dit que je n'étais pas d'humeur ? dit-elle en

lui adressant une œillade assassine entre ses longs cils. Vas-tu te décider à me retirer le reste de ces vêtements ou bien dois-je m'en charger toute seule ?
– Oh, permets-moi de m'en occuper !

Vivre avec un homme était une expérience fort intéressante. Margo ne l'avait jamais tentée, refusant de partager son existence ou son intimité au-delà d'un week-end, ou éventuellement le temps d'une croisière.

Pourtant, avec Josh, ça se passait plutôt bien. Peut-être parce qu'ils avaient vécu longtemps sous le même toit, et que celui qu'ils avaient au-dessus de leur tête était celui d'un hôtel.

Tout paraissait ainsi moins structuré, ressemblant plus à un arrangement qu'à un véritable engagement.

Aucun membre de la famille n'avait posé la moindre question sur leur nouvelle façon de vivre. Les jours passèrent, pour finalement devenir une semaine, puis deux, Margo commença à se demander pourquoi ils ne faisaient aucun commentaire sur leur cohabitation.

Sa mère, tout au moins, aurait dû être scandalisée, ou muette de colère. Mais elle avait l'air de ne pas s'en soucier le moins du monde. Quant aux Templeton, ils n'avaient pas même sourcillé. Et si Margo avait surpris Laura en train de la regarder d'un air inquiet une fois ou deux, elle ne lui avait cependant fait aucune remarque.

Kate était la seule à avoir réagi. « Si tu lui brises le cœur, je te brise le cou », avait-elle dit. Et c'était si ridicule que Margo avait préféré n'en tenir aucun compte.

De toute manière, elle avait mieux à faire que se préoccuper des commentaires désagréables de Kate. Des échos de la méchanceté de Candy lui étaient parvenus. Elle faisait courir le bruit que la marchandise de *Faux-Semblants* manquait d'élégance, que les prix étaient exorbitants, l'accueil grossier et les vendeuses inexpérimentées. Que Laura avait cédé au caprice de son amie, qui ne le méritait pourtant pas, et qu'elles feraient sans doute faillite d'ici peu. Et que les vêtements étaient des articles démodés dont personne ne voulait plus nulle part, coupés qui plus est dans des tissus de qualité médiocre.

Ressasser les propos vindicatifs de Candy, et leurs retombées inévitables, occupait le peu de temps libre dont disposait Margo. La boutique lui demandait dix heures de travail par jour, six jours par semaine, et le seul et unique jour de fermeture, elle plongeait le nez dans les paperasses jusqu'à en loucher pour tenter de se familiariser avec les finesses de la comptabilité.

Et, en ce délicieux dimanche matin, elle tapait sur son ordinateur, une cigarette en train de se consumer dans un cendrier d'un côté, une tasse de café de l'autre.

Comment pouvait-on se rappeler à quel moment régler toutes ces factures, et à qui, sans devenir fou ? La vie était plus simple autrefois, quand un homme d'affaires s'occupait de régler les détails financiers à sa place.

– Mais regarde où cela t'a menée, marmonna-t-elle entre ses dents. Concentre-toi, ma vieille. Prends-toi en charge.

– Tu vois, je te disais bien que c'était sérieux, lança la voix de Laura.

Margo sursauta, l'ordinateur posé sur ses genoux glissa par terre, et elle poussa un cri strident.

– Oui, je comprends ce que tu entendais par là, acquiesça Kate. J'espère que nous n'arrivons pas trop tard.

– Qu'est-ce qui vous prend à toutes les deux ? Vous voulez me faire mourir d'une crise cardiaque ? hurla Margo, les deux mains sur son cœur. Et d'abord, qu'est-ce que vous faites ici ?

– On vole à ton secours...

Laura ramassa la cigarette avant qu'elle ne roule et ne mette le feu aux papiers éparpillés sur le sol.

— Tu parles toute seule, tu bois toute seule...
— Je te signale que c'est du café. Vous êtes vraiment d'humeur bizarre, ce matin. Bon, si vous retourniez faire mumuse ? Il y a des gens qui travaillent, vous savez.
— C'est pire que ce que je croyais, soupira Laura. Allez, Sullivan, viens bien sagement avec nous, sinon nous allons avoir recours à la force. C'est pour ton bien.

Margo se demanda si elle devait rire ou appeler à l'aide lorsque ses amies se placèrent de chaque côté d'elle et la saisirent chacune par un bras.
— Hé, mais où m'emmenez-vous ?
— Ce qu'il te faut, répondit Kate d'un air grave, c'est une thérapie de choc.

Une heure plus tard, Margo, entièrement nue, transpirait à grosses gouttes. Allongée sur le dos, elle poussa un soupir de bien-être.
— Ô mon Dieu, mon Dieu, mon Dieu...
— Tiens le coup, l'encouragea Laura en tapotant sa main. Tu te sentiras bientôt mieux.
— Maman, au secours...

En riant, Laura s'adossa à la paroi du sauna. Les nuages de vapeur l'aidaient à se détendre. Elle avait eu l'idée de cette journée au salon de beauté du club pour revigorer Margo, et cela ne lui ferait pas de mal non plus.
— Comment arrivez-vous à rester étendues comme ça sans bouger ?

Perchée sur un banc au second niveau, Kate se pencha vers Margo.
— Vous trouvez vraiment qu'on s'amuse ?
— J'en pleurerais de bonheur. J'avais oublié à quel point c'était merveilleux, murmura-t-elle. Vous m'avez sauvé la vie. Je vais me faire appliquer un masque, me faire masser et m'offrir une pédicure.
— Tu sais qu'à l'hôtel tu as tout cela sous la main.

— Elle est trop occupée à butiner Josh.

Laura fit une grimace.

— Si tu permets, c'est une image que je préfère éviter de me représenter.

— Moi, elle me plaît. C'est comme un documentaire à la télé. L'accouplement de deux beaux animaux dorés...

Le sourire de Kate s'élargit.

— Alors il est bon ? Combien lui mets-tu ? Sur une échelle de un à dix.

— Nous ne sommes plus à l'école, je ne mets pas des notes aux hommes, répondit Margo d'un ton guindé.

Elle roula sur le ventre.

— Douze, dit-elle plus bas. Peut-être même quatorze.

— Vraiment ? fit Kate en se penchant encore plus. Ce bon vieux Josh.

— Ne fais pas attention à l'imbécile du balcon, lança Margo en se tournant vers Laura. Dis, ça t'ennuie pour Josh et moi ?

— Pas du tout, répondit son amie en se tortillant d'un air gêné. Ça me fait bizarre. Mon frère et une de mes plus proches amies faisant l'amour... C'est juste... étrange. Mais ça ne me regarde pas.

— Elle a peur que tu le jettes comme un vieil escarpin quand tu en auras marre de lui.

— Ferme-la, Kate. Et d'ailleurs, je ne bazarde plus mes chaussures, je les vends. Josh et moi, nous nous comprenons très bien. Je t'assure, Laura.

— Je me le demande, murmura cette dernière.

Et quoi qu'elles aient voulu ajouter sur le sujet, elles furent interrompues par la porte du sauna qui s'ouvrit brusquement.

— Regardez qui est là ! s'écria joyeusement Kate. Miss Candy Lichtfield en personne. Comme ça va être agréable.

Un turban sur la tête, qu'elle tenait bien droite, Candy s'installa sur le banc face à Laura.

— Je vois que vous vous déplacez toujours en groupe.

— Oui, comme les chiens enragés, rétorqua Kate. Et étant donné que tu as essayé de nous piquer notre os, prends garde à ce qu'on ne te morde pas.

— Je ne vois vraiment pas de quoi tu veux parler.

— De la marchandise médiocre à des prix exorbitants, mon cul, oui ! enchaîna Kate. Fais attention à tes propos, Candy, si tu ne veux pas te retrouver avec un procès pour diffamation.

— Exprimer une opinion n'est en rien diffamatoire...

Elle s'en était assurée auprès de son second mari, l'avocat.

— C'est une question de goût...

Très fière du corps que lui avait modelé son premier époux, un chirurgien plastique, Candy retira sa serviette.

— Et je croyais que tu en avais plus, Laura. Mais, apparemment, venir d'une grande famille et recevoir une bonne éducation ne suffisent pas toujours à savoir choisir ses amis.

— C'est justement ce à quoi j'étais en train de penser, fit Margo en se redressant. Tes deux ex avaient un tel pedigree... va comprendre.

Candy croisa dignement ses jambes nues.

— Je voulais te parler du Garden Club, Laura. Etant donné les circonstances, je pense qu'il serait préférable que tu démissionnes de ton poste de coprésidente.

Laura se contenta de lever un sourcil et Candy se tamponna le cou avec le coin de sa serviette.

— Certains bruits commencent à courir, à propos de toi et de Peter, et sur votre association avec...

Elle jeta un regard oblique à Margo.

— Certains éléments indésirables.

— Elle parle de moi, expliqua Margo à Kate.

— Dans ce cas, j'en suis un aussi, pas vrai, Candy ?

— Toi, tu es tout simplement détestable.

— Tu vois ? fit Kate en souriant à Margo. Je suis détestable. C'est parce que je suis une pauvre parente éloignée. Les Powell n'étaient que de vagues cousins des Templeton, tu sais.

— C'est ce que j'ai entendu raconter.

— Et puis je suis comptable, poursuivit Kate. Ce qui est pire que tenir une boutique. Nous parlons sans cesse argent.

— Ça suffit, dit doucement Laura. Tu veux présider toute seule, Candy ? Le fauteuil est à toi.

Et sur ces mots, elle regretta de ne pas pouvoir le lui casser sur la tête.

— Ça me laissera davantage de temps pour m'associer à des éléments indésirables et détestables.

Voir Laura capituler si facilement la déçut. Candy avait tellement espéré une bonne dispute.

— Au fait, Peter se plaît-il toujours autant à Hawaii ? demanda-t-elle avec un sourire méprisant. On dit qu'il a emmené sa petite secrétaire avec lui. Quoique, maintenant en y repensant, ils n'en soient pas à leur premier... voyage d'affaires. Ce doit être insupportable pour toi d'être remplacée par une de tes employées. Et elle est assez jeune, je crois ?

— Candy les aime jeunes, déclara Kate, qui bouillait de rage. Quel âge a le maître nageur avec qui tu couches en ce moment, Candy ? Seize ans ?

— Vingt ans, répondit-elle avant de réaliser avec dépit qu'elle était tombée dans son piège. Moi, au moins, je n'ai pas de mal à trouver des hommes. Mais toi, ça ne t'intéresse pas, n'est-ce pas, Kate ? Tout le monde sait que tu es lesbienne.

Margo pouffa de rire, et dut se mettre la main devant la bouche pour se retenir.

— Attention, Kate, ton secret a été découvert.

— À vrai dire, c'est un soulagement, fit-elle en détaillant le corps de Candy. Il y a un moment que j'ai jeté mon dévolu sur toi, poupée, mais j'étais trop timide pour oser t'en parler.

— C'est vrai, confirma Margo en se penchant vers

Candy d'un air conspirateur. L'amour qu'elle a pour toi lui faisait peur.

Mal à l'aise, et ne sachant que croire, Candy se déplaça de quelques centimètres.

– Ce n'est pas drôle.

– Non, c'est même à fendre l'âme, reprit Kate en se laissant glisser au sol. Mais maintenant que tu connais la vérité, je vais enfin pouvoir te faire mienne.

– Je t'interdis de me toucher ! hurla Candy d'une voix aiguë en faisant un bond en arrière. Ne m'approche pas.

– Je crois qu'elles ont envie de rester seules un moment, remarqua Laura en s'enroulant dans sa serviette.

– Je vous déteste ! Je vous hais toutes les trois !

– Seigneur ! fit Kate en frissonnant. N'est-elle pas la chose la plus sexy que vous ayez jamais vue ?

– Tu es révoltante !

Craignant pour sa vertu, Candy s'élança hors du sauna comme une flèche en oubliant de rajuster sa serviette.

– Tout de même, quelle perverse tu fais ! jeta Margo à Kate lorsque son amie s'écroula sur le banc.

– Fais gaffe, tu risques de m'exciter. Si j'étais lesbienne, tu serais certainement plus mon type.

Reprenant son souffle, elle jeta un coup d'œil à Laura.

– Hé, tu ne vas pas te prendre la tête pour ça.

– Hein ?

Laura se tourna vers elle d'un air songeur.

– J'étais juste en train de me demander combien ça lui a coûté de se faire refaire les seins.

– Pas assez, trancha Margo en se levant. Allez, venez, on va l'enfermer dans le vestiaire. En souvenir du bon vieux temps.

— J'aime beaucoup les hommes, insista Kate en agitant ses orteils fraîchement vernis.

Le décor rose bonbon et blanc sucre du salon de beauté censé aider les clientes à se décontracter l'irritait au plus haut point.

— Je n'ai pas beaucoup de temps à leur consacrer, c'est tout.

— A mon avis, tu n'en auras plus besoin dès que Candy aura répandu son venin, remarqua Laura.

Elle prit son verre d'eau pétillante, et se cala confortablement dans le grand fauteuil pivotant.

— Dès qu'elle aura ébruité la nouvelle, tous les hommes à cent miles à la ronde t'éviteront comme une vasectomie.

— Ma foi, c'est peut-être tout aussi bien, répliqua-t-elle en feuilletant une pile de magazines de mode. Si seulement ça pouvait décourager cet abruti de Bill Pardoe, il m'appelle sans arrêt.

— Bill est un homme charmant, et très correct.

— Tu n'as qu'à sortir avec lui et le laisser te chatouiller le genou sous la table en t'appelant mon chou, et on en reparlera.

— Cette fille a toujours été trop exigeante, commenta Margo, les yeux mi-clos, pendant qu'on lui massait les pieds. Elle ferait mieux d'arrêter de chercher Mr Parfait.

— Quand je sors avec un homme, je lui demande autre chose que d'avoir un gros portefeuille et un pénis.

— Allons, les filles, ça suffit ! ordonna Laura. Il faut nous serrer les coudes. Si Candy décide de nous attaquer en justice, ce ne sera pas drôle du tout.

— Ça m'étonnerait qu'elle aille s'humilier en admettant publiquement s'être laissé enfermer toute nue dans un vestiaire pour la seconde fois de sa vie ! Elle va se montrer plus subtile que ça. Je vous parie que dans moins d'une semaine, nous aurons été rebaptisées : la salope, la mégère et la gouine.

— Etre la mégère ne me déplairait pas, décida Laura. Ça me changera de la poule mouillée.

— Tu n'as jamais été une poule mouillée, s'empressa de rectifier Margo.

— Oh ! mais si, je l'ai même été pendant des années. Passer à la mégère ne va pas être facile, mais je vais essayer. Josh ?

Laura battit des cils en voyant son frère pénétrer dans la pièce hors d'haleine.

— Mesdames...

Il se laissa tomber dans un fauteuil, prit le verre d'eau de Margo et l'avala d'un trait.

— Eh bien, vous avez toutes les trois l'air...

Il fit une pause et examina tour à tour leurs visages recouverts d'une boue verdâtre.

— Horrible. Vous vous amusez bien ?
— Va-t'en...

Vivre avec un homme ne signifiait pas qu'il devait vous voir enveloppée d'algues, estima Margo.

— C'est une affaire de filles.

Josh reposa le verre, s'empara de celui de Kate et le vida également.

— J'étais en train de faire mon second set de tennis avec Carl Brewster. Vous savez, Carl Brewster, le journaliste de télévision, le célèbre reporter et présentateur de *Informed*, une des émissions les plus anciennes et les plus regardées.

En remarquant le ton de sa voix, Laura se mordit les lèvres.

— Oh ! un petit match tranquille, je ne lui mettais pas la pâtée, non... mais je me perds dans des digressions. *Informed* a prévu de faire une série de reportages sur les meilleurs hôtels internationaux, avec *Templeton* en vedette. J'ai passé des semaines à me démener pour obtenir qu'on filme nos hôtels, intervieweu nos employés et certains invités de marque. Tout ça dans le but de montrer au public notre standing et notre hospitalité inégalés dans le monde entier.

Josh reposa le verre de Kate. Sans un mot, Laura lui tendit le sien.

– Je suis sûre qu'ils ont tourné de très belles images.
– Oh, en effet ! Et quand Carl m'a proposé de nous filmer en train de jouer au tennis, j'ai évidemment accepté. Cela apporterait une petite touche sympathique, humaine : le vice-président de *Templeton*, profitant d'un environnement agréable, où tout est mis en œuvre pour bichonner et satisfaire le client.

Il s'interrompit et décocha son plus beau sourire aux esthéticiennes.

– Pourriez-vous nous laisser un petit moment ?

A peine se furent-elles discrètement éloignées que son sourire laissa place à un rictus.

– Imaginez donc ma surprise, et mon désarroi, quand une de nos fidèles clientes a débouché entièrement nue sous un peignoir du club flottant au vent, les yeux exorbités, en hurlant qu'elle venait d'être agressée physiquement par Laura Templeton Ridgeway et ses petites camarades.

– Oh, Josh, je suis désolée !

Laura détourna la tête, en espérant que son frère croirait que c'était de honte. Eclater de rire serait sûrement très mal venu.

Josh grinça des dents.

– D'accord, Laura, ris un bon coup. Mais alors un seul.

– Je ne ris pas, fit-elle en affichant un air sérieux. Je suis sincèrement désolée. Ça a dû être très embarrassant pour toi.

– Oui, et ce le sera encore plus quand ils diffuseront cette petite séquence. Bien entendu, ils vont couper la majeure partie de la bande-son à cause des gros mots, mais je crois que les téléspectateurs, les millions de téléspectateurs qui regardent *Informed* chaque semaine, vont trouver ça irrésistible.

– C'est elle qui a commencé, expliqua Kate, désemparée par la dureté du regard de Josh. Je t'assure...

— Je suis certain que papa et maman comprendront ça très bien.

Même l'audacieuse Kate pouvait se laisser intimider.

— C'était une idée de Margo.

— Traîtresse, siffla celle-ci entre ses dents. Elle a traité Kate de lesbienne.

— Décidément, rétorqua Josh en hochant la tête, je n'ai plus qu'à aller chercher une corde pour me pendre...

— Je suppose que toi, tu l'aurais laissée dire sans réagir, poursuivit Margo en s'énervant. Elle a essayé de faire du tort à la boutique. Elle colporte des ragots infects sur Laura. Et l'autre jour, au magasin, elle m'a traitée de salope. De salope de seconde zone.

— Et tout ce que vous avez trouvé comme réponse c'est de vous coaliser, à trois contre une, de la tabasser, et de l'enfermer dans un vestiaire ?

— On ne l'a pas touchée...

Non que l'envie lui en ait manqué, songea Margo.

— Quant à l'histoire du vestiaire, c'est une sorte de tradition. Nous avons voulu lui faire honte, ce qu'elle méritait pleinement après nous avoir insultées comme elle l'a fait. Et d'ailleurs, n'importe quel homme digne de ce nom applaudirait à notre vengeance.

— Contrairement à toi, et à tes imbéciles d'amies, les injures pitoyables d'une folle ne me dérangent pas. Et vous pouvez vous vanter d'avoir choisi votre moment à la perfection.

Josh se pencha en avant, ravi de pouvoir lui rendre la monnaie de sa pièce pour sa remarque sur « l'homme digne de ce nom ».

— Je venais juste de convaincre Carl de tourner un petit sujet en parallèle sur la dernière innovation de l'héritière Templeton. Son association avec ses vieilles et chères amies Margo Sullivan – oui, la fameuse Margo Sullivan – et Kate Powell. Des femmes chics et pleines d'astuces à la tête d'une boutique chic et pleine d'astuces.

— Nous allons passer à *Informed* ? C'est fabuleux !

Josh lança un regard écœuré à Margo.

— Tu es vraiment trop bête. Ce à quoi vous allez avoir droit, à moins que je ne trouve en vitesse comment l'embobiner, c'est à un procès en bonne et due forme. Elle a l'intention de porter plainte pour agression, injures morales et sévices corporels, et maintenant que j'apprends que Kate est lesbienne, je comprends mieux ce qu'elle sous-entendait par abus sexuel.

— Je ne suis pas une gouine ! fulmina Kate. Même si la façon dont elle prononça le mot était une injure à la défense de la liberté du choix de sa sexualité.

A en juger par l'expression de Josh, ce n'était visiblement pas le moment de lui faire un cours sur la tolérance et le féminisme. Aussi Kate changea-t-elle de tactique et prit-elle un air vexé.

— Et je ne l'ai absolument pas touchée. Tout cela est complètement extravagant, Josh, et tu le sais. Elle nous a créé des ennuis, et nous lui avons rendu la monnaie de sa pièce. C'est tout.

— Non, ce n'est pas tout. Le club du *Templeton* n'est pas une annexe du cours de gym. Nous sommes ici dans un monde d'adultes. Aucune de vous ne s'est souvenue que son second mari est avocat ? Et même un sacré procédurier, il adore plaider ce genre d'affaire. Elle pourrait très bien couler votre boutique.

Margo eut l'impression que chaque goutte de son sang se figeait dans ses veines.

— C'est ridicule. Elle n'obtiendra rien. Aucun tribunal ne prendra au sérieux cette...

— Peut-être, coupa Josh d'une voix glaciale et cinglante, mais le temps et l'argent que vous dépenserez à vous défendre pourraient bien finir par engloutir votre capital.

Il se leva et les considéra à tour de rôle d'un air consterné.

— Au cas où vous ne l'auriez pas remarqué, il y a une dizaine d'années que vous n'êtes plus à l'école. Mais surtout, restez là bien tranquillement à vous vernir les ongles des pieds pendant que je vais me creuser la tête à chercher par quel moyen je vais pouvoir vous tirer de là.

— Il est vraiment fou de rage, murmura Kate lorsqu'il eut claqué la porte. Une de nous devrait essayer d'aller lui parler, ajouta-t-elle en regardant Laura et Margo à tour de rôle.

— J'y vais, dit Laura en se levant.

Elle se sentit subitement ridicule en apercevant les petits bouts de coton coincés entre ses orteils.

— Il vaut mieux que tu préviennes tes parents et que tu leur expliques que nous avons mis les pieds dans le plat, soupira Margo en s'efforçant de ne pas s'affoler. Je vais voir ce que je peux faire avec Josh.

Elle lui laissa une heure. Ce fut de toute façon le temps qui lui fut nécessaire pour se préparer. Face à un homme en colère, mieux valait, en effet, être à son avantage.

Lorsqu'elle arriva, il était assis à son bureau et ne lui accorda pas même un coup d'œil. C'était bien la peine d'avoir dépensé cinq cents dollars à l'institut de beauté ! Elle s'approcha silencieusement et attendit qu'il ait terminé sa communication téléphonique.

Il l'avait terrorisée. C'était exactement ce qu'il avait voulu. Le caractère fougueux de Margo était une des raisons pour lesquelles elle lui plaisait. Au cours de ces dernières semaines, elle avait fait d'énormes efforts pour canaliser sa passion et son énergie sur un projet constructif. Et qu'elle ait mis tout cela en péril à cause d'un accès de colère l'avait rendu furieux.

Il raccrocha et tambourina du bout des doigts sur un dossier.

— Dis-moi ce que je dois faire, fit calmement Margo. Si lui présenter mes excuses peut arranger la situation, je veux bien y aller immédiatement.

– Donne-moi un dollar.
– Pardon ?
– Je t'ai demandé un dollar.

Ne sachant où il voulait en venir, elle ouvrit son porte-monnaie.

– Je n'ai qu'un billet de cinq dollars.

Il le lui arracha des mains.

– Désormais, je suis ton conseiller légal, et en tant que tel je te recommande de ne rien reconnaître du tout. Tu n'as pas à t'excuser. Tu ignores totalement de quoi elle parle. Et si tu m'avoues que six autres femmes et trois employés vous ont vues la pousser dans le vestiaire, je t'étrangle.

– Il n'y avait personne. Nous ne sommes pas idiotes, grimaça Margo. Je sais que c'est ce que tu penses de nous, mais nous ne sommes pas assez stupides pour l'avoir enfermée devant témoins. En fait, nous avons attendu l'instant idéal pour qu'elle y reste coincée le plus longtemps possible.

Elle esquissa un petit sourire.

– Sur le moment, ça nous a paru être une bonne idée.

Voyant qu'il ne disait toujours rien, elle commença à s'énerver.

– Mais toi, tu as bien cassé le nez de Peter, non ?
– J'avais les moyens de m'offrir ce petit plaisir.
– Oh, c'est toujours pareil ! L'héritier des Templeton a tous les droits sans avoir à se soucier des conséquences.

Josh lui lança un regard irrité.

– Disons alors que je choisis mes combats.

Margo décida de se maîtriser. L'attitude de Josh n'était pas le problème.

– Qu'est-ce que je risque ? lui demanda-t-elle.

– Tout dépend si elle s'entête ou non, répondit-il plus aimablement. La position de *Templeton* consistera à se montrer choqué et désolé qu'un incident aussi regrettable ait pu affecter une de ses clientes. Nous la dédommagerons en lui offrant un abonnement d'un an à tous les services du club. Ajouter à cela qu'une publicité tapageuse autour de l'événement pourrait être fâcheuse pour sa réputation devrait solutionner le problème.

Josh lissa le billet de cinq dollars et le posa devant lui.

— Elle se contentera peut-être de répandre des ragots sur vous et d'user de son influence pour que ses amies vous boycottent, et dans la mesure où elle connaît pas mal de monde, cela risque de vous atteindre lourdement.

— Nous nous débrouillerons.

L'air plus détendu, Margo passa une main dans ses cheveux. Elle était venue s'excuser et comptait le faire correctement.

— Je suis désolée, Josh. Je sais combien cette histoire est embarrassante pour toi et ta famille.

Il posa les coudes sur son bureau, le menton sur les poings.

— Elle est arrivée sur le court en hurlant. Je venais de faire un smash et j'ai bien failli l'éborgner. Les caméras tournaient, et moi, le digne hôtelier de la sixième génération, athlétique, mais intelligent, globe-trotter, mais travailleur, et entièrement dévoué à faire briller le nom de Templeton, j'étais en train d'échanger quelques balles au tennis.

— C'est un rôle dans lequel tu excelles, murmura Margo en espérant l'amadouer.

Il ne la regarda même pas.

— Et tout à coup, je me retrouve avec une femme hystérique et à moitié nue dans les bras, qui hurle que ma sœur, sa copine lesbienne et ma pétasse l'ont agressée.

Josh respira profondément pour essayer d'atténuer sa tension.

— J'ai évidemment compris qui était ma sœur. Et, bien que je n'aie guère apprécié le terme, j'ai supposé que tu étais ma pétasse. Quant à la copine lesbienne, j'avoue n'avoir compris de qui il s'agissait qu'en procédant par élimination.

Il redressa la tête.

– J'ai bien tenté de l'assommer, mais j'étais trop occupé à l'empêcher de m'arracher les yeux.

– De si jolis yeux...

Margo fit le tour du bureau et s'installa sur ses genoux dans l'espoir de l'attendrir.

– Je suis vraiment navrée, murmura-t-elle tendrement.

– Elle m'a griffé sauvagement, dit-il en désignant les marques sur son cou.

Margo les embrassa doucement une à une.

– Qu'est-ce que je vais faire de toi ? se lamenta Josh d'un air las en appuyant sa joue contre la sienne.

Il se mit à ricaner.

– Tout de même, comment avez-vous fait pour arriver à la coincer dans un de ces minuscules vestiaires ?

– Ça n'a pas été facile, mais nous avons bien ri.

Josh fronça les sourcils.

– Promets-moi de ne plus jamais recommencer – quelles que soient ses provocations – à moins de lui administrer avant un sédatif.

– Juré !

La crise semblait être passée, Margo faufila une main caressante sous sa chemise, et chuchota à son oreille :

– Je suis entièrement épilée et vernie... si ça t'intéresse.

– Eh bien, comme ça, la journée n'aura pas été entièrement perdue.

Et la soulevant entre ses bras il la transporta jusqu'au lit.

16

Les conséquences ne tardèrent pas à s'en faire ressentir. La semaine suivante, le nombre de clientes et de ventes chuta de façon sensible. Suffisamment pour que Margo ait l'estomac noué en rédigeant les chèques pour régler les factures. Oh ! il y avait certes pas mal de touristes et de passage, mais la majorité des femmes oisives, celles-là mêmes qui constituaient la clientèle de *Faux-Semblants*, évitaient soigneusement la boutique.

Et si la situation ne s'améliorait pas d'ici peu, Margo serait contrainte de puiser dans son maigre capital.

Elle n'était pas vraiment paniquée, mais seulement mal à l'aise. Elle avait dit à Josh qu'elles se débrouilleraient, et elle le croyait. La loyauté des amies de Candy avait sûrement des limites.

Ce qui n'empêchait pas qu'elles allaient avoir besoin d'un sérieux coup de pouce. Tout en arrangeant à n'en plus finir la vitrine, Margo se triturait les méninges pour trouver une solution. Comment faire d'une petite boutique originale un endroit dont tout le monde parlerait ?

Quand la porte s'ouvrit, elle se surprit en train d'arborer un grand sourire – légèrement désespéré, elle en avait peur.

– Maman ! Quelle bonne surprise !

– C'est mon jour de congé et je ne suis pas revenue ici depuis l'inauguration, expliqua Ann. Dis-moi, c'est affreusement calme.

– Je suis punie pour mes péchés. Tu me l'avais prédit et tu avais raison.

– Je suis au courant, soupira sa mère en levant les yeux au ciel. Tout de même, des adultes qui se comportent comme des gamines ! Remarque, je n'ai jamais aimé cette femme, même quand elle était petite. Elle avait toujours le nez en l'air.

– Cette fois, j'ai exagéré. Elle a réussi à décourager

nos clientes. Quoique, d'après Kate, il soit normal que le chiffre d'affaires retombe après les premières semaines d'activité. Tu sais comment elle s'exprime quand elle met sa casquette de comptable.

— Oh, oui ! Quand elle discute de mes investissements, il m'arrive souvent de ne pas l'écouter, je me contente de hocher la tête sans comprendre un traître mot de ce qu'elle raconte.

Pour la première fois de la journée, Margo éclata de rire.

— Je suis contente de te voir. Je n'ai pas aperçu beaucoup de visages aimables aujourd'hui.

— Eh bien, il faut trouver un moyen d'arranger ça.

D'un geste automatique, Ann passa son doigt sur une petite table et constata d'un air approbateur qu'il n'y avait pas le moindre grain de poussière.

— Je ne sais pas, moi, organise des soldes, distribue des prix, engage une fanfare...

— Une fanfare ? Tu parles d'une idée !

— Ecoute, le but, c'est d'attirer les gens, non ? Ton oncle Johnny Ryan, qui avait un pub à Cork, recrutait de temps à autre des musiciens – les Américains adoraient cela, ils venaient écouter la musique en buvant des bières.

— Je ne pense pas qu'une gigue irlandaise soit l'idéal pour remonter nos ventes.

Ann ne put s'empêcher de prendre le ton sec de Margo pour une insulte.

— Je voulais parler de belle musique traditionnelle. Tu n'as jamais respecté tes origines...

— Tu ne m'en as pas donné souvent l'occasion, rétorqua sa fille. Ce que tu m'as raconté sur l'Irlande et ma famille pourrait se résumer en quelques lignes.

C'était la vérité, réalisa Ann en pinçant les lèvres.

— Tu aurais pu te renseigner dans un livre, ou prendre le temps d'y faire un tour lorsque tu voyageais à travers toute l'Europe.

— Je suis allée à Cork deux fois, répliqua Margo.

Et elle eut la satisfaction de voir sa mère écarquiller les yeux.

– Ça te surprend ? Ainsi qu'à Dublin, à Galway et à Clare.

Margo haussa les épaules, ennuyée d'être obligée de reconnaître qu'elle avait eu envie de retourner là où étaient ses racines.

– C'est un très beau pays, reprit-elle, mais je m'intéresse davantage à celui où je vis à présent.

– Personne ne m'en a parlé, ou ne me l'a écrit.

– Parce que je n'ai vu personne. Et puis à quoi cela aurait-il servi ? Même si j'avais passé mon temps à chercher les Ryan et les Sullivan, nous ne nous serions pas reconnus.

Ann voulut faire une objection mais, se ravisant, elle déclara :

– Tu as sans doute raison.

L'espace d'un instant, Margo crut lire du regret dans le regard de sa mère et en fut désolée.

– Pour l'instant, j'ai pas mal de problèmes à résoudre ici. Et tout de suite.

– Tu n'as qu'à organiser des soldes...

Tout à coup, Ann éprouva une réelle envie d'aider sa fille.

– Tout ce qui est ici est très beau, Margo. Les gens adorent ce genre de marchandises. Il suffit de les faire venir.

– C'est bien mon problème. Ce qu'il faut, c'est... attends.

Margo pressa les mains sur ses tempes pour se concentrer sur l'idée qui était en train de se former dans sa tête.

– De la musique... Une harpiste, peut-être. Oui, une harpiste irlandaise, en tenue traditionnelle. De la musique et à boire. Une réception. Du champagne, des petits-fours, comme à un vernissage. Avec des lots à gagner.

Saisissant sa mère par les épaules, elle la secoua avec enthousiasme.

– Non, un seul lot. C'est plus chic, poursuivit-elle en jetant un coup d'œil circulaire autour d'elle. Non, non, une vente aux enchères ! Mais alors un seul objet. La broche en diamants. Non, le collier de perles. Comme pour une vente de charité. Laura saura comment s'y prendre. Un gala de charité, maman ! Ça, ça les fera se déplacer.

L'esprit de sa fille tournait à toute allure, sautant d'une idée à une autre. Sur ce point, songea Ann, elle n'avait en rien changé.

– Eh bien, alors, tu ferais bien de t'y mettre.

Margo s'y employa avec l'énergie du désespoir. En une semaine, les invitations pour le gala de charité et la vente aux enchères au bénéfice de Wednesday's Child – un organisme pour les enfants handicapés et défavorisés – furent imprimées. Laura se chargea des interviews et Margo de faire du charme aux distributeurs de champagne pour qu'ils lui en offrent quelques caisses.

Elle auditionna plusieurs harpistes, supplia Josh de choisir quelques serveurs pour assurer le service et persuada Mrs Williamson de préparer les canapés.

Et ce n'était qu'un début.

Lorsque Josh, de retour d'un bref voyage à San Francisco, trouva sa maîtresse au lit, elle n'était pas seule.

– Bon sang, mais qu'est-ce que c'est que ça ?

Margo renvoya ses cheveux en arrière et afficha un splendide sourire. Le galbe de ses seins blancs se devinait sous le drap en satin rose, lequel était artistiquement drapé de façon à souligner une longue jambe magnifique.

Un appareil photo crépita, et un flash l'aveugla.

— Bonjour, chéri. Nous avons presque terminé.
— Tiens le drap contre tes seins, ordonna le photographe accroupi au bout du lit et vers qui Margo se penchait d'un air sensuel. Un peu plus bas. Maintenant, relève la tête. Oui, comme ça. Tu es toujours la meilleure, ma belle. Allez, nous allons leur vendre la marchandise.

Josh posa son attaché-case, enjamba un câble et entendit râler l'assistant du photographe.

— Qu'est-ce que c'est que ça ?
— Des perles, répondit Margo en les caressant. Le collier que nous allons mettre aux enchères. J'ai pensé que des photos aideraient à les faire monter.

Etant donné qu'elle ne portait visiblement rien d'autre, Josh ne put qu'en convenir.

— Allez, Margo, encore une ou deux. Regarde-moi. Oui, c'est bien... Parfait.

Le petit homme au regard malicieux et à la queue-de-cheval rousse se releva d'un bond agile.

— Travailler avec toi est toujours aussi super, ma belle.
— Je te suis vraiment reconnaissante, Zach.
— C'est plutôt moi ! fit-il en tendant l'appareil à son assistant avant de se pencher sur la jeune femme pour l'embrasser chaleureusement. Ne plus voir ce visage à des milliers de dollars derrière mon objectif me manquait. Je suis heureux d'avoir pu t'aider.

Il jeta un coup d'œil à Josh.

— On vous débarrasse le plancher dans une minute.
— Josh, sois gentil, offre des bières à Zach et à Bob.

Et sans sourciller, elle laissa retomber le drap pour attraper un peignoir.

— Des bières ? Bien sûr, pourquoi pas ? fit Josh avec un petit sourire glacial.
— Nous nous sommes déjà rencontrés, je crois, dit Zach. Paris. Non, à Rome. Vous êtes venu assister à une séance de photos avec Margo.

La jalousie de Josh s'estompa quelque peu. Comment

avait-il pu oublier un homme avec une queue-de-cheval rousse d'un mètre de long ?

— Oui. Mais il me semble qu'elle était habillée, ce jour-là.

Zach attrapa la bière qu'il lui tendait.

— Pour que les choses soient bien claires, sachez que j'ai sans doute vu plus de femmes nues que n'importe quel videur de boîte de strip-tease. Ça fait partie du boulot.

— Et, bien entendu, ça ne vous intéresse pas.

— Je me sacrifie pour mon art ! répliqua Zach avec un sourire triomphant. Blague à part, j'adore mon métier. Et si vous voulez l'avis d'un professionnel, vous avez en Margo ce qu'on peut trouver de mieux. Il y a des filles avec lesquelles il faut ruser, chercher le meilleur angle et placer savamment l'objectif. Mais avec Margo Sullivan, il suffit d'appuyer sur le déclencheur. La caméra l'adore.

Il se retourna vers la chambre d'où jaillissait le rire de gorge de Margo.

— Et laissez-moi vous dire que si elle ne s'était pas lancée dans cette boutique, je l'aurais persuadée de rentrer avec moi à L.A.

— Si vous aviez fait ça, je vous aurais écrabouillé la figure.

Zach hocha la tête.

— Ça ne m'étonne pas trop ! Et comme vous êtes plus grand que moi, je crois que je vais dire à Bob d'emporter sa bière.

— Excellente idée.

Josh décida qu'une boisson lui ferait du bien, il débouchait une bouteille quand Margo le rejoignit.

— J'ai été contente de revoir Zach ! Il n'y aurait pas une goutte de champagne ? J'avais oublié qu'il faisait si chaud sous les projecteurs.

Le visage resplendissant, elle pencha la tête en arrière et se passa la main dans les cheveux. Josh nota qu'elle les avait fait boucler et retomber en mèches folles sur ses yeux, ce qui lui donnait un air coquin et incroyablement sexy.

— Et à quel point j'adore ça, poursuivit-elle. Il y a quelque chose de magique dans la façon dont un objectif vous regarde. Et puis, les lumières...

En se tournant vers lui, Margo découvrit qu'il la fixait d'un air bizarre.

— Qu'est-ce qu'il y a ?

— Rien, dit-il en lui servant un verre. Je ne pensais pas que tu voulais recommencer à poser.

— Je n'en ai nullement l'intention. Enfin, je ne dis pas que je ne le ferais plus jamais ou que je n'accepterais pas une offre intéressante, mais la boutique est ma priorité et la mener au succès le numéro un sur ma liste.

— Numéro un, répéta Josh d'un air maussade.

Cette mauvaise humeur était-elle due à son voyage à San Francisco, ou bien lui était-elle tombée dessus en la voyant ?

— Dis-moi, duchesse, à quel rang nous mets-tu, toi et moi, sur cette liste ?

— Je ne comprends pas de quoi tu parles.

— C'est une simple question. On est numéro cinq ? Sept ? Y sommes-nous seulement ?

Margo regarda les bulles éclater à la surface du liquide doré.

— Chercherais-tu à me dire quelque chose ?

— Je pense qu'il est grand temps de mettre les choses au point. Et j'imagine que tu n'attendais qu'un signe pour faire une sortie théâtrale.

Voyant qu'elle ne répondait pas, il posa son verre.

— Si on essayait quelque chose de différent ? reprit-il. Tu restes, et moi je pars.

— Non, ne fais pas ça.

Les yeux fixes, elle continua à contempler les bulles de champagne.

— Je t'en prie, ne fais pas ça. Je sais que tu n'as pas une excellente opinion de moi. Tu m'aimes bien, et c'est tout. Et peut-être que je ne mérite pas plus.

— Là, nous sommes à égalité. Car tu n'as pas une très haute idée de moi non plus.

Comment répondre ? Elle-même n'avait aucune certitude sur ce qu'elle pensait de Joshua Templeton. Elle se tourna vers lui. Il était au milieu de la pièce, et attendait.

— Tu es très important pour moi, dit-elle. Beaucoup plus que je ne l'aurais cru ou voulu. Ce n'est pas suffisant ?

— Je ne sais pas, Margo.

Pourquoi sa main tremblait-elle ? Ce qu'elle venait de dire était tout à fait civilisé, exactement ce qu'il fallait.

— Si tu... Si tu en as assez, je comprendrai, murmura-t-elle. Mais je ne veux pas te perdre. Je ne sais pas ce que je ferais si tu n'existais pas dans ma vie.

Cette compréhension douce et sereine n'était pas ce qu'il attendait. Il voulait la faire sortir de sa réserve, par exemple, en lui jetant son verre à la figure ou en hurlant qu'il ne pouvait pas avoir le culot de la laisser tomber.

— Alors, si je pars, nous resterons amis ?
— Oui...

Son cœur se serra et Margo ferma les yeux.

— Non !

Soulagé, il s'avança vers elle.

— Si je te quitte, tu me détesteras ? gronda-t-il en l'attrapant par les cheveux et en la forçant à le regarder au fond des yeux. Tu as besoin de moi ? Je veux te l'entendre dire.

— Oui, si tu me quittes, je te détesterai, répéta-t-elle en prenant son visage entre ses mains. J'ai besoin de toi.

Elle attira sa bouche contre la sienne.

— Viens, allons au lit, dit-elle dans un murmure.
— C'est un peu facile, marmonna-t-il.
— Oui, il faut qu'entre nous cela le soit.

Quand il l'emporta dans ses bras, la jeune femme

s'accrocha à sa veste en chuchotant de douces promesses au creux de son oreille.

Mais cette fois, Josh n'avait pas l'intention de lui faciliter les choses. Il la déposa près du lit et elle le déshabilla avec des gestes rapides et avides ; quand elle s'allongea contre lui sur les draps encore tièdes de la chaleur de son corps et de la lumière des projecteurs, il passa à l'attaque.

Son baiser langoureux comportait un élément nouveau. Il était empreint de tendresse. Il prit ses mains, les mit derrière son dos et les retint prisonnières. Il caressa son cou et ses cheveux de sa main libre, en continuant à l'embrasser voluptueusement.

– Josh, pria-t-elle, le cœur battant à tout rompre. Touche-moi, s'il te plaît.

– C'est ce que je fais...

Il effleura ses joues de minuscules baisers, et descendit sur son menton.

– C'est peut-être la première fois que je te touche vraiment, chuchota-t-il en promenant ses lèvres sur ses seins.

C'était effrayant. Cette faiblesse qui gagnait tous ses membres, cette brume qui envahissait insensiblement son esprit... Elle voulait des flammes, un incendie. Car c'était là ce qu'elle connaissait le mieux. Et que cela l'aurait rassurée. Mais à sa peur se mêlait une obscure excitation d'être prise si lentement que le moindre effleurement sur son corps la maintenait dans une attente presque douloureuse.

Il aurait juré la sentir fondre sous ses mains, son pouls s'accélérant sous ses doigts. De longs gémissements montaient de sa gorge sur laquelle les perles scintillaient. Il fit glisser le peignoir, la dénudant entièrement à l'exception des petites boules lumineuses autour de son long cou gracieux.

– Viens tout contre moi, viens, le supplia-t-elle en l'enlaçant.

Sa voix, rien que sa voix rauque, aurait mis n'importe

quel homme à ses genoux. Ce qui avait été le cas, pensa-t-il. Trop souvent. Il caressa son dos et remonta le long de sa colonne vertébrale en un effleurement qui lui arracha un frisson, entrouvrant ses lèvres sur ce qui aurait pu être une supplique s'il ne s'était pas alors collé à sa bouche pour la dévorer.

Lorsqu'il la sentit s'abandonner tout entière, et ses bras retomber sans force sur les draps en satin, il saisit ses poignets, les remonta au-dessus de sa tête, et lui arracha de longues plaintes lorsqu'il entreprit d'explorer avec sa langue chaque centimètre de sa peau.

La jeune femme avait l'impression que l'air s'était chargé de millions de paillettes dorées. Ses lèvres étaient si légères, ses mains d'une patience et d'une tendresse infinies, d'une telle douceur qu'elle eut envie de pleurer.

Ce qu'elle ressentait était au-delà du plaisir. Elle ne trouvait pas de mots pour l'exprimer. C'était plus fort que le désir, et plus beau que tous les rêves qu'elle avait osé faire. Son corps ne lui appartenait plus, du moins, n'était plus seulement à elle.

Josh la sentit s'ouvrir à lui, céder à un abandon qui était au-delà de la passion, et plus excitant encore. Soudain, sa peau vibra sous sa langue et ses muscles se contractèrent, elle était au bord de l'extase. Alors, doucement, il s'écarta, elle tremblait de tout son être dans l'attente de le recevoir.

Lorsque leurs lèvres se retrouvèrent, un torrent d'émotions le submergea, et doucement il pénétra en elle.

– Non, dit-il en la sentant onduler sous lui. Attends...

Le sang battait violemment à ses tempes, mais il s'appliqua à goûter sa bouche, longuement, doucement.

– Je te remplis, Margo... Comme personne ne l'a jamais fait. Comme personne ne le fera jamais.

Alors seulement il commença à bouger en longs mouvements caressants.

Bouleversée, elle ne voyait plus son visage, tout

entière absorbée par le lent va-et-vient entre ses cuisses. Puis ce fut la montée progressive, délicieuse, d'un merveilleux et puissant plaisir.

— Personne ne te connaît comme je te connais, chuchota-t-il. Personne ne peut t'aimer comme je t'aime.

Mais là où elle était, les mots ne pouvaient plus l'atteindre.

Elle avait peur. Et s'en apercevoir la stupéfia. Elle était allongée à côté de lui les yeux grands ouverts. Il avait réussi à changer ce qui existait entre eux. A déplacer subtilement l'équilibre de leurs relations et à la fragiliser.

Et cela en lui faisant découvrir à quoi ressemblait de se sentir vraiment aimée.

Sans bruit, Margo se releva. La bouteille de champagne était restée sur la table, il était éventé, mais elle en avala une gorgée. Elle alluma une cigarette en se forçant au calme.

Elle était terrorisée.

Faire l'amour avec Josh comportait bien entendu un risque, mais elle avait été prête à le prendre. Sans imaginer une seule seconde qu'elle tomberait amoureuse de lui. Car ça, c'était une option qu'elle aurait immédiatement rejetée.

Et qu'elle pouvait encore refuser, se dit-elle en tirant sur sa cigarette. Car elle seule était maîtresse de ses émotions.

Elle ne serait amoureuse de personne, et certainement pas de Josh. D'ailleurs, elle ne savait rien de l'amour, en tout cas, de ce genre de sentiment, et n'y tenait nullement.

Une main appuyée sur sa tête, elle laissa échapper un petit rire. Mais oui, c'était pour ça... Ne sachant rien de l'amour, comment pouvait-elle être sûre de ce qu'elle ressentait ? Il était probable qu'elle avait tout simplement été surprise par sa tendresse et de s'y découvrir aussi sensible.

C'était la première fois qu'elle avait une histoire avec un homme à qui elle tenait autant qu'à Josh. A cause des liens et des souvenirs qui les unissaient, et de l'affection qu'ils s'étaient toujours prodiguée.

Il n'était pas difficile, ni très malin, de mélanger tout ça et d'en conclure que c'était de l'amour. Un peu rassurée, elle écrasa sa cigarette et respira profondément.

– Tu n'arrives pas à dormir ?

La voir bondir comme un chat amena un sourire sur ses lèvres.

– Excuse-moi, je ne voulais pas te faire peur, dit Josh en s'approchant d'elle.

La lumière de la chambre le baignait d'un halo doré. Margo recula légèrement.

– Un problème ?
– Non, non.

Il laissa à ses yeux le temps de s'accoutumer à la pénombre et observa attentivement son visage.

– Nerveuse ?

– Mais non, pas du tout, simplement je n'aime pas qu'on rôde autour de moi pendant que je réfléchis, dit-elle en s'écartant. J'ai des tas de problèmes à régler pour la réception et...

Elle ne termina pas sa phrase, incapable de poursuivre en sentant qu'il caressait son bras.

– Tu es tendue, murmura-t-il. Un vrai paquet de nerfs. J'aime bien ça.

– Je m'en serais doutée... Mais ce dont j'ai besoin, c'est d'un esprit clair et d'une bonne nuit de sommeil. Je vais prendre un somnifère.

– Si on essayait autre chose ?

Josh hocha la tête devant le regard torve qu'elle lui lança.

– Tu ne penses donc à rien d'autre qu'à faire l'amour ? sourit-il malicieusement. Je veux simplement te masser le dos.

Le doute de Margo fit place à un intérêt soudain.
– Vraiment ?
– C'est idéal pour chasser la tension et combattre l'insomnie, affirma-t-il en l'entraînant vers le lit. Allonge-toi sur le ventre, duchesse. Ferme les yeux et laisse-moi faire.

Inquiète, elle tourna la tête pour vérifier son expression.
– Juste le dos, d'accord ?
– Le cou et les épaules aussi. Voilà, comme ça.

Il se mit à califourchon sur elle et sourit en sentant ses muscles se contracter. Il appuya la paume de ses mains à la base de son cou.
– Qu'est-ce qui t'inquiète ?
– Oh, des tas de choses !
– Cite-m'en une.

Toi fut la première réponse qui lui vint au bout de la langue, mot qu'elle s'empêcha toutefois de prononcer.
– Le tiers prévisionnel arrive bientôt et le chiffre d'affaires est en baisse.
– De beaucoup ?
– Nous n'avons jamais retrouvé le niveau des premières semaines. Kate dit que Candy n'est pas la seule responsable – que c'est normal. Mais j'ai peur d'avoir commis une erreur en consacrant autant d'argent à cette réception au lieu de le garder pour les dépenses quotidiennes. Seigneur, tu as des mains extraordinaires !
– C'est ce qu'elles me disent toutes.
– Le collier que je mets aux enchères devait être vendu huit mille cinq cents dollars. Ce qui fait un gros trou dans notre chiffre d'affaires.
– Mais cela fera aussi une excellente déduction.
– C'est en effet ce que dit Kate, confirma Margo, la voix de plus en plus rauque au fur et à mesure que se relâchait la tension de ses épaules. J'en ai assez d'avoir peur, Josh.
– Je sais.

– Autrefois, rien ne pouvait m'angoisser. Et aujourd'hui tout m'effraie.
– Y compris moi.
– Hmm...

Glissant dans le sommeil, elle n'eut pas la force de le contredire.

– Je n'ai pas envie de tout gâcher encore une fois.
– Je ne te laisserai pas faire, dit-il en déposant un baiser sur sa nuque. Endors-toi, Margo. Tu verras, tout se passera bien.
– Ne t'en va pas, parvint-elle à articuler avant de sombrer définitivement.
– T'ai-je déjà laissée tomber ?

17

Tout devait être parfait. Margo était déterminée à ce que la soirée se déroule à la perfection jusque dans les moindres détails. Elle consacra des heures à présenter les objets de façon satisfaisante, à harmoniser les couleurs et à organiser le coin où la harpiste était en train d'accorder son instrument.

Elle avait refait la vitrine, et mis en valeur le collier en l'entourant de quelques flacons, boîtes et foulards en soie, choisis avec soin.

Autour de la balustrade de la mezzanine s'enroulait une guirlande de petites ampoules qui scintillaient de mille feux. Les vases débordaient de fleurs d'automne et de roses de serre, cueillies chez les Templeton et élégamment disposées par sa mère.

Margo s'était chargée personnellement de récurer, frotter et nettoyer le moindre recoin de la boutique, jusqu'à ce que tout brille.

Il suffisait de tout vérifier en détail, se dit-elle en

tirant sur sa cigarette. Veiller à ce que tout soit impeccable et ne rien oublier.

Pivotant sur elle-même, elle se contempla dans les miroirs qui décoraient le mur. Elle portait la petite robe noire choisie pour le premier dîner à Templeton House, le soir de son retour. Le décolleté, profond et carré, s'harmonisait à merveille avec les perles. Les exposer sur une peau douce de femme lui avait semblé une bonne idée. Et elle réalisa qu'elle avait bien fait de sélectionner ce bijou pour la vente aux enchères.

Non seulement parce qu'il était d'une grande élégance, mais parce qu'il lui rappelait une époque de sa vie définitivement révolue. Ainsi qu'un vieux monsieur charmant pour lequel elle avait éprouvé une réelle affection.

Il était si rare que Margo Sullivan montre qu'elle avait du cœur, songea-t-elle. Qu'elle agisse par gentillesse et non par calcul.

Il lui avait pratiquement fallu vingt-neuf ans pour découvrir qu'il y avait en elle des dizaines de Margo. Une qui se moquait ouvertement de toute prudence et une autre qui s'inquiétait sans cesse. Il y avait la Margo qui savait comment rehausser la patine d'une table ancienne et celle qui pouvait passer une journée entière à feuilleter des magazines. Ou encore celle qui comprenait qu'on prenne plaisir à acheter un objet Art nouveau sans autre raison que le posséder, celle qui avait appris à être capable de s'en séparer et celle qui, d'un simple sourire, faisait fondre les hommes, qu'ils soient pubères ou séniles.

Sans oublier celle qui n'arrivait plus à penser qu'à un seul homme.

Où était-il ? A bout de nerfs, Margo alluma son énième cigarette. Il était presque l'heure, il aurait dû être là. Cette soirée représentait un moment crucial dans sa vie. Or, Josh avait toujours été présent à ces instants-là.

Toujours, songea-t-elle avec un certain étonnement.

– Et si tu mâchais carrément le paquet, que tu l'avales, et qu'on n'en parle plus ? suggéra Kate en poussant la porte.

– Comment ?

– Si tu dois manger cette cigarette, autant te servir de tes dents. Il y a des embouteillages épouvantables, ajouta-t-elle. J'ai dû me garer à cinq cents mètres d'ici, et je peux te dire que marcher avec ces chaussures ridicules que tu m'as fait acheter n'a rien d'agréable.

Retirant son vieux manteau de tous les jours, elle écarta les bras.

– Alors, est-ce que je suis reçue ?

– Voyons un peu...

Margo écrasa sa cigarette et lui fit signe de tourner sur elle-même. La longue robe de velours noir, toute simple et joliment décolletée, apportait une note de douceur à sa silhouette anguleuse, avec une ouverture échancrée dans le dos très aguichante.

– J'étais sûre qu'elle serait parfaite sur toi. Bien que tu sois toute maigre et toute plate, tu as presque l'air élégante.

– Je me sens déguisée, et je vais mourir de froid.

Kate était moins gênée par les critiques qu'on pouvait émettre sur sa tenue que par le fait d'avoir les épaules dénudées.

– Je ne comprends pas pourquoi tu n'as pas voulu que je mette mon tailleur, il est très bien !

– Il sera parfait pour ton prochain séminaire d'experts-comptables...

Margo fronça les sourcils.

– Mais ces boucles d'oreilles...

– Qu'est-ce qu'il y a ? s'exclama Kate en refermant une main protectrice sur un simple anneau doré. Ce sont les plus belles que je possède.

– Et on voit qu'elles sortent tout droit d'un grand magasin. Comment avons-nous pu être élevées dans la même maison ?

Margo s'approcha de la vitrine des bijoux. D'un bref

coup d'œil, elle sélectionna deux longs pendentifs en diamants qui descendaient à hauteur du menton.

– Pas question que je porte ces chandeliers ! Je vais avoir l'air complètement ridicule.

– On ne discute pas avec la professionnelle. Mets-les comme une gentille fille que tu es.

– Oh, j'ai horreur de jouer à la poupée !

En maugréant, Kate fila devant le miroir pour les essayer, et que son amie ait eu raison la rendit encore plus furieuse. Ces trucs lui donnaient de la classe, il n'y avait pas de doute.

– Côté cuisine, tout va bien, déclara Laura en descendant l'escalier, avec trois flûtes de champagne sur un plateau en argent. J'ai pensé que nous pourrions boire un verre avant de...

Elle s'immobilisa en bas des marches avec un sourire éclatant.

– Ouah ! Ne sommes-nous pas fabuleuses ?

Margo examina Laura, elle portait un ravissant smoking en satin noir, agrémenté de boutons de manchettes en perles fines et en diamants qui scintillaient à ses poignets.

– Je ne vois pas pourquoi on devait à tout prix être toutes les trois en noir, trépigna Kate.

– Parce que c'est une soirée tout ce qu'il y a d'officiel, rétorqua Margo en prenant un verre. A mes chères associées !

Elle avala une gorgée de champagne, et se frotta le ventre.

– Oh, mon estomac n'arrête pas de faire des nœuds !

– Tu veux un comprimé ? proposa Kate.

– Non, merci. Contrairement à toi, je ne considère pas les cachets contre les maux d'estomac comme une nourriture.

– Oh ! bien sûr, tu préfères sans doute un petit Prozac.

– Sache que je ne prends pas de tranquillisants non plus...

Bien qu'elle en ait justement un dans son sac, juste au cas où. Mais ce n'était pas la peine d'en parler.

– Et maintenant, va mettre ce truc que tu appelles un manteau dans le vestiaire avant de faire fuir les invités. Tu es sûre que je ne devrais pas aller jeter un coup d'œil là-haut ? s'inquiéta-t-elle en se tournant vers Laura.

– Tout va bien, arrête de te ronger les sangs.

– Cette petite soirée nous coûte seulement la bagatelle de dix mille dollars, pourquoi voudrais-tu que je me fasse du souci ? Je n'ai pas un peu forcé sur les lumières ?

– Elles sont parfaites. Ressaisis-toi, Margo.

– D'accord. Mais peut-être qu'un petit calmant ne me ferait pas de mal. Non, non, fit-elle en extirpant une cigarette de son paquet. Je peux me débrouiller sans soutien chimique.

Devant le regard que lança Laura sur le champagne et les cigarettes, elle poussa un soupir.

– Ne t'attends quand même pas à un miracle.

Toutefois, elle reposa sagement le paquet sur le comptoir.

– Je sais que je suis accro...

– Du moment que tu es lucide, fit Laura avec un sourire moqueur.

– Ce que j'ignore, en revanche, c'est si cette soirée ne va pas être un fiasco. Peut-être que j'ai la trouille parce que tes parents ont repoussé leur voyage en Europe pour y assister.

– Et parce que brandir une réussite foudroyante sous le nez de Candy ne nous ferait pas de mal, ajouta Kate.

– Oui, il y a ça aussi, admit Margo, trouvant dans cette motivation un certain réconfort. Mais je ne m'inquiète pas seulement de perdre tout ce que nous avons mis dans cette affaire. C'est plus important qu'une simple histoire d'argent. Et je me sens un peu coupable d'avoir organisé cette vente de charité avec pour seul objectif de pouvoir continuer à faire marcher cette boutique.

– Ça, c'est carrément idiot, répondit Kate. Cette association va en profiter. Sans les galas de bienfaisance et les patrons qui cherchent par tous les moyens à obtenir des déductions fiscales, les organismes de charité n'auraient plus qu'à fermer leurs portes.

– N'oublie pas de me répéter ça dès que tu verras une lueur de cupidité dans mon œil...

Et il y en avait une en ce moment même.

– Bon sang, poursuivit Margo, j'espère bien que, ce soir, on va ratisser le fond de leurs poches.

– Ah, je préfère t'entendre parler comme ça ! jeta Kate en levant son verre d'un air approbateur. Je commençais à me faire du souci pour toi.

La porte s'ouvrit, et elle se retourna.

– Oh, Seigneur, mon cœur a failli lâcher ! s'exclama-t-elle en mettant une main sur sa poitrine. Rien ne vaut un homme en smoking pour me donner des palpitations.

– Tu n'es pas mal non plus, rétorqua Josh, très élégant, avec trois roses à la main. A vrai dire, à vous trois, vous feriez s'évanouir le régiment de la Septième Flotte sans aucune difficulté.

– Viens, Kate, allons chercher du champagne à ce charmant jeune homme.

Prenant son amie fermement par le bras, Laura l'entraîna vers l'escalier.

– Inutile d'y aller à deux...

– Utilise un peu tes méninges.

Kate jeta un coup d'œil par-dessus son épaule et vit la façon dont Josh et Margo se dévoraient des yeux.

– Mon Dieu, comme si ça ne suffisait pas de savoir qu'ils couchent ensemble, il faut en plus les regarder se frotter le museau. Ils pourraient avoir un peu de contrôle sur eux-mêmes.

– Tu en as bien assez pour tout le monde, souffla Laura en la poussant devant elle.

– J'ai eu peur que tu n'arrives en retard.

Josh porta la main de Margo à ses lèvres et y déposa un baiser.

– Nous avons quinze minutes devant nous. J'ai pensé que si je faisais une entrée tardive comme une vedette, tu risquais de me tuer pendant mon sommeil.

– Bien vu. Comment trouves-tu la décoration ? Tout te paraît bien ?

– Comment veux-tu que je regarde autre chose que toi ?

Margo éclata d'un rire nerveux.

– Eh bien, je dois être dans un drôle d'état pour rire d'une réplique aussi éculée que celle-là !

– Je suis sérieux, murmura Josh en voyant son sourire s'évanouir. J'adore te regarder.

Il caressa sa joue, et lui donna un long baiser délicieux qui la laissa flageolante.

– La belle Margo... Ma Margo.

– En tout cas, tu sais comment t'y prendre pour me faire oublier mes... Embrasse-moi encore.

– Avec plaisir.

Cette fois, son baiser fut si intense et si insistant qu'elle oublia tout ce qui n'était pas Josh.

– C'est différent, murmura-t-elle, essoufflée.

– Je vois que tu commences à comprendre.

– Mais il ne faut pas, dit-elle, à nouveau nerveuse.

– Trop tard.

Affolée, Margo lutta de toutes ses forces contre le trouble qui commençait à l'envahir.

– Il faut que je...

Aussi fut-ce avec soulagement qu'elle vit s'ouvrir la porte d'entrée.

– J'espérais bien que nous serions les premiers, s'exclama Thomas. Retire tes pattes tout de suite, Josh. Laisses-en un peu pour les autres.

Margo se jeta dans ses bras et il jeta un regard ravi à son fils.

– Elle a été à moi le premier, tu sais.

Cela ne signifiait rien, pensa Josh en s'appuyant contre le comptoir. Ce qui importait, c'était d'être le dernier.

En tout cas, il faisait de son mieux pour le croire.

Deux heures après le début de la première soirée de bienfaisance organisée par *Faux-Semblants*, Margo se sentit dans son élément. Très à l'aise, elle évoluait avec grâce au milieu de tous ces gens qui bavardaient gaiement et se frôlaient dans des bruissements de soie en buvant du champagne.

Toute sa vie, elle avait cherché à se faire accepter dans ce monde, et aujourd'hui, ils venaient à elle.

— Nous avons pensé qu'une semaine ou deux à Palm Springs était la meilleure solution...

— Je ne sais pas comment elle fait pour ne pas deviner qu'il a des aventures. Ça crève pourtant les yeux !

— Je ne l'ai pas revu depuis notre dernier passage à Paris...

Des conversations entre gens privilégiés, pensa Margo, qui savait très bien comment s'y mêler. A Milan, recevoir était un de ses passe-temps favoris. Elle était capable de suivre trois conversations à la fois, en gardant un œil sur les serveurs et en donnant l'impression de ne penser qu'à savourer son champagne.

De même qu'elle savait parfaitement, lorsque c'était nécessaire, ignorer les remarques méchantes et désobligeantes.

— Tu imagines ? Etre obligée de tout vendre... Tu te rends compte, chérie, même ses chaussures !

— ... la semaine dernière Peter lui a proposé de demander le divorce pour lui éviter de perdre la face. La pauvre petite est frigide. Aucun médecin n'est parvenu à l'aider.

Si elle avait su qui racontait cela, Margo n'aurait certainement pas fait semblant de ne rien remarquer mais tout aussitôt, ce qu'elle entendit la rasséréna.

— C'est si astucieux, cette façon d'avoir arrangé cet endroit comme si c'était un appartement européen raffiné. Et je suis folle de la collection de poudriers... Oh ! je veux absolument ce petit éléphant.

— Il y a une robe de Valentino qui est faite pour toi, ma chérie. Tu devrais venir la voir.

Qu'ils parlent donc autant qu'ils le voudraient, décida Margo en affichant un radieux sourire. Pourvu qu'ils achètent.

— Superbe soirée !

Judy Prentice glissa son bras sous celui de la jeune femme.

— Merci.

— J'imagine que Candy n'était pas libre.

Devant l'air malicieux de Judy, Margo sourit.

— Elle n'était pas invitée.

— Ah bon ? fit la jeune femme en se penchant à l'oreille de Margo. Ça va la rendre folle de rage.

— Je vous aime vraiment bien, vous savez.

— Dans ce cas, peut-être accepterez-vous de mettre cette minaudière de côté, à mon intention.

— Considérez-la comme vous appartenant. Il y a un étui à rouge à lèvres et un poudrier qui vont avec. Ça fait un ensemble fabuleux.

— Votre deuxième prénom est Satan, je ne me trompe pas ? D'accord, gardez-les-moi ! Je passerai les prendre la semaine prochaine.

— Merci d'être venue, sourit Margo en pressant son épaule. Oh, et n'oubliez pas de garder un peu d'argent pour le collier. Je trouve qu'il vous irait à merveille.

— Décidément, vous êtes diabolique !

En riant, Margo s'éloigna vers ses invités.

— Oh ! quel plaisir de vous revoir... Votre bracelet est magnifique...

— Elle est d'un naturel incroyable, chuchota Susan à l'intention de son fils. Personne ne se douterait qu'elle a les nerfs à vif.

— Tu as vu, elle n'arrête pas de passer son doigt sur

le bord du verre. Quand elle est tendue, ses mains ne tiennent pas en place. Mais elle donne très bien le change.

— Et comment ! J'ai demandé à Laura de me mettre de côté deux vestes, un sac et un flacon de parfum superbement gravé, dit Susan en riant. Les vestes appartenaient à Laura, tu te rends compte ! Je rachète les nippes de ma fille !

— Elle a toujours eu un goût très sûr. Sauf en matière d'hommes.

Susan tapota son bras.

— Elle était trop jeune pour s'en apercevoir, et trop amoureuse pour qu'on puisse la faire changer d'avis.

Mais Laura avait grandi, songea Susan, et elle souffrait.

— Tu garderas un œil sur elle et sur les filles, lorsque ton père et moi serons partis ?

— Je crois que je n'ai pas très bien rempli mon devoir de frère, ces temps derniers.

— Tu as été distrait, et puis tu as le droit de mener ta vie.

Susan balaya la pièce d'un œil maternel avant de le poser sur sa fille.

— La voir faire face aussi calmement me rend soucieuse.

— Tu préférerais la voir se briser en mille morceaux ?

— Je voudrais surtout être certaine, le jour où ça lui arrivera, que quelqu'un sera là pour l'aider.

Elle retrouva son sourire en voyant Kate et Margo échanger quelques mots avec Laura.

— Elles seront là, j'en suis sûre.

— Il faut absolument établir une liste, chuchota Margo. Sinon, nous allons vendre plusieurs fois les mêmes choses. Je n'arriverai jamais à tout me rappeler.

— Je t'avais dit d'ouvrir la caisse, grommela Kate.

— Ce serait de fort mauvais goût.

Elle jeta un regard cinglant à Margo.

— Ecoute, ma vieille, c'est une boutique !

— Margo a raison, on ne peut pas faire sonner la caisse et rendre la monnaie pendant une soirée comme celle-là.

— Heureusement que je n'ai pas ce genre de scrupules ! dit Kate en poussant un soupir à fendre l'âme. Bon, je vais aller planquer les articles promis dans la réserve. Comment s'appelle ce truc dont tu parlais, déjà ? Une mine à quoi ?

— Une minaudière ! dit Margo d'un ton hautain. Si tu préfères, tu n'as qu'à écrire petit sac du soir. Je saurai ce que c'est. Et ne commence pas à jouer avec l'ordinateur. Tu dois te mêler aux invités.

— Je n'arrête pas. A propos, il y a un type qui n'est pas mal du tout. Là-bas, celui qui a une moustache et de larges épaules. Vous le voyez ?

— Lincoln Howard, précisa Laura en le reconnaissant immédiatement. Il est marié.

— Ce n'est pas surprenant.

Et en bougonnant, Kate se dirigea vers la réserve.

— Il faut absolument la persuader de garder cette robe, remarqua Laura. Je ne l'ai jamais vue aussi resplendissante.

— Elle le serait encore plus si elle ne marchait pas comme si elle était en retard à un audit.

Margo se retint de tenir à deux mains son estomac qui continuait à lui jouer des tours.

— Dis-moi, Laura, il va falloir commencer les enchères... Seigneur, j'ai besoin d'une cigarette.

— Dépêche-toi, alors. Le type de Wednesday's Child me fait des signes depuis dix minutes.

— Non, je m'en passerai. Je vais plutôt faire un tour pour que les gens jettent des regards envieux sur les perles. J'irai ensuite rejoindre Mr T. et je lui demanderai de lancer les enchères.

Margo fendit la foule, s'arrêtant ici et là pour dire un mot aimable, rire d'une plaisanterie et veiller à ce que tous les verres soient pleins. Lorsque Kate réapparut, elle s'approcha de Thomas.

– C'est l'heure du grand show. Je tenais à vous remercier encore une fois pour votre aide.

– C'est une bonne cause, et une bonne affaire, répliqua-t-il en tapotant affectueusement sa tête. On va les saigner à blanc !

– Très volontiers !

Main dans la main, ils se placèrent à l'avant de la salle. Elle savait que les murmures s'intensifieraient au fur et à mesure que les regards se tourneraient vers eux. Au passage, elle surprit quelques commentaires qui l'étonnèrent.

– Candy raconte n'importe quoi. Elle n'a pas l'air du tout démoralisée, ni désespérée.

– Tommy Templeton n'aurait pas laissé les choses aller si loin avec son fils si elle était la salope patentée que Candy prétend.

– Chérie, si les hommes savaient reconnaître une salope patentée lorsqu'ils en voient une, ce ne serait pas le plus vieux métier du monde.

Margo sentit la main de Thomas se crisper sur la sienne, elle leva vers lui des yeux rieurs.

– Ne vous en faites pas pour moi, fit-elle en se hissant sur la pointe des pieds pour l'embrasser sur la joue.

– Si je n'étais pas un homme, je me ferais un plaisir de donner un coup de poing dans la figure de cette affreuse jalouse.

Son regard s'illumina.

– Je vais demander à Susie de s'en charger.

– Ça peut attendre, l'apaisa Margo en pressant sa main.

– Mesdames et messieurs, permettez-moi de vous interrompre un instant...

Elle attendit que le bruit des conversations retombe avant de poursuivre :

– J'aimerais vous remercier d'être venus si nombreux à la première réception de *Faux-Semblants*...

Le discours répété toute la journée et qu'elle avait minutieusement préparé avec Kate et Laura lui échappa sans crier gare. Rassemblant tout son courage, elle décida d'improviser.

— Nous voudrions vous remercier tout particulièrement de ne pas être partis après votre verre de champagne. La plupart d'entre vous connaissent la carrière... houleuse qui a été la mienne, et la façon dont elle s'est terminée, du genre de ce que nous adorons tous lire dans les journaux.

Notant le regard inquiet de Laura, elle lui sourit.

— Lorsque j'ai quitté l'Europe pour revenir ici, ce n'était pas parce que l'Amérique m'apparaissait comme le pays de la chance et de la libre entreprise. Non, c'est parce que c'est chez soi qu'on rentre lorsqu'on se sent trop mal. Et j'ai eu la chance de trouver la porte ouverte.

Margo aperçut sa mère dans la foule et continua, le regard fixé sur elle.

— Je ne peux reprocher mes erreurs à personne. J'ai grandi dans une famille qui m'a aimée, choyée et toujours entourée. Ce qui n'est pas le cas des enfants qui ont si désespérément besoin de ce que Wednesday's Child tente de leur offrir. S'ils sont aujourd'hui brisés, c'est parce que personne ne les a aimés, choyés, ni ne s'est occupé d'eux. Ils n'ont pas eu la chance que nous tous ici avons eue. Ce soir, avec mes associées Laura Templeton et Kate Powell, j'aimerais faire un pas vers ces enfants pour leur rendre un peu de tout ce que j'ai reçu.

Elle retira son collier et le fit couler entre ses doigts.

— *Bye bye*, dit-elle tout bas. J'espère que tu rapporteras gros. Souviens-toi que c'est seulement de l'argent.

Elle le déposa sur un présentoir en velours, et se tourna vers Thomas.

— Mr Templeton...

— Mrs Sullivan... répondit-il en déposant un baiser sur sa main. Tu es une gentille fille. Eh bien, allons-y !

Il s'avança vers le public pendant que Margo s'éclipsait discrètement au fond de la salle. De sa voix puissante, il décrivit le bijou et encouragea tous ceux qui étaient là, et qu'il appelait pour la plupart par leur prénom, à sortir leur portefeuille.

— C'était encore mieux que sur le papier, chuchota Laura à son amie lorsqu'elle les rejoignit.

— Oui, nettement mieux, approuva Kate en enlaçant Margo par la taille. Espérons que ça va les inspirer !

— Allons-y ! s'écria Thomas. Qui veut ouvrir les enchères ?

— Cinq cents.

— Cinq cents ? fit Thomas en fronçant les sourcils. Allons, Pickerling ! Si ce n'était pas interdit par le règlement, je ferais semblant de n'avoir rien entendu.

— Sept cent cinquante !

— Nous avons un misérable sept cent cinquante. Ai-je bien compris, mille ? Oui, nous avons mille, ça commence à devenir sérieux.

Les enchères continuèrent à grimper, certains lançant un chiffre, d'autres se contentant d'un hochement de tête ou d'un signe de la main. Margo commença à se détendre un peu lorsqu'il atteignit les cinq mille dollars.

— C'est déjà mieux, murmura-t-elle.

— Nous en sommes à six mille deux cents, poursuivit Thomas. Madame, vous avez un cou de cygne. On dirait que ces perles ont été faites pour vous.

La femme interpellée éclata de rire.

— Tommy, tu es un vrai diable ! Six mille cinq cents.

— Combien disais-tu que valait ce collier ? questionna Kate.

— Chez Tiffany, ils le vendent aux environs de douze mille dollars. Tu vois, ils vont encore faire une affaire.

Lorsque les enchères atteignirent neuf mille dollars, Margo eut envie de se mettre à danser. A dix mille, elle regretta de ne pas avoir une chaise pour s'y laisser tomber.

— Je ne m'attendais pas que ça monte aussi haut ! chuchota-t-elle. J'ai sous-estimé leur générosité.

– Et leur esprit de compétition, ajouta Kate en se hissant sur la pointe des pieds. Ça a l'air de se jouer entre deux ou trois personnes, mais je ne vois strictement rien.

– Douze mille... Y a-t-il quelqu'un pour douze mille cinq cents ? renchérit Thomas en scrutant la foule. Oui, nous avons un monsieur pour treize mille ! Ah, mais j'aperçois une main qui se lève pour treize mille cinq cents ! Irons-nous jusqu'à quatorze mille ? Il y a là quelqu'un qui sait ce qu'il veut. L'enchère est à quatorze mille. Quatorze mille, une fois... deux fois... Le collier est adjugé à quatorze mille dollars ! Voilà un homme de goût, et qui sait reconnaître la valeur des choses !

Des applaudissements retentirent, suivis de joyeux éclats de rire. Margo était trop occupée à essayer de repérer l'acquéreur parmi la foule pour s'apercevoir que tous les regards convergeaient vers elle.

– Allons féliciter le gagnant. Et assurons-nous qu'il va être en photo. La première qui le trouve se charge de le coincer.

– Margo, ma chère...

Elle n'avait pas fait deux pas qu'une invitée l'arrêta. Margo dévisagea la femme qui se tenait devant elle, cherchant désespérément son nom, elle opta finalement pour la formule habituelle.

– Oh, ma chérie, comme c'est gentil d'être venue !

– J'ai passé un moment fabuleux. Quelle merveilleuse idée, et quelle ravissante boutique ! Je serais venue depuis longtemps si cela avait été possible, mais j'ai été... débordée. Si on me demande de participer à un autre comité, je m'ouvre les veines.

Une des amies de Candy, se souvint Margo. Terri, Merri... Non, Sherri.

– Je suis enchantée que vous ayez trouvé le temps de nous glisser dans votre emploi du temps.

– Oh, pas autant que moi ! C'était une soirée extraordinaire. Et je suis tombée amoureuse de ces petites boucles d'oreilles. Celles avec des rubis et des perles fines. Elles sont adorables. Combien valent-elles ? Je vais insister auprès de Lance pour qu'il me les offre, puisque Josh lui a soufflé le collier.

— Je vais voir combien... Josh ?

Margo lui jeta un regard ébahi.

— Josh a acheté le collier ?

— Comme si vous ne le saviez pas ! rétorqua Sherri, les yeux brillants. Le lui faire racheter est très rusé de votre part.

— N'est-ce pas ? Je vous fais mettre les boucles de côté, Sherri. Revenez quand vous voudrez. Veuillez m'excuser...

Et elle se faufila entre les gens, saluant au passage des dizaines d'invités en faisant un immense effort pour garder le sourire. Lorsqu'elle découvrit Josh, il flirtait ouvertement avec la fille d'un des actionnaires de Templeton.

— Josh, puis-je te demander de m'accorder une minute, dit-elle. J'ai besoin de toi.

Elle l'entraîna et, le poussant pratiquement dans la réserve, referma la porte derrière eux.

— Qu'est-ce que tu as fait ?

— Oh, j'ai juste donné à cette petite de quoi rêver un peu, fit-il d'un air innocent. Mais je ne l'ai pas touchée. J'ai des témoins.

— Je ne parle pas de ton comportement pathétique avec une gamine qui pourrait être ta fille.

— Elle a dix-sept ans. Tu exagères un peu. Et puis, c'est elle qui me draguait, je n'ai...

— Je viens de te dire que je m'en fichais, cela dit, tu devrais avoir honte. Pourquoi as-tu acheté le collier ?

— Oh, ça !

— Oui, *ça*. Tu sais à quoi ça ressemble ?

— Oui, à trois rangs de perles splendides, avec un fermoir en forme de nœud en brillants et montés sur de l'or à dix-huit carats.

Margo soupira d'un air exaspéré.

– Je sais à quoi il ressemble !
– Alors, pourquoi me le demandes-tu ?
– Cesse ce petit jeu, fit-elle en fermant les yeux et en s'efforçant de garder son calme. Tout le monde est persuadé que je t'ai demandé de l'acheter, et ce, plus cher que sur le marché, dans le seul but d'avoir le beurre et l'argent du beurre.
– Mais je croyais que l'argent allait à un organisme de charité.
– L'argent, oui, mais le collier...
– Revient à celui qui a fait la plus grosse enchère.
– Les gens vont néanmoins penser que c'est moi qui t'ai demandé de faire ça.

Intrigué, Josh pencha la tête. Elle était en effet rouge de honte. Et ses yeux lançaient des éclairs. L'embarras était chez elle quelque chose de nouveau, et de tout à fait séduisant.

– Depuis quand t'intéresses-tu à ce que les autres pensent ?
– J'essaie d'apprendre à en tenir compte.

Josh réfléchit une seconde.

– Et pourquoi ?
– Parce que...

Margo ferma les yeux.

– Je n'en sais rien. Je n'en ai pas la moindre idée...
– Très bien, fit Josh en sortant les perles de sa poche. Après tout, ce ne sont que des grains de sable, des gros morceaux de carbone enjolivés par la nature et par le temps.
– Tu parles décidément comme un homme.

Il la regarda au fond des yeux, et elle sentit son cœur se serrer.

– J'ai pris la décision de l'acheter lorsque j'étais en toi, tu ne portais rien d'autre, et tu me regardais comme si plus rien n'existait en dehors de nous deux. Ça aussi, c'est parler comme un homme. Comme un homme qui t'aime, Margo. Et qui t'a toujours aimée.

Elle était terrorisée et en même temps follement émue.
- Je n'arrive plus à respirer...
- Je connais cette sensation.
- Non, je t'assure, je n'y arrive vraiment plus, dit-elle en se laissant tomber sur une chaise, la tête entre les mains.
- Tu parles d'une réaction à une déclaration d'amour ! grommela-t-il en remettant le collier dans sa poche. Tu fais toujours ça ?
- Non.
Josh esquissa un petit sourire.
- Alors, c'est bon signe.
- Je ne suis pas prête, dit-elle en s'appliquant à respirer lentement et régulièrement. Je ne suis pas du tout prête à ça. Je t'aime, mais je ne suis pas prête.
De tous les scénarios qu'il avait imaginés quand elle lui avouerait enfin son amour, aucun n'avait prévu qu'elle serait pliée en deux, la tête entre les mains.
- Ça t'ennuierait de me regarder et de me répéter ça. Juste la fin.
Prudemment, Margo releva la tête.
- Je t'aime, mais... Non, ne me touche pas maintenant.
- Je vais me gêner !
Et il écrasa sa bouche sur la sienne, avec beaucoup plus d'impatience que d'adresse.

18

Kate ouvrit la porte de la réserve et soupira bruyamment en apercevant Josh et Margo étroitement enlacés. La scène lui fit plaisir mais elle estima néanmoins qu'il n'y avait aucune raison de le leur faire savoir.
- Vous ne pourriez pas retenir vos glandes un instant

pour qu'on termine cette soirée avec un minimum de dignité ?

Josh s'arracha à la bouche de Margo.

— Tire-toi, fit-il avant de reprendre là où il s'était arrêté.

— Il n'en est pas question. Il y a des dizaines de personnes qui veulent saluer chaleureusement les propriétaires. Les trois. Y compris la femme à qui tu es en train de faire subir une amygdalectomie.

Josh lui jeta un bref coup d'œil par-dessus la tête de Margo.

— Tu es d'un romantisme incorrigible, Kate.

— Je sais, c'est une de mes faiblesses, dit-elle en les séparant. Je suis persuadée que vous vous rappellerez là où vous en êtes restés. Viens, ma chère associée... Oh, Josh, il vaudrait mieux que tu attendes un peu, le temps de redevenir un peu plus... présentable.

Elle faillit le faire rougir.

— Une sœur n'est pas censée remarquer ce genre de choses.

— Eh bien, sache que la tienne voit tout et sait tout, répliqua-t-elle en entraînant Margo avec elle. Mais qu'est-ce que tu as ? On dirait que tu viens de recevoir un choc.

— C'est exactement ça. Donne-moi une de ces pastilles dont tu raffoles.

— Dès que j'aurai trouvé mon sac, fit-elle, l'air soudain inquiet. Dis-moi ce qui t'angoisse.

— Pas maintenant. Demain.

Et parce qu'elle était consciente de ses responsabilités, Margo afficha un large sourire et tendit ses mains à la femme qui s'avançait vers elle.

— Je suis heureuse que vous ayez pu venir. J'espère que la soirée vous a plu.

Elle répéta la phrase à chacun de ses invités jusqu'à ce que le dernier se soit éclipsé, tenant le coup grâce à deux comprimés, une aspirine et un cachet contre les maux d'estomac. La seule chose dont elle avait envie était de se retrouver seule pour essayer de faire le tri parmi toutes les émotions qui l'assaillaient. Mais elle se laissa embarquer par les Templeton qui insistèrent pour fêter ce succès en famille.

Il était près d'1 heure du matin lorsqu'ils rentrèrent à l'hôtel. Sans doute aurait-elle dû savoir ce qu'elle voulait lui dire mais, la porte refermée, elle constata qu'elle n'en avait pas la moindre idée.

– Ils vont me manquer – tes parents – lorsqu'ils seront en Europe.

– A moi aussi, dit-il en se débarrassant de sa cravate et de ses boutons de manchettes.

Attendrie, la jeune femme pensa qu'il avait tout du mâle viril et élégant pour une publicité d'eau de Cologne luxueuse et sexy.

– Tu n'es pas très bavarde.

– Je sais. J'essaie de réfléchir à ce que je voulais te dire dès que nous nous retrouverions seuls.

Il s'approcha et retira les épingles de son chignon.

– Moi, j'avais hâte de me retrouver seul avec toi. Et ça ne m'a pas demandé autant de réflexion.

– Un de nous deux doit se montrer raisonnable.

– Pourquoi ?

– Je ne sais pas exactement, mais je sais qu'il le faut. Visiblement, ce ne sera pas toi... Josh, je ne suis pas certaine que nous soyons capables de supporter ça.

– Moi, je sais par quoi nous devons commencer.

Il l'enlaça et la serra contre lui.

– Dès que tu me touches, j'ai envie de toi. Je n'y peux rien.

Et cela l'inquiétait, à tel point d'ailleurs qu'elle chassa délibérément ses sombres pensées et écarta les pans de sa chemise pour sentir sa peau contre la sienne.

– Je n'ai jamais eu d'amant qui me fasse autant d'effet rien qu'en se contentant d'être dans la même pièce que moi, reprit-elle. Combien de temps un effet pareil peut-il durer ?

– Nous verrons bien.

Josh la déposa sur le lit, et ses cheveux blonds s'étalèrent sur l'oreiller. La blancheur de sa peau se détachait sur la dentelle noire de sa lingerie.

Elle l'attira contre lui, heureuse de sentir son poids sur elle et ils commencèrent à osciller l'un contre l'autre. Pour l'instant, seul importait le désir dévorant qu'elle avait de lui. Sa bouche chercha la sienne.

Depuis quand éprouvait-elle ce besoin irrépressible de sentir le goût de ses lèvres, la texture de sa peau ? Après tant d'années, comment l'amitié et leurs liens familiaux avaient-ils pu se transformer en une passion aussi foudroyante ?

Frémissante, Margo s'abandonna à ses caresses, à ses mains douces de plus en plus avides et possessives, qui déclenchaient en elle des sentiments trop complexes et trop profonds pour les analyser.

Conscient du moindre de ses mouvements, et de chacun de ses soupirs, Josh comprit qu'elle acceptait de s'abandonner. Là, sur ce grand lit moelleux, il n'y avait plus de problèmes. Elle était, avait toujours été celle qu'il espérait.

De longues jambes fines, des courbes somptueuses, une peau douce et parfumée... Tout son corps avait été dessiné pour prendre et donner du plaisir. Et personne ne la lui ravirait. De même que personne ne la comprenait aussi bien que lui.

Personne.

Le cœur battant à tout rompre, elle sentit son désir monter. Ses doigts couraient sur son corps, sa bouche vorace dévorait la sienne. Et ses gémissements se mêlaient aux siens.

Dans une délicieuse folie. Dans un plaisir qui était proche de la douleur.

Elle se redressa. Dans la lumière tamisée, sa peau

brillait telle de la soie humide. Son regard, d'un bleu électrique, plongea dans le sien.

– Maintenant.

Sa voix exigeante sembla faire vibrer l'air. Pour toute réponse, il l'agrippa par les hanches. Dans un mouvement fluide, elle s'empala sur lui et laissant échapper un cri sauvage, elle s'arc-bouta, les mains posées sur sa poitrine, juste là où battait son cœur. Lentement, très lentement, consciente du moindre frémissement de leurs corps, elle continua à le caresser. Amoureusement. Tendrement.

Ils commencèrent à onduler ensemble, de plus en plus vite. Lorsque la jouissance l'emporta, il aperçut une expression d'extase sur son visage et sentit le tremblement qui s'empara de tout son être. Puis il ne vit plus rien, en proie à une avalanche d'émotions, se disant qu'il n'avait jamais rien contemplé d'aussi magnifique que Margo s'abandonnant au plaisir.

Lorsqu'elle retomba sur lui avec un gémissement rauque, que ses ongles s'enfoncèrent dans son dos et que ses cheveux fouettèrent son visage, il n'eut alors d'autre choix que de s'abandonner avec elle.

– Pourquoi est-ce que j'ai toujours l'impression de sauter du haut d'une montagne lorsque je fais l'amour avec toi ?

Margo ne s'attendait pas vraiment qu'il lui réponde. Elle le croyait endormi, ou dans un état proche de l'inconscience mais, bougeant légèrement, il déposa un baiser sur chacun de ses seins.

– Parce que toi et moi formons un couple explosif, duchesse. Et j'ai encore envie de toi.

Ses lèvres s'attardèrent sur sa gorge et remontèrent sur sa bouche encore brûlante de ses baisers.

– Tu sais, je n'ai jamais rien ressenti d'aussi fort.

Elle le sentit se contracter.

– Oh, je sais à quoi tu penses.

– Ça n'a pas d'importance.

D'ailleurs, il ne voulait pas y songer. Seul comptait le fait qu'il la tienne entre ses bras, et qu'elle soit à lui.

– Mais si. Ça en a pour nous deux.

Margo tourna son visage vers elle et l'obligea à la regarder en face. Ses yeux gris brillaient de désir, avec cependant une petite lueur alarmante.

– Je crois qu'on doit en parler, ajouta-t-elle.

– Ni toi ni moi n'avions fait vœu de chasteté.

Ce qui était vrai. Bien qu'elle ait effectivement eu plusieurs amants, la presse l'avait dotée d'une libido et d'un nombre de cœurs brisés qui dépassaient de très loin la réalité.

– Nous devons en discuter, insista-t-elle.

– Je ne t'ai posé aucune question. Quel que soit le nombre d'hommes qui ont traversé ta vie, il n'y en a plus qu'un désormais. Moi.

Dans d'autres circonstances, son ton froid et possessif l'aurait irritée. C'était typique de Joshua Templeton – je vois, je veux, je prends. Mais ils étaient tendrement serrés l'un contre l'autre, encore frémissants de passion.

– Il n'y en a pas eu autant que tu l'imagines. Je n'ai pas couché avec tous ceux que j'ai fréquentés.

– Tant mieux. Et moi pas avec toutes les femmes que j'ai emmenées dîner, rétorqua-t-il sèchement. Ce qui compte, c'est le présent. Est-ce que c'est clair ?

Margo aurait beaucoup aimé que cela le soit, en effet, mais le ton de sa voix lui souffla qu'il n'en était rien.

– Josh, ma réputation m'a toujours laissée complètement indifférente. En fait, ça ne faisait que profiter à mon compte en banque. Mais maintenant...

Soudain glacée, Margo se redressa et croisa les bras.

– Aujourd'hui, c'est différent, tu es important pour moi, et je ne sais pas comment m'en sortir. Je ne sais d'ailleurs pas comment nous allons régler tout ça. C'était plus simple lorsqu'il ne s'agissait que de prendre du plaisir ensemble.

– Je ne l'ai jamais ressenti comme ça.
– Je l'ignorais, dit-elle doucement. C'est arrivé d'un seul coup. Et c'est tellement immense, tellement gigantesque... Ça me terrifie.
Josh s'étonna, non pas de ses paroles, mais de la manière dont elle les avait prononcées.
– Tu as peur ?
– Terriblement, souffla-t-elle en se levant pour prendre un peignoir. Et ça ne me plaît pas.
– C'est aussi ce que j'éprouve.
Légèrement agacée, elle lui jeta un coup d'œil. Les bras repliés derrière la tête, il avait l'air d'un animal mince et racé, et elle crut voir un petit sourire narquois au coin de sa bouche. Elle hésita entre le gifler ou lui sauter dessus.
– C'est-à-dire ?
– Je suis morte de peur. Et je n'aime pas ça.
Elle noua la ceinture du peignoir et enfonça ses mains dans les poches avant de se retourner.
– Tu sais ce que je crois, duchesse ?
Ce fut son petit air narquois qui la poussa à revenir vers lui.
– Non ?
– Que jusqu'à présent, tout nous a été facile. Trop facile.
– Mais cette fois, ça ne le sera pas.
Josh entrecroisa ses doigts avec les siens.
– C'est bien possible. Peut-être que j'ai un problème en ce qui concerne ton passé. Après tout, la femme dont je suis amoureux a été fiancée cinq fois.
– Trois, corrigea-t-elle en retirant brusquement sa main, furieuse de s'entendre sans cesse rappeler ses incartades. Deux des liaisons ne sont que de pures inventions de la presse. Quant aux trois autres, ce sont... des erreurs rapidement effacées.
– Il n'en demeure pas moins qu'aucune de mes liaisons n'est allée aussi loin, dit-il avec ce qu'il considéra comme une patience admirable.

– Ce que l'on peut interpréter comme un refus de s'engager.

– Sans doute. Mais la vérité, c'est que j'ai été amoureux de toi presque la moitié de ma vie, dit-il en plongeant ses yeux dans les siens. Les femmes avec qui je suis sorti n'ont été pour moi que des substituts.

– Josh...

Elle se contenta de hocher la tête. Elle ne trouvait rien à dire, rien qui ne risque de trahir la vague d'émotion qui venait de l'envahir.

– Il est très démoralisant de voir la seule femme qu'on désire vraiment s'intéresser à tous les hommes sauf à soi. D'être obligé d'attendre qu'elle vous regarde enfin.

Margo se sentait à la fois émue et complètement paniquée.

– Mais pourquoi ne m'as-tu jamais rien dit ?

– Un homme doit utiliser le peu d'avantages dont il dispose. Le mien était le temps.

– Qu'est-ce que tu entends par là ?

– Je te connais bien, Margo, dit-il en effleurant sa joue. Tôt ou tard, je savais que tu craquerais, ou que tu en aurais tout simplement assez de mener la grande vie.

– Et toi, tu aurais été là pour recoller les morceaux !

– C'est ce qui est arrivé, dit-il d'un ton léger en saisissant son poignet pour la retenir. Ce n'est pas une raison pour prendre cet air glacial.

– Si, c'en est une excellente ! Espèce de sale type arrogant et narcissique ! On attend tranquillement que Margo se casse la figure et on arrive !

Elle lui aurait volontiers donné un coup de poing s'il n'avait été plus rapide et ne l'avait immobilisée.

– Je n'aurais pas formulé les choses comme ça, mais...

Il esquissa un sourire de triomphe.

– Tu t'es effectivement ramassée, ma belle !

– Je sais très bien ce que j'ai fait. Et aussi que je me suis sortie seule de cette sale histoire.

La petite lueur qui s'alluma dans le regard de Josh la mit sur ses gardes, elle le connaissait suffisamment pour interpréter la moindre expression de son visage.

– Je ne me suis pas débrouillée toute seule ?

– Si, bien sûr, mais...

– Qu'est-ce que tu as fait ? dit-elle en frappant sa poitrine de ses poings emprisonnés. C'est toi qui as tout arrangé ?

– Pas du tout ! Enfin, pas exactement...

Et puis zut !

– J'ai simplement passé quelques coups de fil pour accélérer un peu les choses. Bon sang, Margo, tu aurais voulu que je reste tranquillement à me dorer sur une plage, sachant qu'on envisageait de te jeter en prison ?

– Non, répondit-elle calmement, de peur qu'il ne se mette à hurler.

– Non. Dès que j'ai un problème, tu voles à mon secours, je sais. Lâche-moi.

– Sûrement pas, fit-il en voyant de la colère dans ses yeux. Ecoute, je n'ai rien fait de plus qu'accélérer la procédure. Ils n'avaient rien contre toi. Ce n'était pas la peine de te laisser en garde à vue plus longtemps que nécessaire. Tout ce dont tu étais coupable, c'était d'avoir eu le mauvais goût, et un sacré manque de jugeote, de te mettre en ménage avec un soi-disant artiste qui t'utilisait comme couverture.

– Je te remercie !

– Il n'y a pas de quoi.

– Et puisque tu en parles, sache que j'ai eu des tas d'expériences à cause de mon mauvais goût et de mon manque de jugeote.

Elle voulut s'échapper et fut furieuse qu'il la retienne si fort.

– Mais c'est terminé. Depuis cette histoire, j'ai pris ma vie en main, bon sang ! Et j'ai recollé les morceaux, un par un. Ce que toi tu n'as jamais eu à faire. J'ai pris un risque, j'ai travaillé, je...

– Je suis fier de toi.

Et devant son regard sidéré, il embrassa l'intérieur de ses poignets.

– Inutile de chercher à m'avoir.

– Fier de la manière avec laquelle tu as affronté la situation pour la retourner en ta faveur de façon unique et sensationnelle.

Il ouvrit ses mains et déposa un baiser au creux de sa paume.

– Et je suis ému. Emu par la façon dont tu t'es emportée ce soir, par tout ce que tu viens de dire.

– Bon sang, Josh...

– Je t'aime, Margo, dit-il en souriant. Peut-être que t'aimer trop tôt était idiot de ma part. Mais je suis encore plus amoureux de la femme que tu es aujourd'hui.

S'avouant vaincue, elle appuya son front contre le sien.

– Comment arrives-tu à faire ça, à me retourner et à me chambouler complètement ? Je ne me souviens même plus pour quelle raison j'étais fâchée contre toi.

– Contente-toi de venir là, dit-il en la prenant entre ses bras. Et voyons ce que nous pouvons oublier d'autre.

Elle était lovée contre lui, son bras pesait lourdement sur elle et les battements de son cœur résonnaient à son oreille lorsqu'elle réalisa qu'ils n'avaient rien résolu du tout. Comment deux personnes qui se connaissaient si bien et depuis si longtemps avaient-elles autant de difficultés à comprendre leurs sentiments respectifs ?

Elle n'avait jamais eu honte des hommes qu'elle avait laissés entrer dans sa vie. Le plaisir, l'émotion, des histoires sentimentales, cela seul l'intéressait et elle ne rêvait de rien d'autre. La plupart des femmes voyaient en elle une rivale. Même enfant, elle n'avait jamais eu beaucoup d'amies, en dehors de Kate et de Laura.

Mais avec les hommes...

Margo soupira et ferma les yeux.

Elle les comprenait. Très jeune, elle avait découvert le pouvoir qu'exerçaient la beauté et le sexe. Pouvoir qu'elle avait pris plaisir à utiliser, mais jamais elle n'avait couru le risque de faire souffrir ou de souffrir elle-même. Non, elle avait toujours pris soin de choisir des partenaires qui respectaient les conventions établies au départ entre eux. Avec de l'expérience et des bonnes manières, de gros portefeuilles et le cœur solide.

Aucun d'eux ne s'était mêlé de sa carrière, ou de ses ambitions, les règles étaient simples et toujours respectées.

Du plaisir, de l'émotion et quelques joutes amoureuses. Mais ni larmes, ni scènes, ni propos amers lorsqu'elle les quitterait.

Pas de sentiment. Mais pas beaucoup de jugeote non plus.

Et maintenant, il y avait Josh. Avec lui, tout était différent, même ses rêves. Oh, le plaisir était là, tout comme l'émotion et aussi l'amour. Mais il y avait eu des scènes et des propos amers.

Cela ne voulait-il pas dire que l'un d'eux serait malheureux ?

Josh avait beau l'aimer, elle n'avait pas encore réussi à gagner sa confiance. Et juste après, son respect.

Pourtant, il aimait la femme qu'elle était devenue, il le lui avait avoué.

Après tout, il avait toujours vécu une vie de privilégié, avec la possibilité de choisir ou de rejeter ce qu'il voulait – et qui il voulait – à sa convenance. S'il était vrai qu'il la désirait depuis si longtemps, qu'il l'avait attendue, cela avait dû être pour lui un extraordinaire défi à relever.

Mais maintenant qu'il l'avait relevé...

– Je ne te le pardonnerai jamais, murmura-t-elle en

pressant ses lèvres sur son épaule. Si l'un de nous deux fait souffrir l'autre, je ne te le pardonnerai jamais.

Margo se serra contre lui, espérant qu'il se réveillerait et qu'il lui ferait une nouvelle fois perdre la tête pour lui permettre d'oublier ses inquiétudes et de repousser les questions qui l'obsédaient.

– Je t'aime, Josh.

La main tendrement posée sur son cœur, elle compta les pulsations jusqu'à ce que le sien batte à l'unisson.

19

C'était toujours sur les falaises que Margo se réfugiait lorsqu'elle avait besoin de réfléchir. Ses plus grandes décisions, elle les avait prises à cet endroit. Qui allait-elle inviter à son anniversaire ? Devait-elle se faire couper les cheveux ? Qui allait l'accompagner au bal, Biff ou Marcus ?

A l'époque, ces décisions lui paraissaient si importantes...

C'était là également qu'elle était venue la veille de son départ pour Hollywood. Après le mariage de Laura. Elle avait dix-huit ans et le sentiment de ne pas vivre vraiment. Elle tenait désespérément à aller voir ce qui se passait ailleurs, et ce qu'elle serait capable de faire.

Combien de fois s'était-elle disputée avec sa mère au cours des semaines précédant son départ ? Beaucoup trop pour les compter.

Si tu veux faire quelque chose de ta vie, tu dois aller à l'Université.

Ça m'ennuie. Et puis ça ne sert à rien. Ce n'est pas fait pour moi. Je veux plus.

C'est ce que tu dis toujours. Mais plus de quoi ?

De tout.

Et elle avait fini par trouver, songea Margo. Plus de jeux, plus d'attention, plus d'argent. Plus d'hommes.

Aujourd'hui, elle en avait fait le tour et que lui restait-il ? Une nouvelle chance. Et Josh.

Rejetant la tête en arrière, elle aperçut une mouette fendre l'air comme un boulet de canon en direction de la mer. Au loin, un bateau scintillait sur l'eau bleue. Le vent tourbillonnant jouait dans ses cheveux et gonflait sa tunique de soie blanche.

Elle se sentit tout à coup terriblement seule, petite et insignifiante sur cette falaise vertigineuse. Perdue entre la mer et le ciel, entre la destruction et la gloire.

Etait-ce une métaphore de l'amour ? se demanda-t-elle, amusée. Les pensées métaphysiques n'avaient jamais été son fort. Elle ne pouvait plus vivre sans Josh. Mais si s'engager avec lui était comme se jeter dans un précipice, la femme qu'elle était s'envolerait-elle ou bien s'écraserait-elle au fond ?

Et si elle prenait ce risque, comment réagirait-il ? Parviendrait-il à lui accorder sa confiance ? Et surtout, serait-il prêt à endurer les hauts et les bas d'une vie passée ensemble ?

Seigneur, comment avait-elle pu sauter aussi rapidement de l'amour au mariage ? Voilà qu'elle pensait mariage, maintenant !

Elle éprouva le besoin de s'asseoir.

Le mariage n'avait jamais été le but de sa vie. Il était synonyme de promesses qu'on ne pouvait pas effacer d'un simple haussement d'épaules. Il signifiait une vie entière à tout partager. Y compris des enfants. En frissonnant, elle posa une main sur son ventre. Elle ne se sentait animée d'aucun instinct maternel. Les aires de jeux et les petites voitures, très peu pour elle.

Non, se dit-elle avec un rire moqueur à son adresse, ce n'était même pas la peine de l'envisager. La situation actuelle était idéale. D'ailleurs, c'était ce qu'il voulait aussi. Elle ne voyait pas pourquoi elle se faisait autant de souci. La suite au dernier étage de l'hôtel convenait parfaitement à leur style de vie.

Rien de permanent, aucune obligation. C'était la solution parfaite. Et puis, vivre à l'hôtel lui plaisait. On en avait assez de la vue ? Il suffisait de plier bagage et de s'installer ailleurs.

C'était certainement ce que Josh souhaitait lui aussi. Et ce qui serait le plus simple pour eux.

Margo se retourna vers la grande maison qui se dressait sur la colline, majestueuse et solide comme un roc. Une bâtisse pleine de souvenirs, dans laquelle des générations entières avaient rêvé. Et les rêves qu'on y avait faits ne s'évanouiraient jamais tout à fait. L'amour qui imprégnait ces murs s'épanouissait aussi librement et sauvagement que les bougainvillées.

Mais ce n'était pas la sienne. En avoir une à elle ne lui était jamais venu à l'esprit. Elle se retourna vers l'océan, surprise de sentir ses yeux picoter.

Qu'est-ce que tu veux, Margo ? Au nom du ciel, que désires-tu ?

Plus. Plus de tout.

– J'étais sûre qu'on te trouverait ici, s'exclama Kate en se laissant tomber sur un rocher à côté d'elle. Belle journée pour admirer la mer !

– Tu dois te sentir vidée, dit Laura en posant sa main sur son épaule. La soirée a été un succès, du début à la fin.

– Tu vois bien qu'elle est en train de broyer du noir, expliqua Kate en levant les yeux au ciel. Jamais contente...

– Je suis amoureuse de Josh, lança Margo en regardant droit devant elle, comme si elle s'adressait au vent.

Ne pouvant distinguer le regard de Margo derrière ses lunettes, Kate les lui fit glisser au bout du nez.

– Un peu, beaucoup ou passionnément ?

– Voyons, Kate, on n'est plus au lycée, murmura Laura.

– C'est pourtant une question pertinente. Alors ?

- Je l'aime et il m'aime aussi. Nous avons perdu la tête.
- Elle n'a pas l'air de plaisanter, affirma Kate en se tournant vers Laura.
- J'ai besoin de marcher, déclara Margo en s'approchant du bord de la falaise. Ça n'arrête pas de tourbillonner dans ma tête... et dans mon estomac.
- Ce n'est pas forcément une mauvaise chose, souffla Laura.
- Tu étais amoureuse de Peter ?

Laura contempla le bout de ses chaussures, elle devait faire très attention à ce qu'elle allait répondre.

- Oui. Oui, je l'ai été. Autrefois.
- C'est exactement ce qui m'inquiète. Tu l'aimais, vous avez vécu ensemble et tout a volé en éclats. Sais-tu combien de couples j'ai vus se déchirer ? Je ne peux même pas les compter. Rien ne dure.
- Et mes parents ?
- Ils sont un brillant exemple de l'exception qui confirme la règle.
- Attends une seconde, fit Kate, l'air interrogateur. Josh et toi envisagez de vous marier ?
- Non. Seigneur, non ! Absolument pas. Ni lui ni moi ne sommes du genre « jusqu'à ce que la mort nous sépare » !

Eprouvant un soudain besoin de voir la mer de près, Margo se faufila le long des rochers.

- Ça te plaît d'être amoureuse de lui ? questionna Kate.

Elle se retourna, l'air agacé et impatient.

- Ce n'est pas une question de choix.
- Bien sûr que si.

Kate pensait que l'amour, comme tous les sentiments, ne relevait que de la maîtrise de soi.

- L'amour n'est pas un tailleur de printemps qu'on essaie pour voir s'il est à la bonne taille ! leur fit remarquer Laura.

Kate haussa les épaules et descendit avec agilité le long de la corniche.

– En ce qui me concerne, quand ça ne me va pas, je ne prends pas. Et toi, Margo, il te va, oui ou non ?

– Je n'en sais rien. En tout cas, je l'ai bel et bien sur le dos.

– Peut-être que tu t'y feras, dit alors Laura.

Le ton de sa voix alerta Margo ; il contenait autant de doute que d'inquiétude.

– Je l'aime vraiment, dit-elle calmement. Je ne sais pas encore très bien ce qui va se passer, mais c'est la réalité. Nous n'arrivons pas à en parler de façon raisonnable. Je sais. Et je sais aussi qu'une part de lui réprouve la manière dont j'ai vécu. Et les hommes que j'ai connus.

– Ben, voyons ! Comme s'il avait passé ces dix dernières années dans un monastère à recopier des écritures, déclara Kate en brandissant son drapeau féministe. Même si tu avais couché avec toute l'armée des Etats-Unis, ça ne le regarde pas ! Une femme a autant le droit qu'un homme d'avoir des mœurs légères et de se conduire de façon bête et irresponsable !

Margo faillit répondre, mais se contenta de rire de sa remarque à la fois insultante et réconfortante.

– Je te remercie, sœur Marie-Immaculée.

– Il n'y a pas de quoi, sœur Marie-Salope.

– Ce que j'entends par là, reprit Margo plus sèchement, c'est qu'avec Josh, il ne s'agit pas d'une jalousie banale. Ça, je pourrais le supporter, ou m'en agacer. Mais étant donné mon passé, je comprends ce qu'il ressent, et je ne sais pas combien de temps il nous faudra à tous les deux pour avoir la certitude que cette partie de ma vie est définitivement terminée.

– Je trouve que tu es trop bonne avec lui, marmonna Kate.

– Et trop dure avec moi ?

Kate lui sourit d'un air espiègle.

– Je n'ai pas dit ça.

— Eh bien, moi, si, fit Laura en donnant à Kate un coup de coude dans les côtes.

— Mais ce n'est pas tout, poursuivit Margo. J'imagine que c'est juste une sorte de symptôme. Il dit qu'il est fier de moi, et de la façon dont j'ai remis de l'ordre dans ma vie. Je crois surtout que ça l'étonne. Mais il s'attend que je parte encore une fois vers une vie plus mondaine et plus facile.

— Il me semble que tu ne lui fais pas suffisamment confiance, remarqua Kate en fronçant les sourcils. Tu as l'intention de fuir ?

— Non.

Ça, au moins, elle en était absolument certaine.

— Mais vu mon passé...

— Vous feriez mieux de vous concentrer sur le présent, coupa Laura. Sur là où vous en êtes aujourd'hui et sur ce que vous ressentez l'un pour l'autre. Le reste, ma foi, c'est juste ce qui vous a permis d'en arriver là.

Enoncé de cette façon, tout semblait si simple, si facile, que Margo eut envie d'y croire.

— Tu as raison. Il vaut mieux prendre les choses comme elles viennent, une par une...

Elle se baissa, ramassa un caillou et le jeta dans l'océan.

— En attendant, on verra bien. Ce sera peut-être amusant.

— L'amour est supposé l'être, sourit Laura. Quand ce n'est pas l'enfer.

— Tu es la seule de nous trois à être passée par là, dit Margo en quêtant une confirmation du côté de Kate.

— Affirmatif.

— Si ça ne te dérange pas, pourrais-tu m'expliquer comment tu t'es retrouvée de l'autre côté ? Comment vous en êtes arrivés à vous séparer ?

Ça la dérangeait. Ce genre de question la touchait justement là où ça faisait mal, même si elle se refusait à l'admettre.

— Je ne me suis pas réveillée un matin en me disant

que je n'aimais plus mon mari. C'est un lent et vilain processus, une sorte de calcification des sentiments. Il est arrivé un moment où je ne ressentais plus rien du tout pour Peter.

Il y avait de quoi être terrorisée, pensa Margo. Ne plus rien éprouver pour Josh. Elle préférerait le haïr plutôt.

– Et tu n'as rien pu faire pour éviter ça ?

– Non. Ensemble, on y serait peut-être arrivés, mais seule, c'était impossible. Il ne m'a jamais aimée...

Et l'admettre lui était épouvantablement douloureux.

– C'était très différent de ce qu'il y a entre toi et Josh, ajouta-t-elle.

– Laura, je suis désolée.

– Ce n'est pas la peine, répliqua son amie en s'appuyant sur le bras de Margo. J'ai deux filles magnifiques. Ce n'est pas si mal que ça. Mais toi, tu as l'occasion de vivre une histoire d'amour unique et spéciale.

– Je vais peut-être la saisir, fit-elle en lançant un autre caillou.

– En tout cas, si vous cherchez un nid d'amour, je connais quelqu'un qui vend une propriété à environ un demi-mile d'ici... lança Kate.

» Une petite merveille. Dans le style hispano-californien.

– Nous sommes très heureux à l'hôtel.

Et c'est plus facile, lui souffla une petite voix intérieure.

– Comme tu voudras ! fit son amie en haussant les épaules. Mais la vue est splendide.

– Ah oui ? Comment le sais-tu ?

– Je suis allée apporter des imprimés...

Kate surprit le regard ironique de Margo.

– Tu as vraiment un sale esprit ! C'est une de mes clientes. Elle vient de divorcer et veut vendre la maison pour en acheter une plus petite et moins chère à entretenir.

– C'est celle de Lily Farmer ? demanda Laura.

– Exactement.
– Oh, elle est sensationnelle ! Deux étages, tout en stuc et tuiles... Ils l'ont entièrement restaurée l'année dernière.
– Oui. Juste avant de se dire *adios*. Lui a gardé le bateau, la BMW, le labrador et la collection de pièces de monnaie anciennes. Elle a conservé la maison, la Land Rover et le chat siamois, expliqua Kate avec un grand sourire. On ne peut rien cacher à son expert-comptable.
– C'est justement pour ça que je ne veux ni maison, ni voiture, ni chien.

Rien qu'à cette idée, Margo avait la nausée.

– J'ai tout fait pour me simplifier la vie, et je n'ai pas envie de me la compliquer à nouveau. D'ailleurs, Josh ne le souhaite pas plus que moi. Nous resterons donc...
– Hé ! Qu'est-ce que c'est que ça ? s'écria Laura en attrapant le poignet de Margo.

Du bout du pouce, Margo commença à frotter le caillou qu'elle tenait à la main.

– Quelqu'un a dû faire tomber de la monnaie de sa poche. Je n'avais pas fait attention. C'est juste une... ô mon Dieu !

En grattant la terre et le sable, elle découvrit un petit disque brillant.

– C'est de l'or ! s'exclama Kate en posant sa main sur celle de Laura. Oui, c'est un doublon. Un doublon en or.
– Non, c'est sûrement un de ces jetons qu'on met dans les machines à sous...

Margo soupesa la pièce. Elle était lourde. Et brillait d'un éclat étrange.

– Vous ne croyez pas ?
– Regarde la date, souffla Laura. 1845.
– Seraphina...

Margo pressa une main sur son front. La tête lui tournait comme sur un manège.

– La dot de Seraphina. Vous croyez que c'est ça ?

– Je ne vois pas ce que ça pourrait être d'autre, remarqua Kate.
– Nous sommes passées ici des centaines de fois. Nous avons gratté comme des folles lorsque nous étions petites. Et nous n'avons jamais rien trouvé.
– Nous n'avions pas dû regarder au bon endroit, fit Kate, les yeux brillants d'excitation, en posant un baiser retentissant sur la joue de Margo. Venez, on va chercher.

Et éclatant de rire comme les petites filles qu'elles avaient été, elles se mirent à quatre pattes pour creuser dans le sable entre les rochers.

– Finalement, peut-être qu'elle n'a pas caché sa dot, suggéra Margo. Lorsqu'elle a compris que son amoureux ne reviendrait pas, elle a décidé qu'elle ne pouvait pas vivre sans lui, elle a tout jeté et les pièces sont éparpillées au fond de l'océan.
– Tu ferais mieux de te mordre la langue avant de parler, dit Kate en essuyant son front perlé de sueur avec sa manche poussiéreuse. Nous nous sommes toujours juré de trouver ce trésor, et maintenant que nous en tenons un petit bout, tu vas prétendre qu'elle l'a balancé dans la mer ?
– Ça m'étonnerait, renchérit Laura en suçant l'égratignure qu'elle venait de se faire. Sa dot n'avait plus d'importance. Plus rien n'en avait, d'ailleurs, pour cette pauvre enfant.

Elle écarta une mèche de ses yeux.
– A propos d'enfants... regardez-nous un peu !

Ce ne fut pas la réflexion de son amie qui poussa Margo à relever la tête, mais le rire qui s'échappa de sa gorge. Il était rare de l'entendre rire de si bon cœur.

Et devant cette jeune femme si respectable appartenant à la bonne société, les cheveux au vent et le visage couvert de poussière dans son chemisier maculé de taches, Margo ne put s'empêcher d'éclater de rire à son tour.

Se tenant le ventre d'une main, elle tendit l'autre vers

Kate, qui était à quatre pattes et les regardait l'air étonné.

– Dieu du ciel, Kate ! Tu as du sable jusque dans les sourcils !

– Tu n'as pas l'air mieux lotie, ma vieille. C'est bien de toi, de mettre un truc en soie blanc pour partir à la chasse au trésor !

– Oh, zut, se désola Margo en examinant sa tunique couverte de terre qui collait à sa peau. Ce truc vient de chez Ungaro.

– Eh bien, tu vas pouvoir en faire une serpillière, rétorqua Kate. La prochaine fois, essaie de mettre un jean et un tee-shirt, comme tout le monde.

Elle se releva et épousseta son pantalon.

– Nous ne trouverons jamais rien en procédant ainsi. Nous devons nous organiser. Et ce qu'il nous faut en priorité, c'est un détecteur de métal.

– Excellente idée, acquiesça Margo. Et où trouve-t-on ça ?

Lorsque Margo regagna l'hôtel, il faisait nuit. A peine eut-elle franchi la porte qu'elle fila directement se faire couler un bain.

Josh se figea, une main sur la bouteille de pouilly-fuissé dont il venait de se servir un verre.

– Mais d'où sors-tu ? fit-il en se précipitant vers elle. Tu as eu un accident ? Tu es blessée ?

– J'ai mal partout, gémit-elle en ouvrant le robinet d'eau chaude. Josh, si tu m'aimes vraiment, sers-moi un verre de ce que tu es en train de boire et, je t'en supplie, même si tu en meurs d'envie, ne te moque pas de moi.

N'apercevant aucune trace de sang sur elle, il en fut soulagé. Il prit deux verres et les remplit du vin couleur d'or pâle.

– Qu'est-ce qui t'est arrivé ? Tu es tombée d'un rocher ?

– Pas exactement...

Elle saisit le verre qu'il lui tendait et l'avala d'un trait. Puis, respirant un grand coup, elle le reposa et attrapa celui qui était plein.

– Merci.

Josh se contenta de lever un sourcil et retourna chercher la bouteille.

– Je sais... Tu as emmené les filles à la plage et elles t'ont enterrée tout habillée.

Margo s'enfonça dans l'eau en geignant.

– Je fais pourtant de l'exercice régulièrement. Comment se fait-il que j'aie les muscles aussi endoloris ? Ça me fait un mal de chien. Tu ne veux pas demander à la masseuse de venir ?

– Je vais m'en charger moi-même, à condition que tu arrêtes de jouer aux devinettes.

Elle ouvrit les yeux pour regarder son expression ; si elle apercevait le moindre petit sourire, elle le tuerait sur place.

– J'étais avec Laura et Kate.

– Et ?

– Et nous avons fait une chasse au trésor.

– Vous avez...

Il se passa la langue sur les lèvres.

– Hmm...

– Tu as ricané.

– Pas du tout, j'ai dit « hmm ». Tu as passé tout l'après-midi et une partie de la soirée à une chasse au trésor ?

– Sur les falaises. Avec un détecteur de métal.

– Avec un...

Faisant un vaillant effort pour dissimuler son hilarité, Josh toussota. Mais il ne put s'empêcher de plisser les yeux.

– Et tu as réussi à t'en servir ?

– Je ne suis pas idiote.

Comme l'eau commençait à monter, elle brancha les jets de massage.

— C'est Kate qui l'a utilisé. Mais au lieu de faire des remarques désagréables, regarde ce qu'il y a dans ma poche de pantalon.

Margo se laissa glisser plus profondément dans l'eau et but une gorgée de vin en se disant qu'elle avait finalement une chance de survivre.

— Et ensuite, tu reviendras t'excuser.

Décidé à jouer le jeu, Josh se rendit docilement dans l'autre pièce. Le pantalon gisait par terre et il était tellement sale qu'il le souleva entre deux doigts.

— Il va te falloir une nouvelle tenue de chasse au trésor, chérie. Celle-là est fichue.

— Ça suffit, Josh ! Regarde dans la poche.

Ses doigts se refermèrent sur une pièce. Intrigué, il la détailla, elle était espagnole, vieille de plus d'un siècle et aussi étincelante qu'un matin d'été.

— Je ne t'entends pas rire, cria-t-elle. Ni t'excuser.

Elle se mit à chantonner, ses muscles se relâchant peu à peu dans l'eau chaude. Sentant qu'il l'observait sur le seuil de la porte, elle lui jeta un regard entre ses cils.

— Inutile de ramper devant moi. Un simple : « S'il te plaît, pardonne-moi, Margo » fera l'affaire. Même un : « Je me suis conduit comme un idiot » suffira.

Josh fit sauter la pièce dans sa main avant de s'asseoir au bord de la baignoire.

— Un doublon ne fait pas un filon.

— C'est de Rudyard Kipling ?

Il réprima un sourire.

— Non, de J. C. Templeton.

— Oh, celui-là ! fit-elle en fermant les yeux. Je l'ai toujours trouvé horriblement cynique et surfait.

— Respire un grand coup, ma chérie...

Et sans crier gare, il enfonça sa tête sous l'eau avec un malin plaisir.

Quand elle refit surface, toussant et crachotant, il soupesa la pièce d'or dans sa main.

– Je reconnais que c'est intrigant. Où l'avez-vous trouvée exactement ?

Vexée, Margo se frotta les yeux.

– Je ne vois pas pourquoi je te le dirai. La dot de Seraphina est une affaire de filles.

– Très bien. Et alors, qu'as-tu fait d'autre aujourd'hui ?

– Tu n'as qu'à essayer de me faire parler en usant de ton charme.

– Il y a longtemps que j'y ai renoncé, dit-il en lui tendant une savonnette. Tiens, tu en as salement besoin.

– Oh bon, d'accord ! fit-elle en sortant une longue jambe finement galbée. C'était sur la falaise, juste en face de la maison. Kate a fait un petit tas de pierres pour marquer l'endroit exact. Mais après l'avoir trouvée, nous avons cherché pendant des heures sans rien dénicher d'autre que de vulgaires pièces jaunes.

– Ecoute, duchesse, je n'ai nullement l'intention de te gâcher ton plaisir. Ce que tu as trouvé là a une certaine valeur. Et la date correspond. Alors, qui sait ?

– Moi, je sais. Kate et Laura aussi, rétorqua-t-elle en passant les doigts dans ses cheveux mouillés. Et je vais te dire autre chose. C'est important pour Laura. Elle a perdu cet air triste qu'elle affiche en permanence quand elle croit qu'on ne la regarde pas.

Le regard de Josh s'assombrit. Margo, regrettant sa réflexion, prit doucement sa main.

– Moi aussi, je l'aime, tu sais.

– Virer ce salaud n'a pas suffi.

– Je te rappelle que tu lui as cassé le nez.

– C'était le minimum. Je ne veux pas voir Laura souffrir. Elle le mérite moins que quiconque.

– Elle réagit plutôt bien, ajouta Margo en pressant tendrement sa main. Si tu l'avais vue aujourd'hui... Elle était folle de joie. Du coup, on est même allées chercher les filles. Je n'avais pas vu Ali sourire de cette façon depuis des semaines. On s'est tellement amusées... Rien qu'en imaginant ce qu'il pouvait y avoir là-dessous.

335

Josh jeta un dernier coup d'œil sur la pièce et la posa sur le coin de la baignoire.

– Et quand comptez-vous y retourner ?

– Nous avons décidé que ce serait désormais notre sortie du dimanche.

Margo contempla l'eau brunâtre d'un air dégoûté.

– Je ferais aussi bien de prendre un bain de boue. Ça ne te dérange pas si on dîne ici, ce soir ? lui demanda-t-elle. J'aimerais me laver les cheveux.

Il la regarda émerger de l'eau, sa peau d'un blanc crémeux ruisselait de milliers de gouttelettes scintillantes.

– On peut manger tout nus ?

– Ça dépend ! s'exclama-t-elle en glissant sous la douche. Qu'est-ce qu'il y a au menu ?

Le lendemain matin, repue d'amour, Margo s'étirait voluptueusement à côté de Josh, lequel faisait de son mieux pour se faufiler au milieu de la circulation.

– Tu n'étais pas obligé de me déposer à la boutique, tu sais. Mais j'apprécie.

– De toute façon, je dois passer au club... Pour vérifier une ou deux choses.

– Tu n'as aucun voyage en vue ?

– Non.

Elle regarda par la vitre en faisant mine de s'intéresser au paysage.

– Lorsque tu auras trouvé quelqu'un pour remplacer Peter, je suppose que tu vas retourner en Europe.

– Pas tout de suite. Je me sens très bien ici pour l'instant.

– Est-ce vraiment ce que tu désires ? demanda-t-elle en s'appliquant à garder un ton léger. Rester ici ?

Josh se montra tout aussi prudent.

– Pourquoi me demandes-tu ça ?

– Tu n'es jamais resté au même endroit très longtemps.

– Parce que je n'avais aucune raison de le faire.
Margo sourit.
– C'est gentil. Mais je ne veux pas que tu te sentes pieds et poings liés. Il faut à tout prix que nous acceptions l'un et l'autre les exigences de nos activités respectives. Si *Faux-Semblants* continue à marcher aussi bien, je vais être obligée de voyager pour renouveler mon stock.

Josh avait envisagé cette possibilité, et même trouvé une solution.
– Où veux-tu aller ?
– Je ne sais pas encore très bien. Je ne trouverai sûrement rien d'intéressant par ici. Sans doute à Los Angeles. Et à New York ou à Chicago. Et si tout va bien, je pousserai jusqu'à Milan, Londres et Paris.
– C'est ce que tu veux ?
– Ce que je veux, c'est que la boutique tourne. Il m'arrive de regretter Milan, et cette impression d'être au centre d'un tourbillon. De sentir le monde vibrer autour de moi, dit-elle en soupirant. Renoncer complètement à tout ça n'est pas facile. J'espère que deux fois par an suffiront.

Elle se tourna vers lui.
– Ça ne te manque pas, à toi ? Les gens, les soirées...
– Un peu.

Il avait été trop occupé à transformer sa vie à elle, et la sienne, pour vraiment y penser. Mais maintenant qu'elle abordait le sujet, il devait reconnaître que cette vie trépidante lui plaisait aussi.

– Il n'y a aucune raison pour que nous n'arrivions pas à faire coïncider tes voyages avec les miens. C'est juste une question d'organisation.
– Eh bien, justement, je commence à mieux savoir m'organiser.

Lorsqu'il se gara devant la boutique, Margo se pencha pour l'embrasser.
– C'est bon, tu ne trouves pas ? C'est vraiment bon.

– Oui, fit-il en la retenant pour prolonger leur baiser. C'est vraiment délicieux.

Tout ce qu'ils avaient à faire, songea Margo, c'était de veiller à ce que ça continue de l'être.

– Je prendrai un taxi pour rentrer. Si, si, je t'assure...

Et elle l'embrassa pour l'empêcher de protester.

– Je serai rentrée vers 19 heures, alors essaie de ne pas travailler trop tard. J'aimerais dîner dans un endroit fabuleux et te bécoter en buvant du champagne.

– Ça devrait pouvoir s'arranger.

– Je n'en attendais pas moins de toi !

Au moment où elle s'apprêtait à descendre, Josh la retint par la main.

– Je t'aime, Margo.

Elle lui adressa un sourire éblouissant.

– Je sais.

20

Margo trouvait très gratifiant de passer la journée à la boutique, à récolter les lauriers de cette première réception réussie. Et elle le confia à sa mère qui était venue la voir, avec une boîte de ses gâteaux préférés. Des cookies fourrés de pépites de chocolat.

– Je n'arrive pas à y croire, dit Margo en croquant dans la pâtisserie à belles dents. Les gens n'ont pas arrêté de défiler aujourd'hui. Je n'ai pas eu cinq minutes à moi. Tu sais, maman, je crois que c'est bien parti. C'est ce que j'avais toujours espéré, mais depuis samedi soir...

Elle engloutit le reste du gâteau en fermant les yeux.

– Samedi soir, j'y ai vraiment cru pour de bon.

– Tu as fait du beau travail...

Ann but un peu du thé qu'elle venait de préparer. Bien que surprise de voir sa fille se servir un verre de champagne – au déjeuner ! – elle se garda de tout commentaire.

– Du très bon travail. Toutes ces années...
– Pendant lesquelles j'ai gâché ma vie, mon temps et mon argent ! grommela Margo avec un haussement d'épaules. Je parie que tu vas me raconter une fois de plus la vieille histoire de la cigale et de la fourmi ?

Malgré elle, Ann sourit.

– Tu n'as jamais voulu l'écouter, pas plus que faire des provisions pour l'hiver. En tout cas, c'est ce que je pensais...

Elle jeta un coup d'œil vers le boudoir décoré avec goût.

– Mais je vois qu'en fin de compte, tu avais tout ce qu'il fallait en réserve.
– Non. Ça, c'est un autre adage : « Nécessité fait loi. » A moins que ce ne soit le désespoir.

Puisque la nouvelle Margo faisait des efforts pour être honnête, autant commencer par là.

– Je n'avais pas prévu que ma vie prendrait cette tournure-là, maman. Et je n'ai jamais voulu cela.

Ann se retourna et regarda attentivement la jeune femme assise sur le fauteuil beige clair agrémenté d'un coussin rose. Elle avait l'air plus doux qu'autrefois. Une aura indéfinissable autour des yeux et de la bouche. Elle se demanda si Margo, qui avait toujours accordé une extrême attention à son visage, s'en était aperçue.

– Je sais, tu ne voulais pas ce qui est arrivé, reconnut Ann. Et à présent ?
– Je vais tout faire pour réussir à faire marcher cette boutique. Non, c'est faux, dit-elle en prenant un autre gâteau et en le tapant contre son verre comme pour porter un toast. Je vais tout mettre en œuvre pour que ce soit fabuleux. D'ici un an ou deux, j'en ouvrirai une autre à Carmel. Et ensuite, qui sait ? Peut-être un magasin élégant et raffiné à San Francisco et une brocante à Los Angeles.
– Tu continues à rêver ?

— Oui, absolument. Et à avoir envie de bouger. Sauf qu'aujourd'hui tout est différent.

Margo renvoya ses cheveux en arrière et sourit, l'air néanmoins un peu crispée.

— Ce qui n'empêche pas que je sois toujours la même.

— Non, tu as changé, répliqua Ann en s'approchant de sa fille. Tu es différente, mais je reconnais toujours la petite fille que j'ai élevée. D'où viens-tu donc, Margo ? Tes grands-pères pêchaient le poisson pour survivre. Quant à tes grand-mères, elles frottaient les planchers, lavaient leur linge à la rivière et étendaient leur lessive en plein vent.

Elle prit sa main et examina sa paume étroite, aux longs doigts ornés de bagues.

— Celles de ma mère étaient deux fois plus larges que la tienne. De grandes mains robustes qui savaient tout faire.

Dans les yeux de Margo, elle découvrit la surprise de l'entendre évoquer si librement, si naturellement, des personnes dont elle ne parlait jamais. Par pur égoïsme, avait fini par reconnaître Ann. Car en ne les évoquant pas, elle avait voulu croire qu'elle souffrirait un peu moins.

Elle avait commis de nombreuses erreurs. Et avec le seul enfant que Dieu avait bien voulu lui donner. Si tenter de les réparer était douloureux, ce n'était aussi que justice.

— Ma mère s'appelait Margaret...

Ann dut s'interrompre pour s'éclaircir la gorge.

— Je ne t'en ai jamais parlé parce qu'elle est morte deux mois après notre départ d'Irlande. Et je me suis sentie coupable de l'avoir laissée là-bas, alors qu'elle était malade, et de ne pas avoir pu revenir lui dire adieu. Je n'ai jamais parlé d'elle, ni à toi ni à personne. Elle aurait été triste, si elle l'avait su.

— Je suis désolée, maman...

Ce fut tout ce que Margo trouva à dire.

— Je regrette...

— Moi aussi, tout comme de ne pas t'avoir dit plus tôt qu'elle t'adorait.
— A quoi...

Margo hésita à poursuivre, de peur de se faire rabrouer une fois de plus.

— A quoi ressemblait-elle ? dit Ann en souriant. Lorsque tu étais petite, tu n'arrêtais pas de me poser des questions de ce genre. Mais je ne te répondais jamais et tu as fini par y renoncer. J'ai eu tort.

Elle détourna la tête et s'approcha de la fenêtre. Sa principale faute, elle le réalisait maintenant, était d'avoir été lâche.

— Je voudrais d'abord te faire comprendre que j'ai réagi ainsi parce que je ne voulais pas regarder en arrière.

Avec un petit soupir de regret, elle reprit :

— Il me semblait plus important de t'élever correctement que de te remplir la tête de gens qui n'étaient plus là. Elle était déjà pleine de tant de choses, de toute façon !

Margo effleura la main de sa mère.

— A quoi ressemblait-elle ?

— C'était une brave femme. Dure à la tâche, et d'une extrême douceur. Elle adorait chanter, elle fredonnait tout le temps en travaillant. Elle avait une passion pour les fleurs et était capable de faire pousser n'importe quoi. Elle nous a appris à être fiers de notre foyer, fiers de nous. Quand mon père rentrait de la pêche, elle l'attendait toujours avec un drôle d'air, dont je n'ai compris le sens que plus tard.

— Mon grand-père ? Comment était-il ?

— C'était un gros bonhomme, avec une grosse voix. Il passait son temps à jurer, et ma mère à le gronder.

Un vague sourire passa sur les lèvres d'Ann.

— Il sentait le poisson, la mer et le tabac. Et il nous racontait des histoires extraordinaires.

Ann soupira.

— Je t'ai donné le nom de ma mère. Mon père l'appelait Margo lorsqu'il la taquinait. Mais je ne retrouve rien d'elle en toi, ni en moi, d'ailleurs. Peut-être cet air têtu que tu as parfois. Par contre, tu as la couleur des yeux de ton père. Des yeux dans lesquels toutes les femmes se seraient volontiers noyées. Avec le même éclat. Aveuglant.

– Tu ne m'as jamais parlé de lui.

– Cela me faisait trop de mal, dit Ann en se rasseyant d'un air las. C'était si douloureux que je préférais éviter d'en parler, et c'est très vite devenu une habitude. Je t'ai privée de lui. J'ai eu tort de ne pas partager son souvenir avec toi. Je l'ai gardé pour moi. Au lieu de te le donner. De te donner ton père.

Margo eut l'impression qu'un poids énorme écrasait sa poitrine.

– J'ai cru que tu ne l'aimais pas.

– Quoi ? s'exclama Ann, interloquée. Dieu du ciel, moi, ne pas l'aimer ? J'avais tant d'amour pour lui que mon cœur pouvait à peine le contenir. Dès que je le voyais, mon cœur se mettait à faire des bonds comme un poisson qu'on jette sur une table, et quand il me prenait dans ses bras en me faisant tournoyer, j'avais la tête qui tournait rien qu'en respirant son odeur. Je la sens encore. Un mélange de laine mouillée, de mer et d'homme.

Margo essaya d'imaginer sa mère, jeune et joyeuse, soulevée par de grands bras puissants et amoureux.

– Je croyais que... je pensais que tu t'étais mariée parce que tu ne pouvais pas faire autrement.

– Bien sûr que je ne pouvais pas faire autrement !

Réalisant subitement ce que sa fille voulait insinuer, Ann la dévisagea avec de grands yeux.

– Oh, parce que j'y étais obligée ? S'il avait fait ça, mon père l'aurait massacré ! Non que mon Johnny n'ait jamais essayé, ajouta-t-elle avec un bref sourire. Après tout, c'était un homme, et il savait y faire... Mais moi aussi. Et je suis arrivée vierge à ma nuit de noces, bien que folle d'impatience.

– Ce n'est pas...

Margo but une gorgée de champagne pour se donner du courage.

– Ce n'est pas à cause de moi qu'il t'a épousée ?

– Mais non, c'est par amour ! s'exclama Ann avec une pointe de fierté dans la voix. Et je regrette plus que je ne saurais le dire que tu te sois mis cette idée en tête, ce dont je ne m'étais jamais doutée.

– Je croyais... Je me demandais... Tu étais si jeune. Dans un pays étranger. Toute seule avec un enfant à élever.

– Tu n'as jamais été un fardeau pour moi, Margo. Un défi, oui, souvent, ajouta-t-elle en souriant. Mais un poids, jamais. Et tu n'as pas été un accident, alors retire-toi ça de la tête une bonne fois pour toutes. Nous ne pouvions pas faire autrement que nous marier parce que nous nous aimions. Nous étions follement et tendrement amoureux l'un de l'autre. Et c'est de cet amour tendre et fou que tu es née.

– Oh, maman, je suis désolée...

– Ne le sois pas. J'ai eu plus de bonheur pendant ces quatre années que le Seigneur nous a données que bien des femmes au cours de toute une vie !

– Mais tu l'as perdu.

– Oui. Et toi tu as perdu ton père. C'était un bon père, et il t'adorait. Il te regardait dormir et caressait ta joue du bout du doigt, comme s'il avait peur de te casser, et son visage s'éclairait d'un magnifique sourire.

Ann mit la main devant sa bouche pour retenir ses sanglots.

– Je suis désolée de ne jamais te l'avoir raconté.

La pesanteur sur sa poitrine s'était subitement envolée, laissant place à un profond chagrin.

– Ça ne fait rien, maman.

Ann soupira longuement. Comment expliquer que le chagrin, l'amour et la joie pouvaient remplir un cœur pour une vie entière ?

– Il nous aimait toutes les deux, Margo. C'était un

homme bien, gentil, plein de rêves pour nous trois, et pour les enfants que nous voulions avoir.

Elle chercha un mouchoir au fond de sa poche et essuya ses larmes.

– C'est idiot de pleurer comme ça... Tout cela remonte à vingt-cinq ans.

Pour Margo, c'était une révélation, merveilleuse et bouleversante. Car s'il y avait encore du chagrin après un quart de siècle, c'est qu'il y avait eu beaucoup d'amour. Un amour tendre et fou. Et qui plus est, irremplaçable.

– Nous ne sommes pas obligées de continuer à en parler.

Ann secoua la tête en fermant les yeux pour chasser ses larmes. Elle voulait aller jusqu'au bout, dire à sa fille, la fille de Johnny, ce qu'elle aurait dû lui confier depuis longtemps.

– Lorsque les marins sont rentrés, après cette nuit de tempête... une tempête effrayante, le vent hurlait et les éclairs déchiraient le ciel. J'ai immédiatement compris... Je ne voulais pas y croire, mais je savais qu'il était mort. Je l'ai su avant que l'on vienne me prévenir. Parce que quelque chose en moi s'était cassé. Là, dit-elle en posant la main sur sa poitrine, et j'ai su qu'il avait emporté un peu de mon cœur avec lui. J'ai cru que je ne pourrais pas vivre sans lui. Je ne le voulais pas non plus.

Ann croisa les mains en les serrant très fort.

– J'étais enceinte de presque trois mois d'un second bébé.

Margo essuya ses larmes.

– Tu...

– Je voulais donner un fils à Johnny. Il disait que je le gâtais trop, que nous avions déjà la plus belle petite fille du monde. Ce matin-là, il nous a embrassées. Toi, et ensuite moi, puis il a posé sa main sur mon ventre. Et il a souri. Et il n'est jamais revenu. Ils ne l'ont pas retrouvé. Cette nuit-là, j'ai perdu le bébé, au milieu de la tempête, du chagrin et de la douleur. J'ai perdu Johnny et le bébé. Il ne me restait plus que toi.

Comment pouvait-on endurer pareil tourment et continuer à vivre ? se demanda Margo. Quelle force fallait-il posséder pour y parvenir ?

– Je regrette de n'avoir rien su de tout cela, dit-elle en prenant les mains de sa mère entre les siennes. J'aurais essayé d'être... mieux.

– Non, c'est absurde...

Après tant d'années, voilà qu'elle continuait à mal s'y prendre, songea Ann.

– Je ne te parle pas assez du reste. Il n'y a pas eu que de la souffrance et du chagrin. En fait, Johnny a fait partie de ma vie de longues années. La première fois que j'ai posé les yeux sur lui, j'avais six ans, et lui neuf. Johnny Sullivan était alors un beau garçon costaud, avec un rire ravageur et un regard d'ange. Je le voulais pour moi. Alors, je me suis jetée à son cou.

– Toi ? renifla Margo. Tu flirtais avec lui ?

– Sans aucune honte. Et quand j'ai eu dix-sept ans, je lui ai arraché une demande en mariage, sans lui laisser le temps de réfléchir.

Elle poussa un soupir, long et profond.

– Tu dois me croire, Margo. Je l'aimais. Comme une folle. Lorsqu'il est mort et que j'ai perdu le bébé, j'ai eu envie de mourir aussi. Et c'est sans doute ce qui me serait arrivé si tu n'avais pas été là. Mais tu avais besoin de moi. Et moi de toi.

– Pourquoi as-tu quitté l'Irlande ? C'était là qu'était ta famille. Tu devais avoir besoin d'eux.

Ann revit les hautes falaises et la mer déchaînée lorsqu'elle battait les rochers.

– J'avais perdu ce que je croyais posséder pour toujours. L'homme que j'aimais, que j'avais désiré toute ma vie. Sans lui, même respirer me paraissait insupportable. Il était temps de tout recommencer. De partir ailleurs.

– Tu n'as pas eu peur ?

— Une peur atroce, oui !

Ann sourit et brusquement, elle éprouva le besoin d'un peu de champagne. Elle prit le verre de sa fille et en but une gorgée.

— Mais j'ai réussi à la surmonter. Peut-être tiens-tu finalement plus de moi que je ne le pensais. J'ai été dure avec toi, Margo. Ce n'est que tout récemment que j'ai réalisé à quel point je l'avais été. Tu étais une enfant d'une beauté incroyable, et très volontaire. Un mélange dangereux. Une partie de moi craignait de trop t'aimer parce que... Aimer trop fort aurait été comme narguer le ciel. Parce que si je t'aimais trop, j'allais te perdre aussi et je n'aurais pas pu le supporter.

— J'ai toujours cru...

Margo laissa sa phrase en suspens et hocha la tête.

— Vas-y. Dis-moi ce que tu as sur le cœur.

— Que je n'étais pas assez bien pour toi.

— C'est ma faute, soupira Ann. Ça n'a jamais été le problème, Margo. J'avais peur pour toi et de toi. Je ne comprenais pas pourquoi tu voulais tout et encore plus. Et je m'inquiétais de te voir grandir dans une maison où il y avait tout ce dont tu rêvais, mais qui ne t'appartenait pas. Et je ne te comprends sans doute toujours pas, mais je t'aime. J'aurais dû te le dire plus souvent.

— Ce n'est pas toujours facile à dire. Mais je n'ai jamais douté de ton amour.

— Ce que tu as toujours ignoré, en revanche, c'est à quel point j'étais fière de toi, soupira Ann.

Et, en fin de compte, c'était par orgueil qu'elle avait gardé le silence.

— J'étais tellement heureuse la première fois que j'ai découvert ton visage dans un magazine !

Elle avala une gorgée de champagne, prête à tout confesser.

— Je les ai toutes gardées.

Margo cligna des yeux.

— Pardon ?

— Oui, toutes les photos. Mr Josh me les envoyait et

je les collais dans un album. Enfin, dans des albums. Il y en a tellement !

Elle considéra son verre vide d'un air étonné.

– Je crois que j'ai un peu trop bu.

Sans hésiter, Margo prit une bouteille dans le réfrigérateur et resservit du champagne à sa mère.

– Tu as gardé toutes mes photos et tu les as mises dans des albums ?

– Et les articles, et tous les petits échos, dit-elle en agitant son verre. Je t'avouerai que je n'ai pas toujours été ravie de ce qu'ils contenaient, mais je soupçonne ce garçon de ne pas m'avoir envoyé les pires.

Comprenant que *ce garçon* était Josh, Margo sourit.

– Il l'a certainement fait pour te protéger.

– Non. Pour toi, rectifia Ann en penchant la tête. S'il existe un homme follement amoureux, c'est bien lui. De quoi es-tu faite, Margo ? Serais-tu aussi maligne que ta mère pour t'être dégoté un bel homme qui te fera tourner la tête au lit et partout ailleurs ?

En voyant Margo pouffer de rire, Ann se ressaisit et reprit son air digne.

– C'est le champagne... Boire comme ça au milieu de la journée n'est pas raisonnable.

– Encore une petite goutte, tu repartiras en taxi.

– C'est probablement ce que je vais faire. Alors, qu'as-tu à répondre ? Vas-tu le laisser poireauter ou bien vas-tu te décider à l'emballer vite fait bien fait ?

Le laisser attendre lui avait paru une bonne idée, la meilleure même. Quoique, maintenant, elle n'en fût plus tout à fait certaine.

– Je vais y réfléchir. Maman... merci de m'avoir dit quel homme était mon père.

– J'aurais dû...

– Non, se surprit à lancer Margo. Assez de « j'aurais dû ». Sinon, nous risquons de passer la journée à nous les renvoyer à tour de rôle. Parlons plutôt de maintenant.

Ann fut obligée de ressortir son mouchoir.

— Finalement, je me suis mieux débrouillée que je ne l'aurais cru. Ma fille est vraiment très bien.

Touchée, Margo embrassa sa mère sur la joue.

— Disons qu'il reste encore pas mal de travail à faire. A propos, ajouta-t-elle, sentant qu'elles allaient se remettre à pleurer, reste tranquillement ici, et termine ton verre. Je dois ouvrir la boutique.

— J'ai des photos, dit Ann en avalant péniblement sa salive. J'aimerais te les montrer, un de ces jours.

— J'aimerais beaucoup les voir.

Avant de quitter la cuisine, Margo s'arrêta sur le seuil.

— Tu sais, maman, moi aussi, je suis fière de toi, et de ce que tu as fait de ta vie.

En longeant l'allée qui menait à la piscine, Josh entendit des éclats de rire. Les cris joyeux des petites filles mêlés au bruit des éclaboussures lui firent chaud au cœur. Arrivé devant le bassin, il sourit. Une course battait son plein.

Laura faisait manifestement exprès d'avancer à longues et lentes brasses. Lorsqu'elle nageait normalement, personne ne pouvait la battre. Quand ils étaient enfants, se faire régulièrement distancer par sa sœur rendait Josh fou de rage. Et ensuite, en tant que capitaine de l'équipe de natation du lycée, elle avait participé à des compétitions au niveau national et avait même failli être sélectionnée pour les jeux Olympiques.

Et maintenant, elle laissait ses filles la dépasser. Laura toucha l'extrémité du bassin quelques secondes après Ali.

— J'ai gagné ! s'exclama Ali dans une gerbe d'eau. Je t'ai battue de justesse !

Mais soudain elle fit une moue boudeuse.

— Oh, tu m'as laissée gagner...

— Je t'ai seulement accordé un handicap, dit Laura en caressant sa tête.

Elle sourit en voyant Kayla surgir à la surface de l'eau en haletant comme un petit chien.

– De même que tu as laissé un peu d'avance à ta sœur parce que tu es plus grande et plus forte qu'elle.

– Je veux gagner pour de vrai.

– Si tu continues comme ça, c'est ce qui finira par arriver, la rassura Laura avant d'embrasser Kayla sur le bout du nez. Vous nagez toutes les deux comme de vraies sirènes.

A ces mots, le visage d'Ali s'illumina et sa petite sœur se mit à battre des pieds et des mains avec un sourire rêveur.

– Je suis une sirène ! s'écria-t-elle. Je nage avec les dauphins !

– Mais, moi, je vais plus vite que toi !

Ali allait s'élancer quand elle aperçut la silhouette d'un homme en costume, grand, aux cheveux blonds... Les battements de son cœur s'accélérèrent. Mais lorsqu'elle essuya l'eau qui coulait dans ses yeux pour voir plus clair, elle réalisa que ce n'était pas son père.

– Oncle Josh...

– Oncle Josh ! Oncle Josh est là ! s'écria joyeusement Kayla. Viens dans l'eau avec nous. On est des sirènes.

– Ça se voit tout de suite. Mais je crains de ne pas avoir la tenue qui convient pour jouer avec des sirènes. Par contre, je veux bien les admirer.

Pour l'amuser, Kayla se mit à faire le poirier et des roulades sous l'eau. Ne voulant pas être en reste, Ali se hissa sur le plongeoir pour lui montrer que son style s'était nettement amélioré. Josh siffla d'admiration, applaudit et leur prodigua quelques conseils pendant que Laura s'essuyait énergiquement.

Elle avait maigri. Même un frère pouvait voir ça. Il fit un effort pour ne pas grincer des dents et continuer de sourire à ses nièces.

– Tu as une seconde ? lui demanda-t-il lorsqu'elle eut enfilé un peignoir en éponge.

– Bien sûr. Restez là où vous avez pied, les filles !

Il y eut quelques protestations, mais elles obéirent sagement toutes les deux.

– Un problème ?

– Pas précisément. Tu m'as dit l'autre jour vouloir prendre une part plus active dans l'entreprise...

Josh entraîna sa sœur vers un massif de fleurs, préférant que personne n'écoute leur conversation.

– Et j'ai exactement ce qu'il te faut.

– Je ne veux pas de ce poste, Josh, répliqua Laura en souriant et en passant ses doigts dans ses cheveux mouillés. Il est temps que je me reprenne en main. J'ai laissé beaucoup trop de choses m'échapper, mais ça ne m'arrivera plus.

– Si tu commences à te faire des reproches, tu vas me mettre de mauvaise humeur.

– Tu sais, pour qu'un mariage marche, il faut être deux...

Laura poussa un soupir en jetant un coup d'œil sur ses filles.

– Je suis seulement lucide, Josh. Ce que Peter a fait est inexcusable. C'est déjà terrible qu'il ne s'occupe pas de ses enfants, mais qu'il les ait dépouillées de leur argent...

– Et du tien, lui rappela-t-il.

– Et du mien, oui. Mais je vais tout récupérer. Ça prendra du temps, mais je vais tout lui reprendre.

– Tu sais, si tu as besoin d'argent...

– Non. Je n'en veux pas, ni de toi ni de papa et maman. Je refuse d'utiliser celui que je n'ai pas gagné moi-même. Du moins pas tant que les filles pourront s'en passer.

Elle esquissa un sourire et posa sa main sur le bras de son frère.

– Il faut être réaliste. Nous avons toutes les trois une belle maison, de quoi manger, et leur école est payée. Il y a pas mal de femmes dans ma situation qui n'ont plus rien.

– Ce qui n'empêche pas qu'elle est précaire. Pendant

combien de temps pourras-tu assumer les domestiques et les études des filles si tu t'entêtes à ne vivre qu'avec les bénéfices de la boutique ?

Laura avait pensé au problème du personnel. Comment les congédier après tant d'années ? Que deviendraient Mrs Williamson et le vieux jardinier Joe si elle était contrainte de réduire le nombre de ses employés ?

– La boutique rapporte pas mal, et puis j'ai les dividendes des actions Templeton – que je compte désormais toucher. J'ai du temps libre, Josh, et j'en ai plus qu'assez de le passer à siéger dans des comités ou dans des déjeuners pour des œuvres de charité. Ça, c'était le style de vie de Peter.

– Tu veux un boulot ?

– A vrai dire, je crois que je pourrais travailler à mi-temps. Je ne suis pas dans la misère, mais il est grand temps que je m'assume toute seule. Quand je vois Kate, et la façon dont elle a travaillé pour obtenir ce qu'elle voulait, ou Margo, et que je me regarde moi...

– Arrête.

– J'ai quelque chose à me prouver, dit-elle calmement. Et je compte le faire. Tu n'es pas le seul Templeton de cette génération qui s'y connaisse en matière d'hôtellerie. Je sais organiser des réceptions, des soirées, des fêtes... Bien sûr, il me faudra jongler entre la boutique et les filles.

– Quand peux-tu commencer ?

Elle se tourna vers lui, l'air stupéfait.

– Tu es sérieux ?

– Ecoute, Laura, Templeton te concerne autant que moi.

– Je ne m'y suis jamais vraiment intéressée de près. En tout cas, pas depuis des années.

– Et pourquoi ?

Elle leva les yeux au ciel.

– Parce que Peter ne voulait pas. Mon boulot, comme il me l'a souvent dit, consistait à être Mrs Peter Ridgeway.

Et l'avouer aurait toujours un côté humiliant, il lui fallait bien l'admettre.

– Tu sais quoi ? Je me suis aperçue, il y a environ un an, que mon nom ne figurait nulle part. Je n'existais pas.

Mal à l'aise, Josh regarda ses nièces qui faisaient un concours pour voir laquelle resterait le plus longtemps sous l'eau sans respirer.

– Le mariage est souvent une perte d'identité.

– Non, ce n'est pas vrai. En tout cas, ça ne devrait pas...

Le reconnaître revenait à mettre du sel sur ses plaies, mais...

– Mais j'ai laissé faire. Parce que j'ai toujours voulu être une fille parfaite, une épouse parfaite et une mère parfaite. Or, réaliser que je n'ai été rien de tout cela a été pour moi une vraie gifle en pleine figure.

Josh la prit par les épaules et la secoua légèrement.

– Et une sœur parfaite ? Dis-toi bien que tu n'entendras jamais un reproche de ma part.

Sincèrement touchée, Laura posa ses mains sur celles de son frère.

– Si j'étais une sœur parfaite, je te demanderais pourquoi tu n'as pas encore proposé à Margo de t'épouser.

Sentant qu'il cherchait à se dérober, elle resserra son étreinte.

– Vous vous aimez, vous vous comprenez, et je crois que vous avez en commun plus que la plupart des personnes que je connais, y compris la trouille de sauter le pas.

– Peut-être que je suis très bien comme ça.

– Ça te suffit, Josh ? Tu crois que tu pourras t'en contenter ? Et Margo aussi ?

– Dis-moi, tu insistes lourdement...

– C'est une des caractéristiques indispensables à une sœur parfaite.

Agacé, Josh s'éloigna de quelques pas et s'arrêta devant une rose en bouton qu'il tritura nerveusement.

– J'y ai déjà pensé. Le mariage, les gosses, et tout ce qui va avec, murmura-t-il. C'est un sacré changement. Et qui réserve pas mal de surprises.

– Tu as toujours aimé les surprises.

– Oui. Mais ce que Margo et moi avons en commun, c'est de faire ce que l'on veut quand ça nous plaît. Si je vis à l'hôtel depuis douze ans, c'est justement parce que j'aime bouger. Je trouve ça plus pratique. Et puis...

Josh cassa la tige de la rose et la tendit d'un air absent à Laura.

– Je l'ai attendue toute ma vie. Et je me suis toujours dit que le jour où ça arriverait, je prendrais mon temps. Un ou deux ans de rigolade et de bon temps – exactement ce qu'elle attend de moi. Et qu'ensuite je la préparerais doucement à l'idée de m'épouser.

Laura le regarda d'un air moqueur en hochant la tête.

– Tu parles de quoi ? D'une partie d'échecs ou d'une histoire d'amour ?

– Voici peu, ça ressemblait effectivement à une stratégie. J'avançais mes pions, coup par coup. Et je l'ai manipulée pour qu'elle tombe amoureuse de moi.

– Crois-tu vraiment ? fit Laura en passant la rose à la boutonnière de son frère. Décidément, les hommes sont de vrais nigauds !

Elle se hissa sur la pointe des pieds pour l'embrasser.

– Je te mets au défi de la demander en mariage.

Josh se retint pour ne pas faire une grimace.

– Tu n'aurais pas dû me dire ça comme ça.

– Une autre caractéristique de la sœur parfaite est justement de connaître parfaitement les faiblesses de son frère.

Ignorant ce qui se préparait, Margo raccompagnait une cliente jusqu'à la porte. Elle avait tellement mal aux pieds qu'elle se sentit soulagée en songeant que

Laura tiendrait la boutique le lendemain matin. Il était 17 h 45, elle allait fermer et partir quelques minutes plus tôt pour avoir le temps de se faire belle en vue du dîner fabuleux que Josh lui avait promis.

Les avantages de sa nouvelle vie commençaient à se faire sentir, se dit-elle en passant derrière le comptoir et en se débarrassant de ses chaussures. Non seulement elle était en train de prouver qu'elle avait un cerveau en plus d'un corps, mais elle avait découvert un nouvel aspect de ses origines à explorer.

Ses parents s'étaient aimés. Sans doute était-ce ridicule de la part d'une femme adulte d'y puiser autant de joie et de réconfort, mais elle avait le sentiment qu'une fenêtre s'était ouverte dans son cœur. Un sentiment éternel. Un amour irremplaçable. Cela pouvait exister !

Et elle raconterait à Josh ce qu'elle avait appris. Elle lui dirait ce en quoi elle croyait et ce qu'elle désirait. Une vraie vie. Une vie pleine.

Une vie de femme mariée.

Imaginer sa tête quand elle lui demanderait de l'épouser la fit éclater de rire. Elle devrait se montrer habile dans sa façon de formuler sa requête, décida-t-elle en transférant l'argent liquide dans le sac à déposer à la banque. Ce qui s'annonçait un défi subtil. Mais pas tant que ça.

Elle le rendrait heureux. Ils voyageraient ensemble dans le monde entier, iraient tous les deux dans tous ces endroits merveilleux qu'ils adoraient. Et ils reviendraient toujours à Monterey. Parce que c'était chez eux.

Elle avait mis beaucoup trop de temps pour accepter cela.

En entendant la porte s'ouvrir, elle dissimula son impatience et afficha un sourire. Soudain elle poussa un cri.

– Claudio !

En moins d'une seconde, elle avait fait le tour du comptoir et se précipitait vers l'homme séduisant et distingué qui venait d'entrer.

– C'est merveilleux ! s'exclama-t-elle en l'embrassant sur les deux joues avant de reculer pour mieux l'examiner.

Et, comme d'habitude, il était superbe. Ses cheveux très noirs et épais grisonnaient légèrement aux tempes et son visage lisse et bronzé mettait en valeur son nez aristocratique et ses yeux d'un beau marron chocolat.

– *Bella !* s'extasia-t-il en portant les deux mains de Margo à ses lèvres. *Molta bella.* J'avais décidé d'être fâché contre toi, *Margo mia*, mais maintenant que je te vois, je n'en ai plus le courage.

Elle éclata de rire et le détailla de haut en bas.

– Que fait le plus grand producteur italien dans ce trou perdu du bout du monde ?

– Je te cherchais, mon cher amour.

– Ah...

Ce n'était pas vrai, bien entendu. Mais ils s'étaient toujours merveilleusement compris.

– Eh bien, tu m'as trouvée.

– Oui, et j'en suis heureux...

Et il comprit qu'il n'avait plus à s'inquiéter. Elle était resplendissante.

– Je vois que les rumeurs que j'ai entendues en rentrant de tournage étaient finalement vraies. *La Margo* s'occupe d'une boutique.

Une lueur de défi dans les yeux, elle releva le menton.

– Et alors ?

– Et alors ? répéta-t-il en écartant les mains d'un geste expressif. Alors, c'est sensationnel !

– Attends, je vais te servir une coupe de champagne et tu me raconteras ce que tu es venu faire à Monterey.

Il lui adressa un clin d'œil et prit le verre qu'elle lui tendait.

– J'avais des affaires à régler à Los Angeles. Comment pouvais-je passer si près sans venir te voir ?

– C'est très gentil à toi. Et ça me fait très plaisir.

– Tu aurais dû m'appeler lorsque tu as eu tous ces ennuis.

Margo se contenta de hausser les épaules, pour elle cette histoire remontait à une éternité.

– Je m'en suis finalement sortie.

– Cet Alain... Quel porc !

Claudio se mit à arpenter fébrilement la boutique, comme s'il était sur un plateau de cinéma, en traitant Alain de tout un tas de noms encore moins sympathiques.

– Ce n'est pas moi qui te contredirais ! s'esclaffa Margo lorsqu'il se fut calmé.

– Si tu avais appelé mon bureau, ou le studio, j'aurais immédiatement sauté sur mon cheval ailé pour venir à ton secours.

Elle se le représentait sans mal. Claudio faisait partie des très rares hommes qui n'auraient pas eu l'air complètement ridicule sur un cheval ailé.

– Je m'en suis sortie toute seule, mais je te remercie.

– Je sais que tu as perdu Bella Donna, et j'en suis navré.

– Je l'ai été aussi. Mais aujourd'hui je suis passée à autre chose.

Claudio inclina la tête avec une moue dubitative.

– *Margo mia !* Toi, en commerçante ?

– Absolument.

– Viens, fit-il en prenant sa main. Laisse-moi t'emmener loin d'ici. Viens à Rome avec moi. J'ai un nouveau projet qui démarre dans quelques mois. Il y a un rôle parfait pour toi, *cara*. Une fille courageuse, sexy, belle à se damner. Et sans cœur.

Elle éclata d'un rire ravi.

– Tu me flattes, Claudio. Il y a six mois, j'aurais dit oui sans hésiter une seconde, sans même me soucier du fait que je ne suis pas actrice. Mais à présent, je dirige une affaire.

– Eh bien, laisse une autre personne s'en occuper. Et viens avec moi. Je m'occuperai de toi.

Il s'approcha, joua avec une mèche de ses cheveux, mais son regard était sérieux.

— Et nous vivrons enfin l'histoire d'amour que nous méritons tous les deux.

— Nous ne sommes jamais allés si loin, c'est vrai. C'est même sans doute pour cela que nous sommes encore amis. Non, Claudio, merci, mais ta proposition me touche beaucoup.

— Je ne te comprends pas, reprit-il. Tu n'es pas faite pour rendre la monnaie et vendre des babioles... *Dio ! Ma*... ce sont tes assiettes !

Il s'arrêta brusquement devant une étagère, l'air suffoqué.

— Je me souviens très bien, tu m'as servi *la pasta* dans ces assiettes.

— Tu as l'œil, murmura Margo.

Peu à peu, il reconnut des objets qu'il avait admirés dans son appartement de Milan.

— Quand on m'a dit que tu vendais tes affaires, j'ai cru que c'était une blague, une mauvaise blague. Quelqu'un comme toi n'aurait jamais dû en arriver là !

— A t'entendre, on dirait que je vis dans une poubelle au fond d'une impasse.

— C'est humiliant, dit-il entre ses dents.

— Mais non, pas du tout...

Elle faillit répliquer sur un ton cassant, mais se reprit. Il ne pensait qu'à elle. Du moins, à la femme qu'il avait connue. Or, nul doute que cette Margo-là se serait sentie humiliée.

— Pas du tout. C'est ce que j'ai cru moi aussi, mais je m'étais trompée. Tu veux que je te dise, Claudio ?

Il jura à nouveau, envisageant sérieusement de la jeter en travers de son épaule pour l'emporter loin d'ici.

— Oui, je t'écoute.

Elle se plaça en face de lui de façon qu'ils soient les yeux dans les yeux.

— C'est très amusant.

Il faillit s'étrangler.

— Amusant ?

– Formidablement, merveilleusement, follement amusant ! Et tu sais quoi ? Je suis douée. Réellement douée !
– Ce n'est pas une plaisanterie ? Tu es vraiment satisfaite ?
– Mieux que ça, je suis heureuse. Cette boutique est à moi. J'ai poncé les planchers, fait les peintures...

Claudio pâlit légèrement et porta une main à son cœur.

– Je t'en prie, tu veux me faire mourir.
– J'ai frotté les carrelages, poursuivit-elle en riant et en le serrant dans ses bras. Et j'ai adoré ça !
– Je veux bien encore un peu de champagne, s'il te plaît.
– D'accord, mais viens d'abord jeter un coup d'œil là-haut.

Margo remplit leurs verres, et le prit affectueusement par le bras.

– Et je vais t'expliquer ce que tu peux faire pour moi.
– Tout ce que tu voudras.
– Tu connais énormément de gens. Des gens qui se lassent des objets et des vêtements qu'ils achètent d'une année sur l'autre. Tu leur donnes mon nom, et je les débarrasserai de tout ce dont ils ne veulent plus.
– Seigneur...

Ce fut tout ce que Claudio trouva à répondre lorsqu'ils s'engagèrent dans l'escalier.

La première chose que Josh remarqua en arrivant dans la boutique fut le sac contenant la recette. Devant une telle négligence, il hocha la tête, ferma la porte à clé, se glissa derrière le comptoir pour ranger le sac dans le tiroir-caisse et aperçut ses chaussures.

Il faudrait qu'ils aient une petite conversation sur les précautions de base à respecter, mais cela pouvait attendre. Dans sa poche, il avait la bague de sa grand-mère. L'excitation qu'il avait ressentie en la retirant du coffre-fort ne l'avait pas quitté. Le diamant russe taillé en carré semblait avoir été fait pour Margo. D'une finesse et d'une beauté stupéfiantes, il brillait d'un feu glacé.

Grâce à ce bijou, il allait l'éblouir. Il irait même jusqu'à mettre un genou à terre – non sans l'avoir d'abord amadouée avec un peu de champagne. Avec Margo, mieux valait se montrer prudent.

L'idée même de mariage la ferait probablement sursauter, mais à force de mots doux, il finirait bien par la convaincre. Si nécessaire, il irait même jusqu'à la séduire. Ce qui ne serait en rien un sacrifice. L'imaginer ne portant pour seule parure que le diamant l'aida à se calmer un peu.

Assez rigolé, se dit-il. Il était temps de passer aux choses sérieuses.

Il grimpa l'escalier, et allait l'appeler lorsqu'il entendit fuser son rire magnifique. Il s'apprêtait à sourire lorsqu'un rire d'homme répondit à celui de la jeune femme.

Sans doute un client, songea-t-il, cédant malgré lui à une jalousie ombrageuse. Mais lorsqu'il arriva devant la porte ouverte du boudoir, une colère aveugle le submergea.

Elle était lovée dans les bras d'un homme, et le baiser qu'ils échangeaient ne laissait aucun doute sur leurs relations.

Pris d'une soudaine envie de meurtre, Josh serra les poings et étouffa un grognement furieux. Mais l'orgueil était un sentiment aussi violent que la soif de vengeance. Aussi se drapa-t-il dans son amour-propre lorsque Margo se retourna vers lui.

– Claudio, ronronna-t-elle de sa délicieuse voix rauque, je suis vraiment contente de t'avoir revu. J'espère que nous...

En apercevant Josh, une série d'émotions défilèrent sur son visage. La surprise, le plaisir, la culpabilité, l'amusement... L'amusement, toutefois, ne dura pas. Il la fixait d'un regard dur, et, malheureusement, pas très difficile à interpréter.

— Josh...

— Tu ne m'attendais pas, je sais, fit-il d'un ton glacial. Mais je pense qu'il n'est pas nécessaire que je te présente mes excuses.

— C'est un ami de Rome... commença-t-elle.

Le regard qu'il lui lança la dissuada d'essayer de se justifier davantage.

— Epargne-nous les présentations, Margo. Je n'ai pas l'intention de t'empêcher de divertir ton ami plus longtemps.

— Josh... Attends !

Mais il était déjà au milieu de l'escalier.

Il lui jeta un ultime regard cinglant avant de tourner la clé dans la serrure.

— Si tu tiens à rester entière, je te conseille de garder tes distances.

— *Cara*...

Claudio posa sa main sur l'épaule de Margo qui, toute frémissante, se tenait au bas des marches.

— Je suis étonné qu'il ne nous ait pas tués tous les deux.

— Il faut à tout prix que je lui parle. Que je l'oblige à m'écouter. Tu as une voiture ?

— Oui, bien sûr. Mais je te suggérerais de lui laisser le temps de se calmer.

— Avec Josh, ça ne marche pas comme ça, répliqua-t-elle en attrapant son sac, et en oubliant ses chaussures. Je t'en prie, Claudio, il faut absolument que tu m'emmènes.

21

Quand elle arriva dans leur suite à l'hôtel, elle était folle de rage. Mais être en colère et furieuse valait mieux qu'être terrorisée.

Le regard glacial et dégoûté de Josh et le ton cinglant de sa voix l'avaient en effet terrifiée. Et ça, elle ne le tolérerait pas. Pas une seconde. Il devrait se traîner à ses pieds et lui présenter ses excuses.

– Josh Templeton, espèce d'immonde salaud ! hurla Margo en claquant la porte derrière elle. Comment as-tu le culot de me planter comme ça ? Comment oses-tu m'humilier ainsi devant un ami ?

Son cœur faillit s'arrêter lorsqu'elle l'aperçut devant l'armoire, en train d'empiler tranquillement ses affaires dans un sac.

– Qu'est-ce que tu fais ?
– Mes bagages. Je vais faire un saut à Barcelone.
– Il n'en est pas question ! Tu ne crois quand même pas que tu vas t'en tirer comme ça !

Elle fit deux pas dans sa direction, avec l'intention de lui arracher les vêtements des mains, lorsque Josh se tourna brusquement vers elle.

– Ne fais pas ça, dit-il simplement d'une voix qui lui fit froid dans le dos.

– C'est complètement puéril, commença-t-elle en sentant à nouveau la panique l'envahir. Tu ne mérites aucune explication, mais je vais ignorer ton attitude révoltante et t'en donner une quand même. Claudio et moi...

– Je ne t'ai rien demandé.

Et d'un mouvement rapide, il ferma la fermeture Eclair de son sac.

– Non, dit-elle lentement, parce que, bien entendu, tu as déjà tiré des conclusions sur ce que tu as vu, sur ce que cela signifie, et sur ce que je suis.

– Je vais te dire ce que j'ai vu.

Josh enfonça les mains dans ses poches pour ne pas céder à la tentation de les refermer autour de son cou. Ses doigts frôlèrent l'écrin en velours, et sa fureur redoubla.

— Je t'ai vue dans une chambre, en train de boire du champagne, et *tout* ça dans une ravissante lumière douce, follement romantique... Et ta bouche était sur celle d'un homme — un type dans le genre de ceux que tu préfères, si je ne m'abuse. La cinquantaine, riche et étranger.

Il souleva son sac.

— Ce qui signifie, Margo, que je suis arrivé au milieu du premier acte. Je te laisse imaginer ce que j'ai pu ressentir.

Elle aurait préféré qu'il la frappe plutôt que ce ton détaché et glacial. C'eût été moins douloureux.

— Parce que c'est ce que tu crois ?

Josh hésita. Comment arrivait-elle à prendre l'air aussi meurtrie ? Comment osait-elle essayer de lui faire croire qu'elle souffrait alors qu'elle venait d'arracher et de piétiner son cœur ?

— Tu as vendu du sexe toute ta vie, duchesse. Pourquoi changerais-tu ?

Le peu de couleur aux joues que Margo avait encore s'évanouit d'un seul coup.

— Je suppose qu'on peut dire ça. J'ai apparemment commis l'erreur de me donner à toi gratuitement.

— Rien n'est jamais gratuit, rétorqua-t-il en détachant chaque mot. Et tu y as trouvé ton compte. Je remplis la plupart des conditions, non ? Je ne suis pas assez vieux pour être ton père, mais je me qualifie pour le reste. Je suis riche, passionné et irresponsable. Rien d'autre qu'un de ces fils à papa qui vivent de la fortune familiale.

— Ce n'est pas vrai ! s'écria-t-elle avec un mouvement de colère. Je ne pense pas du tout que...

— Nous savons toi et moi ce que nous pensons l'un de l'autre, dit-il plus calmement. Tu n'as jamais eu plus de respect pour moi que tu n'en as pour toi-même. J'ai cru pouvoir surmonter cela, mais j'ai eu tort. Je t'ai avertie dès le début que je refusais de partager.

– Josh... dit-elle en s'avançant vers lui.

Il jeta le sac sur son épaule.

– J'aimerais que tu quittes cette suite avant la fin de la semaine.

– Oui, bien sûr.

Lorsqu'il passa devant elle, Margo resta immobile. De même qu'elle ne versa pas une larme en entendant claquer la porte. Elle se contenta de se laisser tomber par terre et de se balancer, la tête entre les bras.

– Byron De Witt a accepté de reprendre le poste de Ridgeway. Il est d'accord pour s'installer en Californie d'ici six à huit semaines.

– Parfait.

Thomas but une gorgée de café et échangea un regard avec sa femme, leur fils allait et venait dans la salle à manger comme un lion en cage.

– C'est un type bien. Il est malin. Et obstiné.

– Tu comptes revenir bientôt, demanda Susan en croisant les jambes.

– Ce n'est pas nécessaire. Tout est rentré dans l'ordre. Je n'ai pas réussi à convaincre notre vieux chef cuisinier de reprendre sa place ici, ajouta Josh avec un bref sourire, mais j'ai piqué celui du *BHH*, et il s'en tire très bien.

– Hmm, fit Susan.

Il devait revenir, songea-t-elle, et elle s'y emploierait.

– Et comment se débrouille Laura avec les Conventions ?

– C'est une Templeton...

Josh attrapa une bouteille de cognac, mais la reposa en se disant que c'était trop facile, et décida de s'en tenir au café.

– Elle sait très bien s'y prendre.

Susan haussa les sourcils, signal que la balle était à nouveau dans le camp de son mari, lequel réagit au quart de tour.

— Et elle s'occupe en même temps de la boutique. Elle n'en fait pas trop, j'espère ?

— Kate dit que non. Et on peut se fier à elle.

— Je serais plus tranquille si l'un de nous pouvait la surveiller du coin de l'œil quelque temps. Elle traverse un moment difficile.

— Tu sais, papa, elle se débrouille très bien. Et puis je ne peux pas passer mon temps à jouer les baby-sitters.

— Tu as l'air fatigué, dit doucement Susan. C'est sans doute ce qui te rend grincheux. Tu te souviens, Tommy, comme il braillait lorsqu'il n'avait pas assez dormi ?

— Bon sang, je ne suis pas de mauvaise humeur ! J'essaie seulement d'être efficace. Je dois être à Glasgow demain après-midi. Je n'ai pas le temps de...

En voyant ses parents lui sourire avec indulgence, il se reprit un peu.

— Excusez-moi.

— Ce n'est pas grave, dit Thomas en lui donnant une tape affectueuse dans le dos. Ce dont tu as besoin, c'est d'un petit verre, d'un cigare et d'une bonne partie de billard.

Josh frotta ses yeux fatigués. Depuis quand n'avait-il pas dormi une nuit d'affilée ? Deux semaines ? Trois ?

— Ça ne peut pas me faire de mal, convint-il à voix basse.

— Vas-y, Tommy, prépare ce qu'il faut pour cette partie entre hommes, dit Susan en tapotant le coussin à côté d'elle. Je voudrais que Josh me tienne compagnie encore quelques minutes.

— Cinquante dollars le point, cria Thomas avant de quitter le salon.

— Il va me flanquer une raclée, grommela Josh. Comme d'habitude.

— Nous avons tous nos points faibles, sourit Susan

en tapotant gentiment son genou. Alors, vas-tu m'expliquer enfin ce qui s'est passé entre toi et Margo ?

— Kate ne t'a pas encore fait un rapport complet ?

Elle ignora l'irritation qui perçait dans sa voix, désolée d'y sentir autant d'amertume.

— Les rapports sont parfois tendancieux. Et, apparemment, Margo s'entête à ne pas ouvrir la bouche. Tout ce que Kate a réussi à lui extorquer, c'est que vous avez décidé tous les deux d'en rester là.

— Il n'y a effectivement rien de plus à dire.

— Et tu penses que je suis prête à croire ça, alors que tu es là avec cet air bougon et malheureux ?

— Je l'ai trouvée avec un autre homme.

— Joshua ! s'écria Susan en reposant brusquement sa tasse. Non, ce n'est pas possible !

— Je suis monté dans la chambre, je les ai surpris.

Elle ne put empêcher son cœur de se serrer à l'idée de ce qu'il avait dû ressentir. Mais elle hocha vigoureusement la tête.

— Tu as dû interpréter de travers.

— Qu'est-ce que tu veux que j'interprète de travers ? tonna-t-il en se relevant d'un bond et en se remettant à arpenter la pièce. Je suis entré, et elle embrassait un homme. Un certain Claudio.

— Oh ! fit Susan, toute retournée. Et... que t'a-t-elle donné comme explication ?

Josh s'arrêta pour dévisager sa mère d'un air ahuri.

— Parce que tu crois que je suis resté à attendre ses explications ?

Susan reprit sa tasse en soupirant.

— Non, naturellement. Tu as filé comme un fou en les insultant. Je suis même étonnée que tu n'aies pas passé cet homme par la fenêtre !

— J'y ai pensé, avoua Josh d'un air ravi. J'ai même envisagé une seconde de les y balancer tous les deux. Mais j'ai finalement jugé plus... civilisé de disparaître...

— Plus digne du têtu que tu es, oui ! Oh, Joshua, tu

me fatigues à t'agiter comme ça ! Tu aurais tout de même dû écouter ce que Margo avait à dire.

— Je ne voulais... je ne veux ni excuse ni explication. J'ai fermé les yeux sur la horde d'hommes qu'elle a connus avant moi, mais...

Cette fois, ils étaient vraiment au cœur du problème.

— En es-tu certain ?

— En tout cas, je m'y suis efforcé...

Décidant qu'il avait bel et bien besoin d'un cognac, Josh se servit un verre et revint s'asseoir à côté de sa mère.

— Le jour où je l'ai trouvée en train de poser entièrement nue dans notre lit, je n'ai rien dit. Je me suis mordu la langue, mais je me suis tu. C'était pour les affaires. Et lorsque nous sortons dîner au restaurant et que tous les hommes se retournent sur son passage, je fais comme si je ne voyais rien. Enfin, presque.

— J'ai honte de moi. Le garçon que j'ai élevé n'est qu'un imbécile jaloux.

— Merci de ta compréhension.

— Ecoute-moi. Je comprends qu'il soit d'une certaine façon difficile d'aimer une femme comme Margo. Elle attire les hommes et les fait rêver.

— Très aimable à toi, fit-il en avalant une gorgée de cognac. Je me sens déjà nettement mieux.

— Le problème, c'est que c'est celle dont tu es tombé amoureux. Aussi, laisse-moi te poser une question. Est-ce parce qu'elle a un visage magnifique et un corps splendide ? Est-ce seulement ce que tu vois en elle quand tu la regardes ?

— Non, soupira Josh. Ce n'est pas pour ça que je l'aime. C'est un être chaleureux, audacieux et obstiné. Elle a plus de courage et de cervelle qu'elle ne le croit. Et elle est généreuse, loyale...

— Oui, loyale ! répéta Susan avec un sourire satisfait. J'espérais bien que tu n'oublierais pas de mentionner ce détail. C'est même une de ses plus grandes qualités. Et une femme qui a un sens de la loyauté comme Margo n'aurait jamais fait ce dont tu l'accuses. Alors, rentre chez toi, Josh, et réfléchis bien.

Il reposa son verre et ferma les yeux.

— Ce n'est pas le seul problème. Le plus dur a été de prendre conscience de ce qu'il y avait exactement entre nous. Lui dire que je l'aimais n'était pas suffisant. Et le lui montrer non plus. Elle resterait sûrement sans voix si je lui avouais ce que je désire par-dessus tout.

— Qu'est-ce que tu souhaites ? demanda Susan avec un tendre sourire. Ne t'en fais pas, je ne pense pas que moi je resterai sans voix.

— Tout, dit-il dans un murmure. D'habitude, Margo comprend tout, mais pas cette fois. En ce qui nous concerne, elle ne pense pas mariage, famille ou engagement. Elle ne voit en moi qu'une espèce d'enfant gâté qui s'intéresse plus à perfectionner son revers au tennis qu'à apporter sa contribution à son patrimoine ou à construire sa vie.

— Je crois que tu vous sous-estimes tous les deux. Et tu ne feras que la conforter dans son opinion si tu la quittes sans en avoir parlé avec elle.

— Si j'étais resté, je l'aurais étranglée. Je n'imaginais pas qu'elle pouvait me faire autant de mal. J'ignorais même qu'une personne avait le pouvoir de me faire souffrir à ce point.

— Je sais. Je suis désolée... Lorsque tu étais petit, j'arrivais toujours à te consoler en te prenant sur mes genoux et en te serrant fort contre moi.

Josh regarda sa mère. Il l'adorait.

— Alors, essayons dans l'autre sens... sourit-il en l'installant sur ses genoux. Je sens déjà que ça marche.

Kate fit un saut à la boutique au milieu de l'après-midi. Elle avait été obligée de prendre quelques heures sur son travail, mais elle adorait jouer les messagers.

— Comment vont les troupes ?

Laura leva les yeux en reposant la machine pour les

cartes de crédit sous le comptoir. Machinalement, elle jeta un coup d'œil à sa montre pour vérifier qu'elle n'avait pas laissé passer l'heure. Elle devait prendre les filles à leur cours de danse à 18 h 30 pile.

— Plutôt bien... Mais que fais-tu ici, à cette heure de la journée ?

— Je fais une pause. Où est Margo ?

— Près de la cabine d'essayage, avec des clientes. Kate, fit Laura en baissant la voix, nous avons vendu mes rubis.

— Le collier ? Oh, mais tu l'adorais !

Laura haussa les épaules.

— Peter me l'avait offert pour nos cinq ans de mariage – avec mon argent, évidemment. Je suis contente d'en être débarrassée.

En outre, la part qui lui reviendrait lui permettrait de payer l'école des filles l'année suivante.

— Mais ce n'est pas tout. Mon directeur m'a appelée ce matin pour m'annoncer qu'il m'augmentait.

Kate attendit un instant avant de s'étonner :

— La fille des propriétaires a un directeur et reçoit des augmentations ? Décidément, je ne comprends rien à la vie.

— J'ai voulu commencer en bas de l'échelle. Ça me semble plus juste.

— D'accord, d'accord... fit Kate en levant une main pour lui éviter de continuer à se justifier.

Elle comprenait parfaitement le besoin de se prouver ce qu'on valait. C'était ce qu'elle-même avait cherché toute sa vie.

— Félicitations, ma vieille ! Eh bien, alors, tout le monde est heureux.

Laura poussa un soupir en hochant la tête en direction de la pièce à côté.

— Hélas, non !

— Elle est toujours aussi stoïque et têtue ?

— J'ai envie de la secouer comme un prunier, gronda Laura d'un air farouche. Elle n'arrête pas d'aller et venir comme si tout allait pour le mieux du monde. Comme si quelques couches de beige ivoire suffisaient à cacher les cernes qu'elle a sous les yeux !

— Elle refuse toujours de rentrer à la maison ?

— L'hôtel du club lui convient, paraît-il, à merveille. Elle s'y plaît beaucoup... La prochaine fois qu'elle me dit ça, je lui écrase le nez. Et elle s'est déjà trouvé une excuse pour ne pas nous accompagner à la chasse au trésor ce week-end. Le dimanche est le seul jour où elle a le temps de se faire faire les mains. Tu parles !

— Oh, je vois que tu es furibarde ! Tant mieux ! Tu vas adorer ce qui va se passer quand j'aurai réussi à la coincer.

Avec une rapidité et une force surprenantes, Laura empoigna le bras de Kate par-dessus le comptoir.

— Qu'est-ce qu'il y a ? Qu'est-ce que tu vas lui faire ? On peut peut-être s'y mettre à deux ?

— C'est une idée. Ecoute, je – zut, la voilà ! Fais comme moi.

Margo aperçut Kate et lui jeta un regard étonné tout en continuant à bavarder avec ses clientes.

— Vous ne pouviez pas mieux choisir. Cette jupe rouge Saint Laurent va attirer tous les regards.

La femme qui tenait la jupe à la main se mordilla la lèvre.

— Tout de même, il est encore un peu tôt pour acheter les tenues de soirée des prochaines vacances.

Margo sourit, mais Laura remarqua la dureté de son regard.

— Il n'est jamais trop tôt. Surtout pour un vêtement aussi spécial.

— Le prix est intéressant, reprit la cliente en caressant le satin. Je n'ai jamais pu m'offrir de grandes marques.

— Eh bien, il est temps ! Et c'est à ça que sert *Faux-Semblants*. A donner à tout le monde la chance d'accéder au luxe.

— Arrête de tergiverser, soupira son amie en la poussant vers la caisse. Moi, je craque pour cet ensemble en velours vert. Je le prends.

— Vous avez raison. Il vous va à merveille. Je suis désolée que nous n'ayons pas de chaussures assorties.

— Oh, j'en trouverai sûrement, et sinon, je le porterai pieds nus ! Allez, Mary Kay, sors ta carte de crédit. Vis un peu !

Cinq minutes plus tard, Margo revenait en se frottant les mains.

— Et voilà ! Encore une victime satisfaite ! Euh, je veux dire une cliente ! Qu'est-ce que tu fais ici, Kate ? Tu n'avais plus d'encre rouge ?

— Oh, ça, j'en ai toujours en réserve. J'avais des courses à faire, alors je suis partie plus tôt. Et puis, je voulais voir comment se portait mon investissement.

— Tu veux vérifier les comptes ?

— Non, pas avant le premier de l'an, répondit-elle allégrement. Quelle ristourne me fait ma chère associée sur ces verres à vin, ceux avec le bord doré ? Le petit-fils de mon patron se marie.

Margo décida de s'accorder une cigarette.

— Aucune. Tu paies plein tarif et tu touches ta part de bénéfice.

— Tu es dure ! Bon, alors emballe-les-moi. Mais je veux que ce soit Laura qui fasse le paquet. Toi, tu ne sais toujours pas t'y prendre.

Margo lui lança un sourire mielleux.

— Excuse-moi, mais c'est l'heure de la pause. Fais-le toi-même.

— On ne peut plus se faire servir correctement, grommela la jeune femme.

Mais elle adressa un sourire complice à Laura en prenant la boîte qu'elle lui tendait.

— Oh, au fait, devine qui a appelé au bureau, juste avant que je ne parte ?

— Donald Trump, parce qu'il cherche une comptable.

— J'aimerais bien, dit-elle en se tournant vers Margo. Josh.

Elle la vit se figer, sa cigarette au bord des lèvres.
- Bon, je crois que je ferais mieux d'aller ranger les affaires que Mary Kay et sa copine ont essayées.

Margo écrasa nerveusement sa cigarette, mais imperturbable, Kate poursuivit :
- Il est revenu.
- Quoi ? s'exclama Margo. Il est ici !
- Ben oui, à l'hôtel. Donne-moi un beau ruban argenté, Laura. Il avait une affaire à régler, ajouta-t-elle en souriant malicieusement à Margo. Une affaire qu'il avait... laissée en suspens.
- Et tu n'as évidemment rien trouvé de mieux que de te précipiter ici pour me jeter la nouvelle à la figure.
- Non, plutôt pour te mettre le nez dans ton caca.
- Voilà une façon grossière mais efficace de s'exprimer, commenta Laura, arrachant un regard surpris à Margo.
- Je m'attendais à mieux de ta part.
- Tu ne devrais pas, répliqua Laura en frisant le ruban d'un geste expert. Si tu ne veux pas nous raconter ce qui s'est passé entre vous, libre à toi. Mais ne t'attends pas qu'on reste les bras ballants à te regarder te morfondre.
- Je ne me morfonds pas du tout !
- Il y a déjà des semaines que nous n'arrêtons pas d'essuyer derrière toi le sang qui s'écoule de ton cœur, déclara Kate en donnant sa carte de crédit à Laura. Regarde les choses en face, ma vieille, tu n'es plus drôle du tout !
- Et l'amitié se limite à ça ? A vous faire rire ? J'espérais plus de compréhension de votre part ! Un peu de sympathie, un minimum de compassion.
- Désolée, fit Laura en introduisant la carte dans la machine, on n'en a plus en magasin.
- Eh bien, allez vous faire voir ! hurla Margo en attrapant son sac. Toutes les deux !
- On t'aime, tu sais.

A ces mots elle pivota vers Kate et la regarda dans les yeux.

– Tu es vraiment dégueulasse de me dire ça.

Voyant que Kate lui souriait, Margo voulut lui rendre son sourire mais elle laissa tomber son sac et éclata en sanglots.

– Oh, merde ! fit Kate en la prenant dans ses bras. Bon sang ! Laura, ferme la porte ! Pardon, Margo. Je suis désolée. C'était un mauvais plan. Je croyais que tu allais te mettre en colère et foncer lui régler son compte. Qu'est-ce que t'a fait ce salaud, ma chérie ? Je vais aller lui dire deux mots.

– Il m'a plaquée...

Affreusement honteuse, Margo pleurait à gros sanglots sur l'épaule de son amie.

– Il me déteste... Je préférerais le voir mort. J'aurais mieux fait de coucher avec Claudio.

– Attends, qu'est-ce que tu dis ?

D'une main ferme, Kate l'aida à se relever et Laura lui apporta une tasse de thé.

– Qui est Claudio ?

– C'est un ami, rien de plus. Je n'ai jamais couché avec lui.

Ses larmes étaient si brûlantes qu'elle avait l'impression que ses yeux étaient en feu.

– Et encore moins quand Josh nous a trouvés dans la chambre.

– Oh, oh !...

Kate roula des yeux vers Laura.

– C'est un vaudeville à la française ou une tragédie grecque ?

– Kate, ça suffit. Viens, Margo, allons nous asseoir. Et cette fois, raconte-nous tout.

– Seigneur, je me suis sentie complètement ridicule !

Et maintenant qu'elle avait déversé tout ce qu'elle avait sur le cœur, elle se sentait en plus complètement vide.

— C'est lui qui est ridicule, rectifia Laura. D'avoir tiré des conclusions aussi vite.

— Ecoute, il a des circonstances atténuantes, dit Kate en tendant un Kleenex à Margo. La situation n'avait rien d'évident. Même s'il est exact qu'il n'aurait pas dû partir sans t'avoir écoutée. Mais essaie de te mettre un peu à sa place.

— C'est ce que j'ai fait, dit Margo en cessant brusquement de pleurer. Je ne lui reproche rien.

— Je n'irais pas jusque-là, répliqua Kate.

— Non, je t'assure. Etant donné mon passé, pourquoi me ferait-il confiance ?

— Parce qu'il t'aime, répondit Laura. Et parce qu'il te connaît.

— C'est ce que j'ai cru. Mais aujourd'hui je sais que je me trompais. Il est persuadé que je prends notre histoire comme un jeu follement amusant. Et il vaut sans doute mieux que tout cela soit arrivé avant que je...

— Que quoi ? insista Kate.

— Que je lui demande de m'épouser.

Elle se couvrit le visage à deux mains, mais cette fois ce fut le rire qui l'emporta.

— Vous vous rendez compte ? J'allais lui faire une demande en mariage ! Je me préparais à planter le décor – chandelles, vin, musique – et une fois qu'il aurait été entortillé, je lui aurais posé la question. Comme ça, de but en blanc.

— Mais c'est merveilleux ! C'est absolument parfait, bredouilla Laura en se mettant à pleurer à chaudes larmes à son tour.

Kate attrapa un mouchoir pour essuyer ses yeux qui s'embuaient eux aussi.

— Et je pense que tu devrais l'appeler.

— Mais il ne veut même pas me voir, renifla Margo.

— Ecoute, ma vieille, tu te ravales un peu la façade, tu enfiles une tenue adéquate, et il n'aura pas l'ombre d'une chance.

Le risque était énorme. Margo était persuadée qu'il ne viendrait pas, ou, dans le cas contraire, qu'il refuserait de l'écouter. Mais elle avait envie d'y croire une dernière fois. Serrant la pièce d'or au fond de sa poche, elle fit quelques pas sur la pelouse.

La maison était exactement telle que Kate la lui avait décrite : un magnifique exemple du plus beau style hispano-californien, avec des fenêtres en arrondi et des tuiles rouges à l'ancienne sur le toit. La porte nichée en retrait sous la tourelle de l'entrée principale s'ornait de carreaux de céramique décorés de fleurs, entourée de bougainvillées qui s'épanouissaient avec une belle exubérance. Et le panorama...

Margo respira profondément. La mer et les falaises s'étendaient à perte de vue au-delà de la petite route sinueuse. Peut-être Seraphina s'était-elle promenée ici en pleurant son amour perdu. Mais Margo préféra penser qu'elle y était venue avec Felipe, la tête pleine de rêves et le cœur rempli d'espoir. Et de l'espoir, elle en avait bien besoin, se dit-elle en voyant la voiture de Josh s'engager dans l'allée qui serpentait jusqu'à la maison.

Oh, Seigneur, une dernière chance ! Juste une. Cette fois, ce serait tout ou rien.

Le cœur battant à tout rompre, elle le regarda descendre de voiture. La brise jouait dans ses cheveux et le soleil se reflétait sur ses lunettes noires. Elle ne put distinguer son regard. Sa bouche était pincée, et son air glacial.

– Je n'étais pas sûre que tu viendrais.
– Je te l'avais pourtant dit.

Il était encore tout étonné de son coup de fil. Il l'avait reçu au moment même où, en se traitant de tous les noms, il s'apprêtait à décrocher son téléphone pour l'appeler.

– C'est une de tes trouvailles ? fit-il en admirant la maison.

– Non, je n'en suis pas encore là. Elle appartient à une cliente de Kate qui vient de déménager.

Elle arrivait à respirer presque régulièrement et se félicita du ton mesuré de sa voix.

– J'ai pensé que ce serait mieux de se rencontrer en terrain neutre.

– Très bien...

Il avait tellement envie de la toucher qu'il en avait les nerfs à vif.

– Tu veux qu'on commence par les formules d'usage ? Comment vas-tu ? Comment marchent les affaires ?

– Non.

Margo sentait déjà l'humiliation la gagner, mais elle l'accepta. Elle l'avait déjà perdu une fois. Désormais, elle pouvait tout supporter.

– Je voudrais éclaircir un point pour que l'on n'en parle plus jamais. Je n'ai pas couché avec Claudio. Et ça n'est jamais arrivé. C'est un de mes rares vrais amis. Et ce n'est pas pour que tout entre nous redevienne comme avant que je t'en parle, d'ailleurs je ne le veux pas. Mais parce qu'il m'est insupportable que tu continues à croire que je t'ai trahi.

– Je te présente mes excuses, articula Josh avec raideur.

Il avait toujours autant envie de la toucher. Il avait répondu à son appel parce qu'il voulait la supplier de revenir vivre avec lui, de lui pardonner sa négligence, sa jalousie, et elle lui jetait à la figure qu'elle ne voulait plus de lui.

– Et je ne veux pas de tes excuses. J'aurais sans doute réagi de la même façon que toi, si j'avais été à ta place.

Margo tourna la tête et lui sourit.

– Enfin, après t'avoir arraché les yeux et tranché la gorge.

– J'ai bien failli le faire, admit-il en s'efforçant d'adopter un ton aussi léger que le sien.

– Je sais, dit-elle avec un sourire plus chaleureux. Je

te connais depuis assez longtemps pour reconnaître l'envie de meurtre dans tes yeux.

Si seulement elle avait pu voir son regard...

— Et je comprends que tu sois parti aussi vite, avant de dire ou de faire des choses que nous aurions regrettées tous les deux.

— J'en ai dit plus que je n'aurais dû, en tout cas beaucoup plus qu'il n'était nécessaire. Ce dont je m'excuse aussi.

— Je regrette d'avoir embrassé Claudio, même si ce n'était qu'un baiser amical et reconnaissant. Il était venu m'offrir son aide, et un rôle dans son prochain film.

Josh ne mit pas longtemps à réagir.

— Oh, ce Claudio ! fit-il, la gorge nouée d'émotion. Eh bien, c'est une chance pour toi !

— Peut-être, fit-elle en haussant vaguement les épaules et en se remettant à marcher. De toute manière, rétrospectivement, je comprends pourquoi tu as réagi de cette façon, mais dis-moi jusqu'à quel point veux-tu que je me sente coupable ?

— Ça suffit comme ça, je crois ! répondit-il d'une voix enrouée.

Margo se tourna vers lui et posa une main sur son bras.

— Je veux encore éclaircir ceci : je n'ai pas sur toi l'opinion que tu imagines. Je sais que tu n'es pas un enfant gâté. Il a pu m'arriver de le penser, et je t'en ai probablement voulu d'être né avec tous ces avantages auxquels j'aspirais. Dieu sait si je les désirais ! Et ça m'agaçait terriblement que tu n'aies pas à te battre pour les obtenir.

— Tu as toujours été claire là-dessus.

— Oui, je suppose. En revanche, ce sur quoi je ne l'ai pas été, c'est sur le fait que j'admire profondément l'homme que tu es devenu. Je sais combien tu es essentiel pour Templeton et combien Templeton l'est pour toi. J'ai fini par comprendre quelles responsabilités étaient les tiennes, et avec quel sérieux tu les prenais, depuis que nous... enfin, depuis que nous avons eu une histoire ensemble. Je voulais absolument que tu saches cela.

Eprouvant le besoin de s'éloigner d'elle, Josh traversa la terrasse en dalles de céramique pour contempler les falaises.

— Ça compte beaucoup, parvint-il finalement à articuler. Ce que tu penses de moi m'est très important.

Il se retourna.

— Tu sais, Margo, j'ai été fasciné, et souvent agacé, par la fille que tu étais.

Elle fronça les sourcils.

— Oh, tu ne me l'as pas envoyé dire !

— Et je le suis toujours — fasciné, et souvent agacé — mais j'admire la femme que tu es aujourd'hui. Et je la respecte énormément.

Il y avait donc encore de l'espoir, songea Margo en fermant les yeux. Et s'il y avait de l'espoir, il pouvait y avoir de la confiance et très certainement de l'amour.

— Je voudrais que nous redevenions amis, Josh. Tu tiens une trop grande place dans ma vie pour que je puisse me passer de toi. Nous l'étions depuis toujours, et je ne veux pas perdre ton amitié.

— Amis, répéta-t-il, manquant s'étouffer.

— Nous avons tous les deux oublié en route cette partie de notre histoire. J'aimerais que ça n'arrive plus.

Elle lui souriait, le vent emmêlant ses cheveux et le soleil couchant l'obligeant à plisser les yeux.

— Tu peux me regarder en face et répéter que l'amitié est la solution ?

— C'en est une parmi d'autres. Et ce n'est pas rien.

Il n'allait quand même pas recommencer de zéro ! Il en mourrait. L'amour fou qu'il lui portait ne se contenterait jamais d'un sentiment aussi tiède que l'amitié. Lentement, il revint vers elle.

— Un de nous a dû perdre la tête.

— Laissons-nous un peu de temps. Je voudrais te

demander un conseil, lança-t-elle d'une voix plus détendue.

Douce comme de la soie, elle glissa son bras sous le sien et l'emmena faire le tour de la maison.

– Tu ne trouves pas cet endroit fabuleux ? Attends d'avoir vu la fontaine, là-bas derrière. Elle est charmante. Evidemment, il manque une piscine. Mais il y a assez de place pour en creuser une petite. Et la vue depuis le balcon du premier étage... j'espère que c'est la chambre principale, tu ne trouves pas ? Ce doit être incroyable ! Je crois qu'il y a au moins deux cheminées. Je n'ai pas encore visité l'intérieur, mais j'espère qu'il y en a une dans la chambre.

– Attends une seconde...

Son esprit tournait à toute vitesse. Son parfum l'empêchait de réfléchir correctement et ce qu'elle racontait se télescopait dans sa tête.

– Et regarde ce bougainvillée ! Il faudra le tailler, quoique j'adore quand ils sont sauvages. La terrasse est idéale pour recevoir, non ? Quant à l'emplacement, il ne pourrait être mieux choisi. Sur la côte, à quelques minutes de la boutique et tout près de Templeton House.

– Une minute ! s'exclama Josh en la prenant fermement par les épaules. Tu veux acheter cette maison ?

– On a rarement deux occasions comme celle-là dans sa vie. Kate dit que c'est une bonne affaire, un solide investissement, et pourtant tu sais comme elle est pessimiste ! Elle ne sera mise en vente que la semaine prochaine – à cause d'une histoire d'acte notarié –, alors il faut faire vite.

– Bon sang, duchesse, tu ne changeras jamais !

Margo sentit son cœur s'alléger en percevant le ton mi-exaspéré, mi-amusé de sa voix.

– Je devrais ?

– Ecoute, elle doit bien coûter dans les trois cent mille dollars.

– Trois cent cinquante mille, mais Kate pense qu'on peut l'obtenir pour trois cent mille.
– Tu rêves, marmonna-t-il.
– Absolument.
– Ecoute, tu as ouvert la boutique depuis moins d'un an et, à l'époque, tu frôlais la faillite. Il n'y a pas une seule banque sur la planète qui acceptera de t'accorder un prêt de cette envergure. Tu n'as pas les moyens, Margo.
– Je sais...

Elle lui décocha son plus beau sourire, celui qui lui avait rapporté gloire et fortune autrefois.

– Mais toi, tu les as.

Josh faillit s'étrangler.

– Tu veux que je t'achète cette fichue maison ?
– En quelque sorte, répondit-elle en jouant avec le bouton de sa chemise et en lui jetant un regard ensorceleur entre ses cils. Je me suis dit que si tu m'épousais, on pourrait y vivre tous les deux.

Il en resta bouche bée. Et dès que sa vision redevint plus nette, il s'aperçut qu'il n'arrivait plus à respirer.

– J'ai besoin de m'asseoir.
– Je devine ce que tu ressens.

Elle prit ses mains entre les siennes et remarqua qu'elles transpiraient légèrement.

– Tu veux que j'achète cette maison et que je t'épouse pour te permettre d'y vivre ?
– Pour *nous* permettre d'y vivre, rectifia-t-elle. Ensemble. Lorsque nous ne voyagerons pas.
– Tu viens de dire à l'instant que tu ne voulais pas que tout redevienne comme avant.
– C'est vrai. Avant, c'était trop facile. Facile de se lancer, et facile de s'en aller. Je veux que ce soit difficile, très, très difficile. Je t'aime.

Sentant les larmes monter à ses yeux, Margo se retourna.

– Je t'aime tellement... Oh, je peux vivre sans toi ! Tu n'as aucun souci à te faire. Si tu me quittes, je ne me jetterai pas du haut de la falaise comme Seraphina. Mais je ne veux pas vivre sans toi. Je veux être mariée avec toi, avoir une famille avec toi et construire ma vie avec toi.

Son cœur était bien à sa place, mais c'était comme s'il prenait trop d'espace dans sa poitrine. Au point de lui faire mal. Tout comme la façon dont il souriait lui faisait mal.

– Je ne t'ai jamais trompé, ajouta-t-elle d'une voix enrouée par l'émotion.

– Tais-toi, Margo. Tu as gâché ta seule chance de me voir ramper à tes pieds pour ce coup-là. J'ai eu tort, j'ai été stupide et négligent, mais ça n'arrivera plus. Et je tiens à ajouter que j'ai toujours pensé beaucoup plus de bien de toi que tu ne le faisais toi-même.

– Très bien, dit-elle en se demandant comment elle allait s'en sortir dignement.

La retenant par l'épaule, il agita sous son nez ce qu'il tenait à la main.

Le diamant accrocha la lumière, scintillant de mille et une promesses. Littéralement éblouie, Margo poussa un cri étouffé.

– Ô mon Dieu...

– La bague de fiançailles de la grand-mère Templeton. Tu te souviens d'elle ?

– Je... oui. Oui.

– C'est à moi qu'elle l'a donnée. Je l'avais dans ma poche le jour où je t'ai trouvée avec ton ami italien.

– Oh... Oh !...

– Non, tu ne vas pas t'asseoir, dit-il en la retenant entre ses bras. Je veux que tu aies les jambes en coton, et je ne vois aucun inconvénient à ce que tu te mettes à bafouiller, vu que tu as gâché mon idée romantique de t'offrir cette bague un genou en terre, à la lueur des bougies.

– Oh ! soupira Margo en se blottissant contre sa poitrine. Oh !...

– Ah, non, ne pleure pas ! Je ne le supporterais pas.
– Mais je ne pleure pas...

Et pour le lui prouver, elle redressa fièrement la tête. Elle riait.

– J'allais te le demander.
– Me demander quoi ?
– Seigneur, pourquoi n'arrivons-nous jamais à être dans le même tempo au même moment ? s'exclama-t-elle en essuyant ses larmes. Ce soir-là, je voulais te demander en mariage.
– Tu plaisantes ?
– Retire ces satanées lunettes ! dit-elle en les attrapant.

Elle les jeta sans hésiter par-dessus son épaule, et elles atterrirent sur l'ocre brune de la terrasse avec un bruit sourd.

– Je t'ai quand même battu. C'est moi qui te l'ai demandé la première !

Avant que Josh ait le temps de réagir, elle avait attrapé la bague.

– Et tu as dit oui ! Cela en est la preuve.
– Je n'ai toujours pas donné ma réponse, grommela-t-il en la rattrapant. Bon sang, Margo, viens ici. Si tu ne me laisses pas poser mes mains sur toi tout de suite, je vais exploser.
– Dis oui, fit-elle en dansant joyeusement et en brandissant le diamant. Dis d'abord oui.
– D'accord. Oui. Tant pis, je prends le risque d'accepter.

Puis il la saisit au vol et la fit tournoyer dans ses bras. Aussitôt, Margo sentit son cœur se mettre à tourbillonner en elle. Non, ce n'est pas le tournis qui me fait cet effet, maman... c'est l'homme.

La bouche de Josh se plaqua sur la sienne avant que ses pieds ne touchent à nouveau le sol.

– Pour toute la vie, murmura-t-il en prenant délicatement son visage entre ses mains.

- Non, pour l'éternité, dit-elle en lui tendant ses lèvres.

Josh prit sa main et soutint son regard en passant la bague à son doigt. Elle lui allait à merveille.

- Marché conclu, fit-il en souriant.